Arsène Lupin

13

La Demoiselle aux
yeux verts
L'Homme a la peau
de bique

아르센 뤼팽 전집 13
초록 눈동자의 아가씨 외

1판 1쇄 펴냄 2015년 9월 20일
1판 3쇄 펴냄 2021년 4월 6일

지은이 모리스 르블랑
옮긴이 바른번역
감수 장경현, 나혁진
펴낸이 하진석
펴낸곳 코너스톤
주소 서울시 마포구 독막로 3길 51
전화 02-518-3919
ISBN 979-11-85546-76-6 04860

아르센 뤼팽
전집

13

A r s è n e   L u p i n

초록 눈동자의
아가씨 외

모리스 르블랑 지음 바른번역 옮김
장경현, 나혁진 감수

코너스토
Cornerstone

차례

초록 눈동자의 아가씨

Arsène
Lupin

1
그리고 파란 눈동자의 영국 여인

라울 드 리메지는 가벼운 발걸음으로 대로를 거닐고 있었다. 눈부신 4월의 어느 날, 파리가 선사하는 매혹적인 풍경을 유쾌한 기분으로 온전히 즐기는 행복한 사내의 모습이었다. 라울은 중키에 마른 듯하면서도 다부진 체격의 사내였다. 잘 발달된 이두박근으로 소매 부분은 불룩 튀어나왔고, 호리호리하고 유연한 허리 위 상체가 떡 벌어진 당당한 풍채의 소유자였다. 입고 있는 옷의 재단 상태나 색상을 보아하니 의상 선택에도 꽤 신경을 쓰는 사내임이 틀림없었다.

그런데 짐나즈 극장 앞을 지날 때, 라울은 문득 자신의 옆에서 걷고 있는 사내가 한 여인을 뒤쫓고 있다는 느낌이 들었다. 유심히 살펴보니 사실이었다.

라울은 남자가 여자의 꽁무니를 따라다니는 것만큼 웃기고 재미있는 일은 없다고 생각하는 사람이었기에 자신도 여자의 뒤를 밟는 그 사내를 몰래 뒤쫓기 시작했다. 이렇게 해서 세 사람은 적당한 거리를 두고 북적대는 대로를 따라 앞서가는 사람을 나란히 뒤쫓기 시작했다.

사실 리메지 남작은 그 사내가 여자를 미행하고 있음을 간파하기 위해서 자신이 지금껏 터득해온 모든 요령을 총동원해야만 했다. 여자가 눈치채지 못하도록 사내가 원체 은밀하게 행동했기 때문이다. 라울 드 리메지는 행인들 틈에 섞여 조심스럽게 사내의 뒤를 밟으면서도, 두 사람을 시야에서 놓치지 않으려고 발걸음을 재촉했다.

뒤에서 바라본 그 신사의 모습으로 말할 것 같으면, 검은 머리에 포마드를 발라 반듯하게 가른 가르마에다 넓은 어깨와 훤칠한 키를 돋보이게 해주는 정갈한 옷차림을 하고 있었다. 정면에서 바라본 모습도 흠잡을 데 없었다. 정성스레 다듬은 수염과 생기 있는 분홍빛 안색을 지녔고, 나이는 한 서른 살쯤 돼 보였다. 확신에 찬 걸음걸이와 당당한 태도, 다소 가벼워 보이는 용모를 지닌 그 사내는 반지를 여러 개 낀 손가락으로 끝 부분에 금테가 둘러진 담배를 피우고 있었다.

라울은 서둘렀다. 한편 도도한 표정에다 귀족적인 분위기를 물씬 풍기는 늘씬한 영국 여인은 우아한 다리와 섬세한 발목으로 보도를 또각또각 걷고 있었다. 여인의 아름다운 얼굴은 매혹적인 파란 눈동자와 풍성한 금발 덕분에 한층 더 두드러져 보였다. 오죽하면 행인들이 가던 길을 멈추고 흘깃 뒤를 돌아볼 정도였다. 하지만 정작 여자는 사람들의 이 같은 반사적인 감탄에 아무런 관심이 없는 듯했다.

라울은 속으로 중얼거렸다.

'이런, 콧대 꽤나 높은 여자로군! 아무리 봐도 포마드 바른 저 남자한테는 어울리지 않는걸. 저자는 대체 뭘 하려는 거지?

의처증에 걸린 남편인가? 청혼했다가 거절당한 구혼자? 아니면 그저 여자 꽁무니나 쫓아다니는 날라리? 그래, 아마 그럴 거야. 딱 보아하니 돈푼깨나 있는 데다 자신이 유혹하면 어떤 여자라도 넘어올 거라 믿는 눈치잖아.'

여자는 어지러이 오가는 차들을 아랑곳하지 않고 오페라 광장을 가로질렀다. 짐마차 한 대가 여자의 앞길을 가로막으려 했다. 여자는 침착하게 말고삐를 잡고 마차를 멈춰 세웠다. 화가 머리끝까지 치솟은 마부는 자리에서 후다닥 뛰어나와 여자의 면전에다 대고 욕을 퍼부었다. 여자는 느닷없이 마부의 코에 작은 주먹을 한 방 날려 코피를 터트렸다. 경찰관이 다가와 어찌 된 영문인지 물었지만 여자는 해명 한마디 없이 휭하니 등을 돌리고 태연히 멀어져 갔다.

오베르가를 지날 때, 마침 두 소년이 몸싸움을 벌이고 있었다. 여자는 두 소년의 목덜미를 덥석 붙잡아 열 발자국 떨어진 곳에 나뒹굴게 한 다음 금화 두 닢을 던져 주었다.

오스만 대로에 이르자 여자는 제과점에 들어갔다. 라울은 멀찌감치 떨어져서 여자가 테이블에 앉는 모습을 지켜보았다. 라울은 여자의 뒤를 쫓던 사내가 안으로 따라 들어가지 않는 것을 확인하고는 제과점에 슬그머니 들어가 여자가 눈치채지 못하게끔 조용히 자리를 잡았다.

여자는 차와 토스트 네 쪽을 시켰고, 주문한 음식이 나오자마자 고운 치아를 드러내며 순식간에 먹어치웠다.

주변 테이블에 앉은 손님들이 여자를 힐끔힐끔 쳐다보았다. 하지만 여자는 전혀 개의치 않고 토스트 네 쪽을 더 주문했다.

그런데 그 순간 저만치 떨어진 테이블에 앉은 또 다른 젊은 여인이 라울의 시선을 끌었다. 영국 여자와 마찬가지로 금발인 그 여자는 앞가르마를 탄 곱실거리는 머리카락을 양옆으로 늘어뜨렸고, 영국 여자에 비해 비교적 소박하지만 파리지앵 특유의 감각이 느껴지는 옷차림을 하고 있었다. 그녀는 초라한 옷차림을 한 아이들 세 명에게 과자와 석류 주스를 나눠 먹이고 있었다. 방금 제과점 문 앞에서 아이들을 만난 모양이었다. 여자는 아이들이 초롱초롱한 눈동자로 양 볼에 크림을 잔뜩 묻히며 과자를 맛나게 먹는 모습을 흐뭇하게 바라보았다. 아이들은 입 안에 이것저것 집어넣기에 바빠 말할 여유조차 없는 듯했다. 반면 젊은 여자는 아이들보다 더욱 천진스러운 얼굴을 한 채 한없이 들뜬 모습으로 저 혼자 조잘대고 있었다.

"이럴 때 뭐라고 말해야 하지? 더 크게… 안 들리는데… 아니야, 난 부인이 아니야. '고맙습니다, 누나'라고 해야지…"

라울 드 리메지는 곧 그 아가씨의 두 가지 매력에 흠뻑 빠져들었다. 행복이 묻어나는 자연스럽고 유쾌한 표정, 그리고 금빛이 감도는 비취색 초록 눈동자… 특히 그 초록색 눈동자는 한번 쳐다보면 쉬이 눈길을 뗄 수 없을 만큼 매력적이었다.

대개 그런 눈동자는 묘하고 우울하며 사색에 잠긴 듯한 인상을 주기 마련이다. 하지만 그 순간만큼은 그 초록 눈동자 역시 장난스러운 입매와 미세하게 떨리는 콧구멍, 웃느라 보조개가 살짝 들어간 양 볼 등 다른 얼굴 부위와 마찬가지로 생명의 빛을 눈부시게 내뿜고 있었다.

'저런 부류의 사람은 극도로 기쁘거나 한없이 고통스럽거나,

둘 중 하나지. 그 중간의 감정이란 있을 수 없어.'

문득 저 여자를 위해 기쁨을 안겨주거나 고통을 쫓아주고 싶다는 생각이 들었다.

다시 영국 여자에게로 시선을 돌렸다. 단아하고 균형 잡힌, 정말이지 빼어난 미모를 지닌 여인이었다. 하지만 왠지 초록 눈동자의 아가씨에게 더 마음이 끌렸다. 라울은 한 여자의 아름다움에 감탄해 마지않으면서도 그 옆에 있는 다른 여자를 알고 싶고, 그 여자의 은밀한 삶을 파헤치고 싶다는 강렬한 욕망을 느꼈다.

초록 눈동자의 아가씨가 계산을 마치고 아이들과 밖으로 나가는데도 라울은 여전히 마음을 정하지 못하고 있었다. 저 여자를 쫓아갈까? 그냥 가만히 여기에 있을까? 누구를 선택하지? 초록 눈동자? 아니면 파란 눈동자?

라울은 벌떡 일어나 계산대에 돈을 던지듯 낸 뒤 밖으로 뛰쳐나갔다. 결국 초록 눈동자 쪽으로 마음이 기운 것이다.

그 순간 예상치 못한 광경이 펼쳐졌다. 초록 눈동자의 아가씨가, 불과 30분 전만 해도 소심한 애인이나 질투심에 사로잡힌 남편처럼 영국 여자의 뒤를 졸졸 쫓던 그 날라리와 보도 위에서 이야기를 나누고 있는 것이 아닌가. 두 사람은 마치 논쟁이라도 벌이는 듯 흥분한 목소리로 열띠게 이야기를 나누고 있었다. 보아하니 젊은 여자는 그냥 지나가려고 하는데 그 날라리가 앞을 가로막고 있는 듯했다. 비록 뜬금없는 행동처럼 비춰질지라도 라울은 두 사람 사이에 끼어들 작정이었다.

하지만 그럴 시간조차 없었다. 택시 한 대가 제과점 앞에 끼

익 멈춰 서더니 웬 신사 한 명이 차에서 내려 보도 위에서 벌어지는 광경을 목격하고는, 지팡이를 치켜들고 부리나케 달려와 포마드 바른 날라리의 모자를 냅다 날려버렸던 것이다.

어안이 벙벙해진 사내는 뒷걸음질 치는가 싶더니 몰려든 구경꾼들의 시선 따위는 아랑곳하지 않고 택시에서 내린 신사에게 왈칵 달려들며 소리쳤다.

"미쳤군! 완전히 미쳤어!"

상대보다 왜소하고 나이도 훨씬 더 많은 신사는 지팡이를 치켜들고 방어 태세를 취하며 버럭 소리쳤다.

"이 아이한테 말 걸지 말라고 했잖아. 내가 이 애의 아비야. 분명히 말하는데, 네놈은 양아치일 뿐이야. 그래, 양아치!"

두 사람은 서로에 대한 증오심으로 온몸을 부들부들 떨고 있었다. 모욕을 당한 날라리는 나이 든 신사에게 당장이라도 달려들 기세였고, 젊은 여자는 아버지의 팔을 붙잡고 택시로 데려가려 용을 쓰고 있었다. 날라리는 필사적으로 두 부녀 사이를 거칠게 떼어놓고, 신사의 지팡이까지 빼앗아 들었다. 바로 그 순간, 낯모르는 묘한 얼굴 하나가 두 사람 사이로 불쑥 들어왔다. 오른쪽 눈을 신경질적으로 깜빡거리는 그 남자는 비웃는 듯 살짝 비뚤어진 입술에 담배 한 개비를 물고 있었다.

물론 그렇게 느닷없이 끼어든 사람은 라울이었다. 라울은 거친 목소리로 툭 내뱉었다.

"불 좀 빌립시다."

정말이지 시의적절치 못한 황당무계한 요구가 아닌가. 이 불청객은 대관절 뭘 하자는 속셈인가? 포마드 바른 사내는 버럭

화를 냈다.

"조용히 가던 길이나 가시오! 불 따위는 없으니."

"그럴 리가! 조금 전에 담배를 피우지 않았습니까."

불청객은 물러서지 않고 응수했다.

날라리는 화가 머리끝까지 치솟아 불청객을 내치려 했다. 하지만 상대를 밀쳐내기는커녕 자신의 팔조차 제대로 움직일 수 없었다. 어찌 된 영문인지 확인하려고 고개를 숙인 날라리는 어안이 벙벙해졌다. 상대가 두 손으로 자신의 손목을 옴짝달싹 못하게 꽉 부여잡고 있는 것이 아닌가. 강철 바이스로 조여도 이렇게까지 팔을 마비시키지는 못할 듯했다. 불청객은 집요하게 물고 늘어졌다.

"불 좀 빌립시다. 거절하신다면 정말이지 몹시 유감일 겁니다."

주변에 몰려든 사람들이 웃음을 터트렸다. 짜증이 난 날라리는 버럭 고함을 질렀다.

"성가시게 굴지 마시오! 불이 없다고 분명히 말했잖소!"

남자는 시무룩한 표정으로 고개를 저었다.

"무례하시군요. 이렇게 공손히 불을 빌려달라는데도 매몰차게 거절하시다니. 뭐, 그렇게까지 싫으시다면…."

남자는 상대의 손목을 놓아주었다. 풀려난 날라리는 허겁지겁 달려갔다. 하지만 초록 눈동자의 아가씨와 노신사를 태운 자동차는 저만치 멀어져 가고 있었다. 이제 와서 뒤쫓아 가봐야 이미 너무 늦어버린 상황이었다.

라울은 부랴부랴 달려가는 사내를 바라보며 생각했다.

'헛수고만 한 꼴이로군. 누군지도 모르는 초록 눈동자의 미녀를 위해 돈키호테처럼 나섰건만, 그녀는 내게 이름도, 주소도 알려주지 않고 바람처럼 사라져버렸어. 다시 저 여자를 만날 수 없겠지. 그렇다면?'

그렇다면 이제 영국 여자한테 되돌아갈 수밖에. 영국 여자도 방금 벌어진 소동을 목격한 모양이었다. 그녀는 한바탕 소동이 끝나자 자리에서 일어나 저만치 멀어져 가고 있었다. 라울은 냉큼 여자의 뒤를 쫓아갔다.

요새 라울 드 리메지는 과거와 미래 사이에서 인생이 멈춘 듯한 일종의 정체기를 보내고 있었다. 과거는 사건 사고로 가득했고, 미래 역시 크게 다르지 않을 듯했다. 그 중간인 현 시점은 공백기였다. 그러한 상황에 놓인 서른네 살 먹은 사내한테는 바로 여자가 운명의 열쇠를 거머쥔 절대적인 존재처럼 느껴지기 마련이다. 라울이 초록 눈동자가 사라지자 이렇듯 파란 눈동자의 광채를 쫓아 불확실한 발걸음을 옮기고 있는 것도 다 그러한 이유에서였다.

그런데 라울은 불현듯 이상한 기분이 들었다. 그래서 잠시 다른 길로 빠지는 척하다가 다시 원래 길로 되돌아왔다. 아니나 다를까, 포마드 바른 날라리가 또다시 여자의 뒤를 쫓고 있는 것이 아닌가. 그자 역시 한 여자에게서 바람을 맞자 서둘러 다른 여자를 뒤쫓아온 것이리라. 두 사내는 영국 여자가 눈치채지 못하게끔 은밀히 뒤쫓았고, 그렇게 해서 세 사람은 또다시 나란히 걷기 시작했다.

번잡한 보도를 따라 유유히 거니는 여자는 오로지 진열장에만 관심을 보일 뿐, 자신에게 쏟아지는 경탄 어린 시선에는 눈곱만큼도 관심이 없는 듯했다. 여자는 마들렌 광장을 지나 루아얄가를 거쳐 포브르 생토노레에 도착했고, 마침내 콩코르디아 호텔 안으로 들어갔다.

날라리는 잠시 걸음을 멈추었다가 100보 정도 떨어진 곳에 가서 담배 한 갑을 산 뒤 호텔 안으로 들어갔다. 라울은 그자가 관리인과 이야기하는 것을 멀리서 지켜보았다. 3분 정도 지나자 날라리가 호텔에서 나왔다. 라울 역시 경비원에게 접근해 파란 눈동자를 지닌 영국 여자에 대해 이것저것 물어볼 작정이었다. 그런데 그 순간 여자가 호텔에서 나오더니 자그마한 짐 가방이 실린 자동차에 올라타는 것이 아닌가. 여행을 떠나려는 것일까?

라울은 얼른 택시를 잡아탔다.

"기사 양반, 저 차를 따라갑시다."

영국 여자는 한동안 쇼핑을 한 뒤 8시쯤 파리 리옹 역 앞에서 내렸다. 그런 다음, 역 구내식당에 자리를 잡고선 음식을 주문했다.

라울 역시 적당히 떨어진 곳에 자리를 잡았다.

저녁 식사를 마치자 여자는 담배를 연거푸 두 대 피웠다. 그런 다음 9시 30분경이 되자 쿡 여행사 창구로 가서 직원에게 열차표와 수화물 표를 받아 챙겼다. 그리고 9시 46분이 되자 급행열차에 올라탔다.

"조금 전에 왔던 부인의 이름을 알려 주면 50프랑을 드리겠소."

라울은 직원에게 돈을 슬쩍 들이밀며 말했다.

"베이크필드 부인이십니다."

"어디로 간다고 하던가요?"

"몬테카를로요. 5번 차량에 탑승했습니다."

라울은 잠시 생각하더니 이내 결심을 굳혔다. 파란 눈동자를 위해서는 그 정도 이동하는 수고쯤은 감수할 만하다는 판단이 들었다. 게다가 애당초 파란 눈동자를 쫓다가 초록 눈동자를 알게 됐으니, 영국 여자를 따라가다 보면 또다시 날라리를 통해 초록 눈동자의 아가씨와 마주칠 수 있을지도 모르는 일이었다.

라울은 몬테카를로행 열차표를 끊고 곧장 플랫폼으로 달려갔다.

영국 여자는 객차 계단에 오른 뒤 승객들 틈으로 사라져갔다. 하지만 잠시 후 창문 너머로 망토를 벗고 있는 여자의 모습을 볼 수 있었다.

열차 안은 상당히 한적한 편이었다. 때는 전쟁이 일어나기 몇 해 전 4월 말이었는데, 이 남프랑스행 급행열차는 침대칸도, 식당칸도 구비돼 있지 않아 꽤 불편했기 때문에 승객이라고 해 봤자 일등석에 탄 몇 명이 전부였다. 라울이 재빨리 살펴보니 5번 차량의 앞쪽 객실에는 두 사람밖에 없는 듯했다. 라울은 객차와 어느 정도 거리를 둔 채 플랫폼을 느긋하게 거닐면서 베개 두 개를 빌렸고, 내친김에 이동 서점에서 신문과 작은 책까지 구입했다. 그리고 기적 소리가 울리자마자 객차 계단에 뛰어올라 가까스로 제시간에 도착한 사람처럼 헐레벌떡 세 번째 객실 안으로 뛰어 들어갔다.

영국 여자는 창가 쪽 자리에 홀로 앉아 있었다. 라울은 여자의 맞은편 통로 쪽 자리에 슬그머니 착석했다. 여자는 고개를 들더니 짐도 꾸러미도 없는 이 희한한 불청객을 힐끗 쳐다보았다. 하지만 곧 무덤덤한 표정으로 다시 고개를 돌린 뒤 무릎 위에 올려놓은 활짝 열린 상자에서 큼지막한 초콜릿을 꺼내 먹기 시작했다.

검표원이 지나다니며 표에 구멍을 뚫어주었다. 열차는 교외를 향해 빠른 속도로 내달리고 있었다. 점차 파리의 불빛이 사라져갔다. 라울은 신문을 대충 훑어보다가 곧 흥미를 잃고는 의자에 아무렇게나 던져놓았다.

'아무 사건도 없군. 충격적인 범죄는 단 한 건도 일어나지 않았어. 저기 저 아가씨가 훨씬 더 흥미롭잖아!'

이렇게 밀폐된 좁은 공간에서 미지의 아름다운 여인과 함께 밤을 보내고 나란히 누워 단잠에 드는 것이야말로 라울에게는 무척이나 짜릿한 인생의 묘미처럼 느껴졌다. 그러니 책을 읽거나 사색에 잠기거나 몰래 곁눈질이나 하며 이 소중한 시간을 허비할 수는 없는 노릇이었다.

남자는 여자 쪽으로 한 칸 다가가 앉았다. 영국 여자도 분명 옆자리에 앉은 승객이 자신에게 말을 붙이려는 낌새를 눈치챘을 터였다. 하지만 여자는 아무런 반응조차 보이지 않을 정도로 전혀 동요하는 기색을 보이지 않았다. 결국 라울은 순전히 혼자 힘으로 여자와 어떻게든 관계를 틀 수밖에 없었다. 하긴 그까짓 일로 기죽을 라울이 아니었다. 그는 한없이 정중한 어조로 말을 건넸다.

"이런 제 행동이 실례인 줄은 압니다만 당신에게 중요할 수도 있는 사실 하나를 알려드릴까 하는데, 잠깐 몇 마디만 나눠도 괜찮을까요?"

여자는 고개도 돌리지 않은 채 초콜릿 하나를 집어 들고 짤막하게 대답했다.

"긴 얘기가 아니라면 괜찮아요."

"그렇다면, 부인…."

여자는 발끈하며 대꾸했다.

"미혼이에요…."

"네, 아가씨. 그러니까 제가 말입니다, 하루 종일 어떤 남자가 당신을 수상쩍게 뒤쫓는 사실을 우연히 알게 됐거든요…."

여자가 불쑥 말을 잘랐다.

"프랑스인이 이런 무례한 행동을 하다니 정말 의외로군요. 누가 당신한테 날 따라다니는 자들을 일일이 감시할 권리를 줬나요."

"워낙 수상쩍어 보이기에…."

"제가 아는 분이에요. 작년에 통성명을 한 사이라고요. 마레스칼 씨는 적어도 멀찌감치 떨어져서 절 따라다니는 세심함 정도는 갖춘 분입니다. 누구처럼 객실에 불쑥 침범하지는 않지요."

허를 찔린 라울은 고개를 숙여 사과했다.

"브라보. 이거 제대로 한 방 먹었군요. 이제부터 저는 입 꾹 다물고 있어야겠습니다."

"그러세요. 그렇게 입 꾹 다물고 계시다가 다음 역에서 내리시는 게 좋을 듯싶네요."

"이거 참으로 유감입니다만, 볼일이 있어서 몬테카를로로 가는 길이거든요."

"그 볼일이란 게 제가 그리로 간다는 사실을 알고 난 후 갑자기 생겨난 일이겠지요."

라울은 딱 부러지게 말했다.

"그건 아닙니다, 아가씨…. 정확히 말하자면 오스만 대로에 있는 제과점에서 당신을 본 순간부터 생겨난 일이지요."

영국 여자는 제꺽 반격에 나섰다.

"제가 알고 있는 사실과 조금 다르군요. 당신은 아름다운 초록 눈동자를 지닌 아가씨에게 홀딱 반했죠. 한바탕 소동이 벌어진 후 그 여자를 놓치지만 않았다면 당신은 분명 그 아가씨를 쫓아갔을 거예요. 그럴 수 없게 되자 제 뒤를 쫓아온 거고요. 당신이 제게 수상쩍다고 말한 그 남자처럼 콩코르디아 호텔까지 제 뒤를 밟은 다음 역 구내식당까지 졸졸 따라왔죠."

라울은 이 상황이 마냥 즐거웠다.

"제 일거수일투족을 눈여겨보고 계셨다니, 상당히 기분이 좋은걸요."

"그 어느 것도 제 눈을 피해 갈 수는 없답니다."

"그만하면 잘 알겠습니다. 이거 잘하면 제 이름까지 나오겠군요."

"라울 드 리메지, 탐험가, 최근 티베트와 중앙아시아를 여행하고 귀국한 상태."

라울은 놀라움을 감추지 못했다.

"이거 점점 더 어깨가 으쓱해지는군요. 무슨 조사를 하셨기에 그 사실까지 알게 됐는지 감히 여쭤봐도 되겠습니까…?"

"조사 같은 건 하지 않았어요. 다만 기차가 막 떠나려는 순간 웬 남자 하나가 짐도 없이 헐레벌떡 자신이 있는 객실 안으로 뛰어 들어온다면, 어떤 여자라도 당연히 그 남자를 유심히 관찰할 수밖에 없겠죠. 그런데 가만히 지켜보니 그 남자가 명함을 대고 책을 두세 장 찢더군요. 그래서 그 명함을 힐끗 보았죠. 그러자 곧바로 라울 드 리메지라는 인물이 자신의 마지막 탐험을 회고한 최근 인터뷰 기사 하나가 떠오르더군요. 뭐, 아주 간단한 일이죠."

"정말 간단하군요. 하지만 그러려면 눈이 아주 좋아야겠습니다."

"제 눈은 무척 좋답니다."

"그래도 그 초콜릿 상자에서 눈을 떼지는 않으시는군요. 벌써 열여덟 개째 드시고 계십니다."

"굳이 고개를 들지 않아도 볼 수 있으니까요. 머리를 굴리지 않아도 짐작할 수 있고요."

"예를 들어 무슨 짐작 말씀이십니까?"

"당신의 진짜 이름이 라울 드 리메지는 아닐 거라는 짐작 정도는 할 수 있죠."

"세상에…!"

"그게 아니라면 당신의 모자 속에 새겨진 이니셜이 H와 V일 리가 없겠죠. 친구의 모자를 빌려 쓴 게 아니라면…."

라울은 초조함을 느끼기 시작했다. 일단 대결에 돌입한 이상 상대가 계속해서 우위를 점하는 꼴은 절대 못 참는 성격이었으니.

"그렇다면 당신 생각에 H와 V는 무슨 뜻 같습니까?"

여자는 열아홉 번째 초콜릿을 깨물며 심드렁하게 말했다.

"그 두 글자로 이루어진 이니셜은 매우 드물죠. 그래서 어쩌다 그 두 글자를 보면 저도 모르게 예전에 알게 된 이름 하나가 반사적으로 떠오르곤 해요."

"그 이름이 무언지 여쭤봐도 되겠습니까?"

"말해봐야 소용없을 거예요. 어차피 당신은 모르는 이름일 테니까요."

"그래도 알려달라고 청한다면…."

"오라스 벨몽Horace Velmont이요."

"오라스 벨몽이 누굽니까?"

"오라스 벨몽이라는 이름 역시 자신의 정체를 숨기기 위해 그자가 사용하는 수많은 가명 중 하나일 뿐이죠."

"그자라니… 누구 말입니까?"

"아르센 뤼팽."

라울은 웃음을 터트렸다.

"그렇다면 이 몸이 아르센 뤼팽이겠군요?"

여자는 발끈하며 말했다.

"무슨 그런 황당무계한 말씀을! 그저 당신 모자에 적힌 이니셜을 보니 엉뚱하게도 그 이름이 떠올라 솔직하게 얘기했을 뿐이에요. 그리고 역시나 엉뚱한 생각이긴 하지만, 그 라울 드 리메지라는 예쁜 이름 역시 아르센 뤼팽이 예전에 사용했던 라울 당드레지라는 가명과 매우 비슷하다는 생각이 들고요."

"기발한 생각이로군요, 아가씨! 하지만 만약 영광스럽게도 제가 아르센 뤼팽이라면 아가씨 앞에서 이렇게 바보처럼 굴지는 않았을 테지요. 어찌나 능숙하게 이 순진한 리메지를 놀리시는지!"

여자는 초콜릿 상자를 건넸다.

"자, 초콜릿 하나 드시고 쏩쏠한 패배감을 달래시죠. 그리고 저는 이제 잠 좀 자야겠어요."

"그러면 우리의 대화는 여기서 끝인 겁니까?"

라울은 애원하듯 말했다.

"네. 가명을 사용하는 사람들이야 언제나 제 호기심을 자극하지만 순진한 리메지 씨에게는 그다지 흥미가 안 생겨서요. 왜 가명을 사용하는 것일까? 왜 자신의 신분을 감추는 거지? 약간 짓궂은 호기심이랄까…."

"베이크필드라 불리는 분은 얼마든지 그런 호기심을 품을 수 있죠."

라울은 제법 힘주어 말했다. 그러고는 냉큼 덧붙였다.

"보시다시피 아가씨, 저도 당신의 이름을 알고 있답니다."

그러자 여자는 미소를 지으며 응수했다.

"그리고 쿡 여행사 직원도 제 이름을 알고 있고요."

"이런, 제가 졌습니다. 하지만 기회가 오는 즉시 반격을 가할 겁니다."

"기회란 벼르지 않을 때 느닷없이 오는 법이죠."

영국 여자는 야무지게 응수했다.

처음으로 여자는 아름다운 하늘빛 눈동자를 들고 상대를 똑바로 쳐다보았다. 라울은 순간 전율에 휩싸였다.

"신비스러울 만큼 아름답군."

라울은 중얼거렸다.

"조금도 신비스러울 것 없어요. 제 이름은 콘스탄스 베이크필드랍니다. 아버지인 베이크필드 경과 골프를 치려고 몬테카를로로 내려가고 있는 중이고요. 골프 말고도 거의 모든 운동을 좋아하죠. 그리고 신문에 기고를 하면서 돈을 벌며 자립적인 생활을 하고 있고요. 리포터라는 직업을 갖고 있다 보니 정부 고위 인사, 장군, 재계 거물, 이름 날리는 도둑까지, 각계각층의 유명인들에 대한 정보를 누구보다 빠르게 접할 수 있죠. 그럼 이만."

여자는 이미 넓게 펼친 숄로 얼굴을 덮은 채 베개에 금발을 묻고 있었다. 그리고 어깨에 담요를 두른 뒤 긴 의자 위에 다리를 쭉 뻗어 올려놓았다.

라울은 도둑이라는 말을 듣자 움찔했다. 몇 마디 말을 더 건네봤지만 묵묵부답이었다. 굳게 닫힌 문 앞에 서 있는 기분이었다. 지금으로서는 잠자코 반격할 기회를 노리는 게 최선인 듯싶었다.

이 뜻밖의 상황에 적잖이 당황한 라울은 결국 입을 다문 채 구석에 가만히 앉아 있었다. 하지만 가슴속 깊은 곳에서는 희열과 희망이 꿈틀거렸다. 이 얼마나 감미롭고 독특하며 매력적이고 알쏭달쏭하면서도 솔직 담백한 여인이란 말인가!

그리고 무엇보다 저 예리한 관찰력이라니! 자신의 깊은 곳까지 훤히 꿰뚫어보는 듯한 저 놀라운 관찰력! 경계심이 느슨해져 이따금 저지르는 사소한 실수조차 저 여인은 정확하게 포착해냈다! 그 두 개의 글자로 이루어진 이니셜…….

라울은 모자를 집어 들고 비단 천을 뜯어낸 뒤 복도로 나가 창문 밖으로 던져버렸다. 그리고 다시 객차로 돌아와 중간쯤에 자리를 잡은 다음, 여자와 마찬가지로 베개 두 개에 머리를 푹 파묻은 채 이런저런 몽상에 잠겼다.

문득 이 정도면 꽤 매력적인 인생이란 생각이 들었다. 자신은 아직 젊었고, 비교적 쉽게 벌어들인 지폐 다발로 지갑도 두둑한 상태였으며, 비상한 머릿속에는 구체적인 향후 계획과 번뜩이는 사업 아이디어가 수십 가지나 들어 있었다. 그리고 무엇보다 내일 아침이면 아름다운 여인이 잠에서 깨는, 그 가슴 설레고 매혹적인 장면이 자신의 눈앞에서 펼쳐질 터였다.

라울은 흐뭇한 기분에 휩싸인 채 그런 생각에 푹 빠져 있었다. 반쯤 잠든 상태에서도 그는 하늘빛 파란 눈동자를 떠올리고 있었다. 그런데 희한하게도 그 파란 눈동자가 점점 미묘하게 색조를 바꾸더니 물빛 녹색 눈동자로 변하는 것이 아닌가. 라울은 어스름한 빛 속에 자신을 바라보고 있는 눈이 영국 여자의 눈인지, 파리 아가씨의 눈인지 더 이상 분간할 수 없었다. 파리 아가씨가 자신을 향해 미소 짓고 있었다. 급기야는 자신의 앞에서 잠을 자고 있는 여자가 파리 아가씨라는 생각마저 들었다. 라울은 입가에 미소를 띠며 평온한 마음으로 잠이 들었다.

자고로 마음이 편안하고 배 속이 든든하면 덜컹거리는 기차 안에서도 얼마든지 나른한 몽상을 즐길 수 있는 법. 라울은 행복에 잠긴 채 파란 눈동자와 초록 눈동자가 반짝거리는 꿈나라를 두둥실 떠다녔다. 그 여행이 어찌나 감미로웠던지 그는 수면 중에도 완전히 정신을 놓지 않고 일종의 경계를 서는 평소의 신중한 태도를 유지하지 못했다.

그것이 실수였다. 열차 안에서는, 그것도 사람이 별로 없는 경우에는 항시 경계를 게을리해서는 안 되는 법이다. 라울은 바로 앞 차량(다시 말해 4번 차량)과 연결된 통로 문이 스르르 열리는 소리를 전혀 듣지 못했다. 그리고 물론 기다란 회색 작업복에 복면을 쓴 세 사람이 살금살금 들어와 객실 앞에 멈춰 서는 것 또한 감지하지 못했다.

커튼으로 전등 불빛을 차단하지 않은 것 또한 실수였다. 커튼으로 불빛을 가렸다면 침입자들은 자신들의 끔찍한 계획을 실행하기 위해 따로 불을 켜야만 했을 테고, 그랬다면 라울은 깜짝 놀라 잠에서 벌떡 깼을 테니 말이다.

하지만 결국 라울은 아무 소리도 듣지 못했고 아무것도 보지 못했다. 침입자 중 한 명이 손에 권총을 쥐고 보초병처럼 복도에 서 있었다. 다른 두 명은 신호를 주고받으며 각자 할 일을 나눈 뒤 주머니에서 곤봉을 꺼냈다. 한 명은 첫 번째 여행객을, 다른 한 명은 담요를 덮은 채 자고 있는 다른 여행객을 덮치려 했다.

마침내 누군가 나지막한 목소리로 공격 명령을 내렸다. 하지만 원체 작은 목소리여서 라울이 그 속삭임을 듣고 잠에서 깨

순간적으로 팔과 다리에 힘을 주었을 때는 이미 저항해봤자 아무 소용없는 상황이었다. 곧장 날아드는 곤봉에 이마를 맞아 라울은 그대로 쓰러지고 말았다. 누군가 자신의 목을 누르고 있고, 검은 그림자 하나가 눈앞을 지나쳐 미스 베이크필드에게로 달려가는 것을 겨우 감지할 수 있을 뿐이었다.

그때부터는 칠흑 같은 암흑이었다. 물에 빠진 사람처럼 짙은 어둠 속에서 허우적거리는 동안 라울이 느낀 것이라고는 혼란스럽고 고통스러운 감정뿐이었다. 그 감정은 한 발짝 늦게 의식의 표면 위로 떠올라 뒤늦게 겨우 현실을 인지하게 해주었다. 누군가 팔다리를 묶고 거칠게 재갈을 물렸다. 그리고 거친 천을 머리에 뒤집어 씌웠다. 물론 지폐 다발도 빼앗아갔다.

뒤이어 웬 목소리 하나가 들려왔다.

"잘했어. 하지만 이건 '맛보기'에 불과해. 저쪽도 잘 묶었겠지?"

"곤봉을 맞고 뻗었을 거야."

하지만 생각만큼 완전히 뻗지는 않은 모양이었다. 순순히 결박당하고 있지만은 않았으니… '저쪽'은 욕설을 내뱉고 몸부림을 치면서 의자가 온통 흔들릴 정도로 끈질기게 반항했다. 그리고 비명 소리… 여자의 비명 소리….

목소리가 다시 들려왔다.

"제기랄, 독한 년! 할퀴고… 물고… 그런데 이 여자가 확실한가?"

"젠장, 그건 내가 묻고 싶은 말이야."

"우선 저 여자 입이나 닥치게 해!"

놈들이 무슨 수를 썼는지 결국 여자는 조용해졌다. 비명 소리가 점차 잦아들더니 딸꾹질과 신음 소리로 변해갔다. 하지만 여자는 여전히 몸부림쳤다. 리메지는 악몽을 꾸는 것처럼 옆에서 전해지는 공격과 저항의 기운을 고스란히 느꼈다.

그러다 갑자기 상황이 종료되었다. 망을 보느라 복도를 지키고 있던 남자가 숨죽인 목소리로 이렇게 명령했던 것이다.

"멈춰…! 여자를 놔줘. 설마 벌써 죽인 건 아니겠지?"

"그럴 리가… 그래도 몸을 뒤져봐야 할 것 같은데."

"멈추고 입이나 닥쳐. 그리고 D라는 이름은…."

두 침입자는 밖으로 나갔고 곧이어 세 사람이 복도에서 말다툼을 벌이기 시작했다. 정신이 든 라울은 몸을 움직여보았다. 그러던 중 침입자들이 이렇게 이야기하는 소리가 들려왔다.

"그래…. 더 멀리… 객실 끝까지… 더 빨리…! 검표원이 들이닥칠지 모른다고…."

세 강도 중 한 명이 라울을 향해 몸을 숙였다.

"이봐, 너, 움직이면 죽을 줄 알아. 얌전히 있어."

삼인조 강도는 라울이 두 명의 여행객을 목격했던 객실 반대편 끝 쪽으로 멀어져 갔다. 라울은 그 틈을 타 결박을 풀고 턱을 움직여 재갈을 느슨하게 하려 했다.

곁에서는 영국 여자가 신음 소리를 내고 있었다. 그 소리가 점점 더 잦아들어 라울의 속은 새까맣게 타들어갔다. 라울은 이 불쌍한 여인을 제때 구하지 못할까 봐 노심초사하며 온 힘을 다해 결박을 풀려고 애를 썼다. 하지만 끈은 너무나 질겼고, 매듭도 단단히 묶여 있었다.

그러는 동안 라울의 눈을 가리고 있던 천이 제대로 안 묶여 있었는지 바닥으로 툭 떨어졌다. 그러자 무릎을 꿇고 의자 위에 팔꿈치를 괸 채 멍한 눈으로 자신을 바라보는 여자의 모습이 시야에 들어왔다.

멀리서 총성이 들려왔다. 객실 끝에서 복면을 한 삼인조 강도와 여행객 두 명이 몸싸움을 벌이는 모양이었다. 곧 강도 한 명이 손에 작은 가방을 들고 황급히 지나갔다.

1~2분 전부터 기차는 천천히 달리고 있었다. 아마도 선로 보수공사 때문에 속도를 제대로 낼 수 없는 상황인 듯했다. 강도들은 바로 그 틈을 노려 공격을 감행한 것이 분명했다.

라울은 필사적으로 애를 썼다. 야속하기 그지없는 끈을 푸느라 용을 써가며 재갈이 물린 입으로 간신히 여자에게 말을 건넸다.

"조금만 견디십시오…. 제가 곧 돌봐드리겠습니다…. 왜 그러십니까? 어디가 많이 안 좋으신 겁니까?"

강도들이 그 젊은 여자의 목을 심하게 졸라놓은 모양이었다. 얼굴에는 검은 반점이 번졌고, 경련까지 일고 있었다. 요컨대 질식 증상이 고스란히 나타나고 있었다. 라울은 여자가 죽기 직전의 상황임을 직감적으로 깨달았다. 여자는 숨을 몰아쉬면서 머리부터 발끝까지 부르르 떨고 있었다.

여자의 상체가 라울 쪽으로 꼬꾸라졌다. 거친 숨소리가 느껴졌다. 헐떡거리는 신음 사이로 영어로 된 몇 마디가 들려왔다.

"저기… 이봐요…. 잘 들어요…. 전 이미 틀렸어요."

"아닙니다. 자, 몸을 일으켜봐요. 비상벨에 손이 닿을 수 있도록…."

하지만 이미 여자는 움직일 기력조차 없는 듯했다. 라울 역시 제아무리 초인적인 힘을 발휘해본들 지금 자신의 몸을 꽁꽁 묶고 있는 끈을 도저히 풀 수 있을 것 같지 않았다. 본인의 의지대로 일을 해결하는 데 익숙한 그로서는 한 여인의 끔찍한 죽음을 속수무책으로 지켜볼 수밖에 없는 현 상황이 더할 수 없이 참담하게 느껴졌다. 주위의 모든 상황이 자신의 수중을 떠나 요란한 폭풍처럼 정신없이 소용돌이치고 있는 듯했다.

복면을 쓴 두 번째 강도가 여행용 가방과 권총을 손에 쥔 채 또다시 지나갔다. 세 번째 강도가 그 뒤를 따랐다. 분위기를 보아하니 저쪽에 있던 여행객 두 명은 죽은 듯했다. 열차는 보수공사 중간 지점을 지나느라 속도를 더욱 늦추는 중이었으므로 살인범들은 이제 곧 유유히 도망칠 터였다.

그런데 그 순간 뜻밖에도 놈들이 마치 엄청난 장애물을 만난 것처럼 객실 앞쪽에서 문득 걸음을 멈췄다. 라울은 누군가 연결 통로에 불쑥 나타난 것이리라 생각했다…. 아마도 순찰 중인 검표원이리라.

과연 곧이어 한바탕 소요가 일더니 몸싸움이 벌어졌다. 앞장섰던 강도는 손에서 총을 놓치는 바람에 무장해제 상태가 돼버렸다. 그 틈을 타 제복을 입은 직원이 그를 공격했고 둘은 한데 뒤엉켜 양탄자 위를 굴렀다. 그러자 피 묻은 회색 작업복 차림에 검은 복면이 달린 헐렁한 챙 모자를 푹 눌러쓴 작고 비쩍 마른 공범이 동료를 구하려고 달려들었다.

"힘을 내시오, 검표원 양반!"

라울은 절박하게 소리쳤다….

"드디어 도움의 손길이 도착했군."

하지만 검표원은 점점 힘이 빠지는 듯싶더니 둘 중 작은 놈에게 붙잡혀 한쪽 손을 전혀 움직이지 못하는 처지가 돼버렸다. 그 기회를 이용해 다른 놈은 잽싸게 검표원의 위로 올라가 사정없이 얼굴에 주먹질을 해댔다. 그 틈을 타 작은 놈은 몸을 일으켰고, 그 바람에 복면과 함께 헐렁한 챙 모자가 훌러덩 벗겨졌다. 그자는 모자와 복면을 잽싸게 다시 착용했다. 하지만 라울은 순간적으로 그 얼굴을 알아보았다. 눈부신 금발과 겁에 질린 듯 창백한 아름다운 얼굴… 분명 그날 오후 오스만 대로에 있는 제과점에서 만났던 그 초록 눈동자의 아가씨였다. 비극은 거기서 끝이 났다. 두 강도가 부리나케 달아나 버렸던 것이다. 어안이 벙벙해진 라울은 검표원이 갖은 애를 써가며 겨우겨우 의자 위로 기어올라가 비상벨을 누르는 모습을 말없이 지켜보았다.

영국 여자는 죽어가고 있었다. 마지막 숨을 몰아쉬며 여자는 여전히 알 수 없는 말을 중얼거리고 있었다.

"제발… 내 말을 들어주세요…. 가져가 주세요…. 가져가 주세요…."

"뭘 말입니까? 말씀만 하세요."

"제발… 내 가방을 가져가 주세요…. 그리고 서류를 없애주세요…. 아버지가 모르시도록…."

여자는 고개를 젖힌 채 숨을 거뒀다…. 그리고 기차가 멈췄다.

2
수사

사실 라울에게는 미스 베이크필드의 죽음이나 복면을 쓴 삼 인조 강도의 야만스런 공격, 두 여행객이 살해당했을지도 모르 는 상황, 지폐 다발을 강탈당한 일, 이 모든 것들은 마지막 순간 에 목격한 그 믿을 수 없는 광경에 비하면 그다지 충격적인 일 도 아니었다. 난데없이 초록 눈동자의 아가씨라니! 지금껏 만 났던 여자들 중 가장 우아하고 매력적인 아가씨가 범죄의 그늘 속에서 모습을 드러내다니! 한없이 눈부신 그 얼굴이 도둑과 살인자라는 혐오스러운 복면 너머에서 나타나다니! 첫눈에 이 끌려 사내의 본능에 따라 쫓아다녔던 그 비취색 눈동자의 아가 씨가 피 묻은 작업복을 입고 이성을 잃은 얼굴을 하고선 끔찍 한 두 공범과 함께, 그들과 다를 바 없이, 돈을 빼앗고, 사람을 죽이고, 죽음과 공포를 흩뿌리고 가다니!

대모험가로서의 삶을 살면서 지금껏 끔찍하고 추악한 일들 을 숱하게 겪어온 터라 웬만큼 충격적인 광경에는 눈 하나 꿈 쩍하지 않는 그였지만, 라울은(이번 사건에서 아르센 뤼팽은 이 이름으로 활약을 펼치니 앞으로는 그를 이렇게 호칭하겠다), 라울

드 리메지는 이 믿을 수 없는 현실 앞에 얼이 빠진 채 숨이 턱 막혀왔다. 정말이지 상상을 초월하는 사건이었다.

밖에서는 한바탕 소란이 일고 있었다. 가장 가까운 보쿠르 역에서 역무원과 선로 보수공사를 하던 인부들이 달려왔다. 웅성대는 소리가 들렸다. 비상벨 소리가 어디에서 울렸는지 찾고 있는 모양이었다.

검표원은 라울에게서 사건의 정황을 들으며 그를 결박하고 있는 끈을 끊어주었다. 그러고는 복도 창문을 열고 역무원들에게 신호를 보냈다.

"이쪽으로, 이쪽으로!"

그런 다음 라울 쪽으로 몸을 돌리며 말했다.

"저 여자는 죽은 겁니까?"

"네… 목을 조르고 있던 끈 때문에… 희생자가 또 있습니다. 저쪽 끝에 여행객 두 명도….”

두 사람은 부리나케 복도 끝으로 달려갔다.

마지막 객실에 들어서니 예상했던 대로 시체 두 구가 널브러져 있었다. 객실 안은 어질러진 흔적 없이 깔끔한 상태였다. 그물 선반 위는 텅 비어 있었다. 짐도, 꾸러미도 없었다.

한편 역무원들은 마지막 객실로 통하는 문을 열려고 애를 쓰고 있었다. 하지만 문은 잠겨 있었다. 그제야 라울은 세 강도가 굳이 왜 복도를 거슬러 올라가 첫 번째 문으로 도망쳤는지 이해할 수 있었다.

과연 첫 번째 문은 열려 있었다. 사람들이 열차로 올라왔다. 연결 통로를 통해 다른 객실로 건너가는 사람들도 있었다. 이미 객실 두 칸이 사람들로 북적댔다. 그 순간 누군가 우렁찬 목소리로 명령을 내리듯 소리쳤다.

"아무것도 건드리지 마십시오…! 거기, 권총을 그 자리에 그대로 놔두세요. 매우 중요한 증거품입니다. 자, 모두들 이곳에서 나가주시는 편이 낫겠습니다. 이 차량이 곧 분리된 후 열차가 곧바로 다시 출발할 겁니다. 그렇지요, 역장님?"

자고로 모두가 혼돈에 빠진 상황에서는, 해야 할 일을 알고 있는 누군가가 나서서 단호하게 말만 하면 갈팡질팡하던 사람들은 그것이 대장의 말이려니 생각하고 그 사람이 추진하는 대로 따르기 마련이다. 그런데 마침 웬 사내가 통솔하는 일에 매우 익숙한 사람처럼 위엄 있는 모습으로 자신의 의사를 표현하고 있었다. 고개를 들어 그 사내를 바라본 라울은 소스라치게 놀라고 말았다. 그자는 다름 아닌 미스 베이크필드를 쫓아다니다가 초록 눈동자의 아가씨에게 접근했던 남자, 자신이 불을 빌려달라며 트집을 걸었던 남자, 다시 말해 영국 여자가 마레스칼이라고 말했던 포마드 바른 날라리였던 것이다. 그 사내는 젊은 여자의 시체가 널브러져 있는 객실 입구에 선 채 들어오려는 사람들을 열린 문밖으로 연신 밀쳐내고 있었다.

사내는 다시 말을 이었다.

"역장님, 역장님은 이제 차량을 분리하는 작업을 감독해주시겠습니까? 역무원들을 모두 데리고 나가주십시오. 그리고 가장 가까운 군경대에 전화를 좀 넣어주십시오. 의사도 부르고 로밀로 검찰지청에도 이 사실을 알려야 합니다. 살인 사건이 벌어졌어요."

검표원이 덧붙여 말했다.

"세 건의 살인 사건이 벌어졌지요. 복면을 쓴 두 놈은 도망쳤습니다. 저를 공격한 두 놈 말입니다."

마레스칼이 말했다.

"알고 있습니다. 선로 공사 인부들이 어렴풋한 형체를 목격해 추격 중이라고 합니다. 저쪽 비탈 정상에 자그마한 숲이 하나 있는데, 그 주변과 국도를 따라 수색이 진행 중입니다. 놈들을 잡으면 곧 이쪽으로 연락이 올 겁니다."

사내는 절도 있는 몸짓과 권위적인 태도로 또박또박 말을 내뱉었다.

라울은 놀라움을 금치 못하다가 문득 냉정을 되찾았다. 저 포마드 바른 사내가 여기서 무엇을 하고 있는 것일까? 대체 무엇을 믿고 있기에 저토록 놀라울 만큼 침착한 것일까? 저런 부류의 인간들이 침착한 태도를 보일 때는 대개 화려한 겉모습 뒤로 무언가를 감추고 있기 마련이 아니던가?

게다가 저 마레스칼이라는 자가 오후 내내 미스 베이크필드를 미행한 사실과 열차가 출발하기 전까지 그 여자를 감시한 일을 어찌 잊을 수 있겠는가? 뿐만 아니라 살인 사건이 벌어지는 동안 4번 차량에 있었을 가능성도 충분하지 않은가? 각 차량을 연결하는 연결 통로… 복면을 쓴 삼인조 강도가 불쑥 나타난 연결 통로, 그들 중 한 명, 즉 첫 번째 강도가 그 연결 통로를 통해 다시 돌아올 수 있었으니… 바로 저기서 잘난 척하며 명령을 내리고 있는 저자가 혹시 바로 그놈이 아닐까?

사람들이 급속도로 빠져나갔다. 이제 남아 있는 사람이라고는 검표원뿐이었다. 라울은 자신의 자리로 되돌아가려 했지만 이내 저지당하고 말았다.

라울은 마레스칼이 자신을 알아보지 못할 거라 확신하며 크게 소리쳤다.

"아니, 대체 왜 이러십니까! 저는 원래 여기에 있었던 사람입니다. 내 자리로 돌아갈 거란 말입니다."

마레스칼이 단호하게 응수했다.

"안 됩니다, 선생. 범행 현장은 전적으로 사법 당국의 관할입니다. 허가 없이는 그 누구도 접근할 수 없습니다."

"이 승객 역시 피해자 중 한 분입니다. 강도들이 이분을 묶고 돈을 훔쳐갔어요."

검표원이 불쑥 끼어들었다.

"유감이지만 명령은 명령입니다."

마레스칼이 딱 부러지게 말했다.

"누구의 명령이란 말입니까?"

짜증이 솟구친 라울은 버럭 소리쳤다.

"내 명령입니다."

라울은 팔짱을 끼며 말했다.

"하지만 이보시오, 신사 양반. 당신이 대체 무슨 권리로 그런 말을 하는 겁니까? 보아하니 아까부터 거만하게 이래라저래라 명령을 내리는데, 다른 사람들은 당신 말에 따를지 몰라도 난 그럴 기분이 영 아니올시다."

날라리는 명함을 내밀며 거들먹거리는 목소리로 말했다.

"로돌프 마레스칼, 내무부 산하 국제 수사과 과장이외다."

마치 이러한 직함 앞에서는 누구라도 납작 엎드려야 마땅하다는 표정이었다. 그리고 이렇게 덧붙였다.

"내가 이렇게 사건을 지휘하는 건 역장의 동의가 있었기 때문이며, 더불어 특별한 직무 능력을 갖췄기에 그럴 권리 또한 충분히 있기 때문입니다."

다소 당황한 라울은 일단 자중하기로 했다. 여태껏 관심을 기울이지 않았던 마레스칼이라는 이름이 그제야 불현듯 몇 가지 사건에 관한 어렴풋한 기억을 불러일으켰다. 저 수사과장이라는 자의 뛰어난 능력과 놀라운 통찰력을 보여준 몇몇 사건들에 관한 기억이었다. 어쨌든 지금으로서는 저자와 맞서봤자 아무런 득 될 것이 없는 상황이었다.

'내 잘못이야. 영국 여자 곁에 머물면서 마지막 부탁을 들어줬어야 했는데 공연히 복면 쓴 여자 때문에 감정에 휘둘리느라 아까운 시간만 낭비했어. 하지만 적당한 때가 되면 네놈의 뒷덜미를 붙잡을 테다, 이 포마드 바른 날라리 자식. 그리고 어떻게 네놈이 이 열차에 올라탈 수 있었는지, 그래서 결국 아름다운 두 여인이 주인공인 이 사건을 때맞춰 맡을 수 있었는지 알아내고 말 테다. 그때를 기약하며 지금은 조용히 물러나 주지.'

그러고는 마치 고위 공무원의 권위에 잔뜩 기가 눌린 사람처럼 공손한 어조로 대답했다.

"이거 실례했습니다, 선생. 대부분 해외에서 지내는지라 파리 상황에 대해 잘 알지 못하지만 그래도 선생의 명성은 익히 전해 들었습니다. 그중에서도 특히 귀걸이 사건이 떠오르는데…."

마레스칼은 거드름을 피우며 말했다.

"그렇습니다. 로랑티니 공주의 귀걸이였지요. 뭐, 솔직히 나쁘지 않았습니다. 하지만 오늘은 그때보다 더 잘 해낼 겁니다. 군경대와 예심판사가 나타나기 전에 어느 정도 조사를 진척시켜놓으려 하는데…."

라울은 상대의 뜻에 동조하며 말했다.

"그 사람들이 와서 결론만 지으면 될 정도로 말이죠? 지당하신 말씀입니다. 제 도움이 필요하다면 내일 아침까지 여행을 미루도록 하겠습니다."

"그래주시면 저야 감사하지요."

검표원은 자신이 알고 있는 내용을 진술한 뒤 다시 자리에서 물러나야 했다. 그동안 사건이 벌어졌던 차량은 대피 선로로 옮겨졌고 열차는 멀어져 갔다.

마레스칼은 다시 조사를 시작했다. 그리고 보나마나 라울을 멀찌감치 떼어낼 의도로 역까지 가서 시체를 덮을 천을 갖다 달라고 부탁했다.

라울은 얼른 선로로 내려가 차량을 따라 걷다가 복도 세 번째 창문에 이르자 발꿈치를 들어 안을 슬쩍 들여다보았다.

'그럼 그렇지. 저 포마드 바른 놈은 혼자 있을 속셈으로 날 내보낸 거야. 누가 당도하기 전에 무슨 수작을 부리려는가 보군.'

과연 마레스칼은 영국 여자의 시신을 약간 들어 올려 여행용 망토를 살짝 벗기고 있었다. 여자의 허리에는 자그마한 붉은 가죽 가방이 매어 있었다. 사내는 가죽끈을 풀어 가방을 낚아 채 열어보았다. 가방 안에는 서류가 들어 있었다. 사내는 곧장 서류를 읽기 시작했다. 라울은 사내의 등짝밖에 보이지 않아 어차피 표정을 살필 수 없었기에 투덜거리며 다시 발길을 옮겼다.

"그렇게 서둘러봐야 다 헛짓이야, 친구. 그래 봤자 목적지 앞에서 네놈을 따라잡고 말 테니까. 그 서류는 애당초 내게 맡겨진 물건이야. 나 말고는 그 어떤 다른 놈도 손댈 권리가 없단 말씀이야."

부탁받은 일을 마친 라울은 고인들을 위해 밤샘 추모를 하겠다고 따라나선 역장의 부인과 모친을 데리고 돌아왔다. 마레스칼은 라울에게 덤불숲 속에 숨어 있던 강도 두 놈을 포위했다고 알려주었다.

"다른 정보는 없습니까?"

라울이 묻자 마레스칼은 당당한 어조로 대답했다.

"전혀 없습니다. 단지 그중 한 명이 다리를 저는 모양인데, 그자가 도주한 길에서 나무뿌리 사이에 끼어 있는 구두 굽 하나를 주웠습니다. 그런데 그게 말입니다, 여자용 신발 굽이었답니다."

"그럼 이 일과 전혀 관련이 없겠군요."

"그렇습니다."

사람들이 영국 여자를 반듯하게 눕혔다. 라울은 마지막으로 이 아름답고 불행한 여행 동반자를 쳐다보고는 속으로 중얼거렸다.

'내가 복수를 해주겠소, 미스 베이크필드. 내 비록 당신을 구하지는 못했지만, 당신을 죽인 놈들은 기필코 벌을 받게 하리다.'

그와 동시에 라울은 초록색 눈동자의 아가씨를 떠올리고는 그 묘한 여인을 향해 또다시 증오와 복수의 맹세를 다짐했다. 그리고 젊은 여자의 눈꺼풀을 감겨준 뒤 창백한 얼굴에 천을 덮어주었다.

"정말 아름다운 여인이었습니다. 이 여자의 이름을 아십니까?"

"내가 어떻게 알겠습니까?"

마레스칼은 어물쩍 넘어가려 들었다.

"하지만 거기 가방이 있으니…."

"이건 검찰이 지켜보는 가운데 열어야 합니다."

마레스칼은 얼른 가방끈을 어깨에 걸치며 덧붙였다.

"강도들이 이 가방을 훔쳐가지 않은 게 참으로 의아하군요."

"그 안에 서류가 들어 있을 텐데…."

"검찰이 올 때까지 기다립시다. 여하튼 놈들이 선생의 물건은 모두 훔쳐갔으면서도 저 여자의 물건은 전혀 손을 대지 않은 것 같군요…. 이 팔찌 시계도 그렇고, 브로치도, 목걸이도…."

라울은 사건의 정황을 설명하기 시작했다. 처음에는 진실을 규명하는 데 적극적으로 협력할 생각이었기에 당시 상황을 자세하게 진술했다. 하지만 점점 알 수 없는 충동에 이끌려 일부 사실을 왜곡하기 시작했다. 라울은 세 번째 공범에 대해서는 아무런 언급도 하지 않았고 다른 두 명에 대해서도 모호한 인상착의만을 제공했다. 물론 그들 중 여자가 있었다는 사실도 밝히지 않았다.

마레스칼은 라울의 진술을 듣고 몇 가지 질문을 던졌다. 그런 다음 보초 한 명을 남겨둔 채 라울을 데리고 두 승객의 시체가 널브러져 있는 객실로 건너갔다.

두 승객의 외모는 한 사람이 좀 더 젊어 보인다 뿐이지 서로 매우 비슷했다. 둘 다 가벼워 보이는 인상에 짙은 눈썹, 재단 상태가 엉망인 회색 옷을 입고 있었다. 더 젊어 보이는 쪽은 이마에, 다른 사내는 목에 총알이 박혀 있었다.

마레스칼은 무척 신중을 기하는 척하며 시신의 위치조차 흐트러트리지 않은 채 천천히 주머니를 뒤지고는 천을 다시 덮어놓았다.

거들먹거리고 젠체하기 좋아하는 마레스칼의 성격을 파악한 라울은 이렇게 말했다.

"수사과장님, 벌써 진실의 궤도에 발을 들여놓으신 것 같군요. 과연 대가다운 면모가 느껴집니다. 조금만 설명해주실 수 없겠습니까?"

"안 될 게 뭐 있겠습니까?"

그렇게 말하며 마레스칼은 라울을 다른 객실로 데리고 갔다.

"머지않아 군경이 도착할 겁니다. 의사도 곧 올 거고요. 그 전에 내 지위를 확실히 해두고 기득권을 지키기 위해서라도 지금까지 행한 초동수사의 결과를 미리 발표하는 것도 나쁘지 않겠지요."

라울은 속으로 중얼거렸다.

'그래, 어서 말해봐, 이 날라리야. 나만큼 믿고 이야기를 터놓을 상대도 없을 테니.'

라울은 뜻밖의 횡재를 얻어 어쩔 줄 모르는 척 행동했다. 이얼마나 커다란 영광이고 기쁨이란 말인가! 수사과장은 라울에게 앉으라고 권한 뒤 이야기를 시작했다.

"선생, 몇 가지 모순점과 세부적인 사항에 집착하느라 시간 낭비할 필요 없이, 내 보잘것없는 사견으로는 막대한 중요성을 지닌 다음과 같은 두 가지 주요 사실에 대해 명료히 말씀드리고자 합니다. 우선 이겁니다. 이 영국 아가씨는 놈들이 착각을 하는 바람에 희생당했습니다. 그렇습니다, 선생. 순전히 착각 때문이었습니다. 이의를 제기하려 하지 마십시오. 증거가 있으니까요. 열차가 감속하는 시간에 맞춰 강도들은 바로 뒤쪽 차량에 올라타(멀리서 그놈들을 봤습니다. 세 명인 걸로 기억합니다만…) 당신을 공격한 뒤 돈을 빼앗고, 당신 옆에 앉아 있던 여자 역시 공격한 뒤 결박하려 했습니다…. 그러다 느닷없이 모든 것을 내팽개치고 멀리 달아났지요. 맨 끝 객실까지 말입니다. 그놈들이 대체 왜 갑자기 태도를 바꾼 것일까요…? 대체 무슨 이유로? 오해를 했기 때문입니다. 젊은 여자가 담요를 덮고 있었기 때문이지요. 놈들은 자신들이 두 남자에게 달려들었다고 생각했는데 알고 보니 한 명이 여자였던 겁니다. 그래서 질겁하고, '제기랄, 독한 년!'이라고 소리친 뒤 서둘러 자리를 뜬 거지요. 놈들은 복도를 돌아다니다가 마침내 자신들이 찾고 있던 두 남자를 발견했지요…. 두 남자가 거기에 있었던 겁니다. 그런데 이 두 남자가 거칠게 저항을 합니다. 그래서 놈들은 권총으로 그들을 쏴 죽이고 소지품을 탈탈 털어간 겁니다. 여행 가방, 꾸러미, 심지어 모자까지 모두 다… 이렇게 첫 번째 요점은 명확히 정리된 겁니다, 그렇지 않습니까?"

라울은 깜짝 놀랐다. 마레스칼이 내세운 가설 때문이 아니었다. 그런 생각은 라울 역시 진작부터 하고 있었으니… 하지만 마레스칼이 이렇게 날카롭고 논리적으로 사건을 파악할 수 있는 인물이라는 사실이 내심 놀라웠다.

"두 번째 사실은…."

상대의 감탄 어린 시선에 흥이 오른 수사과장은 곧장 말을 이었다.

마레스칼은 라울에게 정교하게 세공된 자그마한 은제 상자를 건넸다.

"의자 뒤에서 주웠습니다."

"이건 코담뱃갑 아닙니까?"

"그렇습니다. 오래된 코담뱃갑이죠…. 하지만 일반 담뱃갑으로 쓰였나 봅니다. 보시다시피 담배 일곱 개비가 들어 있으니까요. 여성용 순한 담배로 말이지요."

라울은 미소를 지으며 말했다.

"아니면 남성용일 수도… 강도들은 모두 남자였으니까요."

"여성용입니다. 분명합니다."

"그럴 리가요!"

"담뱃갑의 냄새를 맡아보세요."

마레스칼은 라울의 코에 담뱃갑을 들이댔다. 라울은 냄새를 맡은 후 상대의 말에 수긍했다.

"그렇군요, 그래요…. 담뱃갑에 여성용 향수가 은은히 배어 있군요. 핸드백 속에 손수건과 파우더, 향수 스프레이와 함께 보관했었나 봅니다. 여성의 소지품에서만 맡을 수 있는 독특한 냄새가 납니다."

"그렇다면?"

"저도 잘 모르겠습니다. 두 남자가 여기서 죽은 채 발견됐고… 다른 두 남자는 승객들을 공격하고 사람을 죽인 뒤 도망치지 않았습니까."

"남자 한 명과 여자 한 명일 수도 있지 않습니까?"

"뭐라고요! 여자라니… 강도 중 한 명이 여자란 말씀입니까?"

"그게 아니라면 이 담뱃갑을 어떻게 설명할 수 있겠습니까?"

"그것만으로는 증거가 충분치 않습니다."

"또 다른 증거도 있습니다."

"그게 뭡니까?"

"구두 굽… 숲 속 나무뿌리 사이에 끼어 있던 구두 굽 말입니다. 이래도 '열차를 습격한 두 강도는 남자 한 명과 여자 한 명이다'라는 두 번째 주장을 뒷받침할 증거가 더 필요하다고 생각하십니까?"

상대의 예리한 통찰력에 라울은 점점 기분이 언짢아졌다. 하지만 그런 기색을 내비치지 않으려고 부단히 애쓰며 감탄사가 절로 입 밖으로 터져 나오는 것처럼 중얼거렸다.

"정말 대단한 분이시군요!"

그리고 덧붙였다.

"그게 전부입니까? 또 달리 발견하신 건 없나요?"

마레스칼은 웃으며 말했다.

"허! 이거 참, 숨 좀 돌리게 해주십시오!"

"그럼 밤새 여기서 일하실 계획입니까?"

"적어도 두 도주자를 붙잡아 데려올 때까지는 그럴 생각입니다. 내 명령만 제대로 이행하고 있다면 그리 오랜 시간이 걸리지는 않을 겁니다."

라울은 마치 자신이 갈피를 잡지 못한 난해한 사건을 다른 사람에게 온전히 맡긴 여느 평범하고 순박한 사람의 얼굴을 하고선 마레스칼의 이야기를 잠자코 듣고 있었다. 그리고 고개를 끄덕인 뒤 하품을 하며 말했다.

"그럼 신나게 즐기십시오, 수사과장님. 사실 저는 충격을 받아서 그런지 피곤해 죽을 지경입니다. 그러니 한두 시간 정도 휴식을…."

"그렇게 하십시오. 아무 객실에라도 들어가 눈을 좀 붙이세요…. 여기가 좋겠군요…. 아무도 방해하지 못하게 감시하겠습니다…. 그리고 일이 끝나면 저도 와서 좀 쉬어야겠군요."

라울은 문을 닫고 커튼을 친 다음 둥그런 전등을 켰다. 사실 무엇을 하겠다는 뚜렷한 계획은 전혀 없었다. 너무나 복잡한 사건인지라 아직까지는 그럴듯한 해결책이 떠오르지 않았던 것이다. 지금으로서는 그저 마레스칼의 속내를 살피고 그자의 수상쩍은 행동을 파악하는 것으로 만족해야 했다.

'이 포마드 바른 날라리 자식, 넌 내 손아귀에 있어. 우화 속에 나오는 까마귀 같은 놈. 칭찬을 해주니까 좋아서 부리를 떡 벌리는 꼴이라니. 물론 재능도 있고 눈썰미도 있지. 하지만 말이 너무 많아. 저 자식이 미지의 여자와 공범을 붙잡는다면 아

마 내 눈이 휘둥그레질 거야. 이 사건은 바로 이 몸이 직접 해결해야 할 일이니까.'

그런데 그 순간 역 쪽에서 사람 목소리가 점점 크게 들리더니 순식간에 한바탕 소란이 벌어졌다. 라울은 가만히 귀를 기울여보았다. 마레스칼이 복도 창문 밖으로 몸을 숙인 채 다가오는 사람들에게 소리쳤다.

"무슨 일입니까? 아! 잘됐군, 군경이 도착했어…. 내 짐작이 맞습니까?"

누군가 대답했다.

"역장께서 저를 보내셨습니다, 수사과장님."

"당신입니까, 반장? 그래, 용의자는 체포했습니까?"

"한 명만 붙잡았습니다. 여기서 1킬로미터쯤 떨어진 대로변에 녹초가 된 채 쓰러져 있더군요. 다른 한 명은 도망쳤습니다."

"의사는요?"

"오는 길에 보니까 마차에 말을 매고 있었습니다. 하지만 한군데 들를 곳이 있다고 했습니다. 아마 40분쯤 후에 도착할 겁니다."

"잡힌 놈은 둘 중 체구가 작은 쪽이겠죠, 반장?"

"네. 작고 안색이 창백하고… 헐렁한 챙모자를 쓰고 있었습니다…. 그리고 흐느끼면서 이렇게 말하더군요. '모두 말하겠어요. 하지만 예심판사에게만 말하겠어요…. 예심판사는 어디 있죠?'라고요."

"그 작은 놈은 역에 두고 온 겁니까?"

"철저하게 감시하고 있습니다."

"그리로 가봐야겠습니다."

"수사과장님, 무리한 청이 아니라면 그전에 사건 현장을 둘러보고 싶군요."

반장은 군경 한 명과 함께 차량에 올랐다…. 마레스칼은 계단 위에서 반장을 맞아 그를 영국 여자의 시신이 있는 곳까지 안내했다.

이들의 대화를 한마디도 놓치지 않고 듣던 라울은 속으로 중얼거렸다.

'좋아. 일이 잘 풀리고 있어. 저 포마드 바른 날라리가 설명하기 시작하면 다시 입을 다물 때까지는 꽤 오랜 시간이 걸릴 테니까.'

마침내 복잡한 머릿속이 한결 맑아지는 기분이었다. 그리고 순간적으로 예기치 못한 결심이 불끈 솟아올랐다. 하지만 자신이 왜 이런 행동을 하려는지 그 수수께끼 같은 동기는 자신도 도무지 알 수 없었다.

라울은 커다란 유리창을 열고 허리를 숙여 두 줄의 선로를 내려다보았다. 아무도 없었다. 한줄기 빛조차 없었다.

그는 선로 위로 훌쩍 뛰어내렸다.

3
어둠 속의 입맞춤

보쿠르 역은 주택가에서 멀리 떨어진 한적한 들판 한가운데에 자리하고 있었다. 선로와 수직으로 교차하는 길은 보쿠르마을을 향해 뻗어 있었고, 군경대가 위치한 로밀로를 거쳐 사법관들이 오기로 돼 있는 오세르까지 닿아 있었다. 그리고 이 길과 직각으로 만나는 국도가 하나 있었는데, 그 국도는 500여미터 거리를 두고 선로를 따라 뻗어 있었다.

플랫폼에는 램프, 촛불, 전등, 각등 등 온갖 조명 기구들이 있는 대로 총동원된 상태라 라울은 최대한 눈에 안 띄도록 주의를 기울이며 앞으로 나아가야 했다. 역장과 역무원, 인부가 보초를 서고 있는 어떤 군경과 이야기를 나누고 있었다. 그 키 큰 군경은 수화물 보관소로 사용되는 창고의 활짝 열린 문짝 앞에 떡하니 버티고 서 있었다.

어둑한 창고 안에는 바구니와 작은 상자들이 겹겹이 쌓여 있었고 온갖 종류의 소포 꾸러미가 여기저기 널려 있었다. 가까이 다가가니 상자 더미 위에 가만히 웅크리고 있는 사람의 형체 하나가 어렴풋이 눈에 띄었다.

라울은 속으로 중얼거렸다.

'그 여자가 분명해. 초록 눈동자의 아가씨 말이야. 뒷문은 열쇠로 잠겨 있을 테고 유일한 출구는 저 간수가 지키고 있으니 영락없이 감옥에 갇힌 꼴이로군.'

상황이 자신에게 유리하게 돌아가는 듯했다. 하지만 마레스칼과 반장이 예상보다 빨리 당도할 수도 있으니 얼마든지 뜻하지 않은 난관에 부딪힐 수 있는 상황이었다. 따라서 라울은 역사를 빙 돌아 달렸다. 다행히 개미 새끼 한 마리 마주치지 않고 역사 뒤편까지 도착할 수 있었다. 때는 자정이 조금 지난 시간이었다. 더 이상 정차하러 들어오는 열차도 없었고, 플랫폼에 모여 수다를 떠는 몇 사람을 제외하고는 역사 주변을 지나다니는 사람도 전무했다.

라울은 수화물 등록실로 들어갔다. 왼쪽 문을 열면 계단이 있는 현관이 나올 것이고, 그 현관 오른쪽에는 또 다른 문 하나가 있을 것이다. 건물 배치로 미루어 보건대 틀림없이 그런 식일 수밖에 없었다.

라울 같은 인물에게 자물쇠 따위는 그리 문제가 되지 않는 법이다. 라울은 항상 네다섯 개의 자그마한 도구를 갖고 다니면서 제아무리 굳게 잠긴 문이라도 그 도구를 이용해 가뿐히 열곤 했으니 말이다. 과연 문은 단번에 열렸다. 문을 빠끔히 열어보니 칠흑 같은 어둠만이 가득했다. 라울은 문을 밀고 몸을 잔뜩 숙인 채 안으로 조심조심 들어갔다. 바깥에 있는 사람들은 물론이고 고요한 창고 안에서 이따금 숨죽여 흐느끼고 있는 포로조차 아무런 인기척도 느끼지 못했다.

마침 인부가 숲 속에서 벌어졌던 추격전에 대해 이야기를 늘어놓고 있었다. 바로 그 인부가 덤불숲 속에서 램프 불빛에 의지해 '사냥감'을 포획한 장본인인 모양이었다. 그 인부의 말에 따르면, 또 다른 한 놈은 키가 크고 호리호리했으며 산토끼처럼 잽싸게 도망쳤다고 했다. 게다가 주위가 너무 어두워서 추격하기가 쉽지 않았기에 어쩔 수 없이 작은 놈만 데려올 수밖에 없었다는 것이다.

인부가 말했다.

"그런데 저 애송이가 갑자기 징징대기 시작하는 겁니다. 계집애 같은 희한한 목소리로 훌쩍이며 이렇게 말하더군요. '예심판사는 어디에 있죠…? 예심판사에게 전부 다 말하겠어요…. 예심판사에게 데려다주세요'라고요."

그 이야기를 듣자 사람들은 낄낄대기 시작했다. 라울은 그 틈을 타 두 줄로 쌓여 있는 나무 상자 사이로 슬그머니 고개를 내밀었다. 그렇게 해서 결국 라울은 포로가 힘없이 엎드려 있는 소포 더미 바로 뒤로 고개를 들이민 셈이었다. 흐느끼는 소리가 뚝 그친 것을 보니 이번에는 여자도 뭔가 인기척을 느낀 모양이었다.

라울이 속삭였다.

"겁내지 마세요."

여자가 아무 대답도 하지 않자 라울은 다시 말을 이었다.

"겁내지 마세요…. 저는 당신 편입니다."

여자가 나지막한 목소리로 물었다.

"기유?"

도주한 강도의 이름이 틀림없이 기욤일 것이라 생각하며 라울이 대답했다.

"아닙니다. 저는 그저 군경으로부터 당신을 구하러 온 사람입니다."

여자는 아무 말도 하지 않았다. 함정일까 봐 경계하는 눈치였다. 하지만 라울은 다시금 힘주어 말했다.

"당신은 지금 꼼짝없이 사법 당국의 손아귀에 붙잡힌 처지입니다. 제 말을 따르지 않으면 감옥에 갇힌 후 중죄 재판소에 회부될 것이며…."

"아니에요. 예심판사가 절 무죄 석방시켜줄 거예요."

"결코 그런 일은 없을 겁니다. 두 남자가 죽었으니… 당신의 작업복은 피로 얼룩져 있고요… 이리로 오십시오…. 조금이라도 우물쭈물하다가는 끝장날 수 있어요…. 자, 이리로…."

잠시 침묵이 흐른 후 여자가 중얼거렸다.

"손이 묶여 있어요."

라울은 여전히 몸을 웅크린 채 단도로 끈을 끊어주었다.

"저 사람들이 지금 당신을 볼 수 있습니까?"

"군경만 볼 수 있어요. 몸을 돌리면… 하지만 제가 있는 곳이 원체 어두워서 잘 보이지는 않을 거예요. 다른 사람들은 왼쪽에 치우쳐 있어서…."

"좋아요…. 아! 잠깐만요. 이 소리는…."

플랫폼 쪽에서 누군가 다가오는 듯싶더니 마레스칼의 목소리가 들렸다. 라울은 다급하게 지시를 내렸다.

"그대로 가만히 계십시오…. 예상보다 빨리 오는군…. 지금 저 소리 들리십니까…?"

"아! 무서워요…. 이 목소리는… 세상에, 이럴 수가!"

"그렇습니다. 당신의 적, 마레스칼의 목소리죠…. 하지만 겁먹을 필요는 없습니다…. 기억나십니까? 오늘 오후에 대로변에서 누군가 당신과 저자 사이에 불쑥 끼어들었죠. 그게 바로 저였습니다. 그러니 겁먹지 마십시오."

"하지만 저자가 이리로 오면…."

"안 올 수도 있습니다…."

"하지만 오면요…?"

"자는 척을 하거나 기절한 척을 하십시오…. 두 팔로 얼굴을 감싼 채… 움직이지 마십시오…."

"제 얼굴을 보려고 하면 어떡하죠? 저를 알아보면요?"

"아무 대답도 하지 말아요…. 무슨 일이 벌어지더라도 단 한마디도… 그러면 마레스칼은 곧바로 행동에 나서지는 않을 겁니다…. 우선 생각을 하겠죠…. 그다음에는…."

말은 그렇게 했지만 사실 라울도 적잖이 불안했다. 마레스칼은 범인이 여자가 맞는지 확인하려 들 것이 뻔했다. 따라서 그자는 당장 심문을 벌이려 할 테고 보안이 부실하다는 이유로 직접 이 감옥 안을 샅샅이 뒤질 것이다.

아니나 다를까, 그 순간 수사과장이 유쾌한 목소리로 소리쳤다.

"아, 역장님. 이 얼마나 따끈따끈한 사건입니까! 용의자가 이역에 감금돼 있다니! 그것도 엄청난 혐의를 받고 있는 용의자가! 보쿠르 역도 이제 곧 유명해지겠는데요…. 반장, 장소를 아주 잘 고른 것 같군요. 이보다 더 적합한 장소는 없을 것 같습니다. 하지만 만전을 기하는 뜻에서 내가 직접⋯."

그러고는 라울이 예상했던 대로 거침없이 목표물을 향해 뚜벅뚜벅 걸어오기 시작했다. 이제 저자와 젊은 여자 사이에 끔찍한 게임이 벌어질 참이었다. 조금이라도 서툰 몸짓을 보이거나 허튼소리를 하면 초록 눈동자의 아가씨는 곧바로 돌이킬 수 없는 패배를 자초하고 말 것이다.

라울은 이쯤에서 뒤로 물러서려고 했다. 하지만 그렇게 되면 모든 희망을 버리는 셈이었다. 적의 무리들이 자신을 끈질기게 뒤쫓아 다시는 일을 도모하지 못하도록 만들 것이 뻔했다. 따라서 라울은 그저 모든 것을 하늘의 뜻에 맡기고 그곳에 가만히 있기로 했다.

마레스칼은 밖에 있는 사람들에게 연신 뭐라고 떠들면서 창고 안으로 들어섰다. 그러더니 꼼짝 않고 쓰러져 있는 포로를 자신만 볼 수 있도록 은근슬쩍 시야를 차단하는 것이었다. 라울은 마레스칼에게 발각되지 않으려고 적당히 거리를 둔 채 상자 뒤에 몸을 웅크리고 있었다.

수사과장은 문득 걸음을 멈추더니 큰 소리로 외쳤다.

"자고 있는 모양이군⋯. 어이, 친구, 잠시 수다라도 떨 수 있을까?"

그리고 주머니에서 손전등을 꺼내 스위치를 눌러 빛줄기를 쏘아댔다. 하지만 챙모자와 얼굴을 감싼 두 팔밖에 보이지 않자 억지로 상대의 두 팔을 벌리고는 챙모자까지 들어 올렸다.

그러고는 나지막한 목소리로 중얼거렸다.

"그럼 그렇지…. 여자로군…. 금발 여자…! 이봐, 아가씨, 어디 그 아름다운 얼굴 좀 보여주시지."

마레스칼은 상대의 머리를 붙잡고 강제로 자신을 향해 돌렸다. 순간 너무나 엄청난 현실과 대면한 나머지 마레스칼은 믿기 힘든 눈앞의 진실을 도저히 받아들일 수 없었다.

"아니야, 아니야, 이건 말도 안 돼."

사내는 다른 사람이 자신에게 다가올까 봐 얼른 입구 쪽을 살펴보았다. 그러고는 열에 들뜬 손길로 챙모자를 홱 벗겨냈다. 이제 여자의 얼굴이 손전등 불빛에 적나라하게 드러났다.

"이 여자! 이 여자는…. 이런, 내가 미쳤나 보군…. 세상에, 이건 도저히 있을 수 없는 일이야…. 이 여자가 여기 있다니! 이 여자가 살인자라니! 이 여자…! 이 여자가!"

사내는 몸을 좀 더 숙여 상대를 자세히 들여다보았다. 포로는 잠자코 있었다. 창백한 얼굴에는 미세한 떨림조차 일지 않았다. 마레스칼은 가쁜 숨을 몰아쉬며 내뱉었다.

"그래, 당신이로군! 무슨 이런 황당한 경우가? 당신이 사람을 죽이고… 군경에게 붙잡혔다니! 당신이 여기에서 이러고 있다니, 여기에! 어떻게 이런 일이?"

여자는 정말이지 영락없이 잠을 자고 있는 사람 같았다. 마레스칼은 입을 다물었다. 정말로 잠이 든 것일까? 사내는 다시 입을 열었다.

"그래, 그렇게 꼼짝 말고 있으시오…. 다른 사람들을 멀찌감치 따돌리고 오다니…. 아마도 한 시간 내로 돌아올 거요…. 좋아, 얘기는 그때 가서 나눕시다…. 아! 그때는 순순히 내 말에 따라야 할 거요, 귀여운 아가씨."

대체 무슨 말을 하려는 것일까? 무슨 끔찍한 거래라도 제안하려는 것일까? (라울의 추측이 맞다면) 사실 저자도 아직 뚜렷한 계획은 없을 것이다. 너무나 예상치 못한 상황인지라 이 상황을 통해 어떠한 이득을 얻어낼 수 있을지 머리를 굴릴 시간이 필요할 터였다.

사내는 금발 머리에 모자를 다시 씌우고 옆으로 삐져나온 잔머리까지 모자 안으로 모두 집어넣었다. 그러곤 작업복을 벌리더니 웃옷 호주머니를 뒤지기 시작했다. 하지만 아무것도 발견하지 못한 채 이내 몸을 일으켰다. 너무 큰 충격을 받아서 이제는 더 이상 창고 안과 문 쪽을 살펴볼 여념조차 없는 듯했다.

"희한한 놈이로군. 아직 스무 살도 안 된 것 같은데… 철부지 녀석이 공범의 꾐에 빠져 탈선한 모양이야…."

사내는 계속해서 뭐라고 중얼거렸지만 머릿속이 너무나 복잡해 생각할 시간이 필요한 듯 거의 횡설수설대는 수준이었다.

"분명 검찰 측 사람들도 내가 지금까지 진행한 초동수사에 적잖은 관심을 보일 겁니다. 기다리는 동안 여기서 당신과 보초를 설 계획이오만, 반장…. 아니면 혼자 있어도 되고… 딱히 도움이 필요할 것 같지 않으니 잠시 쉬시든가…."

라울은 서둘러 주변에 있는 소포를 뒤적여보고는 포로가 소년처럼 보이려고 입은 작업복과 비슷한 색깔인, 끈으로 묶인 천 가방 세 개를 골랐다. 그리고는 그중 하나를 집어 들고 속삭였다.

"우선 다리를 내 쪽으로 갖다 붙이세요…. 대신 그 자리에 이

걸 놓을 수 있도록… 하지만 천천히 움직여야 합니다. 아시겠
죠…? 그리고 상체를 이쪽으로 옮기는 겁니다…. 그다음에는
머리도….”

라울은 얼음장처럼 차가운 여자의 손을 잡았다. 하지만 여자
가 아무런 반응도 보이지 않자 채근하듯 또다시 말했다.

“제발 내 지시에 따르세요. 마레스칼은 무슨 짓이라도 할 위
인입니다…. 당신에게 모욕을 당했으니… 어떤 식으로든 복수
하려 들 겁니다. 이렇게 당신을 붙잡아놓기까지 했으니… 자,
어서 다리를 이쪽으로 옮기세요….”

여자는 그제야 꼼지락거렸는데, 거의 움직이지 않다시피 미
세하게 이동하는 바람에 몸을 다 옮기기까지는 족히 3~4분은
소요된 듯했다. 이제 여자가 있던 자리, 다시 말해 여자가 몸을
옮긴 곳 바로 앞에는 군경이나 마레스칼이 얼핏 보면 여전히
여자가 그곳에 있는 줄 착각할 정도로 그럴싸하게 회색 가방이
웅크린 사람 형태로 놓여 있었다.

“자… 이제 저들이 등을 돌린 채 큰 소리로 떠들고 있는 틈을
타 이쪽으로 빠져나오는 겁니다.”

라울은 동그랗게 구부린 여자의 몸을 두 팔로 안고 수화물
더미 사이로 잡아 빼냈다. 현관에 이르자 여자는 간신히 몸을
추스를 수 있었다. 라울은 다시 자물쇠를 채우고 수화물 등록
실을 빠져나갔다. 하지만 역사 앞 광장에 발을 내딛자 여자는
그만 기운을 잃고 쓰러지듯 주저앉았다.

“도저히 못 가겠어요…. 도저히….”

라울은 여자를 어깨에 가뿐히 둘러업고 로밀로와 오세르로

뻗어 있는 나무가 울창한 길을 향해 달리기 시작했다. 먹잇감을 낚아챘다는 생각에 무척이나 흡족한 기분으로 말이다. 이제 미스 베이크필드를 죽인 살인범은 자신의 손아귀에서 벗어나지 못할 것이다. 사회를 대신해 자신이 직접 행동에 나선 것이다. 이제 어떻게 해야 할까? 사실 그런 문제는 그다지 중요하지 않았다. 지금 이 순간 그는 정의가 자신을 옳은 방향으로 이끌고 있으며 어떠한 형벌을 내릴지는 차후 상황에 따라 그때 가서 결정하면 된다고 확신하고 있었다. 아니, 적어도 그렇게 생각하고 있었다.

라울은 그렇게 200보쯤 가다가 문득 걸음을 멈췄다. 숨이 차서가 아니었다. 거대한 침묵에 귀 기울이며 상황을 살피기 위해서였다. 나뭇잎이 바스락거리는 소리, 작은 밤살이동물들이 후다닥 도망치는 소리….

"무슨 일이에요?"

여자는 불안한 듯 물어보았다.

"아무것도 아닙니다…. 걱정하실 필요 전혀 없어요…. 안심하셔도 됩니다…. 멀리서 말발굽 소리가 들리는군요…. 사실 바라던 바지요…. 다행입니다…. 당신에게는 구원의 소리나 마찬가지니까요…."

라울은 어깨에서 여자를 내려놓고 마치 아이를 안듯 두 팔로 번쩍 안아 들었다. 그렇게 서둘러 300~400미터쯤 가다 보니 국도와 만나는 교차로에 이르렀다. 시커멓게 우거진 나뭇잎 아래로 하얀 길이 펼쳐져 있었다. 주변 풀잎이 너무나 축축했기에 라울은 비탈 안쪽으로 들어가 앉으며 여자에게 말했다.

"내 무릎 위에 그대로 누워 계세요. 그리고 내 말 잘 들으십시오. 지금 저 마차 소리 말입니다, 좀 전에 사람들이 부른 의사가 도착하는 소리입니다. 내가 저 양반을 처리할 겁니다. 나무에 얌전히 묶어놓는 거지요. 그런 다음 우리는 마차에 올라타 다른 노선의 열차를 탈 수 있는 역이 나올 때까지 밤새도록 달릴 겁니다."

여자는 아무런 대답도 하지 않았다. 라울은 여자가 자신의 말을 제대로 듣고 있는 건지 의심스러웠다. 여자의 손이 불덩이처럼 뜨거웠다. 여자는 일종의 착란상태에 빠진 채 계속 중얼거렸다.

"난 죽이지 않았어요…. 난 죽이지 않았다고요…."

"쉿. 그 얘기는 나중에 합시다."

라울이 퉁명스러운 어조로 말했다.

두 사람은 아무 말도 하지 않았다. 고요히 잠든 주변 들판에 거대한 평온이 내려앉았다. 정말이지 조용하고 안전한 장소였다. 이따금 말발굽 소리만이 어둠을 뚫고 들려올 뿐이었다. 저만치에서 마차의 불빛이 부릅뜬 두 눈처럼 두세 차례 번쩍거렸다. 역 쪽에서는 여전히 아무런 소요도 없었고 위협적인 조짐조차 보이지 않았다.

라울은 이 기묘한 상황에 대해 곰곰이 생각해보았다. 품 안에 안긴 여자의 심장이 어찌나 격렬하게 날뛰는지 그 요동이 고스란히 전해질 정도였다. 이 베일에 싸인 살인자의 얼굴 너머로 자신이 여덟아홉 시간 전 엿보았던, 아무 걱정 없이 그저 행복해 보였던 파리지앵의 모습이 서서히 떠올랐다. 너무나도

상이한 두 이미지가 머릿속에서 하나로 뒤엉켰다. 그러자 기억 속 그 눈부신 모습이 영국 여자를 죽인 살인자에 대한 증오심을 점차 누그러뜨렸다. 과연 이 여인을 증오하기는 하는 것일까? 라울은 이 질문에 매달린 채 골똘히 생각에 잠겼다.

'난 저 여자를 증오해…. 어찌 됐든 사람을 죽인 건 분명하니까…. 영국 여자는 저 여자와 저 여자의 공범이 실수를 저지르는 바람에 죽은 거라고…. 그래, 난 저 여자를 증오해…. 미스 베이크필드의 원수를 갚아줄 테다.'

하지만 이런 생각을 조금도 말로 옮기지는 않았다. 오히려 자신도 모르는 사이에 부드러운 말들이 절로 입 밖으로 튀어나왔다.

"불행이란 놈은 원래 예상치 못할 때 들이닥치는 법이죠. 안 그렇습니까? 행복하고… 무탈하게 살고 있을 때… 느닷없이 범죄 사건이 발생합니다…. 하지만 결국 모든 일이 잘 정리되곤 하지요…. 그저 날 믿으세요…. 일이 다 잘 해결될 테니…."

라울은 여자가 서서히 마음의 평온을 되찾고 있음을 감지했다. 여자는 이제 더 이상 열에 들떠 온몸을 바르르 떨지 않았다. 악몽, 불안, 공포, 밤과 죽음의 세계에 속한 온갖 흉측한 것들… 요컨대 악한 기운이 사그라진 듯했다.

라울은 상황에 이끌려 궤도를 이탈한 자들에게 균형을 되찾아주고 끔찍한 현실을 잠시나마 잊게 해주는 일종의 자기력과도 같은 자신의 영향력과 지배력을 마음껏 음미하고 있었다.

게다가 그 자신 역시 좀 전에 벌어진 비극적인 사건에서 한결 멀어진 기분이었다. 죽은 영국 여자는 기억 속에서 서서히 희미해져갔고, 자신의 품 안에 있는 여자는 피로 얼룩진 작업복을 입은 범인이 아니라 우아하고 눈부신 파리 아가씨로 되돌아와 있었다. 라울은 몇 번이고 속으로 중얼거렸다. '죗값을 치르게 할 거야. 이 여자는 반드시 벌을 받을 거라고.' 하지만 무슨 수로 여자의 입술에서 새어 나오는 이 싱그러운 숨결을 외면할 수 있겠는가?

마차의 번뜩이는 두 눈이 점점 더 부리부리해졌다. 이대로라면 의사는 8~10분 안에 당도할 터였다.

'그렇다면… 이 여자와 따로 떨어져서 행동해야겠군…. 그러면 끝일 텐데… 다시는 이 여자와 나 사이에 이런 순간은 오지 않을 거야…. 이런 둘만의 시간은….'

라울은 조금 더 몸을 숙였다. 눈을 감고 있는 여자는 남자의 보호 아래 자신을 온전히 내맡긴 모습이었다. 모든 일이 잘 풀리고 있다고 생각하는 듯했다. 그렇게 위험은 멀어져 갔다.

라울은 갑자기 몸을 완전히 숙여 여자의 입술에 입을 맞췄다.

여자는 잠시 저항하려다 숨을 몰아쉬고는 아무 말도 하지 않았다. 입맞춤을 받아들이는 듯했고, 고개를 살짝 뒤로 빼기는 했지만 감미로운 입술의 감촉에 자신을 내맡긴 듯했다. 그렇게 몇 초가 흘렀을까. 여자는 번뜩 정신을 차린 듯 팔을 뻗어 남자의 품에서 잽싸게 벗어나 신음하듯 중얼거렸다.

"아! 끔찍해라! 이런 수치스러운 일이! 날 놔줘요! 놔달란 말이에요…! 정말이지 비열한 짓이로군요."

라울은 여자를 비웃어주려 했다. 화가 나서 욕이라도 퍼붓고 싶었다. 하지만 적당한 말을 찾지 못하고 망설이는 사이 여자는 남자를 거칠게 밀쳐내고는 어둠 속으로 후다닥 달아났다. 남자는 나지막한 목소리로 중얼거렸다.

"대체 왜 저러는 거야! 고상한 척하기는! 내가 뭘 어쨌다고? 세상에! 누가 보면 내가 불경죄라도 저지른 줄 알겠네…."

라울은 다시 자리에서 일어나 비탈을 오르며 여자를 찾았다. 대체 어디로 사라진 것일까? 나무가 원체 빽빽이 우거져 있어서 좀처럼 종적을 찾을 수가 없었다. 여자를 따라잡기란 사실상 불가능해 보였다.

라울은 투덜거리며 욕을 퍼부었다. 이제 그의 마음속에는 조롱당한 사내의 증오와 원한만이 가득했다. 머릿속에는 역으로 돌아가 여자가 사라진 사실을 알리고 싶은 잔인한 계획이 끊임없이 맴돌았다. 그때 갑자기 저만치에서 비명 소리가 들려왔다. 언덕에 가려진 저쪽 길 어디쯤에서 들려오는 소리였는데, 마차에서 새어 나오는 소리 같았다. 라울은 부리나케 소리가 난 쪽으로 달려갔다. 아니나 다를까, 마차의 램프 불빛 두 개가 시야에 들어왔다. 그런데 갑자기 불빛이 옆으로 꺾이더니 방향을 바꾸는 것이 아닌가. 마차는 점점 멀어져 갔다. 이제 여유롭게 터벅터벅 걷는 말발굽 소리가 아니라 채찍을 맞아 흥분한 짐승의 격한 뜀박질 소리가 들렸다. 비명 소리를 쫓아간 라울은 잠시 후 어두컴컴한 가시덤불 한가운데에서 움찔거리고 있는 남자의 형체를 발견했다.

"로밀로에서 오신 의사 선생, 맞으십니까? 나는 역에서 선생을 마중하러 나온 사람입니다…. 보아하니 습격을 당하신 모양이군요?"

"그렇습니다…. 어떤 사람이 길을 묻기에 마차를 세웠더니 갑자기 제 목을 낚아채 몸을 꽁꽁 묶고 가시덤불에 내동댕이쳤습니다."

"범인은 선생의 마차를 훔쳐 달아났고요?"

"그렇습니다."

"혼자였습니까?"

"아니요. 누군가 그자와 합류했어요…. 그래서 제가 소리를 냅다 지른 겁니다."

"남자였습니까, 여자였습니까?"

"자세히 보지 못했습니다. 게다가 둘은 아주 나지막한 목소리로 몇 마디만 주고받더군요. 그들이 떠나자마자 소리를 질러 도움을 요청한 거고요."

라울은 의사를 간신히 가시덤불에서 끄집어낸 뒤 질문을 이어갔다.

"재갈을 물리지는 않던가요?"

"웬걸요, 물렸지요. 하지만 허술한 솜씨더군요."

"무엇으로 재갈을 물리던가요?"

"제 스카프로요."

"하긴 재갈을 제대로 물리려면 방법이 따로 있는데 그 방법을 아는 사람은 극히 드물지요."

라울은 스카프를 덥석 짚더니 의사를 넘어뜨리고는 어떻게 재갈을 물려야 하는지 몸소 시범을 보이기 시작했다.

시범은 여기서 그치지 않고 다른 작업으로 이어졌다. 곧바로 라울은 기욤이 사용했던 말 덮개와 고삐로(분명 공격자는 기욤일 테니까. 그리고 여자가 그자와 합류했으리라) 의사를 단단히 결박했던 것이다.

"아프지는 않았지요, 의사 선생? 미안합니다. 그래도 이제 가시나 쐐기풀 때문에 고생할 걱정은 안 해도 됩니다."

라울은 자신의 포로를 어디론가 데리고 가며 덧붙였다.

"자, 여기가 선생이 하룻밤 묵을 곳입니다. 그리 많이 불편하지는 않을 겁니다. 이끼가 햇볕을 받아 잘 말라 있어서 다행히 바닥이 그리 축축하지 않네요⋯. 아니요, 뭐, 고마워할 필요까지는 없습니다, 의사 선생. 나도 굳이 이렇게까지 하고 싶지는 않았는데⋯."

그때까지만 해도 라울 드 리메지는 당장이라도 전속력으로 뛰어가 무슨 일이 있더라도 두 도주자를 붙잡을 계획이었다. 그토록 어리석은 짓을 저지르고 말았다니! 뒤통수를 된통 얻어맞은 기분이 들어 약이 바짝 올랐다. 어떻게 이럴 수가! 여자를 발톱으로 움켜잡기까지 한 마당에 도망치지 못하게 목덜미를 움켜잡기는커녕 입맞춤이나 즐기고 있었다니! 그런 상황에서는 응당 정신을 똑바로 차리고 있어야 하거늘, 어째서 그런 멍청한 짓을?

하지만 그날 밤 라울 드 리메지는 줄곧 자신의 의지와는 상반되게 행동했다. 의사 곁을 떠나자마자 그는 애초 계획을 단념하지 않으면서도 새로운 계획에 이끌려 역으로 다시 발길을 돌렸다. 즉 군경의 말을 훔쳐 타고 일을 깔끔히 마무리 지을 작정이었던 것이다.

안 그래도 이미 철도 작업원이 보초를 서고 있는 헛간 앞에 기마대의 말 세 필이 얌전히 묶여 있는 것을 눈여겨봐 둔 터였다. 라울은 헛간 앞에 도착했다. 마침 철도 작업원은 초롱불 아래서 꾸벅꾸벅 졸고 있었다. 단도를 꺼낼 때만 해도 라울은 말한 마리만 끈에서 끊어낼 생각이었다. 하지만 이내 마음을 바꿔 최대한 신중히 말 세 마리의 뱃대끈과 고삐를 모두 잘라버렸다.

그렇게 해서 초록 눈동자의 아가씨가 사라진 사실을 깨달은 후에도 군경들은 아예 말을 타고 추격을 할 수 없게 되어버렸다.

라울은 원래 있던 객실로 돌아가며 속으로 중얼거렸다.

'내가 지금 무슨 짓을 하고 있는 건지 모르겠군. 분명 그 막돼먹은 여자를 혐오하는데 말이야. 그 여자를 사법 당국에 넘겨 복수의 맹세를 지킨다면 그만큼 속 시원한 일이 또 어디 있겠어. 그런데 나도 모르게 자꾸만 그 여자를 구하려고 이렇게 애쓰고 있다니, 대체 내가 왜 이러는 걸까?'

사실 라울은 이 질문에 대한 답을 명확히 알고 있었다. 처음부터 그 비췻빛 눈동자에 마음이 끌린 데다, 한없이 연약한 여자를 품 안에서 느끼고 입술까지 맞댔으니 어찌 보호하고 싶은 마음이 생기지 않을 수 있겠는가? 입을 맞춘 여자를 사법 당국에 넘길 수는 없는 노릇 아닌가? 그래, 살인범이라고 치자. 하지만 그 여자는 분명 자신의 입맞춤에 몸을 떨었다. 그리고 라울은 이 세상 그 무엇도 여자를 안전하게 지켜내려는 자신의 굳은 의지를 꺾을 수 없으리라는 사실을 알고 있었다. 오늘 밤 나눴던 그 뜨거운 입맞춤은 지난 모든 비극적인 사건과, 이성보다는 본능에 이끌려 취했던 그 모든 결심보다 훨씬 더 강렬했으니까.

그리하여 라울은 마레스칼을 만나 수사 결과를 알아보고, 더불어 콘스탄스 베이크필드와 그 영국 여자가 자신에게 부탁했던 가방에 대해 캐내기로 마음먹었다.

두 시간 후, 마레스칼은 녹초가 된 몸을 이끌고 객실로 들어오더니 라울이 앉아 있는 의자 맞은편에 쓰러지듯 몸을 뉘였다. 태평하게 기다리고 있던 라울은 그제야 잠에서 깬 듯 황급히 몸을 일으키고는 후다닥 불을 켰다. 그리고 수사과장의 일그러진 얼굴과 헝클어진 가르마, 축 늘어진 콧수염을 보고 깜짝 놀란 듯 소리쳤다.

"아니, 이게 무슨 일입니까, 수사과장님? 얼굴이 말이 아니신데요."

마레스칼은 중얼거리듯 대답했다.

"아직 모르고 계신 겁니까? 아무 얘기도 못 들었어요?"

"전혀요. 수사과장님이 문을 닫고 나가신 후부터는 아무 소리도 못 들었는데요."

"도망쳤습니다."

"누가요?"

"살인자 말입니다!"

"그럼 붙잡긴 했단 말씀입니까?"

"그렇습니다."

"둘 중 누구를 붙잡았습니까?"

"여자 쪽이었습니다."

"아, 역시 여자였습니까?"

"그렇더군요."

"그런데 감시를 안 한 겁니까?"

"감시를 하긴 했지요. 단지…."

"단지, 뭡니까?"

"단지 감시한 대상이 여자가 아니라 천 꾸러미였으니 그게 문제였지요."

라울은 도주자를 쫓는 일을 단념했다. 여러 가지 이유가 있었지만 무엇보다 당장 분풀이를 하고 싶은 끓어오르는 욕구 때문이었다. 자신이 농락당한 만큼 누군가를 농락하고 싶었고 조롱당한 만큼 누구라도 조롱하고 싶었다. 마침 마레스칼이 거기에 있었고, 그렇게 희생자가 정해졌다. 더군다나 마레스칼은 라울이 알지 못하는 비밀을 알고 있는 인물이었으니, 그런 대상이 힘없이 무너지자 마음속에 묘한 감정이 샘솟았던 것이다.

"이것 참 큰일이군요."

라울이 말했다.

"네, 큰일이지요."

수사과장은 동조했다.

"그러면 아무런 단서도 없는 건가요?"

"티끌만 한 단서도 없습니다."

"공범이 남긴 새로운 흔적도 없고요?"

"공범이라뇨?"

"도주를 도운 공범 말입니다."

"전혀요! 숲 속 여기저기에서 발견된 그자의 신발 자국 모양은 이미 파악해놓은 상태입니다. 그런데 역 입구, 진흙 웅덩이에서 여성용 단화 자국 바로 옆에 나란히 찍힌 신발 자국 하나를 발견했는데, 그 모양이 공범의 것과는 사뭇 달랐습니다. 좀더 작고… 뾰족했지요."

라울은 진흙투성이가 된 자신의 반장화를 되도록 의자 안 깊숙이 밀어 넣으며 자못 궁금하다는 표정으로 물었다.

"그렇다면… 또 다른 누군가가 있다는 말씀입니까?"

"분명 그럴 겁니다. 내 생각으로는 그 누군가가 의사의 마차를 가로채 여자 살인범을 데리고 도망친 것 같습니다."

"의사의 마차라고요?"

"그게 아니라면 의사가 벌써 우리 앞에 도착해 있겠지요! 의사가 아직 나타나지 않은 걸 보니 마차에서 내동댕이쳐져 어디 으슥한 곳에 갇혀 있는 게 틀림없습니다."

"마차라면 따라잡을 수 있을 텐데…."

"어떻게요?"

"군경대가 타고 온 말이 있잖습니까…."

"안 그래도 말들이 있는 창고로 달려가 곧장 말 위에 올라탔지요. 그런데 앉자마자 안장이 벗겨져 그대로 땅바닥에 굴러 떨어지고 말았습니다."

"거 참, 어찌 된 일일까요?"

"말을 감시하던 담당자가 깜빡 조는 사이 누군가가 안장을 고정하고 있던 뱃대끈과 고삐를 몰래 잘라버린 겁니다. 아예 추격을 못 하도록 말이죠."

라울은 새어 나오는 웃음을 참을 수 없었다.

"이런! 이제야 수사과장님께서 제대로 된 적수를 만나셨나 봅니다."

"정말 대단한 놈입니다, 선생. 예전에 아르센 뤼팽이 가니마르와 대결한 사건을 자세히 살펴볼 기회가 있었는데 간밤의 기습도 그때와 거의 비슷한 솜씨로 자행됐더군요."

라울은 끈질기게 물고 늘어졌다.

"정말이지 이건 재앙이군요. 이번 체포 건에 상당히 커다란 기대를 거셨잖습니까…?"

쓰라린 패배를 겪은 터라 마레스칼은 마음속 이야기를 술술 털어놓았다.

"그랬지요. 실은 내무부 내에 저한테 적대감을 품고 있는 세력들이 꽤 있거든요. 이런 상황에서 그 여자를 즉시 붙잡았다면 더할 수 없이 큰 도움이 됐겠지요. 생각해보십시오…! 이 사건이 얼마나 커다란 파장을 몰고 올지…! 젊고 아리따운 여자가 변장을 하고 저지른 살인 행각… 그 사건을 해결하면 저는 졸지에 유명 인사가 되는 거지요. 그러고 나면…."

마레스칼은 잠시 멈칫했다. 하지만 나중에 후회하는 한이 있더라도 당장은 자신의 속마음을 주절대며 털어놓지 않고서는 못 배길 것 같은 순간이 누구에게나 있기 마련 아닌가. 그런고로 마레스칼은 자신의 속내를 솔직히 털어놓았다.

"그러고 나면 그 후 반대 진영에 대항해 제가 거둘 승리는 두 배, 아니 세 배쯤 더 빛이 나겠죠…."

"또 한 번 승리를 거두시겠단 말씀입니까?"

라울은 감탄에 찬 목소리로 중얼거렸다.

"그렇습니다, 쐐기를 박는 거죠."

"쐐기를 박는다고요?"

"물론이죠. 게다가 그 누구도 결코 제게서 승리를 가로채지 못할 겁니다. 이미 죽어버린 여자를 둘러싼 일이니까요."

"영국 여자와 관련된 일입니까?"

"그렇습니다, 그 죽은 영국 여자."

라울은 적당히 멍청한 표정을 유지하고 있었는데, 그러고 있으니 정말이지 동료의 위대한 업적에 기꺼이 감탄하고 싶어 하는 순진무구한 사람 같아 보였다.

"좀 더 자세히 설명해주실 수 있겠습니까…?"

"뭐, 안 될 이유도 없지요. 자, 이제 선생께서는 사법관들보다 두 시간이나 먼저 이 사건의 경위에 대해 듣게 되시는 겁니다."

피로에 지치고 머릿속도 혼란스러운 마레스칼은 평소와는 달리 신중하지 못하게 풋내기 수사관처럼 이런저런 이야기를 떠벌리고 있었다. 마레스칼은 라울에게 몸을 기울이며 말했다.

"그 영국 여자가 누군지 아십니까?"

"그럼 수사과장님은 그 여자가 누군지 안다는 말씀입니까?"

"알다마다요! 나름대로 꽤 친밀한 사이였는걸요. 6개월 전부터 계속 그 여자의 뒤를 밟고 주위를 살피며 그녀를 꼼짝 못 하게 할 증거를 찾으려 애써왔으니. 늘 허탕을 쳤지만 말입니다…!"

"꼼짝 못 하게 할 증거라니요?"

"네! 그렇습니다. 그 여자를 꼼짝 못 하게 할 증거! 영국의 대귀족이자 백만장자인 베이크필드 경의 딸인 동시에 그저 오락

거리나 재미 삼아 범죄 조직을 이끌며 호텔을 터는 국제적 절도범인 레이디 베이크필드를 꼼짝 못하게 할 증거 말입니다. 게다가 제가 엿본 바로는 아주 제멋대로 사는 여자였죠. 그 여자와 이야기를 하다 보면 빈정대는 말투와 자만심 가득한 태도가 고스란히 느껴졌습니다. 네, 그 여자는 도둑이었어요. 그래서 상사에게 보고까지 해두었습니다. 하지만 어떻게 붙잡을까, 그것이 문제였죠. 그런데 바로 어제, 여자의 꼬리를 붙잡았고, 그 후부터 쭉 그녀의 뒤를 쫓았던 겁니다. 여자가 머무는 호텔에 심어둔 우리 쪽 사람의 말에 따르면, 미스 베이크필드가 어제 니스로부터 별장의 도면을 받았다고 합니다. 다음 도둑질할 장소인 게 분명한데, 첨부된 편지에는 B 별장이라고만 적혀 있었답니다. 여자는 작은 가죽 가방에 무척이나 수상쩍은 서류들과 함께 그 도면과 편지를 집어넣고 곧장 프랑스 남부를 향해 떠났습니다. 그리고 저도 여자를 따라 열차에 올라탔죠. '그리로 가서 저 여자를 현행범으로 체포하든지, 아니면 적어도 가방 속 서류라도 손에 넣어야겠다.' 이런 생각을 하면서 말이지요. 하지만 그렇게 오래 기다릴 필요조차 없었습니다. 강도들이 여자를 제게 넘겨준 셈이니까요."

"그렇다면 그 가죽 가방은요?"

"옷 속에 끈으로 묶어 지니고 있더군요. 지금은 바로 여기에 있고요."

마레스칼은 외투로 덮인 허리 부위를 툭 치며 말했다.

"잠깐 훑어볼 시간이 있었는데 척 봐도 명백한 증거물이더군요. 과연 B 별장의 도면이 들어 있었어요. 게다가 여자가 파란색 펜으로 그 위에다 4월 28일이라고 적어놓았더군요. 4월 28일이면 내일 모레, 수요일 아닙니까."

라울은 적잖이 실망했다. 하룻저녁을 함께 했던 아리따운 아가씨가 도둑이라니! 그토록 구체적인 증거들이 뒷받침하고 있는 혐의들을 어찌 부인할 수 있단 말인가. 게다가 여자가 자신을 그토록 훤히 꿰뚫어 본 이유를 알고 나니 실망감은 더욱 커졌다. 국제적인 절도 조직과 연계된 인물이라면 당연히 이런저런 정보를 갖고 있었을 테고, 따라서 라울 드 리메지라는 가면 뒤에 숨어 있는 아르센 뤼팽의 그림자를 충분히 엿볼 수 있었을 터였다.

그러니 죽는 순간 간신히 내뱉었던 그 말은 다름 아닌 뤼팽에게 건넨 자백이자 죄인의 간청이었던 셈이다.

'내 명예를 지켜주세요…. 아버지가 아무것도 모르시도록… 서류를 없애주세요…!'

"그러면 수사과장님, 이번 사건이 알려지면 지체 높은 베이크필드 가문이 큰 타격을 입겠는걸요?"

"어쩔 수 없는 일 아닙니까…!"

라울이 말을 이었다.

"그래도 그런 생각을 하면 마음이 영 불편하지 않습니까? 좀 전에 도망친 아가씨를 사법 당국에 넘길 생각을 해도 마음이 개운치 않고요. 그 아가씨는 아직 너무 젊지 않습니까?"

"젊고 무척이나 아름답지요."

"그래도 체포하실 생각이십니까?"

"선생, 비록 그렇다고 할지라도, 그리고 모든 상황을 고려하더라도, 난 기필코 내 맡은 바 의무를 이행하고 말 겁니다."

마레스칼은 마치 자신의 능력을 보상받고 싶어 하고, 투철한 직업의식으로 단단히 무장된 사람처럼 이 말을 내뱉었다.

"옳은 말씀입니다, 수사과장님."

라울은 일단 동의했다. 하지만 라울의 눈에는 마레스칼이 의무감과 여타 다른 감정, 예를 들어 원한이나 야심을 혼동하고 있는 듯했다.

마레스칼은 시간을 확인하더니 검찰 쪽 사람들이 오기까지는 어느 정도 쉴 여유가 있다고 판단했는지 의자 등받이에 기대어 몸을 뒤로 젖히고는 작은 수첩에다 무언가를 끄적이기 시작했다. 하지만 얼마 못 가 수첩을 무릎 위에 떨어뜨리고는 곤한 잠에 빠져들었다.

그의 앞에 앉아 있던 라울은 상대를 몇 분간 물끄러미 쳐다보았다. 기차에서 저자를 만난 뒤부터 저자에 대한 이미지가 서서히 잡혀갔다. 권모술수에 능한 경찰관의 모습, 아니 그보다는 취미나 재미 삼아 경찰 일을 하는 부유한 호사가의 모습이 그려졌다. 하지만 분명 자신의 일에 열정도 있고 흥미도 있는 듯했다. 여복이 많은 마레스칼은 자신의 두 눈으로 목격했듯 얼굴에 철판을 깔고 여자의 꽁무니를 따라다니는 위인일 테고, 초고속 승진의 배경에는 여러 여자들의 도움이 있었을 터였다. 저자가 내무부 장관의 집에 드나들면서 그 부인으로부터 부당한 특혜를 받았다는 소문까지 돌지 않았던가…?

라울은 수첩을 집어 든 뒤 잠든 마레스칼을 힐끗힐끗 쳐다보며 글씨를 써 내려갔다.

로돌프 마레스칼에 대한 관찰 보고서

뛰어난 수사관. 추진력이 뛰어나고 머리도 명석함. 단 지나치게 말이 많음. 처음 보는 사람에게 속내를 털어놓으면서도 이름도 물어보지 않으며 신발 상태도 확인하지 않음. 심지어 상대의 얼굴을 바라보며 인상착의를 기억해두려는 시도조차 하지 않음.

가정교육을 제대로 받지 못한 듯함. 오스만 대로의 제과점 입구에서 아는 여자를 만나자 무례하게 접근한 뒤 상대가 싫다는데도 억지로 말을 붙임. 몇 시간 뒤 군경대의 감시를 받고 있는 피투성이 작업복 차림에 남장을 한 그 아가씨를 다시 만났을 때도 창고에 자물쇠가 제대로 채워져 있는지, 객실에 남겨두고 온 아무개 씨가 소포 꾸러미 뒤에 웅크리고 있지는 않는지 확인해볼 생각조차 하지 않음.

그러므로 아무개 씨가 마레스칼이 저지른 중대한 실수를 이용해 자신의 소중한 익명성을 유지한 채 증인과 비겁한 제보자의 역할을 거부한다 할지라도, 또한 가죽 가방 속에 들어 있는 서류를 단서로 직접 이 기묘한 사건을 파헤치고 불쌍한 콘스탄스와 베이크필드 가문의 명예를 적극 수호한다 할지라도, 더불어 수수께끼 같은 초록 눈동자의 아가씨를 처벌하는 데 전력을 기울이는 동시에 다른 그 누구도 그 금색 머리카락 한 올조차 건드리지 못하게 할 뿐 아니라 그 아름다운 두 손에 묻은 피의 대가를 묻도록 허용하지 않는다 할지라도 절대 놀라지 말 것.

라울은 서명 대신 마레스칼이 제과점 앞에서 자신을 만난 기억을 떠올릴 수 있도록 안경을 끼고 입에 담배를 문 남자의 얼굴을 그린 뒤 여백에다 '불 좀 빌려주겠나, 로돌프?'라고 적어놓았다.

　수사과장은 이제 코까지 골고 있었다. 라울은 그의 무릎 위에 수첩을 고이 올려놓은 다음, 자신의 주머니에서 작은 약병 하나를 꺼내 뚜껑을 열고 마레스칼의 코밑에 바짝 들이댔다. 지독한 클로로포름 냄새가 공기 중에 퍼져나갔다. 마레스칼의 고개가 좀 전보다 더욱 축 처졌다.

　그제야 라울은 조심스레 상대의 외투를 펼쳐 가방이 달린 가죽끈을 푼 뒤 자신의 웃옷 속 허리춤에 그 가방을 둘러멨다.

　그 순간 천천히 열차가 지나갔다. 화물열차였다. 라울은 창문을 열고 아무도 없는지 확인한 뒤 저쪽 발판 위로 뛰어내렸다. 그러고는 사과가 가득한 화물칸 방수포 아래에 편안하게 자리를 잡았다.

　라울은 속으로 중얼거렸다.

　'죽어버린 여자 도둑과 끔찍한 여자 살인범, 이런 여자들이 내가 보호해야 할 대상이란 말인가. 젠장, 대체 내가 왜 이 따위 모험에 뛰어들게 된 걸까?'

4

B 별장을 털다

그로부터 수년이 흐른 어느 날, 아르센 뤼팽은 내게 초록 눈동자의 아가씨에 대한 이야기를 들려주면서 이런 말을 덧붙였다.

"내게도 철칙이 있네. 적당한 때가 오기 전까지는 절대 서둘러 해답을 찾지 않으려 한다는 게 내 철칙이지. 어떤 수수께끼를 풀려면 우연한 기회가 찾아오거나 실질적인 단서들이 충분히 모일 때까지 침착하게 기다릴 줄 알아야 하네. 사건의 전개와 보조를 맞춰서 한 발 한 발 신중하게 진실에 다가가야 하지."

특히 모순과 부조리, 일관성 없는 행동으로 가득한 사건일 경우, 그리고 그 사건 안에서 어떠한 맥락도 유추해낼 수 없는 경우, 이 같은 주장은 더욱더 유효하다. 이번 사건은 그 어떤 통일성도, 대략의 밑그림을 그릴 수 있는 단서도 없었으며 모든 요소들은 제각각 뿔뿔이 흩어져 있었다. 라울은 이런 사건일수록 조급함을 버려야 한다는 사실을 그 어느 때보다 절감하고 있었다. 자고로 이 같은 사건에 뛰어들 때는 추론과 직관, 분석과 조사를 하면서도 함정에 빠지지 않도록 매사에 주의를 기울여야 하는 법이다.

따라서 라울은 화물열차가 햇볕이 내리쬐는 들판을 가로질러 남쪽을 향해 달리는 동안 화물칸 방수포 아래에 조용히 앉아 있었다. 허기를 달래려고 사과를 와삭 베어 물며 나른한 몽상에 잠겼는데, 아름다운 여자가 저지른 끔찍한 범죄와 그 어두운 영혼에 대한 빈약한 가설을 세우느라 시간을 낭비하는 대신, 자신의 입술과 맞닿았던 더할 수 없이 부드럽고 감미로운 여자의 입술을 떠올리며 흐뭇한 기분에 젖어들었다. 그 입맞춤만이 라울이 골몰하고 싶은 단 한 가지 사실이었다. 물론 영국 여자의 원한을 갚고 범인을 응징하고 제3의 공범을 붙잡고 도난당한 지폐를 되찾는 일 또한 무척이나 흥미로웠다. 하지만 초록 눈동자의 아가씨를 다시 만나 자신에게 내맡겼던 입술을 되찾는 것이야말로 더할 수 없이 흥분되는 일 아니겠는가!

가죽 가방을 뒤져보았지만 결정적인 단서는 얻지 못했다. 공범의 명단, 여러 나라에 퍼져 있는 동료들과 주고받은 편지…… 아! 미스 베이크필드는 정말로 도둑이었던 것이다. 그토록 교묘한 범죄자들이 미숙하게도 미처 처분하지 못한 이 숱한 증거들이 그 사실을 여실히 증명하고 있었다. 그 옆에는 베이크필드 경의 편지가 있었는데, 하나같이 따뜻한 부정과 정직한 인품이 느껴지는 내용이었다. 하지만 이 사건에서 영국 여자가 어떠한 역할을 담당했는지, 영국 여자의 모험과 삼인조 강도가 저지른 범죄 사이에, 다시 말해 미스 베이크필드와 그 여자 살인범 사이에 어떤 모종의 연관이 있는지 짐작케 할 만한 단서는 전무했다.

단지 마레스칼이 언뜻 말했던 서류, 즉 B 별장을 터는 계획의 일환으로 영국 여자에게 배달된 편지만이 라울의 흥미를 끌어당겼다.

B 별장은 니스에서 시미에로 가는 길 우측, 고대 로마 원형경기장 너머에 있습니다. 육중한 건물인데 넓은 정원에 담벼락이 둘러처져 있지요.

매달 넷째 주 수요일이 되면 늙은 모 백작은 장바구니를 든 하인 한 명과 하녀 두 명을 데리고 사륜마차에 올라탄 후 니스로 떠납니다. 그러니까 오후 3시부터 5시까지는 집이 텅 비는 셈이지요.

파이용 골짜기가 내려다보일 때까지 정원 담벼락을 따라 걸어오십시오. 그러면 벌레 먹은 작은 나무 문 하나가 나타날 겁니다. 그 문의 열쇠도 동봉합니다.

결혼 생활이 원만치 않았던 모 백작은 분명 부인이 숨겨놓은 유가증권 다발을 발견하지 못했을 겁니다. 그런데 생전에 부인이 친구에게 쓴 편지를 보면, 쓸모없는 물건을 쌓아두는 망루 안에 부서진 바이올린 케이스가 있다고 언급해놓았더군요. 왜 느닷없이 그런 얘기를 한 것일까요? 그 친구는 편지를 받은 그날 세상을 떠났습니다. 그 후 편지가 감쪽같이 사라졌다가 2년 후 바로 제 손에 들어온 것이고요.

여기 편지와 함께 정원과 저택의 도면을 동봉합니다. 폐허나 다름없는 문제의 망루는 층계 꼭대기 위에 있습니다. 이 계획을 위해서는 두 명이 필요합니다. 이웃에 사는 세탁소 집 여자가 이따금 정원의 또 다른 출입구인 철책 문을 열쇠로 열고 들어오기 때문에 망을 볼 사람이 반드시 필요하거든요.

날짜를 정하십시오(여백에는 파란색 펜으로 4월 28일이라는 날짜가 적혀 있었다). 그리고 호텔에서 만날 수 있도록 미리 연락주십시오.

— G

추신: 일전에 말씀드린 그 특급 수수께끼에 관한 정보는 여전히 미궁에 빠진 상황입니다. 엄청난 보물과 관련된 것일까요? 아니면 과학적 비밀과 연관된 것일까요? 여전히 도무지 감을 잡을 수 없습니다. 따라서 제가 준비한 이번 여행에 우리 계획의 성패가 전적으로 달려 있는 셈입니다. 당신이 직접 나서준다니 얼마나 큰 힘이 되는지…!

사실 새로운 국면이 펼쳐지기 전까지 라울은 다소 모호한 이 추신 부분을 그냥 무시했었다. 그가 즐겨 쓰는 표현에 따르면 그 내용은 과감한 추측과 해석을 통해서만 간신히 헤쳐 들어갈 수 있는 일종의 밀림이었다. 반면 B 별장을 터는 일은…!

라울은 이 절도 건에 점점 더 특별한 흥미를 느끼기 시작했다. 한참을 생각하고 또 생각했다. 물론 이것은 주요리가 아닌 전채 요리일 뿐이다. 하지만 주요리에 비길 만한 전채 요리도 있는 법 아니겠는가. 게다가 어차피 지금 남프랑스 쪽으로 가고 있으니 이런 절호의 기회를 어찌 놓칠 수 있겠는가.

그다음 날, 열차가 마르세유 역에 도착하자 라울은 화물칸에서 뛰어내려 급행열차로 옮겨 탔다. 그리고 4월 28일 수요일 아침, 같은 열차에 타고 있던 어느 선량하고 부유한 신사에게서 두툼한 지폐 다발을 슬쩍한 뒤 유유히 니스에서 내렸다. 그렇게 확보한 자금 덕분에 여행 가방과 속옷, 겉옷을 구입한 후 시미에 근처에 있는 마제스틱 팔라스 호텔에 투숙할 수 있었다.

라울은 호텔에서 점심을 먹으며 지역신문에 실린 급행열차 관련 기사를 훑어보았다. 사실과 다른 내용이 몇 군데 눈에 띄었다. 오후 2시쯤 거리로 나섰다. 마레스칼이 알아보지 못하도록 완벽히 복장을 바꾸고 변장까지 한 채 말이다. 하지만 마레스칼이 무슨 수로 자신을 농락한 이 사내가 감히 미스 베이크필드를 대신해 이미 세간에 다 알려진 별장 절도 계획에 개입하리란 사실을 짐작할 수 있겠는가?

라울은 속으로 중얼거렸다.

'무릇 과일이 익으면 따야 하는 법. 그런데 보아하니 지금이 딱 적기야. 그냥 썩게 내버려 두는 건 정말 어리석은 짓이지. 게다가 그 가엾은 미스 베이크필드가 날 용서하지 않을 거라고.'

길가에 위치한 파라도니 별장은 올리브 나무가 심어진 울퉁불퉁한 대지를 굽어보고 있었다. 담벼락 주변으로는 인적이 드문 돌투성이 길이 뻗어 있었다. 라울은 주위를 살펴보다 벌레 먹은 자그마한 나무 문 하나를 발견했다. 그리고 보다 멀리에는 철책 문이 있었고, 그 옆에는 분명 세탁소 여자가 살고 있을 아담한 가옥이 자리하고 있었다. 다시 큰길가로 나오자 때마침 니스를 향해 멀어져 가는 낡은 사륜마차가 시야에 들어왔다. 파라도니 백작이 하인들을 데리고 장을 보러 가는 모양이었다. 때는 오후 3시였다.

'집이 텅 비었겠군. 미스 베이크필드와 편지를 주고받은 작자도 지금쯤 자신의 동료가 살해당한 사실을 알게 됐을 테니 감히 모험을 감행하지는 못할 거야. 그러니 부서진 바이올린 케이스는 이제 내 차지란 말이지!'

그렇게 생각하며 라울은 벌레 먹은 작은 문 쪽으로 되돌아왔다. 그 주변 담벼락이 우둘투둘해서 타고 넘기가 수월할 것 같았기 때문이다. 예상대로 쉽사리 담벼락을 넘은 라울은 거의 방치되다시피 한 오솔길을 따라 건물로 다가갔다. 1층에 있는 창문은 모두 열려 있었다. 그중 현관 쪽 창문을 통해 안으로 들어가니 망루로 통하는 층계가 나왔다. 그런데 첫 번째 계단에 발을 내딛기도 전에 느닷없이 초인종이 울렸다.

'제길, 집을 비운 것처럼 보이도록 속임수를 쓴 건가? 백작이 뭔가 눈치를 챈 거야?'

라울이 몸을 움직이자 끈질기고 성가시게 울려 퍼지던 초인종 소리가 갑자기 뚝 끊겼다. 어찌 된 영문인지 확인하려고 천장에 고정된 기계에서 문틀 아래로 이어지는 전선을 눈으로 쭉 따라가 보니 곧바로 그 전선이 밖에서 들여온 것임을 알 수 있었다. 따라서 초인종은 실수로 울린 게 아니라 밖에서 물리적인 작용을 통해 울린 것이 틀림없었다.

라울은 곧바로 뛰쳐나갔다. 허공 높이 떠 있는 전선은 나뭇가지 사이사이에 매달린 채 라울이 들어온 방향으로 뻗어 있었다. 곧 다음과 같은 확신이 들었다.

'벌레 먹은 작은 문을 열면 초인종이 저절로 울리게 돼 있는 거로군. 그러니까 누군가 별장 안으로 들어오려다 멀리서 울리

는 초인종 소리를 듣고 깜짝 놀라 포기한 게 분명해.'

라울은 왼쪽으로 살짝 방향을 튼 후 풀숲이 우거진 언덕 꼭대기를 향해 올라갔다. 별장 건물과 올리브 나무가 심어진 들판, 나무 문 주변의 담벼락이 훤히 내려다보이는 곳이었다.

라울은 잠자코 기다렸다. 곧 두 번째 침입 시도가 일어났다. 하지만 전혀 예상치 못한 방식이었다. 웬 사내가 라울이 그랬던 것처럼 담벼락의 우둘투둘한 그 지점을 기어오르더니 그 위에 걸터앉아 전선의 끝부분을 떼어 내고는 안쪽으로 폴짝 뛰어내리는 것이었다.

안에서 밖으로 문이 열렸고, 예상대로 이번에는 초인종 소리가 전혀 울리지 않았다. 사내의 뒤를 이어 또 다른 누군가가 안으로 들어왔다. 여자였다.

대모험가의 인생에서 우연은 커다란 역할을 담당한다. 특히 무슨 일을 시작하려 할 때면 우연은 든든한 협력자가 되어주곤 한다. 하지만 세상에는 별별 기막힌 우연이 다 있다고 하더라도 초록 눈동자의 아가씨가 기욤으로 보이는 사내와 지금 이곳에 나타난 것이 과연 정말로 우연일까? 그토록 신속히 도주해 먼 길을 달려와 4월 28일, 그것도 바로 오후 이 시간에 정원에 불쑥 침입했다는 사실은 저 두 사람 역시 이 사건에 대해 자세히 알고 있으며 자신과 똑같은 확신을 품은 채 목표를 향해 과감히 돌진하고 있다는 뜻 아니겠는가? 그뿐만 아니라 이만하면 라울이 그토록 궁금해했던 사실, 다시 말해 희생자인 영국 여자와 살인자인 프랑스 여자가 모종의 관계로 얽혀 있다는 사실 역시 입증된 것이 아니겠는가? 저 공범들은 필시 파리에서

표를 사고 짐을 부친 뒤 천연덕스럽게 원정을 지속한 것이리라.

두 사람은 올리브 나무들이 줄지어 심어진 길을 따라 안쪽으로 계속해서 걸어갔다. 깔끔히 면도한 얼굴에 마른 체구의 사내는 그다지 호감 가지 않는 배우 같은 생김새였다. 사내는 한 손에 지도를 든 채 초조한 표정으로 주위를 두리번거리며 걷고 있었다.

그리고 젊은 여자… 분명 그 여자가 틀림없는데, 그럼에도 불구하고 라울은 긴가민가했다. 어떻게 저토록 변할 수가 있단 말인가? 불과 며칠 전 오스만 대로의 제과점에서 자신이 감탄하며 바라보았던 그 행복하고 미소 가득한 아리따운 얼굴은 온데간데없이 사라지고 없었다. 그렇다고 급행열차 복도에서 마주쳤던 그 비장한 얼굴도 아니었다. 고통과 두려움이 서려 있었고 온통 일그러진, 보기에도 딱한 처연한 얼굴이었다. 여자는 장식 없는 단순한 회색 원피스 차림에 금발을 가린 챙 넓은 밀짚모자를 쓰고 있었다. 그런데 그 두 사람이 라울이 풀숲에 웅크리고 있는 언덕을 빙 둘러 지나갈 때쯤, 번개처럼 어떤 광경이 스쳐갔다. 라울과 기욤이 넘었던 담벼락 위 바로 그 지점에서 모자를 쓰지 않은 남자의 머리가 갑자기 쑥 올라왔던 것이다. 헝클어진 검은 머리카락… 천박한 인상… 남자의 머리는 순식간에 시야에서 사라졌다.

골목에서 망을 보기로 돼 있는 제3의 공범일까?

두 사람은 언덕을 지나 조금 더 가서, 다시 말해 나무 문이 있는 길과 철책 문이 있는 길이 합쳐지는 지점에서 걸음을 멈췄다. 기욤은 젊은 여자를 홀로 남겨둔 채 별장 건물을 향해 뛰어갔다.

라울은 기껏해야 50보쯤 떨어진 곳에서 여자를 뚫어지게 쳐다보았다. 그러면서도 다른 사람, 몸을 숨긴 채 벌레 먹은 문틈으로 여자를 지켜보고 있을 그 사내에 대해 생각했다. 어떻게 해야 할까? 여자에게 이 사실을 알려야 하나? 보쿠르에서처럼 여자를 끌고 와 정체를 알 수 없는 모호한 위험으로부터 그녀를 구해야 하나?

하지만 무엇보다 강렬한 호기심이 일었다. 알고 싶었다. 상충되는 의지가 얽히고설킨 데다 정체를 알 수 없는 공격이 오가는 이 혼돈의 한복판에서, 라울은 더 이상 충동적인 연민이나 들끓는 복수심에 이끌려 행동하지 않고 적당한 때에 어떤 길을 갈지 선택할 수 있도록 이쯤에서 해결의 실마리를 잡게 되기를 바랐다.

한편 여자는 나무에 기대 선 채 비상시에 사용할 호루라기만 멍하니 만지작거리고 있었다. 스무 살은 되었을 텐데 놀라울 정도로 아이처럼 앳된 얼굴이었다. 살짝 뒤로 젖힌 모자 아래로 삐져나온 금빛 머리카락이 금속 고리처럼 반짝거리며 얼굴 주변을 환하게 비추고 있었다.

그렇게 얼마간의 시간이 흘렀다. 갑자기 철책 문이 삐거덕거리는 소리가 들리더니 언덕 맞은편에서 빨래 바구니를 든 아낙네가 콧노래를 흥얼거리며 별장 건물로 다가가는 모습이 보였다. 초록 눈동자의 아가씨 역시 그 소리를 들은 모양이었다. 아가씨는 잠시 갈팡질팡하더니 나무 뒤로 가 땅바닥에 납죽 엎드렸고, 세탁소 집 여자는 갈림길 주변 덤불숲 뒤에 엎드린 그 형체를 눈치채지 못한 채 제 갈 길을 유유히 걸어갔다.

숨 막히는 시간이 흘러갔다. 지금쯤 도둑질에 한창일 기욤이 이 불청객과 맞닥뜨린다면 과연 그자는 무슨 짓을 저지를 것인가? 하지만 세탁소 집 여자가 하인 전용 쪽문을 통해 건물 안으로 들어가 시야에서 사라진 순간 원정을 마친 기욤이 신문지로 둘둘 감싼 바이올린 케이스 형태의 물건을 들고 밖으로 빠져나왔다. 우려와는 달리 두 사람이 마주치는 일은 일어나지 않았던 것이다.

한편 나무 뒤에서 한껏 몸을 숨긴 여자는 기욤이 소리를 죽이며 다가오는 모습을 보지 못했다. 자신의 동료가 풀밭 위를 살금살금 걸어오는 동안 여자는 보쿠르에서 미스 베이크필드와 두 공범을 죽인 후 그랬던 것처럼 잔뜩 겁에 질린 표정을 짓고 있었다. 라울은 그런 여자가 혐오스럽게 느껴졌다.

여자는 기욤에게 아찔했던 좀 전의 상황을 간략히 설명했고, 그러자 이번에는 기욤이 몹시 당황하는 기색을 띠었다. 그렇게 둘 다 겁에 질린 창백한 얼굴을 하고 언덕 아래를 휘청대며 지나갔다.

라울은 깊은 경멸감에 휩싸인 채 속으로 중얼거렸다.

'그래, 그래, 저 담벼락 뒤에 숨어 있는 놈이 마레스칼이든 그자의 부하든 간에, 어쨌든 잘된 일이야! 두 사람 다 잡아가라지! 이참에 감옥에 다 처넣는 거야!'

사실 이날 모든 상황은 라울의 예상과는 전혀 다르게 흘러갔다. 그래서 라울은 차분히 생각할 겨를도 없이 거의 자신의 의지와는 별개로 그때그때 상황에 맞춰 행동할 수밖에 없었다.

문에서 스무 발짝 떨어진 곳에서, 그러니까 담벼락 위로 고개를 내민 사내가 매복하고 있다고 여겨진 지점에서 스무 발짝 떨어진 곳에서, 느닷없이 오솔길 옆 가시덤불을 헤치며 그 수상쩍은 사내가 뛰쳐나오더니 기욤의 턱에 주먹을 날렸다. 그렇게 기욤을 떨쳐버린 후 젊은 여자에게 달려들어 짐짝처럼 옆구리에 낀 다음, 바이올린 케이스를 얼른 집어 들었다. 그리고 올리브 나무가 심어진 들판을 가로지르며 별장 건물과는 반대 방향으로 내달렸다.

라울은 곧장 자리를 박차고 사내를 뒤쫓아갔다. 사내는 우람한 체격에도 불구하고 무척이나 날렵했고, 마치 누구도 자신이 목적지에 도달하는 것을 막을 수 없으리라 철석같이 믿는 사람처럼 뒤도 돌아보지 않고 맹렬히 내달렸다.

그렇게 사내는 레몬 나무가 심어진 야트막한 언덕을 지나 높이가 기껏해야 1미터 정도밖에 되지 않는 담벼락이 바깥쪽으로 성토처럼 솟아 있는 지점까지 내처 달려갔다.

그곳에서 사내는 여자를 내려놓더니 손목을 붙잡은 채 담벼락 건너편으로 내려보냈다. 그러곤 바이올린 케이스를 던진 뒤 자신도 아래로 뛰어내렸다.

'훌륭한 솜씨야. 저쪽 정원과 면한 외진 곳에 자동차를 숨겨놓은 모양이군. 숨어서 기회를 엿보다가 여자를 납치했을 테고, 이제 차를 세워놓은 곳으로 되돌아왔으니 힘없이 축 처진 여자를 자동차 시트에 내려놓을 테지.'

그렇게 생각하며 라울은 두 사람이 사라진 쪽으로 다가갔다. 역시 짐작대로였다. 커다란 무개차 한 대가 주차돼 있는 모습이 눈에 들어왔던 것이다.

사내는 즉시 떠날 준비를 했다. 크랭크를 두어 번 돌리더니 자신의 먹잇감 옆에 올라타 잽싸게 차를 출발시켰다.

땅이 원체 울퉁불퉁하고 돌투성이어서 자동차는 힘겹게 덜컹거리며 굴러갔다. 라울은 곧장 그 길 위로 뛰어내려 어렵지 않게 자동차를 따라잡은 다음, 자동차의 덮개를 사뿐히 뛰어넘어 뒷좌석에 걸려 있는 외투 뒤로 몸을 납죽 엎드렸다. 시원찮게 굴러가는 자동차에만 신경을 집중할 뿐 뒤 한 번 돌아보지 않는 것을 보니, 사내는 필시 아무런 소리도 듣지 못한 것이 틀림없었다.

자동차는 외벽을 따라 뻗은 길을 달리다가 대로로 접어들었다. 커브를 틀기 전, 사내는 여자의 목에 우락부락하고 억센 손을 갖다 대며 으르렁거리듯 말했다.

"반항하면 그대로 끝장날 줄 알아. 다른 사람에게 한 것처럼 네 목도 졸라버릴 테니까…. 무슨 뜻인지 알지…?"

그러고는 이렇게 이죽거렸다.

"게다가 너도 나와 다를 바 없이 누군가를 소리쳐 부를 입장은 아닐 거야. 그렇지, 예쁜 아가씨?"

길가에는 농부와 산책을 하는 사람들이 지나가고 있었다. 자동차는 니스에서 멀어져 산악 지대를 향해 달리고 있었다. 여자는 시키는 대로 아무 소리 없이 잠자코 있었다.

이 같은 정황과 말들 속에서 과연 어떠한 논리적 의미를 끄집어낼 수 있을까? 이전 사건과 아무런 연관성도 없어 보이는 돌발적인 일들이 얽히고설키는 가운데, 라울의 마음속에서 불현듯 한 가지 확신이 샘솟았다. 이 사내가 열차 사건의 또 다른 공범이라는 확신! '다른 사람', 즉 미스 베이크필드의 목을 조른 범인이 바로 저자라는 확신 말이다.

'그래, 골똘히 생각하거나 논리적인 추론을 할 필요도 없어. 그게 바로 진실이니까. 이로써 미스 베이크필드가 꾸몄던 계획과 삼인조 강도의 살인 사건 사이에 모종의 관련이 있다는 증거가 또 하나 추가된 셈이야. 물론 영국 여자가 실수로 살해당했다는 마레스칼의 주장도 일리는 있어. 하지만 이 모든 사람들이 B 별장을 털겠다는 똑같은 목표를 좇아 니스로 달려왔잖아. 처음부터 이 절도 계획을 꾸민 사람은 기욤이야. G라는 서명이 적힌 편지를 쓴 사람도 기욤이고, 다른 두 강도와 한 패거리인 자도, 영국 여자와 함께 절도 계획을 추진하고 추신에 언급된 특급 수수께끼를 풀려고 한 자도 모두 기욤이라고. 뻔한 사실 아니겠어? 그러다 영국 여자가 죽었고, 기욤은 어떻게든 자신이 꾸민 계획을 계속 진행시키고 싶었겠지. 계획을 실행에 옮기려면 두 명이 필요하니까 영국 여자 대신 초록 눈동자의 아가씨를 데리고 온 거고 말이야. 만약 두 사람을 감시하고 있던 세 번째 공범이 전리품을 빼앗고 초록 눈동자의 아가씨를 납치하지만 않았다면 작전은 완벽하게 성공했을 테지. 도대체 저자는 뭣 때문에 이런 짓을 저지른 걸까? 두 남자가 한 여자를 사랑하고 있는 걸까? 어쨌든 지금은 너무 많이 생각하지 않는 편이 좋겠어.'

자동차는 몇 킬로미터 더 가서 오른쪽으로 방향을 틀고는 구불구불하고 험준한 내리막길을 내달린 후 르뱅스 도로 쪽으로 달려갔다. 그곳에 접어들면 바르 협곡이나 높은 산악 지대로 갈 수 있었다. 과연 어느 쪽으로 갈 것일까?

'그래, 만약 이 차의 목적지가 강도들의 소굴이라면? 초록 눈동자의 아가씨를 구하려고 혼자서 대여섯 명의 포악한 놈들과 싸울 때까지 이렇게 두 손 놓고 기다려야 하는 걸까?'

하지만 라울은 젊은 여자의 돌발 행동을 보고 곧 마음을 굳혔다. 절망감에 휩싸인 여자는 죽기를 각오하고 자동차에서 뛰어내리려 했던 것이다. 사내는 여자를 무자비하게 붙잡고 소리쳤다.

"어리석은 짓 하지 마! 죽더라도 내가 정한 시간에 내 손에 죽으란 말이야. 급행열차에서 너와 기욤이 두 형제를 죽이기 전에 내가 했던 말 잊지 마. 그리고 다시 한 번 충고하는데…."

하지만 사내는 차마 말을 맺지 못했다. 커브를 틀며 여자 쪽으로 고개를 돌리자 웬 남자의 상반신과 얼굴이 자신과 여자 사이를 가로막고 있었던 것이다. 잔뜩 찌푸린 얼굴을 한 남자는 상체를 들이밀며 상대를 구석으로 몰아갔다. 그리고 빈정대는 어조로 툭 내뱉었다.

"잘 지냈나, 친구?"

사내는 대경실색했다. 너무 놀라 운전대를 홱 꺾는 바람에 세 사람은 하마터면 골짜기 아래로 곤두박질칠 뻔했다.

"젠장! 이 자식은 뭐야? 어디서 튀어나온 거야?

사내가 중얼거리자 라울이 곧장 응수했다.

"이런! 날 못 알아보는 건가? 급행열차 얘기를 하는 걸 보니 기억날 만도 한데? 자네가 초반에 때려눕힌 남자, 기억 안 나나? 왜, 자네한테 지폐를 스물세 장이나 빼앗긴 불쌍한 놈 있지 않나? 이 아가씨는 분명 날 기억할 텐데? 그렇죠, 아가씨? 그날 밤 기껏 당신을 두 팔로 안아서 데리고 나왔는데 당신이 매정하게 떠나버린 남자, 기억나시죠?"

여자는 모자를 푹 눌러 쓰고 고개를 숙인 채 아무 말도 하지 않았다. 사내는 당황한 목소리로 계속 주절거렸다.

"대체 이 자식은 뭐하는 놈이야? 어디서부터 따라온 거지?"

"자네를 쭉 지켜봤던 파라도니 별장에서부터. 그리고 이제 이 아가씨가 내릴 수 있도록 이쯤에서 차를 세워야겠어."

사내는 아무런 대꾸도 하지 않고 오히려 가속페달을 밟았다.

"이렇게 고약하게 나오겠다는 건가? 실수하는 걸세, 친구. 신문을 봤다면 내가 자네를 얼마나 배려해줬는지 잘 알고 있을 텐데. 자네에 대해서는 일절 아무런 말도 안 했잖아. 덕분에 내가 강도 패거리의 두목이라는 의심까지 받고 있네! 모든 사람들을 구할 생각밖에 없는 선량한 여행객인 이 몸이 말일세. 자, 그러니 친구, 이제 브레이크를 밟고 속도를 늦추게…"

좁고 구불구불한 길 바로 옆으로는 급류가 흐르는 습곡과 깎아지른 절벽을 따라 뻗어 있는 난간이 놓여 있었다. 게다가 가뜩이나 비좁은 길은 선로 때문에 반으로 나뉘어져 있었다. 라울은 그런 상황이 자신에게 유리하다고 판단했다. 그래서 몸을 반쯤 일으켜 커브를 틀 때마다 힐끗힐끗 보이는 주변 지형을 탐색했다.

라울은 갑자기 일어나 몸을 옆으로 비틀더니, 두 팔을 벌려 적의 양 옆구리 사이로 밀어 넣었다. 그렇게 뒤에서 사내를 제

압하고는 운전대를 움켜잡았다.

당황한 사내는 기가 한풀 꺾인 채 횡설수설 중얼거렸다.

"젠장! 완전 미친놈이잖아! 아! 제길, 이러다 골짜기 아래로 곤두박질치겠어… 이거 놔, 이 멍청한 자식아!"

사내는 몸을 빼내려 안간힘을 썼지만 강철 바이스 같은 두 팔이 사내의 상체를 단단히 옥죄고 있었다. 라울은 조소를 머금은 얼굴로 말했다.

"선택하게, 친구. 골짜기에 처박히든가, 열차와 충돌해 박살나든가. 자, 저기 열차가 자네를 만나러 달려오는군. 빨리 선택하게 친구, 안 그러면…."

과연 육중한 열차가 50미터 앞에서 불쑥 모습을 드러냈다. 열차가 제법 빨리 달려오고 있었기 때문에 당장 멈춰야 참사를 피할 수 있는 상황이었다. 남자는 사태를 파악하고 즉시 브레이크를 밟았고, 악착같이 운전대를 붙잡고 있던 라울은 그대로 선로 위에 차를 세웠다. 열차와 자동차는 말 그대로 서로 코앞에서 멈춰 섰다.

사내는 불같이 화를 냈다.

"빌어먹을! 이건 대체 뭐하는 놈이야? 젠장! 톡톡히 대가를 치르도록 할 테다!"

"지금 청구하게. 펜 있나? 없다고? 그럼 우선 차부터 치워주게. 열차 앞에서 잘 생각이 아니라면 말이지."

라울이 여자에게 손을 내밀었지만 여자는 거들떠도 안 보고 혼자서 차에서 내려 길가에 선 채 상황이 정리되기만을 조용히 기다렸다.

그러는 사이 열차에 탄 승객들은 조바심을 내기 시작했고, 기관사는 버럭 소리를 질렀다. 마침내 길이 트이자 열차는 덜컹거리며 출발했다.

라울은 사내를 도와 자동차를 밀면서 명령하듯 말했다.

"내가 어떤 식으로 일하는지 잘 봤겠지, 친구? 또다시 감히 저 아가씨를 괴롭히면 이번에는 아예 사법 당국에 넘겨버리겠어. 급행열차 사건을 계획하고 영국 여자의 목을 조른 범인이 바로 자네니까."

사내는 창백한 얼굴로 라울을 쳐다보았다. 털이 덥수룩한데다 벌써 주름이 자글자글한 얼굴에 입술까지 파르르 떨고 있었다.

사내는 더듬거렸다.

"거짓말… 난 머리털 하나도 건드리지 않았어…."

"자네가 한 짓이야. 나한테 모든 증거가 있다고… 붙잡히면 그길로 바로 단두대행이야…. 그러니 당장 꺼져…. 이 고물차는 나한테 넘기고 말이야. 이 아가씨를 태우고 니스로 가야 하니까. 자, 얼른!"

라울은 상대를 거칠게 어깨로 치며 자동차 안으로 뛰어 들어가 신문지에 싸인 바이올린 케이스를 집어 들었다. 하지만 곧장 입에서 욕이 튀어나왔다.

"빌어먹을! 여자가 달아났잖아."

아닌 게 아니라 길가에 서 있던 초록 눈동자의 아가씨는 더 이상 거기에 없었다. 열차는 저 멀리 사라져가고 있었다. 두 남자가 다투는 틈을 타 저 안에 몸을 싣고 달아난 것이 분명했다.

라울은 사내에게 분을 쏟아냈다.

"넌 누구야? 저 여자를 알고 있지? 여자의 이름이 뭐야? 그리고 네놈의 이름은? 무슨 일이 있었던 거지…?"

사내 역시 씩씩거리며 라울에게서 바이올린을 빼앗으려 했고, 이내 둘 사이에 한바탕 몸싸움이 벌어졌다. 그때 마침 두 번째 열차가 지나갔다. 라울은 열차에 뛰어 올라탔고 사내는 부랴부랴 자동차에 시동을 걸려 했지만 자동차는 꿈쩍도 하지 않았다.

라울은 화가 난 상태로 호텔에 돌아왔다. 그래도 파라도니 백작의 증권을 손에 넣었으니 꽤 괜찮은 성과를 거둔 셈이었다.

라울은 신문지를 벗겨냈다. 바이올린은 목 부분과 부속품이 모두 제거된 상태였지만 보기보다 상당히 무거웠다. 바이올린을 자세히 살펴보던 라울은 나무판을 톱으로 정교하게 잘랐다가 다시 제자리에 붙여놓은 흔적을 발견했다.

라울은 즉시 나무판을 떼어냈다.

바이올린 안에는 오래된 신문지 뭉치만 가득 들어 있었다. 그렇다면 백작부인이 재산을 다른 곳에 숨겨놓았든가, 백작이 이미 모든 것을 알고 부인이 빼돌린 재산을 찾아내 호의호식하며 지내고 있다는 뜻이리라.

"완전히 허탕을 친 꼴이로구먼. 아! 초록 눈동자의 아가씨, 그 콧대 높은 여자 때문에 이제 슬슬 짜증이 나기 시작하는군! 어떻게 내가 내민 손을 거부할 수가 있지! 왜 그러는 걸까? 자기 입술을 훔쳤다고 아직도 나한테 화가 나 있는 건가? 이런 새침데기 같으니. 쳇, 갈 테면 가라지!"

5

구조견

라울은 어디서부터 싸움을 시작해야 할지조차 모른 채 일주일 내내 급행열차 안에서 벌어진 삼중 살인 사건에 대한 신문 기사들을 꼼꼼히 챙겨 읽었다. 대중들에게 널리 알려진 사건과 난무했던 추측들, 이런저런 실수들, 복잡했던 수사 과정을 굳이 이 자리에서 세세히 언급할 필요는 없을 것이다. 온 세상을 열광시켰던 난해한 수수께끼 같은 이 사건이 오늘날까지 대중들의 커다란 관심을 받고 있는 이유는 순전히 아르센 뤼팽이 이 사건에 개입했다는 사실, 그래서 현재 우리가 명확히 알고 있는 이 사건의 진실을 밝히는 데 그가 지대한 영향을 끼쳤다는 사실 때문이리라. 그러니 구태여 시시콜콜한 사건들에 얽매이고 부차적인 사실들을 끄집어낼 필요가 무엇이겠는가?

게다가 뤼팽, 아니 라울 드 리메지는 그때까지 진척된 조사 결과를 단번에 요약해 다음과 같이 정리해놓지 않았던가.

첫째, 제3의 공범, 다시 말해 내가 지금 막 초록 눈동자의 아가씨를 그 마수로부터 구해낸 그 짐승 같은 놈은 여전히 어둠의 베일에 가려져 있고, 아무도 그자의 존재를 눈치채지 못하고 있다. 따라서 경찰은 미지의 여행객, 즉 나를 이 사건의 주모자로 의심하고 있다. 당연히 그의 입장에서는 고약하게만 느껴졌을 내 일련의 계략에 충격을 받은 마레스칼의 주장으로 분명 지금쯤 나는 이 모든 계획을 짜고 비극을 주도한 악마, 혹은 전지전능한 존재로 둔갑되어 있을 것이다. 동료들로 하여금 몸을 묶고 재갈을 물리도록 해 희생자인 척 연기했지만 실상은 다른 강도들을 조종하고 보호했으며, 결국 반장화 자국만을 남겨둔 채 홀연히 어둠 속으로 사라져버린 존재 말이다.

둘째, 다른 공범들로 말할 것 같으면, 의사의 진술에 의해 그 의사 선생의 마차를 훔쳐 타고 도주한 사실이 확인되었다. 하지만 대체 어디로 간 것일까? 이튿날 새벽, 말은 마차를 끌고 들판을 가로질러 되돌아왔다. 어쨌든 마레스칼은 거침없이 대응했다. 그는 가장 어린 강도의 가면을 벗겨내고 가차 없이 그 강도가 아름다운 젊은 아가씨라는 사실을 만천하에 폭로해버렸다. 하지만 차후 범인을 검거할 때 어느 정도의 충격 효과는 거둘 수 있도록 자세한 인상착의에 대해서는 말을 아꼈다.

셋째, 살해당한 두 남자의 신원이 밝혀졌다. 두 형제의 이름은 아르튀르 루보와 가스통 루보이며 한 샴페인 회사에 공동으로 투자를 한 상태였고, 센 강변 뇌일리에 거주하고 있었다.

넷째, 이건 정말이지 매우 중요한 사실이다. 두 형제를 죽이는 데 사용된 권총이 열차 복도에서 발견돼 결정적인 단서를 제공했다. 보름 전에 마르고 키 큰 젊은 남자가 어느 가게에서 그 권총을 구입했는데, 그자와 동행했던 베일을 쓴 여자가 남자를 기욤이라고 불렀다는 것이다.

다섯째, 마지막으로 미스 베이크필드에 대해 짚고 넘어가자. 현재 이 여자는 아무런 혐의도 받고 있지 않다. 증거를 확보하지 못한 마레스킬은 성급하게 위험을 무릅쓰는 대신 신중히 침묵을 지키고 있다. 따라서 이 여자는 그저 런던과 리비에라의 사교계에서 널리 이름이 알려진 인물이며 몬테카를로에 있는 아버지를 만나러 열차에 탑승했던 단순한 여행객으로 보도되었다. 미스 베이크필드는 정말 실수로 살해된 것일까? 가능한 일이다. 하지만 루보 형제는 왜 살해된 것일까? 그 점을 비롯한 다른 나머지 사항들은 여전히 어둠과 모순에 쌓여 있다.

그렇게 정리하고 나서 라울은 이렇게 결론지었다.

'머리를 쥐어짤 기분이 아니니 더 이상 생각하지 말자. 이리저리 헤매는 일은 경찰에게나 맡겨두고 난 행동에 나서야지.'

라울이 이렇게 말했다는 것은 마침내 어떻게 행동해야 할지 갈피를 잡았다는 뜻이었다. 지역신문에 다음과 같은 짤막한 기사가 실렸던 것이다.

우리 지역에 머물고 있는 귀빈인 베이크필드 경은 며칠 전에 안타깝게 세상을 떠난 딸의 장례식에 참석한 후 다시 이곳으로 돌아왔다. 그는 여느 때처럼 늦봄을 몬테카를로에 있는 벨뷔 호텔에서 보낼 예정이다.

그날 저녁, 라울 드 리메지는 벨뷔 호텔로 가서 베이크필드 경이 머물고 있는 객실 바로 옆방을 얻었다. 그 영국인이 투숙하는 객실에는 방이 세 개가 있었는데, 1층에 있는 다른 방들과 마찬가지로 세 방 모두 호텔 뒤편에 있는 커다란 정원을 굽어보게 돼 있었다. 그리고 각 방마다 정원으로 통하는 출구와 낮은 층계가 별도로 있었다.

이튿날 라울은 방에서 내려오는 베이크필드 경을 보았다. 진중한 인상을 지닌 그 영국인은 아직 젊어 보였고, 불안과 절망이 묻어나는 신경질적인 동작에서는 딸을 잃은 아버지의 무기력함과 슬픔이 고스란히 묻어 있었다.

그로부터 이틀 후, 라울은 개인적인 면담을 요청하기 위해 베이크필드 경에게 명함을 건넬 참이었다. 그런데 복도에서 옆 객실 문을 두드리는 웬 남자를 목격했다. 마레스칼이었다.

사실 그다지 놀랍지는 않았다. 자신도 정보를 얻으려고 이곳에 온 마당에 마레스칼 역시 콘스탄스의 아버지로부터 무언가를 캐내고자 움직이는 것은 지극히 당연한 일 아니겠는가.

라울은 자신이 묵고 있는 방과 옆 객실을 가르는 이중문 중 첫 번째 문짝 하나를 열어보았다. 하지만 대화 내용은 전혀 들리지 않았다.

그다음 날에도 똑같은 상황이 펼쳐졌다. 이번에는 라울이 미리 영국인의 객실에 침입해 그쪽 문의 빗장을 벗겨놓은 상태였다. 그는 자기 방에서 천으로 덮인 두 번째 문짝을 살짝 열어보았다. 하지만 이번에도 실패였다. 두 사람이 어찌나 낮은 목소리로 소곤소곤 이야기하는지 한마디도 엿들을 수 없었던 것이다.

그렇게 영국인과 수사과장이 밀담을 나눈 사흘 동안, 라울은 호기심에 애만 태우며 아까운 시간만 낭비했다. 도대체 마레스칼은 무슨 목적으로 이곳을 찾아온 것일까? 분명 베이크필드 경에게 그의 딸이 도둑이었다는 사실을 밝힐 생각은 추호도 없을 것이다. 그렇다면 그자가 사건 해결의 단서를 얻으려는 목적 말고 또 다른 꿍꿍이가 있어서 베이크필드 경을 찾아온 것이라고 가정해야 한단 말인가?

어느 날 아침, 그전까지는 저쪽 방에서 베이크필드 경이 몇 차례 나눈 전화 통화 내용을 전혀 알아들을 수 없었던 라울은, 마침내 베이크필드 경이 전화를 끊기 전 내뱉은 몇 마디 말을 용케 엿들을 수 있었다.

"알겠습니다. 오늘 오후 3시, 호텔 정원… 그때까지 돈을 준비해놓지요. 내 비서가 당신이 말한 그 편지 네 통을 건네받는 즉시 돈을 지불할 겁니다."

'편지 네 통… 돈… 영락없이 협박을 받는 분위기인데… 그렇다면 협박을 하는 상대는 기욤이겠지. 그자가 호텔 주변을 배회하다가 이제 자신의 옛 공범이었던 미스 베이크필드와 주고받은 편지를 현금과 맞바꾸려고 하는 것 아니겠어?'

곰곰이 생각할수록 이 가설은 더욱더 타당성 있게 느껴졌고 그러자 마레스칼의 행동 역시 자연스레 이해되었다. 분명 기욤에게 협박을 받은 베이크필드 경이 직접 수사과장을 불러들였을 것이고, 수사과장은 그 젊은 악당을 붙잡을 모종의 함정을 파놓았으리라. 일은 그렇게 된 것이다. 그러니 이제 수수께끼를 푼 라울은 자축만 하면 되는 상황이었다. 하지만 초록 눈동자의 아가씨… 그 여자 역시 이번 음모에 가담한 것일까?

그날 베이크필드 경은 수사과장과 점심 식사까지 함께 했다.

식사를 마치자 두 사람은 밖으로 나가 열띤 토론을 하며 정원을 몇 바퀴 돌았다. 오후 2시 45분, 수사과장은 다시 객실 안으로 들어갔다. 한편 베이크필드 경은 눈에 잘 띄는 벤치에 자리를 잡았는데, 호텔 외부로 통하는 철책 문에서 그리 멀지 않은 곳이었다. 철책 문은 활짝 열려 있었다.

라울은 자기 방 창문을 통해 그 모습을 쭉 지켜보고 있었다.

'만약 그 여자가 나타나면 꼼짝없이 당하는 거지! 어쩔 수 없어! 이제 난 그 여자를 조금도 돕지 않을 테니까.'

그렇게 중얼거리기는 했지만 곧 기욤이 혼자 나타나는 모습을 보자 라울은 내심 안도감을 느꼈다. 사내는 철책 문을 향해 살그머니 걸어오고 있었다.

마침내 양측의 만남이 성사됐다. 이미 협상 조건을 사전에 조율해놓은 터라 이야기는 금세 끝났다. 두 사람은 객실을 향해 묵묵히 걸어갔다. 기욤은 불안하고 초조해 보였고, 베이크필드 경은 신경질적으로 몸을 떨고 있었다.

영국인은 층계를 오르며 말했다.

"자, 들어가시죠. 난 이런 더러운 일에 관여하고 싶지 않습니다. 내 비서가 이 일에 대해 잘 알고 있으니 편지 내용이 당신이 말한 그대로라면 즉시 돈을 지불할 겁니다."

그러고 나서 영국인은 슬며시 자리를 피했다.

라울은 즉시 이중문 뒤로 달려가 옆방에서 벌어지는 일을 염탐했다. 깜짝 놀랄 상황이 펼쳐지기를 기대하면서 말이다. 하지만 기욤은 마레스칼이라는 인물을 전혀 모르는 듯했고, 그를 그저 베이크필드 경의 비서라고 철석같이 믿는 눈치였다. 아니나 다를까, 거울에 어렴풋이 비친 수사과장은 사무적인 어조로 이야기를 꺼냈다.

"여기 1000프랑짜리 지폐 50장과 런던에서 현금으로 교환할 수 있는 동일한 액수의 수표 한 장이 들어 있습니다. 편지는 갖고 오셨겠지요?"

"아니요."

기욤이 대답했다.

"그게 무슨 말씀입니까? 그렇다면 협상은 결렬되는 겁니다. 저는 편지를 받고 돈을 지불하라는 엄중한 지시를 받았습니다."

"우편으로 보내겠습니다."

"제정신이 아니시군요. 아니면 뒤통수를 치려는 속셈이거나…."

기욤은 기세에 밀리지 않으려고 정신을 다잡으며 말했다.

"분명히 편지는 제가 보관하고 있습니다. 다만 지금 당장 제 수중에 없을 뿐이죠."

"그럼 지금 어디에 있습니까?"

"제 친구한테 맡겨놓았습니다."

"그 친구는 어디에 있습니까?"

"이 호텔 안에 있습니다. 제가 당장 찾으러 가죠."

"그러실 필요 없습니다."

상황을 대충 파악한 마레스칼은 일을 서두르기 시작했다.

곧장 호출 벨을 눌러 여종업원을 부르더니 이렇게 지시했다.

"지금 복도에서 기다리고 있을 아가씨를 데려와요. 기욤이 부른다고 전하면 될 겁니다."

기욤은 소스라치게 놀랐다. 그러니까 저자가 자신의 이름을 알고 있단 말인가?

"무슨 짓입니까? 이건 베이크필드 경과 약속한 합의 사항에 반하는 겁니다. 밖에 있는 사람은 이 일과 아무런 관련도 없으니…."

기욤은 밖으로 나가려 했다. 하지만 마레스칼이 서둘러 그의 앞을 가로막았다. 그리고 문을 열어 초록 눈동자의 아가씨에게 길을 내주었다. 여자는 주춤거리며 안으로 들어왔다. 뒤에서 문이 요란하게 닫히는 소리와 열쇠가 거칠게 돌아가는 소리가 들리자 여자는 질겁해 비명을 질렀다.

동시에 여자의 어깨를 덥석 움켜잡는 손… 여자는 탄식하듯 소리쳤다.

"마레스칼!"

여자가 이 가공할 이름을 채 다 내뱉기도 전에 기욤은 혼란한 틈을 타 후다닥 정원 쪽으로 달아나 버렸다. 마레스칼은 기욤에게서 눈을 떼고 있었다. 정신이 반쯤 나간 채 방 한가운데로 비틀비틀 걸어오는 여자에게 정신이 온통 팔려 있었던 것이다. 마레스칼은 여자가 쥐고 있는 손가방을 거칠게 낚아채며 소리쳤다.

"아, 이 요망한 것, 이번에는 절대 빠져나가지 못할걸! 사방에 온통 쥐덫이 깔려 있다고, 알아들어?"

마레스칼은 가방을 뒤지고는 으르렁거리듯 말했다.

"편지는 어디 있어? 이제 협박까지 해? 이 지경까지 타락하다니! 부끄럽지도 않나?”

여자는 의자에 풀썩 주저앉았다. 마레스칼은 아무것도 찾지 못하자 상대를 더욱 거칠게 몰아세웠다.

“편지! 편지 당장 내놔! 대체 어디에 있지? 블라우스 안에 감춰놓았나?”

사내는 연신 욕설을 내뱉으며 한 손으로 거칠게 여자의 옷을 잡아당겨 찢어버렸다. 그리고 옷 속을 뒤지려 다른 한 손을 내미는 찰나, 갑자기 아연실색한 얼굴로 두 눈을 휘둥그레 뜬 채 모든 동작을 멈추고 말았다. 조소를 머금은 입술에 담배 한 대를 삐딱하게 꼬나문 채 한쪽 눈을 깜빡거리는 웬 사내의 얼굴이 불쑥 나타났던 것이다.

“불 좀 빌려주겠나, 로돌프?”

‘불 좀 빌려주겠나, 로돌프…’, 파리에서도 들었고 비밀 수첩에도 적혀 있던 그 황당한 말…! 대체 왜 저러는 것일까? 이 무례한 반말은 또 뭐고? 한쪽 눈은 또 왜 저렇게 깜빡거리는 거지…?

“누구요…? 대체 당신은 누구요…? 급행열차에 탔던 남자? 제3의 공범…? 어떻게 이럴 수가…?”

마레스칼은 결코 겁쟁이가 아니었다. 그는 이미 현장에서 수차례 비범한 담력을 증명해 보인 바 있으며, 두세 명의 적을 겁 없이 홀로 상대하곤 하는 사내였다.

하지만 이런 적은 정말이지 처음 만나 보았다. 이번 적은 특별한 수단으로 무장한 채 만날 때마다 늘 자신을 주눅 들게 만들었다. 그래서 마레스칼은 긴장의 끈을 놓지 않은 채 방어 태세를 유지했다. 한편 침착하기 그지없는 라울은 젊은 여자를 바라보며 냉랭하게 말했다.

"편지 네 통을 벽난로 구석에 얌전히 내려놓으시오…. 이 봉투 안에 편지 네 통이 들어 있는 건 맞겠지…? 하나… 둘… 셋… 넷… 좋소. 이제 복도로 당장 달아나시오. 잘 가시오. 이 제 다시는 만날 일이 없을 거라 믿겠소. 잘 사시오. 행운을 빌겠 소."

여자는 아무 말 없이 서둘러 자리를 떠났다.

라울은 말을 이었다.

"로돌프, 자네도 봤다시피 난 저 초록 눈동자의 아가씨를 잘 모른다네. 저 여자의 공범도 아니고, 자네에게 정당한 공포심 을 불러일으키는 사악한 살인자는 더더구나 아니란 말이지. 아 니고말고. 그저 머리에 포마드를 잔뜩 바른 자네의 그 우스꽝 스러운 면상이 하도 눈에 거슬려서 심심풀이 삼아 자네가 노 리는 먹잇감을 가로채려 한 선량한 여행객일 뿐이라고. 하지만 이제 난 저 여자에게 관심이 없네. 더 이상 저 여자 일에 신경 쓰지 않을 참이야. 하지만 자네가 저 여자에게 집적대는 것도 영 내키지 않아. 그러니 각자 갈 길을 가세. 자네는 오른쪽으로, 여자는 왼쪽으로, 나는 가운데로, 내 말 알아듣겠나, 로돌프?"

로돌프는 권총이 들어 있는 호주머니 쪽으로 슬며시 손을 가 져가려 했다. 하지만 곧 멈출 수밖에 없었다. 라울이 한발 먼저 자신의 권총을 꺼내 들고는 침착하고도 매서운 표정으로 상대 를 노려보았기 때문이다.

"옆방으로 가는 게 어떻겠나, 로돌프? 거기서 더욱 자세히 이야기를 나눠보자고."

라울은 권총을 움켜 쥔 채 수사과장을 자기 방으로 들여보낸 뒤 문을 닫았다. 그런데 방에 들어서자마자 느닷없이 테이블 보를 벗겨내더니 마레스칼의 얼굴에 냅다 덮어씌우는 것이었다. 마레스칼은 이 괴상한 적의 기세에 눌려 아무런 저항도 하지 못했다. 도움을 요청하거나, 호출 벨을 누르거나, 몸싸움을 벌일 생각은 아예 하지도 못했다. 그렇게 했다가는 무시무시한 반격이 돌아오리란 사실을 잘 알고 있었기 때문이다. 따라서 마레스칼은 상대가 이불과 침대 시트로 자신의 온몸을 둘둘 감아 숨통이 막힐 정도로 옴짝달싹 못하게 만드는 동안 그저 잠자코 가만히 있었다.

"자, 다 됐네. 이제 얘기가 좀 통하는군. 자네는 아마도 내일 아침 9시쯤에는 풀려날 거야. 그때까지 시간적 여유가 있는 셈이지. 자네에게는 차분히 생각할 여유, 초록 눈동자의 아가씨와 기욤, 그리고 나에겐 피신처로 대피할 여유 말일세. 그렇게 서로 각자의 길을 가는 걸세."

라울은 침착하게 짐을 챙겨 여행 가방을 잠근 뒤, 영국 여자의 편지 네 통을 모두 불태워버렸다.

"한마디만 더 하지, 로돌프. 베이크필드 경을 괴롭히지 말게. 자네는 그 사람의 딸이 도둑이라는 증거도 가지고 있지 않고, 앞으로도 그런 증거는 결코 얻지 못할 거야. 그러니 차라리 하늘에서 내려온 사람인 양 처신하게나. 그에게 미스 베이크필드의 일기장을 전해주게. 내가 노란 가죽 가방 속에 넣어두었네. 자네에게 넘기지. 그러면 그 아버지는 자신의 딸이 세상에서 가장 정직하고 고결한 여인이라 철석같이 믿을 걸세. 그렇게 선행을 쌓게나. 그것만 해도 대단한 일이지. 기욤과 공범에 대해서는 그 영국인에게 이렇게 말하게. 자네가 착각한 거라고⋯ 단순한 협박범일 뿐, 급행열차 살인 사건과는 아무런 관련도 없는 자들이라서 그냥 풀어줬다고 말일세. 요컨대, 자네에게는 너무 복잡한, 그래서 상처와 오욕만 남길 이번 사건에서 그만 손을 떼란 말일세. 그럼 잘 계시게, 로돌프."

라울은 열쇠를 챙겨 들고 호텔 카운터로 가서 계산서를 요구한 뒤 말했다.

"제 방은 내일까지 그냥 놔두십시오. 혹시 못 돌아올지도 모르니 숙박비는 미리 지불하겠습니다."

밖으로 나온 라울은 순조롭게 진행된 상황을 돌이켜보며 흡족한 기분을 만끽했다. 이제 자신의 역할은 끝난 셈이다. 여자가 자신의 충고를 따르든 말든, 이제 관심 밖의 사안이었다.

그런 그의 결심이 어찌나 확고했던지, 3시 50분발 파리행 급행열차에 올라타 여자를 다시 보았을 때도 라울은 굳이 다가가려 하지 않고 슬쩍 몸을 숨겼다. 여자는 마르세유에서 툴루즈행 열차로 갈아탔는데, 배우처럼 보이는 사람들과 동행하고 있었다. 잘 아는 사람들인 듯했다. 기욤도 어디선가 불쑥 나타나 그 대열에 끼어들었다.

'여행 잘 하시길! 이제 저 지긋지긋한 커플과 더 이상 엮이지 않아도 되니 속이 다 후련하군. 다른 데 가서 된통 혼 좀 나보라지!'

하지만 마지막 순간 라울은 객실에서 훌쩍 뛰어내려 여자가 탄 열차에 몸을 실었다. 그리고 그다음 날 아침에 여자를 따라 툴루즈에서 하차했다.

급행열차의 살인 사건 이후 벌어진 파라도니 별장의 절도 사건과 벨뷔 팔라스 호텔의 협박 사건은 마치 이해할 수도 없고 맥락을 잡을 수도 없는 엉터리 연극의 거칠고 폭력적이며, 광적이고 즉흥적인 두 개의 에피소드 같았다. 그리고 그 세 번째 에피소드는 차후에 뤼팽이 '구원자 삼부작'이라고 이름 붙인 이 이야기의 대미를 장식하는 것으로, 다른 에피소드와 마찬가지로 거칠고 난폭한 특징을 띠고 있다. 이 세 번째 에피소드 역시 몇 시간 만에 정점에 다다른 사건이며, 심리 묘사는 물론 일견 논리성조차 없어 보이는 난해한 시나리오처럼 느껴질 수밖에 없는 이야기다.

툴루즈에 도착한 라울은 여자가 일행들을 따라 호텔로 들어가는 모습을 목격했다. 곧 호텔 종업원들을 상대로 이런저런 질문을 던져본 결과 그 한 무리의 여행객들은 오페레타 가수인 레오니드 발리의 순회공연 팀이며, 바로 그날 저녁에 시립 극장에서 〈베로니크〉를 공연할 예정이라는 사실을 알아낼 수 있었다.

라울은 호텔 앞에서 보초를 서기 시작했다. 오후 3시, 마침내 여자가 무척이나 흥분한 모습으로 호텔 밖을 나왔다. 누군가 자신을 미행하지는 않을까 두려운 듯 힐끗힐끗 뒤까지 돌아보았다. 공범인 기욤을 경계하는 것일까? 여자는 우체국으로 달려가 떨리는 손으로 전보를 세 번이나 고쳐 썼다.

라울은 여자가 떠난 후 구겨진 전보지 하나를 얼른 주워 들고, 그 내용을 읽기 시작했다.

뤼즈(오트피레네 지방) 미라마르 호텔.
내일 아침 첫차로 도착할 예정.
집에 알릴 것.

라울은 속으로 중얼거렸다.

'지금 이 판국에 산 속에 들어가서 뭘 하려는 걸까? 집에 알리라니… 가족이 뤼즈에 살고 있나?'

그리고 다시 조심조심 여자의 뒤를 쫓았다. 여자는 시립 극장 안으로 들어갔다. 보나마나 공연 리허설에 참석하려는 것이리라.

라울은 남은 오후 시간 내내 극장 주변을 감시했다. 하지만 여자는 줄곧 극장 안에 틀어박혀 있었다. 공범인 기욤 역시 코빼기도 보이지 않았다.

날이 저물자 라울은 슬그머니 박스석 귀퉁이로 들어갔는데, 순간 입 밖으로 놀라움의 탄성이 새어 나왔다. 베로니크 역을 맡아 노래하고 있는 여배우는 다름 아닌 초록 눈동자의 아가씨였던 것이다.

'레오니드 발리… 그러니까 저 여자의 이름이 레오니드 발리라는 건가? 지방에서 공연을 하는 오페레타 가수란 말이지?'

라울은 어안이 벙벙했다. 저 비취빛 눈동자를 지닌 아가씨의 정체에 대해 지금껏 나름대로 이런저런 짐작을 해보았지만, 이건 정말이지 그 모든 상상을 초월하는 것이었다.

지방 출신이든, 파리 출신이든, 여자는 더할 나위 없이 뛰어난 배우였으며 꾸밈없고 진지하며, 관객의 마음을 사로잡을 줄 아는 사랑스럽기 그지없는 가수였다. 여자의 노래에는 부드러움과 유쾌함, 열정과 순수함이 녹아 있었다. 온갖 천부적, 후천적 재능을 지닌 데다 순발력까지 갖췄으며, 무대 경험이 그리 많아 보이지 않는 점 또한 오히려 신선한 매력으로 느껴졌다. 라울은 오스만 대로에서 마주쳤던 여자의 첫인상을 떠올렸다. 저 젊은 여자는 비극적이면서도 어린아이 같은 얼굴로 지금껏 두 가지 운명을 살아왔던 것일까?

라울은 그렇게 황홀경에 빠진 채 세 시간을 보냈다. 하지만 여자의 눈부시게 아름다운 모습을 본 첫날 이후, 공포와 두려움에 질려 발작을 일으킬 때마다 그 가면 뒤에 감춰진 여자의 본모습을 언뜻언뜻 목격했던 터라, 저 기묘한 존재를 마냥 감탄 어린 시선으로 바라볼 수만은 없었다. 지금 무대 위에서 환희와 조화의 빛을 내뿜고 있는 저 여자는 그때와는 완전히 다른 사람 같아 보였다. 하지만 저 여자는 분명 사람을 죽이고 여러 파렴치한 범죄에 가담한 인물이다. 저 여자는 다름 아닌 기욤의 공범이 아닌가!

이렇게 판이하게 다른 두 이미지 중 과연 어느 쪽을 진실로 여겨야 할까? 라울은 여자를 자세히 살펴보았지만 헛수고였다. 베로니크라는 제3의 여인의 이미지가 자꾸만 겹치면서, 그 강렬하고도 애처로운 하나의 삶 속으로 두 이미지가 모두 녹아들었기 때문이다. 하지만 작정하고 경계심 어린 눈으로 쳐다본다면 몇몇 신경질적인 동작과 부자연스러운 표정이 베로니크라는 인물 아래에 감춰진 여자의 본모습을 드러내고 있었고, 맡은 역을 살짝살짝 왜곡시키며 여자의 불안한 심리 상태를 폭로하고 있었다.

라울은 속으로 중얼거렸다.

'뭔가 새로운 일이 터진 거야. 정오에서 오후 3시 사이에 어떤 심각한 일이 벌어지는 바람에 여자가 서둘러 우체국으로 달려갔고, 그 여파로 지금 저렇게 이따금씩 연기가 어긋나고 있는 거라고. 여자는 그 일에 대해 생각하고, 걱정하고 있어. 그런데 느닷없이 기욤이 사라진 점으로 미루어 보아 지금 저 여자 머릿속을 가득 채우고 있는 그 사건은 당연히 기욤과 관련된 일이지 않겠어?'

여자가 관중에게 인사를 하자 뜨거운 박수갈채가 터져 나왔다. 막이 내렸고 호기심 많은 한 무리의 관객들이 배우 전용 출입구 근처로 우르르 몰려갔다.

문 앞에는 말 두 필이 끄는 사륜마차가 대기하고 있었다. 뤼즈에서 가장 가까운 역인 피에르피트 네스탈라스 역에 내일 아침까지 당도할 열차는 밤 12시 50분에 출발한다. 따라서 짐은 먼저 부쳐놓았겠지만 여자는 지금 당장 역으로 떠나지는 않을 것이다. 라울 역시 이미 짐을 역으로 보내놓은 상태였다.

밤 12시 15분, 여자가 마차에 오르자 말들이 서서히 움직이기 시작했다. 기욤의 모습은 어디에도 보이지 않았다. 이 여행에 기욤이 합류할 낌새는 전혀 찾아볼 수 없었다.

그런데 30초쯤 후, 역 쪽으로 향하던 라울은 무슨 생각이 뇌리에 번뜩 스쳤는지 느닷없이 전속력으로 뛰기 시작했다. 그렇게 오래된 대로를 달리는 사륜마차를 기어코 따라잡더니 악착같이 그 뒤에 매달렸다.

곧 우려하던 일이 벌어지고 말았다. 마차가 역 앞 도로로 접어들어야 하는 순간, 갑자기 마부가 오른쪽으로 방향을 틀더니 말들에게 사납게 채찍질을 가했다. 마차는 그랑롱 공원과 식물원 방향으로 뻗어 있는 어두컴컴하고 인적 드문 오솔길을 내달렸는데, 이런 속도라면 여자가 뛰어내리기는 사실상 불가능했다.

맹렬한 질주는 그리 오래가지 않았다. 그랑롱 공원 앞에 당도하자 마차가 급히 멈춰 섰던 것이다. 마부는 좌석에서 풀쩍 뛰어내린 다음, 마차 문을 열고 안으로 들어갔다.

곧이어 여자의 비명이 들려왔다. 하지만 라울은 조금도 서두르지 않았다. 공격자는 다름 아닌 기욤일 터, 라울은 우선 귀를 기울여 대체 무엇 때문에 두 사람이 실랑이를 벌이는지 알아낼 작정이었다. 하지만 곧 분위기가 험악하게 돌아가자, 라울은 둘 사이에 끼어들기로 마음을 고쳐먹었다.

사내가 소리쳤다.

"말해봐! 날 따돌리고 도망칠 수 있을 거라 생각했나…? 아, 그래, 나도 널 속이려 했지. 하지만 네가 그 사실을 알고 있으니 결코 널 놔주지 않으리란 걸 이젠 잘 알 텐데…. 자, 그러니 말해봐…. 털어놓으라고… 안 그러면…."

라울은 덜컥 겁이 났다. 미스 베이크필드가 신음하며 고통스러워하던 모습이 불현듯 떠올랐던 것이다. 까딱하면 여자가 목숨을 잃을지도 모른다. 라울은 문을 벌컥 열고 사내의 다리를 움켜잡아 땅으로 내동댕이친 뒤, 여자에게서 멀찌감치 떨어진 곳까지 질질 끌고 갔다.

사내는 저항하려 했다. 하지만 라울은 단숨에 상대의 팔을 부러뜨렸다.

"전치 6주는 나올 걸세. 저 아가씨를 또다시 괴롭혔다간 그때는 척추가 두 동강 날 줄 알아. 잘 새겨들어….".

그렇게 쏘아붙인 뒤 라울은 마차로 되돌아왔다. 이미 여자는 저만치 어둠 속으로 달아나고 있었다.

"그래, 달려라, 요 깜찍한 아가씨야. 이미 어디로 갈지 훤히 꿰뚫고 있으니까. 당신은 내게서 절대로 못 벗어나. 나도 이제 설탕 한 조각 얻어먹지 못하는 구조견 노릇은 지긋지긋하다고. 뤼팽은 한번 길을 나서면 반드시 목적지에 도달하고 말지. 그리고 그 목적지는 바로 당신, 그 초록 눈동자와 따뜻한 입술이고 말이야."

라울은 기욤을 사륜마차와 함께 그대로 내버려 둔 채 서둘러 역으로 떠났다. 열차가 벌써 도착해 있었다. 라울은 여자에게 들키지 않으려고 슬그머니 열차에 올라탔다. 그리고 승객들로 붐비는 두 칸의 객실을 사이에 두고 살며시 자리를 잡았다.

곧 두 사람을 실은 열차가 루르드를 떠났고, 한 시간 후 드디어 종착역인 피에르피트 네스탈라스 역에 도착했다.

여자가 열차에서 내리자 밤색 원피스에 널따란 파란색 띠로 가장자리를 두른 망토를 걸친 소녀들이 여자 주변으로 우르르 몰려들었다. 그 뒤에는 커다란 흰색 수녀 모자를 쓴 여자가 서 있었다.

"오렐리! 오렐리! 드디어 오셨군요!"

소녀들이 일제히 소리쳤다.

초록 눈동자의 아가씨는 소녀들과 일일이 포옹하며 수녀에게 다가갔다. 그제야 수녀는 여자를 다정하게 꼭 끌어안으며 기쁨에 들뜬 목소리로 말했다.

"내 사랑하는 오렐리, 이렇게 다시 보게 돼서 얼마나 기쁜지 몰라요. 그러니까 한 달 동안은 우리와 쭉 함께 지내는 거죠?"

여행객들의 편의를 위해 피에르피트와 뤼즈를 왕복 운행하는 사륜마차가 이미 역 앞에 대기하고 있었다. 초록 눈동자의 아가씨가 일행과 함께 마차에 오르자 마부는 지체 없이 마차를 출발시켰다.

멀찌감치 떨어져 있던 라울도 서둘러 무개 사륜마차를 빌려 타고 뤼즈로 향했다.

6
나뭇잎 사이로

방울 소리를 내며 마차를 끄는 암노새 세 마리가 비탈길 초입을 오르는 동안 라울은 속으로 중얼거렸다.

'아! 초록 눈동자의 아가씨, 아름다운 여인, 당신은 이제 내 포로나 마찬가지야. 살인과 사기, 공갈 행각에 가담한 공범인 것도 모자라 자신의 두 손으로 사람을 죽인 살인자, 사교계 여인이자 오레페타 가수, 수녀원 식구… 당신이 누구든지 간에 이제 결코 내 손아귀에서 벗어날 수 없을 거야. 자고로 신뢰란 도망칠 수 없는 감옥과도 같은 법. 당신은 지금 당신의 입술을 훔친 내게 단단히 화가 나 있겠지만, 실상 마음 깊은 곳에서는 나락에 빠질 때마다 예외 없이 나타나 끊임없이 당신을 구해준 이 듬직한 사내에게 굳건한 신뢰를 느끼고 있을 거야. 어쩌다 한번 물렸기로서니 자신의 구조견을 매정하게 내칠 수는 없는 법이거든. 초록 눈동자의 아가씨, 고달픈 모든 것들을 피해 수녀원으로 피신한 여인, 무언가 새로운 상황이 펼쳐지기 전까지 당신은 내게 살인자도, 섬뜩한 모험가도, 오페레타 가수도 아니야. 난 당신을 레오니드 발리라고 부르지 않겠어. 그 대신 오렐리라고 부르지. 그 이름이 꽤 마음에 들어. 왠지 예스럽고 정 직한 느낌인 데다, 성녀의 이름이기도 하잖아. 초록 눈동자의 아가씨, 이제 난 당신이 모종의 비밀을 홀로 간직하고 있다는 사실을 알고 있지. 당신의 옛 동료들이 그 비밀을 캐내려 하고 있고, 당신은 악착같이 비밀을 지키려 한다는 사실도… 언젠가 는 그 비밀을 알아내고 말 거야. 그건 바로 내 전공이니까. 그리 고 그 비밀을 밝혀내는 동시에 당신을 감싸고 있는 그 짙은 어 둠도 벗겨낼 거야. 신비스럽고 열정적인 오렐리여!'

이렇게 마음속으로 여인을 부르며 한동안 단상에 잠겼던 라 울은 이제 그만하면 충분하다고 생각하며 더 이상 초록 눈동자 의 아가씨가 던진 난해한 수수께끼에 대해 생각하지 않으려고 잠을 청했다.

작은 도시인 뤼즈와 이웃 도시인 생소뵈르는 거대한 온천 단 지를 형성하고 있었다. 하지만 이런 계절에는 찾아오는 관광객 들이 극히 드물었다. 라울은 텅 비어 있다시피 한 호텔을 일부 러 골라 들어가 자신을 광물학과 식물학에 관심이 많은 사람인 양 소개했다. 그리고 늦은 오후부터 본격적인 지역 탐사에 돌 입했다.

비좁고 험준한 비탈길을 20분 정도 걸어가니 생트 마리 수 녀의 집이 나타났다. 기숙사로 개조한 낡은 수녀원이었다. 울 퉁불퉁하고 거친 지역 한가운데, 곶처럼 튀어나온 땅 위에 기 숙사 건물과 정원이 펼쳐져 있었는데, 그 아래에는 단단한 축 대로 보강된 단구가 버티고 있었다. 옛날에는 이 축대를 따라 생트 마리의 급류가 부글거리며 흘렀겠지만, 이제 물은 지하로 흐르고 있었다. 한편 맞은편 비탈은 소나무 숲으로 덮여 있었는데, 서로 교차하는 두 개의 길이 가로질러 있었다. 주로 나무꾼들이 다니는 길이었다. 특이하게 생긴 동굴과 암석들도 있어서 일요일이 되면 사람들이 그리로 소풍을 오곤 했다.

라울은 바로 이곳에 몸을 숨기고 있었다. 워낙 인적이 드문 지역이라 나무꾼의 도끼질 소리가 저 멀리까지 울려 퍼졌다. 라울이 있는 곳에서는 정갈한 잔디밭과 기숙생들의 산책로인 정성스레 다듬어진 보리수 길이 한눈에 내려다보였다. 라울은 며칠 만에 수녀원의 휴식 시간과 하루 일과를 모조리 파악해냈다. 점심 식사가 끝나면 '상급생들'이 골짜기를 굽어보는 오솔길을 산책한다는 사실도 알아냈다.

초록 눈동자의 아가씨는 피로가 누적돼서인지 수녀원 안에서 꼼짝 않고 있다가 사흘째가 되어서야 비로소 모습을 드러냈다. 상급생들은 서로 실랑이를 벌일 정도로 어떻게 해서든지 여자의 관심을 독차지하고 싶어 했다.

여자는 맑은 산 속 공기와 따뜻한 햇볕 덕분에 병마를 떨치고 화사하게 피어난 어린아이 같은 모습이었다. 소녀들과 똑같은 옷을 입고 그 속에 섞여 있는 여자의 모습은 더할 나위 없이 생기 있고 발랄하며 사랑스러워 보였다. 여자는 서서히 소녀들과 장난을 치고 뛰어다녔는데, 어찌나 즐거워하던지 웃음소리가 저 멀리 지평선까지 메아리칠 정도였다.

라울은 놀라움에 휩싸여 중얼거렸다.

'웃고 있어! 연기를 하느라 고통스럽게 짜내는 억지웃음이 아니라 걱정 근심을 잊은 채 자연스럽게 터트리는 해맑은 웃음이라고. 여자가 웃다니… 이런 기적 같은 일이!'

잠시 후 학생들이 수업을 받으러 안으로 들어가자 오렐리는 홀로 남겨졌다. 그렇다고 해서 기분이 처지는 것 같아 보이지는 않았다. 좀 전의 유쾌한 모습은 여전히 그대로였다. 여자는 솔방울을 주워 버드나무 바구니에 담거나 꽃을 따서 이웃 예배당 계단을 장식하는 등 소일거리에 전념했다.

여자의 몸짓은 우아하기 그지없었다. 여자는 뒤를 졸졸 쫓아다니는 강아지나 발목에 몸을 비비적거리는 고양이에게 이따금 나긋한 목소리로 말을 건넸다. 한번은 장미 화환을 엮어 머리에 쓰고는 주머니에서 거울을 꺼내 미소를 지으며 바라보기도 했다. 그리고 볼에 붉은빛이 감돌게끔 슬그머니 화장을 한 뒤 서둘러 싹싹 닦아내기도 했다. 아마도 수녀원에서는 화장이 금지된 모양이었다.

8일째 되는 날, 여자는 난간을 넘어 관목 울타리가 가림막처럼 빙 둘러 있는 단구 꼭대기로 올라갔다.

9일째 되는 날, 여자는 손에 책 한 권을 들고 어제와 같은 장소로 향했다. 그리하여 10일째 되는 날 휴식 시간 직전, 라울은 마침내 행동에 나서기로 작정했다.

우선 숲 가장자리에 빽빽하게 우거진 덤불 속으로 들어가서 커다란 호수를 건너야 했다. 생트 마리 급류는 마치 거대한 저수지 같은 그 호수에 떨어져 지하로 흘러들었다. 마침 벌레 먹은 배 한 척이 말뚝에 매여 있었다. 물살이 제법 거셌지만 배 덕분에 라울은 성곽처럼 우뚝 솟은 높다란 축대 아래에 자리한 작은 만처럼 생긴 곳에 무사히 당도할 수 있었다.

축대는 그저 평평한 돌을 쌓아 올려 만든 것이었다. 돌들 사이사이에는 야생초가 돋아나고 있었다. 빗물 때문에 밭고랑 같은 자국이 여기저기 패어 있어서 인근에 사는 개구쟁이들이 때때로 그곳을 기어오르곤 했다. 라울 역시 쉽사리 축대를 오를 수 있었다. 올라가 보니 그 위는 식나무와 파손된 격자 울타리, 돌 벤치가 에워싸고 있고, 한가운데에는 아름다운 테라코타 화병으로 장식까지 돼 있어서, 마치 그럴듯한 야외 테라스처럼 꾸며져 있었다.

휴식 시간이 되자 웅성거리는 소리가 들려왔다. 그리고 다시 조용해졌다. 잠시 후 경쾌한 발걸음 소리가 점점 가깝게 들려오더니 뒤이어 사랑의 아리아를 흥얼대는 상큼한 목소리가 울려 퍼졌다. 심장이 조여드는 듯했다. 자신을 보면 여자는 뭐라고 말할까?

잔가지들이 바스락거리는 소리가 났다. 방문 앞에 걸린 커튼을 젖히듯 나뭇잎을 헤치며 오렐리가 모습을 드러냈다.

여자는 넋 나간 표정으로 문득 걸음을 멈췄다. 노래도 뚝 멈췄다. 손에 들고 있던 책도, 옆구리에 끼고 있던 꽃이 담긴 모자도 모두 땅바닥으로 떨어뜨렸다. 단순한 밤색 모직 옷을 입은 우아하고 날씬한 자태의 여자는 그렇게 꼼짝 않은 채 우두커니 서 있었다.

잠시 후, 여자는 라울을 알아보는 눈치였다. 그제야 얼굴이 온통 새빨개져서는 뒷걸음질 치며 속삭이듯 말했다.

"가세요…. 가시라고요…."

물론 라울은 여자의 말을 따를 생각이 추호도 없었다. 여자의 말을 아예 못 들은 사람처럼 보일 정도였다. 라울은 지금껏 어느 여인 앞에서도 느껴보지 못한 벅찬 환희에 휩싸인 채 여자를 물끄러미 바라보았다.

여자는 더욱 강압적인 목소리로 반복해서 말했다.

"가세요…."

"싫습니다."

라울이 말했다.

"그러면 내가 떠나죠."

"당신이 가면 나도 따라갈 겁니다. 그렇게 나란히 수녀원으로 돌아가는 거지요."

여자는 달아날 심산인 듯 몸을 핵 돌렸다. 라울은 서둘러 달려가 여자의 팔을 움켜잡았다.

여자는 팔을 빼내며 버럭 소리쳤다.

"건드리지 말아요! 내 근처에 오지도 마세요."

라울은 상대의 거친 태도에 깜짝 놀라 중얼거렸다.

"도대체 왜 이러시는 겁니까?"

여자는 나지막한 목소리로 대꾸했다.

"난 당신이 혐오스러워요."

너무나도 황당한 대답이 돌아왔기에 라울은 웃음을 터트릴 수밖에 없었다.

"그 정도로 제가 싫습니까?"

"네."

"기욤보다, 파라도니 별장에서 함께 있었던 그 남자보다 더

싫습니까?"

"네, 그래요. 그렇고말고요."

"하지만 그자들은 나보다 당신에게 더 고약한 짓을 했고, 내가 당신을 보호해주지 않았더라면 당신은…."

여자는 아무런 대꾸도 하지 않았다. 그리고 모자를 집어 들어 상대가 자신의 입술을 볼 수 없도록 얼굴 아랫부분을 가렸다. 그 행동을 보자 모든 것이 단번에 설명되었다. 라울은 한 치의 의심도 없이 확신했다. 그녀가 자신을 혐오하는 이유는 그녀가 저지른 범죄와 수치스러운 행동들을 자신이 목격해서가 아니다. 그녀를 품에 안고 입술을 훔쳤기 때문인 것이다. 그토록 엄청난 일을 저지른 여자가 이 정도로 수줍음이 많다니… 정말이지 희한한 일이었다. 여자는 더할 나위 없이 진중한 모습이었고, 순진하게도 지금 이 상황에서 자신의 영혼과 본능까지 상대에게 고스란히 드러내고 있었다. 라울은 자기도 모르게 중얼거렸다.

"그 일은 잊어주십시오."

그리고 몇 걸음 뒤로 물러나서 얼마든지 떠나도 좋다는 뜻을 내비치며 자기 의사와 상관없이 튀어나오는 공손한 말투로 이렇게 얘기했다.

"그날 밤은 당신이나 나나 기억해서 좋을 것 하나 없는 혼돈의 밤이었습니다. 내 서투른 행동은 잊어버리십시오. 게다가 내가 당신 앞에 이렇게 다시 나타난 건 그 일을 환기시키려 함이 아니라 당신을 위해 계속 일하기 위해서입니다. 애당초 운명이 나를 당신과 마주치게 했고, 나로 하여금 당신을 돕게 했습니다. 그러니 부디 내 도움을 거절하지 마십시오. 위험은 사그라질 기미가 안 보이고 오히려 거세지고만 있습니다. 당신의 적들은 지금 분기탱천해 이를 갈고 있단 말입니다. 대체 내가 없다면 뭘 어쩌실 작정입니까?"

여자는 고집스럽게 말했다.

"가세요."

그러고는 마치 앞에 열린 문이라도 있는 것처럼 꼼짝도 않고 버티고 서 있었다. 여자는 라울의 시선을 피하려 애쓰며 연신 입술을 가리고 있었다. 하지만 자리를 떠나지는 않았다. 과연 라울의 생각대로 사람이란 누군가 자신을 끊임없이 구해주면 어느새 그자의 포로가 돼버리고 마는 모양이었다. 여자의 눈빛에는 여전히 두려움이 어려 있었다. 하지만 입술을 빼앗긴 기억은 그보다 훨씬 더 끔찍한 기억들에 의해 서서히 밀려나고 있는 눈치였다.

"가세요. 난 이곳에서 아주 평온하게 지내고 있어요. 당신은 내가 겪은 그 모든 일들과 연관돼 있어요. 그 지옥 같은 모든 일들과…."

"그러니 천만다행이지요. 그리고 앞으로 벌어질 일에도 내가 쭉 연관돼 있어야만 합니다. 저들이 당신을 더 이상 찾지 않으리라고 보십니까? 과연 마레스칼이 당신을 포기할까요? 그자는 지금 이 순간에도 당신의 종적을 끈덕지게 쫓고 있습니다. 결국에는 이 생트 마리 수녀원까지 찾아내고 말 겁니다. 보아하니 이곳에서 몇 년간 행복한 유년 시절을 보내신 모양인데, 내 생각이 맞다면, 그자 역시 곧 그 사실을 알아낼 테고 머지않아 이곳으로 들이닥칠 겁니다."

라울은 부드러운 목소리로 이야기를 했지만 그 안에 담긴 강한 확신이 여자의 마음을 적잖이 흔들어대고 있었다. 여자는 들릴 듯 말 듯한 목소리로 중얼거렸다.

"가세요…."

"알겠습니다. 하지만 내일 이 시간에 다시 오지요. 매일같이 당신을 기다리겠습니다. 할 이야기가 있으니까요. 아! 당신을 고통스럽게 만들거나 그 끔찍했던 밤의 악몽을 되살려낼 이야기는 아니니 안심하십시오. 그 부분에 대해서는 아무 말도 하지 않겠습니다. 굳이 알 필요도 없고, 자고로 진실은 언젠가는 어둠 속에서 서서히 정체를 드러내기 마련이니까요. 내가 알고자 하고, 또 반드시 대답을 들어야 하는 문제는 그것과는 별개의 사안입니다. 오늘은 그저 이 이야기만 전하려고 온 겁니다. 자, 이제 가져도 좋습니다. 생각할 시간이 필요할 테니까요, 그렇죠? 하지만 두려워할 필요는 없습니다. 내가 항상 당신 곁에 있다는 사실만 잊지 마십시오. 위기의 순간에 내가 항상 당신 곁에 있을 테니 결코 낙담해서는 안 됩니다."

여자는 아무런 말도 없이 고갯짓조차 하지 않고 횡하니 자리를 떠났다. 라울은 층계 모양의 단구를 차례차례 내려가 보리수 길에 접어든 여자의 뒷모습을 물끄러미 지켜보았다. 여자의 모습이 더 이상 보이지 않자 여자가 떨어뜨리고 간 꽃 몇 송이를 주워 들고는 비로소 자신이 무의식적으로 한 행동을 깨닫고 장난기 어린 말투로 중얼거렸다.

"젠장, 일이 심각해졌어. 이러다가 정말로… 이런, 이런, 뤼팽, 이 친구야, 마음 단단히 먹으라고."

라울은 다시 축대의 움푹 파인 부분을 타고 내려와 호수를 건넜다. 그리고 숲을 산책하며 무심한 척 꽃을 하나 둘 던졌다. 하지만 초록 눈동자의 아가씨가 자꾸만 눈앞에 아른거렸다

다음 날, 그는 다시 단구 꼭대기로 올라갔다. 오렐리는 나타나지 않았다. 그다음 날도, 그 다음다음 날도, 마찬가지였다. 그렇게 나흘째 되던 날, 여자는 아무런 인기척도 내지 않은 채 나뭇잎을 헤치며 슬며시 나타났다.

"아! 왔군요…. 와주셨군요…."

상대의 모습을 보아하니 섣부른 언행을 했다간 당장 달아날 분위기였다. 여자는 첫날처럼 그저 우두커니 서 있었다. 그렇게 함으로써 상대에게 굴복당한 상황에 분개한 모습, 자신에게 호의를 베푼 적에게 화가 나 있는 적대적인 모습을 내비쳤다.

하지만 고개를 반쯤 돌린 채 내뱉은 여자의 말투는 이전보다 한결 부드러웠다.

"오지 말았어야 했어요. 생트 마리의 수녀님들에게나 제 은인이신 분들에게 못할 짓을 하는 기분이에요. 하지만 당신에게 감사하다는 말을 해야 할 것 같았어요…. 당신을 도와야 할 것 같았죠. 게다가 전… 두려워요. 그래요, 당신이 한 모든 얘기가 사실 두렵습니다. 그러니 물어보세요…. 대답해드리겠어요."

"어떤 질문을 해도 괜찮겠습니까?"

여자는 초조한 표정으로 대답했다.

"아니요. 그날 밤 보쿠르에서 있었던 일에 대해서는… 하지만 그 밖의 다른 일에 관해서는 얼마든지 질문하셔도 괜찮습니

다. 그리 오래 걸리진 않을 테죠? 무엇을 알고 싶으신가요?"

라울은 잠시 생각에 잠겼다. 무슨 질문을 꺼내야 할지 난감했다. 알고자 하는 모든 것들이 상대가 말하기 꺼리는 부분과 밀접하게 관련돼 있기 때문이었다.

라울은 조심스레 질문을 던지기 시작했다.

"우선 이름이 뭡니까?"

"오렐리요…. 오렐리 다스퇴라고 합니다."

"그럼 레오니드 발리라는 이름은 뭡니까? 가명입니까?"

"레오니드 발리라는 사람은 실제로 존재해요. 지금은 요양을 하느라 니스에 머무르고 있고요. 우연찮게 그분의 극단 단원들과 니스에서 마르세유까지 여행하게 됐는데, 그중에는 제가 지난겨울 아마추어 극단에서 베로니크 역을 하면서 알게 된 분이 있었어요. 제가 베로니크 역을 맡았다는 사실을 알게 되자 모든 단원들이 일제히 제게 하룻밤만 레오니드 발리를 대신해 무대에 서달라고 조르기 시작했죠. 다들 몹시도 당황하고 의기소침해 있던 터라, 결국 저는 그 청을 받아들일 수밖에 없었고요. 툴루즈에 있는 극단 지배인에게 사전에 이 사실을 알렸지만 지배인은 관객들이 그냥 제가 레오니드 발리라고 믿게끔 결국 이 사실을 공지하지 않았답니다."

라울은 이렇게 결론지었다.

"그러니까 당신은 전문 배우가 아닌 거군요…. 그 편이 낫네요…. 생트 마리 수녀원에 기숙하는 아름다운 아가씨가 훨씬 더 마음에 들어요…."

여자는 눈살을 찌푸렸다.

"질문이나 계속하시죠."

라울은 즉시 질문을 이어나갔다.

"오스만 대로의 제과점 앞에서 마레스칼에게 지팡이를 휘둘렀던 신사분 말입니다, 당신의 아버지 맞습니까?"

"정확히 말하자면 제 의붓아버지시죠."

"그럼 그분의 성함은?"

"브레작입니다."

"브레작이라면?"

"네, 내무부 소속 법무국 국장이죠."

"그럼 마레스칼의 직속상관이겠군요?"

"네. 두 사람은 앙숙이에요. 장관의 든든한 후원을 받고 있는 마레스칼은 의붓아버지가 맡은 자리를 호시탐탐 노리고 있고, 제 의붓아버지는 그런 그자를 떨쳐내려 하고 있으니까요."

"그리고 마레스칼은 당신을 사랑하고 있고요?"

"청혼을 한 적이 있죠. 물론 전 거절했고요. 그 후로 의붓아버지는 그자가 우리 집 앞에 얼씬거리지도 못하게 했어요. 그랬더니 저렇게 우리를 증오하며 복수를 하겠다고 이를 갈고 있는 거예요."

"그럼 이제 다른 질문으로 넘어갑시다. 파라도니 별장에 나타났던 남자 이름은 뭐죠?"

"조도요."

"그의 직업은요?"

"몰라요. 그냥 의붓아버지를 만나러 몇 번 집에 오곤 했어요."

"그럼 세 번째 남자는요?"

"기욤 앙시벨인데, 그자도 우리 집에 자주 드나들었죠. 증권일과 무슨 사업을 한다더군요."

"어두운 일인가요?"

"저도 잘 모르겠어요…. 아마도…."

라울은 지금까지 밝혀진 사실을 정리했다.

"그러니까 당신의 적은 모두 세 명이란 말씀이군요…. 그 외다른 적은 없으니까, 그렇죠?"

"또 한 명이 더 있어요. 제 의붓아버지요."

"뭐라고요! 당신 어머니의 남편 말입니까?"

"가엾은 제 어머니는 이미 돌아가셨어요."

"그럼 그 사람들은 모두 같은 이유로 당신을 괴롭히고 있는건가요? 그들 몰래 당신 혼자 간직하고 있는 비밀을 알아내려고?"

"네, 마레스칼만 빼고요. 그자는 아무것도 몰라요. 단지 앙갚음을 하려는 것뿐이에요."

"몇 가지 단서를 주실 수 있겠습니까? 비밀 자체는 말하기 곤란하시더라도 비밀을 둘러싼 정황에 대해서라도 말씀해주실수 있으신가요?"

여자는 골똘히 생각하다가 결심을 굳힌 듯 흔쾌히 대답했다.

"네, 그럴 수 있어요. 다른 사람들이 알고 있는 내용, 그리고저들이 그토록 비밀에 집착하는 이유에 대해서는 말씀드리죠."

여태껏 딱딱한 목소리로 짤막하게 대답하던 오렐리는 보다적극적인 태도로 이야기를 꺼내기 시작했다.

"간략하게 설명해드릴게요. 어머니의 사촌이기도 한 제 친부는 제가 태어나기 전에 돌아가셨어요. 다행히 우리에게는 아버지가 남긴 연금에다 다스퇴 할아버지가 우리 앞으로 부어주는 연금이 있었죠. 다스퇴 할아버지는 제 외할아버지인데, 정말 훌륭한 분이셨어요. 예술가이자 발명가인 할아버지는 언제나 새로운 일과 거대한 비밀에 목말라 계셨죠. 그래서 그분의 말에 따르면 우리에게 커다란 재물을 안겨줄 신비로운 일들을 찾아 끊임없이 여행을 하셨고요. 저는 할아버지와 아주 가깝게 지냈답니다. 아직도 저를 무릎에 앉혀놓고 이렇게 말씀하시던 모습이 생생히 떠올라요. '내 귀여운 오렐리, 너는 부자가 될 거야. 이 할아비가 이 일을 하는 건 다 너를 위해서란다.'

그런데 제가 여섯 살이 되던 해, 어느 날 할아버지께서 편지 한 통을 보내셨어요. 당신이 계신 곳으로 아무도 모르게 와달라는 내용이었죠. 그래서 어느 날 저녁 엄마와 저는 기차를 타고 할아버지가 계신 곳으로 갔어요. 그리고 할아버지 곁에서 이틀을 함께 지냈죠. 그리고 집으로 돌아오던 날 할아버지께서 지켜보는 가운데 엄마가 제게 이렇게 말했답니다.

'오렐리, 지난 이틀 동안 네가 어디에 있었는지, 무슨 일을 하고 무엇을 보았는지 아무한테도 얘기해서는 안 돼. 이건 이제 엄마와 할아버지의 비밀인 동시에 네 비밀이기도 해. 그렇게만 한다면 넌 스무 살 때 엄청난 부자가 될 거야.'

그러자 할아버지도 거드셨어요.

'그래, 엄청난 부자가 될 거란다. 그러니 무슨 일이 있더라도 아무에게도 이 얘기를 하지 않겠다고 맹세하거라.'

그러자 엄마가 얼른 덧붙였죠.

'아무에게도… 단 네가 사랑하는 남자, 네가 네 자신처럼 믿을 수 있는 남자가 나타나면 그 사람한테는 말해도 된단다.'

저는 시키는 대로 맹세를 했어요. 하지만 너무 겁이 나 그만 울음을 터트리고 말았죠.

그로부터 몇 달 후, 엄마는 브레작과 재혼하셨어요. 하지만 결혼 생활은 그리 순탄하지 않았고 오래가지도 못했죠. 이듬해에 제 가엾은 어머니가 늑막염으로 돌아가셨거든요. 돌아가시기 전에 아무도 몰래 제게 종이 한 장을 건네주셨는데, 그 안에는 우리가 방문했던 지역에 대한 정보와 제가 스무 살이 되면 해야 할 일들이 적혀 있었어요. 그리고 얼마 지나지 않아 다스퇴 할아버지까지 돌아가셨죠. 그래서 졸지에 의붓아버지인 브레작이 제 유일한 보호자가 된 겁니다. 브레작은 저를 치워버리듯 이 생트 마리 수녀원으로 보내버렸고요. 저는 크나큰 슬픔과 절망에 빠진 채 이곳에 도착했죠. 하지만 비밀을 지켜야 한다는 사명감이 저를 간신히 버티게 해주었어요. 그러던 어느 일요일, 전 외진 곳을 찾아 바로 이곳에 올라왔죠. 어렸던 내가 나름대로 생각해낸 계획을 실행에 옮기기 위해서였어요. 당시 전 엄마의 유언을 전부 외우고 있었죠. 그러니 종이를 간직하고 있을 필요가 없었어요. 종이를 갖고 있으면 모든 사람들이 그 비밀을 알게 될 거라 생각한 저는 이 화병 속에 그 종이를 넣고 태워버렸답니다."

라울은 고개를 끄덕였다.

"그럼 지금은 그 내용을 잊어버린 모양이군요…?"

"네. 이곳에서 따뜻한 정을 나누며 공부도 하고 놀기도 하다 보니, 저도 모르는 사이 그 기억들이 서서히 사라져갔어요. 제가 방문했던 지역의 이름도, 위치도, 기차 노선도, 해야 할 일까지… 모두 다요."

"하나도 기억이 안 나십니까?"

"네. 다만 어렸던 저의 눈과 귀를 유난히 사로잡았던 몇몇 경치와 소리들은 기억이 나요…. 그 이후로도 계속 떠오르는 이미지들… 어떤 소리, 마치 어디선가 끊임없이 울려 퍼지고 있는 것처럼 여전히 들리는 종소리…."

"그러니까 적들은 바로 당신 머릿속에 있는 그 인상과 이미지들을 알고 싶어 하는 거군요. 당신의 얘기를 듣고 진실에 접근하려고요."

"네."

"그런데 그자들이 그 사실을 어떻게 알았을까요?"

"할아버지가 제게 비밀 애기를 했다는 사실이 언급된 편지들이 있었는데, 엄마가 부주의하게도 그 편지들을 없애지 않으셨거든요. 나중에 브레작이 이 편지들을 찾아냈지만 내가 생트 마리 수녀원에서 내 생애 가장 아름다웠던 10년을 보내는 동안 그 사실을 입 밖에 내지 않았어요. 그런데 2년 전, 제가 파리로 돌아온 바로 그날부터 곧바로 비밀에 대해 캐묻더군요. 그래서 저는 방금 당신에게 얘기한 정도로만 말해주었어요. 그 정도는 말해도 될 것 같아서요. 하지만 진실의 실마리를 잡을 수 있는 어떠한 희미한 기억도 말해주고 싶지 않았어요. 그러자 그때부터 저를 끊임없이 괴롭히더군요. 다그치고, 혼내고,

불같이 화내고… 그래서 결국 도망치기로 결심했던 겁니다.”

“혼자서요?”

여자는 얼굴이 붉어졌다.

“아니요, 하지만 당신이 생각하고 있을지 모를 그런 상황은 아니었어요. 기욤 앙시벨은 항상 조심스럽게 제 환심을 사려고 했죠. 마치 아무런 대가도 바라지 않고 그저 순수하게 도움을 주고 싶어 하는 사람처럼요. 그래서 전 그 사람에게 호감까지는 아니더라도 신뢰를 품게 됐어요. 그래서 제 도주 계획을 털어놓는 크나큰 실수를 저지르고 만 거고요.”

“그자가 조금도 말리지 않고 당신의 계획에 찬성하던가요?”

“찬성하는 정도가 아니었죠. 도주할 준비도 도와줬고, 몇 가지 보석과 엄마한테 물려받은 유가증권들도 대신 처분해줬어요. 그리고 떠나기 전날 어디로 가야 할지 망막해하던 저에게 이렇게 말하더군요. ‘난 니스에서 왔는데 내일 다시 그리로 돌아가야 합니다. 나와 함께 떠나시겠습니까? 요즘 같은 계절에는 리비에라만큼 조용한 피신처도 없을 겁니다.’ 당시 제가 그 제안을 거절할 이유가 뭐가 있었겠어요? 물론 그를 사랑하는 건 아니었지만 진지하고 매우 헌신적인 남자처럼 보였으니까요. 그래서 그 제안을 받아들였죠.”

“저런, 그런 무모한 결정을 하다니!”

라울이 소리쳤다.

“네, 맞아요. 게다가 그렇게까지 친밀한 사이도 아니었거든요. 하지만 어쩌겠어요! 전 의지할 사람 하나 없이 괴롭힘을 당하던 딱한 처지였으니. 그래서 그저 도움의 손길이 다가온 거라고… 몇 시간만 동행하면 된다고, 그렇게 생각했죠. 그래서 그자와 함께 떠났던 겁니다."

오렐리는 잠시 망설이느라 이야기를 멈췄다. 그러고는 서둘러 다시 이야기를 이어갔다.

"정말이지 끔찍한 여행이었어요…. 왜 그랬는지는 충분히 짐작이 가실 테죠. 기욤이 의사를 공격해 훔친 마차 안에 저를 내동댕이쳤을 때, 전 완전히 녹초가 된 상태였답니다. 그자는 자기 마음대로 저를 다른 역으로 끌고 가더군요. 거기서 이미 사둔 열차표로 니스행 열차에 올라탄 뒤 목적지에 내려 짐들을 찾았고요. 저는 고열에 시달려 제정신이 아니었어요. 그래서 제가 뭘 하는지 알지도 못한 채 그저 그자가 시키는 대로 움직였어요. 그다음 날, 그자는 그런 제 상태를 이용해, 주인이 없는 틈을 타 자기가 도둑맞은 물건을 되찾아 와야겠다며 저를 어느 별장으로 데리고 갔죠. 전 어디로 가는지도 모른 채 순순히 그리로 따라갔고요. 아무 생각도 할 수 없었거든요. 그저 수동적으로 그자의 명령에 따랐어요. 그리고 바로 그 별장에서 조도에게 습격을 받고 납치를 당한 겁니다."

"그리고 제 덕분에 또다시 위기를 모면했고요. 하지만 당신은 또다시 황급히 달아나는 것으로 그에 대한 보답을 했죠. 자, 그럼 이제 다른 질문으로 넘어갑시다. 조도, 그자 역시 비밀을 말하라고 강요하던가요?"

"네."

"그러고는요?"

"그리고 전 호텔로 돌아갔어요. 호텔에 도착하자 기욤이 몬테카를로로 같이 가자고 조르더군요."

"하지만 그때는 이미 그자가 어떤 자인지 파악하셨을 텐데요!"

라울은 이해할 수 없다는 듯 소리쳤다.

"무슨 수로요? 뭐라도 보여야 상황 파악이 될 텐데… 전 이틀 전부터 일종의 착란상태에 빠져 있었던 데다 조도에게 공격까지 받았던 터라 제정신이 아니었는걸요. 그래서 왜 그리로 가는지조차 묻지도 않고 순순히 기욤을 따라나섰어요. 당시 전 너무나 당황한 상태였고, 또 비겁한 제 행동에 수치심을 느꼈죠. 그리고 수상쩍게 변해가는 그 사내의 존재가 갈수록 거북하게 느껴졌고요…. 몬테카를로에서 제가 맡은 임무는 과연 무엇이었을까요? 저 역시 확실히는 몰라요. 기욤은 그저 제게 편지를 맡기며 그 편지를 나중에 호텔 복도에서 자신에게 돌려달라고만 말했어요. 자신이 또 다른 누군가에게 건네줄 편지라면서요. 무슨 편지였을까요? 누구에게 그 편지를 건네줄 작정이었던 거죠? 왜 마레스칼이 그곳에 있었던 건가요? 당신은 어떻게 그자의 손아귀에서 또다시 저를 빼냈던 거고요? 뭐가 뭔지 하나도 모르겠어요. 그래도 어느 순간 본능이 서서히 깨어나기 시작하더군요. 제 안에서 기욤에 대한 적의가 점점 커져가는 게 느껴졌어요. 그자가 혐오스러웠죠. 그래서 그자와 맺은 계약을 파기하고 이곳에 와서 숨으려고 몬테카를로를 떠났던 겁니다. 그자는 툴루즈까지 저를 따라왔고, 그래서 전(그때가 이른 오후였는데) 그자를 떠나겠다는 제 결심을 분명히 밝혔어요. 제 결심을 돌이킬 수 없다는 사실을 깨닫자 그는 화가 나

일그러진 얼굴로 차갑게 쏘아붙이더군요.

'좋소. 갈라섭시다. 사실 나 역시 당신이 그다지 필요한 건 아니니까. 하지만 한 가지 조건이 있소.'

'조건이라뇨?'

'그렇소. 언젠가 당신의 의붓아버지인 브레작이 당신의 할아버지가 당신에게 모종의 비밀을 넘겨주었다는 얘기를 한 적이 있소. 내게 그 비밀을 털어놓으시오. 그러면 당신은 자유의 몸이오.'

그제야 모든 것이 단번에 이해가 가더군요. 그자의 모든 맹세, 모든 헌신은 거짓이었던 겁니다. 그자에게는 오로지 한 가지 목표밖에 없었던 거죠. 회유를 해서든 협박을 해서든, 언젠가는 저한테서 비밀을 빼내려 했던 겁니다. 제가 의붓아버지에게도 밝히기를 거부했고, 조도 역시 강제로 빼앗으려 한 그 비밀을 말이죠."

여자는 문득 입을 다물었다. 라울은 여자를 유심히 살펴보았다. 여자는 진실만을 이야기한 것 같았다. 라울이 느끼기에는 확실히 그러했다.

"그자의 정체에 대해 정확하게 알고 싶으십니까?"

라울이 진지한 어조로 묻자 여자는 고개를 가로저었다

"굳이 그럴 필요가 있을까요?"

"그래도 그 편이 나을 겁니다. 제 얘기를 한번 들어보십시오. 니스의 파라도니 별장에서 그자가 찾았던 유가증권은 사실 그자의 것이 아닙니다. 그저 훔칠 속셈이었던 거죠. 몬테카를로에서 그자는 문제의 편지를 돌려주는 대신 10만 프랑을 요구했습니다. 그러니까 그자는 사기꾼에다 도둑, 어쩌면 더 나쁜 놈일지도 모르죠. 이것이 바로 그자의 정체입니다."

오렐리는 아무런 반박도 하지 않았다. 그녀는 이미 현실을 어느 정도 엿본 듯했고, 따라서 자신이 이렇게 느닷없이 진실을 폭로했다고 해서 여자에게 특별히 더 충격을 준 것 같지는 않았다.

"당신이 저를 그자로부터 구해주셨어요. 감사합니다."

"이런! 진작부터 달아나지 말고 날 믿으셨어야죠. 대체 얼마나 많은 시간을 낭비한 겁니까!"

여자는 떠나려다 말고 단호히 응수했다.

"왜 제가 당신을 믿어야 하죠? 당신이 누구인 줄 알고요? 전 당신을 모르는데요. 당신을 비난하는 마레스칼도 당신의 이름조차 모르던걸요. 당신은 온갖 위험으로부터 저를 구해주셨죠…. 하지만 대체 왜 그러셨죠? 무슨 목적으로요?"

라울은 냉소 띤 얼굴로 말했다.

"나 역시 당신의 비밀을 캐낼 목적으로 그랬을 것이다… 지금 이 말씀을 하고 싶으신 겁니까?"

여자는 의기소침한 모습으로 중얼거렸다.

"전 아무런 말도 하지 않았어요. 그냥 아무것도 모르겠어요. 모든 게 혼란스럽기만 해요. 지난 2~3주 전부터 어둠의 장벽에 이리저리 부딪히는 기분이에요. 더 이상 제게 신뢰를 요구하지 말아주세요. 그럴 수 없으니까요. 저는 그 누구도, 그 무엇도 믿을 수 없는 처지잖아요."

라울은 안쓰러운 마음이 들어 여자가 자리를 떠나도록 내버려 두었다.

라울 역시 발걸음을 옮기면서(사실 그동안 라울은 단구의 두 번째 층 아래에 파묻힌 비밀 문을 발견했고, 결국 그 문을 여는 데까지 성공했다) 속으로 중얼거렸다.

'여자는 그 끔찍했던 밤에 대해서는 단 한 마디도 하지 않았어. 그날 밤, 미스 베이크필드가 죽고, 두 남자가 살해당했지. 그리고 난 변장을 하고 복면을 한 저 여자를 두 눈으로 똑똑히 목격했고 말이야.'

하지만 모든 것이 수수께끼처럼 난해해 보이기는 라울 역시 매한가지였다. 그의 주변에도 어둠의 장벽이 솟아 있었고, 군데군데 틈 사이로 희미한 빛만 간신히 새어 들어오고 있을 뿐이었다. 게다가 이 모험을 시작한 이래로 줄곧 저 여자만 보면 베이크필드의 시신 앞에서 다짐했던 증오와 복수의 맹세는 새까맣게 잊어버리고 초록 눈동자를 지닌 우아한 아가씨의 이미지를 훼손시킬 수 있는 그 어떠한 일도 할 엄두가 안 났으니….

그 후 이틀 동안 여자는 나타나지 않았다. 그러더니 그 후 사흘 내내 마치 절실하게 필요한 보호의 손길을 찾아오듯 아무런 설명도 없이 또다시 모습을 드러냈다.

여자는 처음에는 10분 동안 머물다가 다음 날은 15분, 그다음 날은 30분 동안 머물렀다. 두 사람은 말을 많이 하지는 않았다. 하지만 여자가 원하건 원치 않건, 그녀의 마음속에 신뢰가 싹트고 있는 것은 분명했다. 여자는 천천히 난간으로 걸어가더니 잔잔한 물결이 이는 호수를 바라보았다. 라울은 몇 차례 질문을 던지려고 시도해보았다. 하지만 여자는 보쿠르에서 겪었던 끔찍했던 순간을 연상시키는 말만 나오면 두려움에 몸을 떨며 그 즉시 몸을 사렸다. 그래도 처음보다는 많은 이야기를 해주었다. 하지만 주로 아주 오래전 이야기나 과거 생트 마리 수녀원에서 생활했던 일, 그리고 이 따뜻하고 고요한 환경 속에서 다시금 되찾은 평화로운 일상에 관한 이야기였다.

한번은 여자의 손바닥이 화병 받침대 위에 올려져 있었는데, 라울은 여자의 손을 만지지는 않고 허리만 숙인 채 손금을 읽기 시작했다.

"당신을 본 첫날부터 내 이럴 줄 알았습니다…. 두 개의 운명이 보이는군요. 하나는 어둡고 비극적인 운명, 다른 하나는 행복하고 단순한 운명… 이 두 가지 운명이 얽히고설키는 형국인데, 지금으로서는 어느 쪽이 우세하다고 말할 수 없겠군요. 어느 쪽이 진짜입니까? 어느 쪽이 당신의 본성에 가깝죠?"

"그야 행복한 운명이죠. 제 안에는 어둠을 떨쳐내고 일어날 수 있는 무언가가 있어요. 그러니 어떤 위기를 맞더라도 금세 잊고 지금 이곳에서처럼 유쾌하게 지낼 수 있는 거죠."

라울은 계속해서 손금을 살피더니 빙긋이 미소를 지으며 말했다.

"물을 조심하십시오. 당신에게는 치명적입니다. 난파와 홍수… 정말 숱한 위험이 도사리고 있군요! 하지만 점점 멀어져가고 있습니다…. 네, 모든 일이 잘 풀릴 겁니다. 이미 선한 기운이 악한 기운을 이기고 있어요."

사실 라울은 여자를 안심시키려 거짓말을 하고 있었다. 이제는 감히 제대로 바라보지도 못하는 그 아름다운 입술에 이따금 미소가 번지기를 끊임없이 소망하고 있었으니 말이다. 그리고 사실 자신도 어두운 과거를 잊고 아무 고민 없이 달콤한 환상에 빠지고 싶었다.

라울은 자신의 마음을 상대에게 들키지 않으려 애를 써가며 그렇게 환희에 젖어 2주를 보냈다. 이 시간 동안 그는 마치 사랑에 흠뻑 취해 묘한 현기증을 느끼며 사랑하는 사람을 바라보고 그 사람의 목소리를 듣는 기쁨 말고는 아무것도 느낄 수 없는 사람처럼 살았다. 라울은 마레스칼이나 기욤, 조도의 위협적인 이미지를 떨쳐내려 애썼다. 이들 중 어느 한 명도 나타나지 않는 것을 보니 필시 여자의 행적을 도중에 놓친 것이리라. 그러니 이 여자 옆에서 감미로운 도취 상태를 만끽하지 못할 이유가 대체 무엇이란 말인가?

하지만 각성의 순간은 느닷없이 찾아왔다. 어느 날 오후, 라울은 골짜기를 굽어보는 나무의 잎사귀 사이로 고개를 내밀어 거울 같은 수면을 내려다보고 있었다. 호수 가운데는 잔잔했지만 가장자리에는 잔물결이 일어 급류가 흘러드는 여울목 쪽으로 밀려가고 있었다. 그때 정원 쪽에서 아득하게 누군가의 목소리가 들려왔다.

"오렐리… 오렐리! 어디 있나요, 오렐리?"

여자는 잔뜩 불안해하며 중얼거렸다.

"이런…! 왜 날 부르는 거지?"

오렐리는 소리가 난 쪽으로 서둘러 뛰어갔다. 보리수 길에 수녀 한 명이 서 있었다.

"저 여기 왔어요…. 여기요! 무슨 일인가요, 수녀님?"

"전보가 왔어요, 오렐리."

"전보라니요! 오실 필요 없어요, 수녀님, 제가 그리로 갈게요."

잠시 후 전보를 들고 야외 테라스로 돌아온 여자는 무척이나 동요하는 모습이었다.

"의붓아버지한테서 온 전보예요."

"브레작 말인가요?"

"네."

"집으로 돌아오라는 내용인가요?"

"조만간 이곳에 오겠다는군요."

"아니, 왜요?"

"저를 데리러요."

"말도 안 돼!"

"여기, 직접 읽어보세요…."

라울은 보르도에서 발송한 두 줄짜리 전보를 읽었다.

오후 4시 도착 예정.

즉시 함께 떠날 것.

— 브레작

라울은 잠시 생각에 잠겼다가 물었다.

"당신이 여기에 있다고 편지를 보낸 겁니까?

"아니요. 하지만 예전에 그 역시 휴가 때 이곳에 들르곤 했어요. 그러니 제가 여기 있을 거라고 짐작할 수 있었겠죠."

"그래서 이제 어떻게 할 작정입니까?"

"제가 어떻게 해야 하나요?"

"따라가지 않겠다고 거부하십시오."

"그렇게 되면 원장수녀님도 더 이상 절 받아주시지 않으실 거예요."

라울이 넌지시 말했다.

"그럼, 지금 당장 떠나십시오."

"어디로요?"

라울은 나무가 우거진 한쪽 구석을 가리켰다.

여자는 반발했다

"떠나라니요! 죄진 사람처럼 수녀원에서 도망이나 치라고요? 아니요, 싫어요. 그건 이곳에서 저를 딸처럼, 그것도 애지중지 아껴주시는 모든 분들께 커다란 고통을 안겨주는 짓이라고요. 아니요. 절대 그렇게는 할 수 없어요."

여자는 몹시 지친 기색으로 난간 맞은편 돌 벤치에 털썩 주저앉았다. 라울은 여자에게 다가가 진중한 어조로 말했다.

"내가 당신에게 어떤 감정을 품고 있는지, 왜 이토록 당신을 위해 발 벗고 나서는지, 그런 얘기는 단 한 마디도 꺼내지 않겠습니다. 하지만 그래도 이것만은 알아줘야 합니다. 지금 난 한 여인을 위해 헌신하는 사내의 심정으로 당신을 돕고 있다는 사실을요…. 그 사내에게는 세상 전부인 여인을 위해…. 그러니 이 헌신에 대한 대가로 당신은 나를 절대적으로 믿고, 내 말에 맹목적으로 따를 마음의 준비가 돼 있어야 합니다. 그래야 내가 당신을 구할 수 있으니까요. 내 말 이해하시겠습니까?"

"네."

여자는 상대의 단호한 태도에 압도되어 순순히 대답했다.

"자, 그럼 내 지시 사항은 이겁니다… 아니, 그보다는 명령이라고 해두죠…. 그래요, 명령입니다. 우선 고분고분히 의붓아버지를 대하십시오. 공연히 실랑이를 벌이지도 말고 대화조차 하지 마십시오. 단 한 마디도 말입니다. 그게 실수를 저지르지 않는 최선의 방법이니까요. 그리고 아버지를 따라 파리로 돌아가십시오. 그렇게 파리에 도착하면, 바로 그날 저녁, 무슨 핑계를 대서라도 집 밖으로 빠져나오십시오. 그러면 백발의 나이 지긋한 부인이 문에서 스무 발자국 떨어진 곳, 차 안에서 당신을 기다리고 있을 겁니다. 내가 두 사람 모두 한적한 지방으로 데려갈 겁니다. 아무도 당신을 찾을 수 없는 은신처로요. 그리고 맹세컨대, 난 그곳을 당장 떠나 당신이 다시 찾을 때까지 당신 곁에 얼씬거리지도 않을 겁니다. 자, 내 제안에 동의하시겠습니까?"

"네."

여자는 고개를 끄덕이며 대답했다.

"그럼 내일 저녁에 봅시다. 그리고 내 말 명심하십시오. 무슨 일이 일어나더라도, 정말이지 어떤 일이 생기더라도 당신을 보호하려는 내 의지는 결코 꺾이지 않을 것이며 내 계획은 반드시 성공할 겁니다. 모든 것이 당신에게서 등을 돌린 듯 느껴져도 낙심하지 마십시오. 걱정할 필요조차 없습니다. 어떠한 위험이 닥치더라도 그 무엇도 당신을 해칠 수 없다는 사실을 항상 되새기고 믿으십시오. 당신이 나를 필요로 할 때, 바로 그 순간 내가 당신 곁에 있을 테니까요. 난 항상 그곳에 있을 겁니다. 그럼 안녕히 계십시오, 아가씨."

라울은 고개를 숙여 인사를 하고는 여자의 망토 가장자리에 가볍게 입을 맞췄다. 그리고 낡은 격자 울타리를 젖혀 덤불 속으로 뛰어든 다음, 낡은 비밀 문을 향해 뻗어 있는 좁은 오솔길로 사라져갔다.

오렐리는 돌 벤치에 그대로 앉아 있었다.

그렇게 30초쯤 흘렀을까.

갑자기 난간 쪽에서 나뭇잎이 부스럭거리는 소리가 들려 여자는 고개를 돌려보았다. 관목이 흔들리고 있었다. 누군가 그곳에 있었다. 그렇다, 의심할 여지가 없다. 누군가 그곳에 몸을 숨기고 있는 것이다.

여자는 도와달라고 소리치고 싶었다. 하지만 그럴 수 없었다. 목이 메어 소리가 나오지 않았던 것이다.

나뭇잎이 더욱 요란하게 흔들렸다. 누가 나타날 것일까? 여자는 차라리 기욤이나 조도이기를 간절히 바랐다. 그 두 강도가 마레스칼보다는 덜 두려웠기 때문이다.

머리 하나가 불쑥 나타났다. 은신처에서 빠져나와 모습을 드러낸 사람은 다름 아닌 마레스칼이었다.

오른쪽 아래에서 육중한 비밀 문이 철커덕 닫히는 소리가 들려왔다.

7
지옥의 아가리

　널찍한 정원 안쪽, 단구 꼭대기 한구석은 무성한 나뭇잎으로 가려진 데다 그 주변을 지나는 사람도 거의 없어서 지난 몇 주 동안 오렐리와 라울에게 더할 나위 없이 안전한 비밀 장소 역할을 해주었다. 그러니 그 누가 마레스칼이 단 몇 분 만에 이곳을 찾아내 오렐리가 아무런 도움도 바랄 수 없는 절박한 상황에 처해 있음을 눈치챌 수 있겠는가? 이제 분명 상황은 적이 원하는 대로 돌아가 적의 무자비한 의지대로 결말이 날 터였다.

　마레스칼 역시 이 사실을 잘 알고 있었기에 조금도 서두르지 않았다. 그는 여자에게 천천히 다가가다 문득 멈춰 섰다. 승리의 확신에 취해 반듯한 얼굴의 균형이 흐트러졌고, 평소에는 거의 움직임 없던 표정이 살짝 일그러졌다. 비웃느라 왼쪽 입꼬리가 올라가는 바람에 네모난 수염 반쪽도 덩달아 올라갔으며, 입술 사이로는 새하얀 치아가 번쩍거렸다. 두 눈동자에는 잔혹하고 냉정한 빛이 서려 있었다.

　사내는 이죽거렸다.

　"이런, 아가씨, 상황이 내게 그다지 불리하지만은 않은 것 같군요. 보쿠르에서처럼 내게서 도망칠 방법 따윈 없소! 파리에서처럼 날 떨쳐낼 방법도 없고 말이야! 하, 그러니 이제 강자의 법칙을 따를 수밖에!"

오렐리는 상체를 곧게 펴고, 팔에 힘을 줘 주먹 쥔 두 손으로 돌 벤치를 짚은 채 미칠 것 같은 불안한 표정으로 사내를 바라보았다. 신음 소리조차 내지 않았다. 그저 잠자코 상대의 다음 말을 기다렸다.

"아름다운 아가씨, 이런 당신의 모습을 보니 얼마나 좋은지! 나처럼 다소 과격한 방식으로 사랑을 하는 사람에게는 공포와 반항심에 사로잡힌 상대를 코앞에서 바라보는 것도 그다지 나쁘지 않거든. 먹잇감을 정복하고 싶은 욕구가 한껏 더 끓어오르니…."

그러더니 목소리를 착 깔며 덧붙였다.

"게다가 그 먹잇감이 탐스러울 경우에는 더더욱 그렇지…. 사실 당신, 좀 심하게 아름답잖아!"

그리고 펼쳐진 전보를 발견하고는 비아냥거렸다.

"그 대단하신 양반, 브레작이 보낸 거로구만? 곧 도착해서 당신을 데리고 가겠다고…? 그래, 난 다 알고 있었지. 이미 보름 전부터 내 친애하는 상관, 브레작을 감시하고 있었으니, 가장 은밀한 계획까지 훤히 꿰뚫고 있을 수밖에. 그자 곁에 내 심복을 심어뒀거든. 그렇게 해서 당신의 은신처를 알아냈고, 그 양반보다 몇 시간 먼저 이곳에 도착할 수 있었지. 우선 이 주변에 있는 숲과 골짜기를 살펴본 다음, 멀찌감치 떨어져서 당신을 엿보았는데 갑자기 이곳으로 서둘러 올라가더군. 그래서 나 역시 따라 올라왔지. 그런데 웬 사내 하나가 멀어져 가더라고. 아마도 당신 애인이겠지?"

사내는 몇 발짝 앞으로 다가갔다. 여자는 펄쩍 뛰다가 벤치 주위에 설치된 격자 울타리에 상체를 부딪쳤다.

사내는 부아가 치밀어 오르는 기색이었다.

"이것 봐, 예쁜 아가씨, 아까 당신 애인이 당신을 쓰다듬었을 땐 이렇게까지 내빼지 않았을 텐데… 그 행운아는 누구신가? 약혼자인가? 아니, 숨겨둔 애인이겠지. 아, 내가 제때에 도착해 생트 마리 수녀원의 순진한 기숙생이 어리석은 짓을 저지르려 는 것을 막아내고 가까스로 내 것을 지킨 셈이야! 이런! 미리 눈치챘더라면 내 그놈을…!"

사내는 간신히 화를 억누르고 여자를 향해 몸을 숙였다.

"어쨌든 잘된 일이야! 일이 아주 간단해졌거든. 이미 이 게임 은 내가 이긴 거나 다름없어. 내가 모든 패를 쥐고 있으니까. 게 다가 이건 또 웬 행운이야! 오렐리는 더 이상 수줍음 많은 정숙 한 여자가 아니야. 함정을 이리저리 피해가며 도둑질하고 살인 까지 저지르는 앙큼한 여자지. 오렐리는 온갖 장애물을 뛰어넘 을 준비가 돼 있다, 이 말씀이야. 그러니 나와 동행하지 못할 이 유가 어디 있겠어? 자, 오렐리, 그자가 되면 나도 되는 것 아니 겠소? 그자에게 무슨 장점이 있는지는 모르겠으나 나 역시 결 코 무시하지 못할 장점을 갖고 있다고. 자, 어떻게 생각하시나, 오렐리?"

여자는 고집스럽게 입을 다물었다. 공포가 어려 있는 그 침 묵에 사내는 더욱더 울화가 치미는 듯했다. 하지만 한 단어 한

단어 힘주어 또박또박 말을 이어나갔다.

"이런, 오렐리, 우리가 지금 한가하게 노닥거리기나 하고 이 얘기 저 얘기 빙빙 돌려가며 말할 상황은 아닌 것 같은데? 오해를 남기지 않기 위해서라도 과감하게, 딱 부러지게 말해야겠어. 그럼 이제 본론으로 들어가지. 내가 받은 모욕과 과거의 일은 그냥 묻어두겠소. 이제 더 이상 중요하지 않으니까. 중요한 건 바로 현재, 그뿐이거든. 그런데 그 현재라는 게 말이지, 급행열차 살인 사건, 숲 속에서 도주한 일, 군경에게 붙잡힌 일 등 당신에게 치명적인 수십 가지 증거들이야. 그리고 바로 지금 이 순간의 현재란, 내가 드디어 당신을 손아귀에 넣었고, 당신을 움켜잡아서 당신 의붓아버지에게 끌고 가 그 양반의 면전에다 대고 증인들 앞에서 이렇게 외치려 한다는 거지. '경찰들이 사방팔방으로 찾고 있는 살인을 저지른 여자가 여기 있소…. 그리고 체포 영장도 내 호주머니 안에 들어 있소. 그러니 어서 군경을 부르시오!'라고 말이야."

사내는 팔을 들어 자신이 말한 대로 여자를 움켜잡으려 했다.

그러다가 다시 위협적인 태도를 누그러뜨리고 말을 이어나갔다.

"그러니까 내가 염두에 두고 있는 한 가지 방법은 당신을 공개적으로 고발하고 중죄 재판소에 넘기고 끔찍한 처벌을 받게 하는 거고… 또 다른 한 가지 방법은, 당신에게 선택권을 주려는 건데, 당신이 충분히 짐작하고 있을 조건 하에 합의를 하는 거요. 당장 이 자리에서 말이야. 내가 요구하는 건 약속 이상이오. 무릎을 꿇고 맹세를 하는 거지. 파리에 돌아가면 내 집으로 혼자 찾아오겠다고 말이야. 그리고 한 가지 더, 그 합의를 충실히 지키겠다는 뜻으로 당신의 입술로 내 입술에 도장을 찍으시오. 증오와 혐오가 담긴 입맞춤이 아니라 감미로운, 자발적인 입맞춤을, 오렐리… 여태껏 그토록 거부해왔던 연인의 입맞춤을….

사내는 화가 치미는지 버럭 소리쳤다.

"이런, 대답해, 제길! 받아들이겠다고 대답하란 말이야. 그런 청승맞은 표정, 이제 지긋지긋해. 대답해. 안 그러면 당장 당신을 움켜잡고 강제로 입을 맞춘 뒤 감옥에 보내버릴 테니까!"

그러더니 이번에는 한 손으로 여자의 어깨를 우악스럽게 움켜잡고, 다른 한 손으로는 목을 붙잡아 여자를 격자 울타리로 밀어붙였다. 그리고 가까이 들이대는 입술… 하지만 사내는 곧바로 멈칫했다. 여자가 기운을 잃는 듯싶더니 그대로 기절해버리고 말았던 것이다.

마레스칼은 상당히 당혹스러웠다. 사실 이곳에 오면서도 구체적인 계획이 있었던 것은 아니었다. 그저 여자와 이야기를 나누고 브레작이 도착하기 전, 한 시간 정도의 여유 시간 동안 엄숙한 약속을 받아내 자신의 지배력을 인정받으려 했을 뿐이었다. 그런데 뜻하지 않게 상대가 이토록 맥없이 쓰러져버리다니….

사내는 상체를 숙여 몇 초간 탐욕스런 눈길로 여자를 쳐다보았다. 그러고 나서 나뭇잎으로 둘러쳐진 은밀하고 폐쇄적인 주변 공간을 둘러보았다. 물론 지켜보는 이 하나 없었고, 누군가 끼어드는 일은 아예 불가능해 보였다.

마레스칼은 문득 어떤 생각에 이끌려 난간을 향해 다가갔다. 그리고 관목들 사이 벌어진 틈으로 황량한 골짜기와 시커먼 나무가 우거진 음산하고 어두컴컴한 숲을 내려다보았다. 사실 그곳을 지나쳐 오면서 동굴 입구 하나를 유심히 보아둔 터였다. 오렐리를 그 안에 던져놓고 감금한 뒤 군경들의 삼엄한 감시 하에 이틀, 사흘, 필요하다면 일주일이라도 가둬둔다면, 그 또한 예상 밖의 성공적인 결말이며 한 모험의 끝인 동시에 또 다른 모험의 시작이 아니겠는가?

마레스칼은 가볍게 호각을 불렀다. 그러자 맞은편 기슭, 숲 가장자리에 있는 두 덤불 위로 팔 두 개가 흔들거리는 모습이 보였다. 미리 약속된 신호였다. 자신의 음모를 거들어줄 부하 두 명을 그곳에 잠복시켜놓았던 것이다. 호수 건너편에 작은 배 한 척이 출렁거리고 있었다.

마레스칼은 더 이상 망설이지 않았다. 자고로 기회란 스쳐 지나가는 것이라 순식간에 낚아채지 않으면 그림자처럼 사라져버린다는 사실을 잘 알고 있었으니. 마레스칼은 다시 여자에게 다가갔다. 여자는 깨어나려 하고 있었다.

"이제 움직여야겠어. 안 그랬다간…."

사내는 여자의 얼굴에 스카프를 휘감고 양쪽 끝을 매듭지어 재갈처럼 입에 물렸다. 그리고 여자를 번쩍 안아 들고 걸음을 옮기기 시작했다.

여자는 원체 말랐기에 조금도 힘들지 않았다. 게다가 사내는 다부진 체격의 소유자였으니 두 팔에 안긴 짐은 새털처럼 아주 가볍게 느껴졌다. 하지만 다시 난간 쪽으로 다가가 거의 수

직에 가깝게 깎인 데다 폭풍으로 가운데가 움푹 파인 골짜기를 내려다보자 조심히 행동해야겠다는 판단이 들었다. 사내는 오렐리를 난간 옆에 내려놓았다.

여태껏 상대가 실수를 저지르기를 기다리고 있었던 것일까? 아니면 순간적인 기지를 발휘한 것일까? 어쨌든 마레스칼의 경솔한 행동은 곧바로 화를 불러왔다. 여자는 마레스칼이 정신을 못 차릴 정도로 급작스럽게, 과감하고 잽싼 몸놀림으로 스카프를 풀어내고는 무슨 일이 일어나더라도 상관없다는 듯 골짜기 아래로 미끄러지듯 내달렸다. 정말이지 자갈이나 모래 무더기 위에서 돌 하나가 먼지 구름을 일으키며 굴러떨어지는 것 같았다.

가까스로 정신을 차린 사내는 곤두박질칠 위험을 무릅쓰고 곧바로 몸을 날렸다. 곧 어디로 가야 할지 모른 채 허겁지겁 쫓기는 짐승처럼 가파른 비탈길을 지그재그로 뛰어가는 여자의 모습이 시야에 들어왔다.

사내는 큰소리로 외쳤다.

"넌 독 안에 든 쥐야, 이 딱한 여자야. 이제 그만 무릎을 꿇으시지."

사내는 금세 여자를 따라잡았고 오렐리는 공포에 질려 비틀대고 휘청거렸다. 바로 그 순간, 부러진 나뭇가지가 떨어지듯 위쪽에서 무언가가 자신에게 달려드는 느낌이 들었다. 고개를 홱 돌려 보니 얼굴 아랫부분을 손수건으로 가린 사내가 버티고 서 있었다. 아마도 자신이 오렐리의 애인이라고 불렸던 그 작자인 듯했다. 마레스칼은 서둘러 권총을 빼 들긴 했지만 미처 쏘지는 못했다. 공격자가 느닷없이 현란한 격투기 솜씨로 가슴에 발차기 한 방을 날리는 바람에 다리가 반쯤 잠기도록 호수 늪지대에 빠지고 말았던 것이다. 화가 머리끝까지 치솟은 마레스칼은 질퍽질퍽한 늪 속을 걸으며 적을 향해 총을 겨누었다. 적은 스물다섯 발자국쯤 떨어진 곳에서 여자를 배에 태우고 있었다.

사내가 소리쳤다.

"멈춰라! 안 그러면 쏜다."

라울은 아무런 대답도 하지 않았다. 그저 반쯤 썩은 판자를 집어 들고 방패처럼 기대놓는 것이 전부였다. 그리고 작은 배를 밀기 시작했다. 배는 물결을 타고 춤추기 시작했다.

마레스칼은 방아쇠를 당겼다. 그것도 다섯 차례나 있는 힘껏 당겼다. 하지만 물에 젖은 총알은 총구에서 나갈 의사가 전혀 없는 듯했다. 마레스칼은 다시 한 번 호각을 불었다. 이전보다 더욱 날카로운 소리가 사방으로 울려 퍼졌다. 그러자 마치 상자 속에 웅크리고 있던 꼬마 악마들처럼 저쪽 덤불에서 사내 두 명이 불쑥 튀어나왔다.

라울은 호수 한가운데, 다시 말해 맞은편 기슭에서 30미터 정도 떨어진 거리에 있었다.

"쏘지 마라!"

마레스칼이 소리쳤다.

하긴 굳이 총을 쏠 필요가 있겠는가! 급류를 집어삼키는 구렁에 빠지지 않으려면 어차피 저들은 두 부하가 권총을 쥔 채 기다리고 있는 바로 그 장소로 직행할 수밖에 없었다.

도주하던 라울도 그제야 사태를 파악한 듯했다. 갑자기 뱃머리를 돌려 무기 없는 적 하나만 상대하면 되는 반대편 기슭 쪽으로 되돌아오고 있었으니 말이다.

상대의 계획을 눈치챈 마레스칼은 고래고래 소리를 질렀다.

"발포! 발포! 지금 총을 쏘란 말이다. 놈이 이리로 돌아오고 있잖나! 그러니 총을 쏘라고! 젠장!"

부하 한 명이 총을 발사했다.

배에서 비명 소리가 들렸다. 라울이 노를 놓치고 고꾸라지자 여자는 절박한 몸짓으로 라울에게 몸을 날렸다. 노는 저만치 떠내려가고 있었다. 배는 갈 길을 잃은 듯 잠시 멈춰 있다가 방향을 살짝 틀어 물이 흐르는 쪽으로 머리를 돌렸다. 그리고 처음에는 천천히, 그러다가 점점 속도를 붙여가며 앞으로 나아갔다.

마레스칼이 더듬거렸다.

"빌어먹을! 저러다 둘 다 끝장나겠어."

하지만 어쩌겠는가? 이미 파국은 예정된 것이나 다름없었다. 배는 양쪽에서 잔파도를 일렁이며 밀려드는 물살에 붙들려 제자리에서 한 바퀴 빙그르르 돌더니 바닥에 누워 있는 두 남녀를 실은 채 쏜살처럼 앞으로 내달려 아가리를 쫙 벌린 구렁 속으로 빨려 들어갔다.

두 남녀가 기슭을 떠난 지 채 2분도 지나지 않아 벌어진 일이었다.

마레스칼은 꼼짝도 하지 않았다. 여전히 물속에 발을 담근 채, 공포로 일그러진 얼굴로 지옥의 아가리라도 되는 듯 저주

받은 장소를 망연히 바라보고 있었다. 그의 모자는 물 위를 둥둥 떠다니고 있었고, 수염과 머리카락은 엉망으로 헝클어져 있었다.

마레스칼은 넋을 놓은 채 중얼거렸다.

"이럴 수가…! 이럴 수가…! 오렐리… 오렐리…."

부하들이 소리쳐 부르는 소리에 마레스칼은 번뜩 정신을 차렸다. 두 사내는 기슭을 빙 둘러 물기를 말리고 있는 마레스칼에게 다가왔다.

"정말인가?"

"뭐가요?"

"배는…? 정말 구렁 속으로…?"

마레스칼은 더 이상 현실과 환상을 구분할 수 없었다. 악몽을 꿀 때도 이처럼 끔찍한 장면들이 섬뜩한 생생함을 남긴 채 사라지곤 하지 않던가.

세 사람은 판석과 갈대, 돌에 붙은 식물들로 둘러싸인 구렁 쪽으로 다가갔다. 물이 가느다란 폭포처럼 떨어져 그 안에 있는 큼지막한 바위의 반질반질한 등을 동그랗게 다듬고 있었다. 세 사람은 허리를 숙이고 귀를 기울여보았다. 빠른 속도로 떨어지는 요란한 물소리만 들릴 뿐, 그 외에는 아무런 소리도 들리지 않았다. 새하얀 물거품과 함께 올라오는 냉기 말고는 아무런 기운도 느껴지지 않았다.

마레스칼은 더듬대며 말했다.

"지옥이군…. 그야말로 지옥의 아가리야."

그러고는 또다시 중얼대기 시작했다.

"그녀가 죽었어…. 물에 빠져 죽었다고…. 이런 고약한 경우
가…! 이렇게 끔찍하게 죽다니…! 그 멍청한 놈이 여자를 데려
가지만 않았다면… 내가… 내가….'

세 사람은 숲길을 따라갔다. 마레스칼은 장례 행렬을 따라
가듯 터벅터벅 걸었다. 부하들이 여러 차례 질문을 던졌다. 사
실 이 두 사람은 이번 파견 근무를 위해 특별히 불러 모은 자들
이었는데, 마레스칼은 그들이 그다지 미덥지 못해 이번 원정에
대해 간략한 정보밖에 주지 않았다. 마레스칼은 아무런 대답
도 하지 않았다. 사내는 더할 나위 없이 우아하고 싱그러우며
자신이 열정적으로 사랑했던 여인, 오렐리를 생각하고 있었다.
후회와 공포가 뒤섞인 추억들이 엄습해 가슴이 아려왔다.

게다가 현실적인 고민 때문에 머릿속이 복잡했다. 이제 곧
조사가 진행될 텐데, 그러면 사법 당국은 자신을 도마 위에 올
려놓고 이 비극적인 사건의 책임을 일정 부분 물을 것이다. 그
렇게 되면 추문에 휘말려 그동안 쌓아온 경력이 한순간 무너지
고 말 것이다. 게다가 브레작은 끈질긴 위인이기 때문에 악착
같이 복수를 하려 들 것이 뻔했다.

그런 생각이 들자 마레스칼은 가능한 이 지방을 은밀히 떠나
야겠다는 조바심에 휩싸였다. 그는 부하들에게 잔뜩 겁을 주었
다. 세 사람 모두 위험에 처했으니, 비상소집이 발령돼 위치가
발각되기 전에 각자 흩어져 살길을 찾아야 한다면서 말이다.
그리고 그들에게 약속했던 금액의 두 배를 준 다음, 뤼즈 주택
가를 피해 피에르피트 네스탈라스 방향으로 뻗어 있는 길을 걸
었다. 지나가는 마차를 얻어 타고 역으로 가 저녁 7시에 출발하

는 열차에 올라탈 작정이었다.

그렇게 뤼즈에서 3킬로미터 정도 떨어진 지점을 걷고 있을 때, 방수포가 덮인 자그마한 이륜마차 한 대가 그를 앞질러 갔다. 큼지막한 외투와 바스크 베레모를 쓴 농부가 마차를 몰고 있었다.

마레스칼은 권위적인 태도로 마차에 올라타 명령조로 툭 내뱉었다.

"열차 시간에 맞춰 도착하면 5프랑을 드리지."

농부는 별다른 반응을 보이지 않았다. 심지어 몸집에 비해 지나치게 넓은 수레 가운데서 비실비실 걷고 있는 허약하고 앙상한 말에게 채찍 한번 휘두르지 않았다.

길고 긴 여정이었다. 마차는 좀처럼 시원하게 앞으로 나갈 기미가 보이지 않았다. 이쯤 되니 농부가 말을 붙들고 속도를 제어하는 느낌마저 들었다.

마레스칼은 울컥 화가 치밀었다. 그래서 완전히 이성을 잃고 탄식하듯 소리쳤다.

"이렇게 가면 가도 가도 끝이 안 나오겠어…. 이런 젠장맞을 늙은 말 같으니… 좋소, 10프랑을 드리지. 이제 됐소?"

마레스칼은 이제 이 골짜기가 지긋지긋하게 느껴졌다. 유령들로 북적대는 것 같았고, 경찰들이 같은 경찰인 자신을 찾아 여기저기 누비고 있을 것 같았다.

"20프랑을 주지."

그러더니 갑자기 이성을 잃은 듯 소리쳤다.

"50프랑! 그래! 50프랑! 이제 2킬로미터도 안 남았소…. 7분

내에 2킬로미터… 제기랄, 충분히 가능해…! 그러니, 젠장, 저 게을러터진 말에게 채찍을 갈기시오…! 50프랑…!"

그런 군침 도는 제안이 나오기를 기다렸다는 듯 농부는 갑자기 발작적인 격정에 사로잡혀 맹렬하게 채찍을 휘둘렀다. 그제야 늙은 말도 속력을 내며 달리기 시작했다.

"이런! 조심하시오. 이러다 도랑에 빠지겠어."

농부는 들은 체도 하지 않았다! 자그마치 50프랑이라니!

심지어 끝에 구리 덩어리가 달린 몽둥이를 있는 힘껏 두드려대기까지 했는데 그러자 놀란 짐승은 아까보다 배나 빠르게 미친 듯이 질주하는 것이었다. 정말이지 마치 수레가 도로 위여기저기로 튕겨 다니는 것 같았다. 마레스칼은 점점 더 불안했다.

"이런 멍청한 작자를 봤나…! 이러다 마차가 뒤집힌단 말이오…. 멈추시오, 젠장…! 아니, 이보시오, 당신 미쳤어…! 됐소, 그만두시오…! 이제 다 도착했소…!"

정말로 마차는 곧 질주를 멈추었다. 마부가 급작스럽게 말의고삐를 끌어당기자 마차가 옆으로 확 기울면서 도랑으로 곤두박질쳤던 것이다. 두 남자는 뒤집힌 마차 아래에 배를 깔고 엎드려 있고 늙은 말은 마구에 옭매인 데다 좌석 널빤지에 깔려발굽을 하늘로 향한 채 버둥대고 있는, 정말이지 처참한 광경이었다.

마레스칼은 곧 사고를 무사히 넘겼음을 깨달았다. 하지만 농부가 온 체중을 실어 자신을 짓누르고 있었다. 농부를 밀쳐내고 싶었다. 하지만 그럴 수 없었다. 그리고 뒤이어 귓가를 간질이는 나긋나긋한 목소리가 들려왔다.

"불 좀 빌려주겠나, 로돌프?"

그 목소리를 듣자 머리부터 발끝까지 온몸이 오싹했다. 마치 죽은 것처럼 사지가 싸늘하게 식어 다시는 온기를 되찾을 수 없을 것 같은 느낌마저 들었다. 마레스칼은 간신히 더듬대며 말했다.

"급행열차에서 본 남자…."

상대는 여전히 귀에 입술을 바짝 들이대고 속삭였다.

"급행열차에서 본 남자, 그래, 그게 바로 나지."

"단구에서 본 남자…."

"정답… 급행열차에서 본 남자, 단구에서 본 남자… 어디 그뿐인가, 몬테카를로에서 본 남자, 오스만 대로에서 본 남자, 루보 형제의 살인자이자 오렐리의 공범, 배에서 노를 젓던 남자, 마차를 모는 농부… 어떤가? 친애하는 마레스칼, 감히 말하건대 이만하면 자네의 싸움 상대로 손색이 없을 것 같은데."

발버둥을 멈춘 늙은 말은 어느새 바닥에서 일어나 있었다. 라울은 품이 넉넉한 외투를 천천히 벗어 수사과장의 몸에 휘감아 팔다리를 움직이지 못하게 만들었다. 그런 다음 수레를 밀어내고 마구에서 뱃대끈과 고삐를 잡아 빼내 마레스칼을 결박한 뒤 도랑에서 그를 끄집어냈다. 그리고 가풀막진 비탈 위 울창한 잡목림 사이로 끌고 가 남은 두 개의 끈으로 상체와 목을 자작나무 몸통에 단단히 묶어놓았다.

"로돌프, 이 친구야, 자넨 나랑 만날 때마다 운이 안 따라주는군. 내가 자네를 파라오 미라처럼 둘둘 감아놓은 게 아마 이

번이 벌써 두 번째지. 아! 재갈을 물리는 걸 깜빡할 뻔했군. 여기 오렐리의 스카프도 준비해놨는데! 소리를 내서도 안 되고 눈에 띄어서도 안 돼. 그게 바로 완벽한 포로가 지켜야 할 규칙이지. 그래도 듣고 보는 건 얼마든지 자유롭게 할 수 있네. 자, 열차가 출발하는 소리가 들리나? 칙칙폭폭… 칙칙폭폭… 칙칙폭폭… 점점 멀어져 가고 있네. 오렐리와 그녀의 의붓아버지를 싣고 말이야. 자네를 안심시켜주려는 거야. 자네나 나처럼 오렐리도 버젓이 살아 있거든. 좀 피곤하겠지만 말이야. 왜 아니겠나, 그 엄청난 일을 겪었으니! 하지만 하룻밤 푹 쉬고 나면 다시 생생해질 걸세."

라울은 말을 매놓고 마차의 잔해를 정리했다. 그러고 나서 다시 수사과장 곁으로 돌아와 그 옆에 털썩 엉덩이를 깔고 앉았다.

"그 난파 사고 말일세, 정말이지 희한한 일 아닌가? 하지만 자네가 생각하는 그런 기적 같은 일은 없었다네. 우연의 힘이 작용한 것도 아니고 말일세. 자네도 곧 알게 되겠지만 참고로 말하자면 난 기적이나 운에 의존하는 사람이 절대 아니거든. 난 오로지 내 자신을 믿지. 그래서 어찌 했냐 하면… 아, 그런데 혹시 내 얘기가 지루하진 않은가? 차라리 눈을 좀 붙일 텐가? 아니라고? 그럼 이야기를 계속하지…. 그래서 어찌 했냐 하면, 오렐리를 막 떠나 길을 내려오면서 문득 이런 생각이 드는 거야. '여자를 저렇게 홀로 내버려 두는 게 과연 신중한 행동일까? 불량한 놈이 주변을 어슬렁거리고 있을지 누가 알아? 가령 포마드를 바른 날라리 같은 자식이 주변을 들쑤시고 다닐지…?' 그런 직감이야말로 내 뛰어난 일처리 능력 중 하나거든. 난 언제나 내 직감을 따르지. 그래서 여자가 있는 장소로 돌아온 거야. 그런데 내가 거기서 뭘 봤는지 아나? 로돌프, 파렴치한 납치범이자 부패한 경찰인 그자가 먹잇감을 쫓아 골짜기를 뛰어 내려가는 모습이 보이더라, 이 말씀이야. 그래서 난 곧장 하늘에서 뚝 떨어진 것처럼 자네에게 달려들어 늪에서 족욕을 하도록 도와줬지. 그리고 오렐리를 배에 태우고 노를 저어갔고 말이야. 이제 연못이든, 숲이든, 동굴이든, 어디라도 도착만 하면 자유의 몸이 되는 거였어. 하지만 내 예상은 와장창 깨졌지 뭔가! 자네가 호각을 불자 장정 둘이 불쑥 나타나는 거야. 이제 어떻게 해야 하지? 정녕 이 난국을 타개할 방도가 없단 말인가! 천만에, 그 순간 기막힌 생각이 하나 떠올랐으니… 저 구렁텅이가 배를 삼키도록 내버려 둔다면? 때마침 브라우닝 권총에서 총알이 쏟아져 나오더군. 난 일부러 노를 놓쳤지. 그리고 배 안에 납죽 엎드려 죽은 척했어. 그리고 오렐리에게 상황을 설명해줬지. 그렇게 우리는 하수구 같은 구멍 속으로 곤두박질친 걸세."

라울은 마레스칼의 엉덩이를 툭 쳤다.

"이런, 친구, 그렇다고 제발 그렇게 놀라지는 말게나. 전혀 위험할 게 없단 걸 이미 다 알고 있었으니. 이 지역 주민이라면 누구나 다 아는 사실이 하나 있지. 석회질 토양 한복판에 파인 그 터널을 200미터쯤 내려가다 보면 고운 모래가 깔린 조그만 사장이 나오고, 거기에는 다시 편안히 지상으로 올라올 수 있는 계단이 몇 개 놓여 있다네. 일요일만 되면 열댓 명의 장난꾸러기 녀석들이 그렇게 물놀이를 하고는 쪽배를 끌고 돌아온다네. 상처 입을 염려 하나 없이 말이야. 그렇게 해서 우리는 자네가 넋을 놓고 멍하게 있다가 고개를 푹 숙인 채 무거운 마음으로 터벅터벅 떠나는 모습을 멀찌감치 떨어져서 지켜볼 수 있었다네. 그리고 난 오렐리를 다시 수녀원 정원에 데려다줬지. 의붓아버지가 마차를 타고 와 있더군. 그녀를 기차에 태워 데려가려고 말이야. 그래서 난 짐을 챙기고 농부의 용품과 옷가지를 구한 뒤 부랴부랴 길을 떠났어. 내 머릿속에는 오로지 오렐리의 퇴로를 엄호할 생각밖에 없었다네."

라울은 마레스칼의 어깨에 머리를 기대고 눈을 감았다.

"그러니 내가 좀 피곤해서 잠시 눈을 붙여야 하는 이유를 굳이 따로 설명할 필요는 없겠지. 내가 잠을 자는 동안 보초를 좀 서주게, 내 친구 로돌프. 하지만 너무 긴장할 필요는 없네. 만사가 더할 나위 없이 술술 풀리고 있으니까. 각자가 자기 분수에 맞는 일을 충실히 하고 있지. 이렇게 멍청한 놈은 나처럼 영리한 자의 베개 역할이나 하고 있고 말이야"

그렇게 말하고 라울은 곧 잠이 들었다.

날이 저물었다. 서서히 주변에 어둠이 깔렸다. 잠에서 깬 라울은 반짝이는 별과 푸른 달빛을 향해 뭐라고 중얼거리더니 다시 스르르 잠에 빠졌다.

자정 무렵이 되자 슬슬 허기가 느껴졌다. 다행히 가방 안에는 먹을 것이 들어 있었다. 라울은 마레스칼에게 음식을 건네주고 재갈을 풀어주었다. 그리고 입에 치즈를 넣어주며 말했다.

"먹게, 친구."

하지만 골난 마레스칼은 치즈를 곧장 뱉어버리고는 흥분한 목소리로 중얼거렸다.

"제길! 바보 같은 놈! 멍청한 건 내가 아니라 너다! 네놈이 뭔 짓을 저지른 건지 알기나 해?"

"물론이지! 오렐리를 구했잖아. 의붓아버지가 그녀를 파리로 데려갔고, 나도 곧 그리로 갈 걸세."

마레스칼은 놀라 소리쳤다.

"의붓아버지라고! 의붓아버지! 그럼 모르고 있었단 말인가?"

"그게 무슨 말인가?"

"그 의붓아버지란 작자가 오렐리를 사랑하고 있어."

라울은 자기도 모르게 상대의 목덜미를 움켜잡았다.

"바보 같은 놈! 젠장! 그럼 내가 멍청한 소리를 주절거리는 동안 가만히 듣고만 있지 말고 얼른 말했어야지! 그자가 오렐리를 사랑한다고? 아! 이런 고약한 경우가… 젠장, 모두 다 그 여자를 사랑하는군! 짐승 같은 놈들이 득실득실해! 다들 거울도 안 보고 사나? 특히 너, 포마드 바른 낯짝하고는!"

그러고는 허리를 숙이며 경고했다.

"잘 들어, 마레스칼, 그 아가씨는 내가 의붓아버지의 손아귀에서 빼낸다. 그러니 넌 그 여자를 가만히 내버려 둬. 더 이상 우리 일에 간섭하지 말란 말이야."

"그럴 수 없다."

"어째서?"

"그 여자는 사람을 죽였어."

"그래서 어쩔 작정인데…?"

"여자를 사법 당국에 넘길 거다. 반드시 그렇게 하고 말 거야. 난 그 여자를 증오하니까."

그 말하는 기세가 어찌나 서슬 퍼렇던지 라울은 사내의 마음 속에서 증오가 사랑을 완전히 굴복시켜버렸다는 사실을 감지할 수 있었다.

"어쩔 수 없지, 로돌프. 자네에게 승진을 제안하려 했는데, 경찰청장 같은 자리 말이야. 그보다는 현장에서 싸우는 편이 더 좋은가 보군. 자네 마음대로 하시게. 아름다운 별빛 아래서 하룻밤 보내는 것부터 시작하게. 건강에도 아주 그만일 거야. 난 말일세, 말을 타고 루르드까지 가서 간선 열차를 탈 생각이라네. 여기서 한 20킬로미터쯤 떨어진 곳이니까 이 신통치 않은 말로 거기까지 가려면 족히 네 시간은 걸리겠지. 그렇게 오늘밤에 파리에 도착하면 우선 오렐리를 안전한 장소에다 대피시켜놓을 거야. 그럼 잘 있게, 로돌프."

라울은 되는대로 가방을 고정시킨 뒤, 발받침도 안장도 없는 말에 올라타고는 사냥할 때 부르는 노래 한 소절을 휘파람으로 흥얼거리며 밤의 어둠 속으로 유유히 사라져갔다.

그날 저녁 파리, 브레작이 거주하는 쿠르셀가의 조그만 개인 저택 앞에 자동차 한 대가 서 있었다. 그 안에는 과거 라울의 유모였던 빅투아르라는 노부인이 타고 있었다. 라울은 운전석에 앉아 있었다.

오렐리는 나타나지 않았다.

동이 트자마자 라울은 다시 보초를 섰다. 거리에는 넝마주이 한 명이 막대기 끝으로 쓰레기통 속을 쿡쿡 찌르고는 어딘가로 황급히 걸음을 옮기고 있었다. 그런데 그 순간, 걸음걸이로 사람을 잘 알아보는 특별한 능력을 지닌 라울은 누더기와 더러운 챙모자를 뒤집어쓴 그 넝마주이가 누군지 곧바로 알아챘다. 비록 파라도니 정원과 니스 도로에서 얼핏 보았을 뿐이지만 그자는 분명 살인자 조도였다.

'제길, 저 자식, 벌써 작업에 들어간 거야?'

오전 8시쯤 하녀 한 명이 저택에서 나오더니 근처 약국으로 달려갔다. 라울은 지폐 한 장을 들고 하녀에게 접근했고, 결국, 전날 브레작이 집으로 데려온 오렐리가 지금은 고열과 착란 증세로 몸져누워 있음을 알아냈다.

정오 무렵, 마레스칼이 나타나 저택 주변을 맴돌기 시작했다.

8
전투 작전과 준비

일련의 예기치 않은 사건으로 마레스칼은 호기를 잡았다. 오렐리가 방 안에 갇혀 있으니 라울이 제안한 계획은 수포로 돌아간 것이나 다름없었고, 이제 여자는 달아나지도 못한 채 불안에 떨다가 체포당할 수밖에 없는 처지였다. 게다가 마레스칼은 지체하지 않고 곧장 조치를 취했다. 감시인으로 몰래 심어놓은 간병인이 마레스칼을 시시각각 찾아와 오렐리의 상태를 보고했던 것이다. 이제 기회만 오면 마레스칼은 곧바로 행동에 나설 터였다.

'그래, 하지만 아직 저자가 행동에 나서지 않는 것을 보면 여전히 오렐리를 공개적으로 고발하지 못할 무슨 이유가 있는 게 분명해. 여자가 기력을 되찾을 때까지 기다려야 하는 어떤 이유가 있는 거라고. 여하튼 놈이 준비를 하고 있으니 우리도 나름대로 준비를 해야지.'

아무리 논리적인 가설을 세워봤자 연신 사실과 어긋났으므로, 라울은 거의 즉흥적으로 상황을 가늠하고 판단을 내렸다. 라울은 머리를 굴려서라기보다는 상황의 힘에 이끌려, 이 세상 그 누구도 짐작하지 못할 기묘한 그러나 지극히 단순한 현실을 희미하게 엿보았는데, 그러자 바로 지금이 공격을 감행할 순간이라는 확신이 들었다.

'모험에서 가장 힘든 순간은 바로 첫발을 내딛을 때지.'

평소에 종종 읊조리곤 하던 이 말이 지금 이 순간 다시금 떠올랐다. 몇 가지 행동을 두 눈으로 목격했지만 그 행동의 동기가 도무지 감이 잡히지 않았다. 여전히 그에게는 이 비극 속 등장인물들이 폭풍과 격랑 속에서 날뛰는 꼭두각시처럼 느껴졌다. 승리를 거두려면 이제 오렐리를 그때그때 구해내는 것으로 만족해서는 안 된다. 과거를 파헤쳐서 각자 무슨 동기로 그 비극적인 밤에 그렇게 행동할 수밖에 없었는지 알아내야만 한다.

'자, 정리를 해보자면 나를 제외하고 오렐리 주변을 맴도는 주연은 네 명이야. 기욤, 조도, 마레스칼, 브레작… 이 네 명 중 어떤 사람은 여자에게서 사랑을 얻으려 하고, 또 다른 누군가는 비밀을 캐내려 하지. 사랑과 물욕이라는 이 두 가지 요소가 이렇게 저렇게 결합되면서 이번 사건이 펼쳐지고 있는 거라고. 그런데 기욤은 현재 아무런 문제가 안 돼. 그리고 오렐리가 몸져누워 있으니 브레작과 조도도 그다지 걱정할 필요 없고 말이야. 그러면 마레스칼만 남는군. 바로 저자가 내가 지금 감시해야 할 유일한 적이야.'

브레작의 저택 앞에는 텅 빈 숙소가 한 채 있었다. 라울은 그곳에 자리를 잡았다. 더불어 마레스칼이 감시인을 고용했으니 자신도 하녀에게 접근해 그 여자를 매수했다. 간병인이 자리를 비운 틈을 타 하녀는 라울을 세 차례 오렐리 곁으로 들여보냈다.

여자는 라울을 알아보지 못하는 눈치였다. 여전히 고열에 시달리고 있어서 간신히 몇 마디 횡설수설하다가 다시 눈을 감아 버리곤 했다. 하지만 라울은 여자가 자신의 목소리를 듣고 있으며, 부드러운 목소리로 말을 건네면 자신이 누군지 알아채고 최면에 걸린 것처럼 긴장을 풀고 안심할 것이라 확신했다.

"나예요, 오렐리. 보다시피 난 약속을 충실히 지키는 사람이니 전적으로 믿어도 됩니다. 단언컨대 당신의 적들은 내 적수가 못 돼요. 내가 당신을 구할 겁니다. 어떻게 안 그럴 수 있겠습니까? 내 머릿속은 온통 당신 생각뿐인데. 당신의 지난 인생에 대해 곰곰이 생각해봤는데 단순하고 정직한 그 모습 그대로가 점점 보이더군요. 당신이 결백하다는 사실, 잘 압니다. 심지어 당신을 비난했을 때조차 그 사실을 알고 있었죠. 제아무리 부인할 수 없는 증거가 숱하다 해도 내 눈에는 다 가짜처럼 보였습니다. 초록 눈동자의 아가씨는 결코 살인자일 수 없으니까요."

라울은 가만히 듣고 있을 수밖에 없는 여자에게 더욱 거침없이 고백을 하며 밀어를 속삭였다. 그리고 간간이 충고를 섞는 것도 잊지 않았다.

"당신은 내 삶, 그 자체입니다…. 당신보다 더 우아하고 매력적인 여자를 본 적이 없어요. 오렐리, 날 믿으십시오…. 내가 바라는 건 단 한 가지뿐입니다, 잘 들으세요, 날 믿으십시오. 누군가 질문을 하면 아무런 대답도 하지 마세요. 편지를 보내도 답장하지 마시고요. 당신을 데리고 어디론가 떠나려 한다면 단호히 거부하십시오. 가장 혹독한 순간에도 끝까지 날 믿으셔야 합니다. 난 거기에 있을 테니까요. 항상 거기에 있을 겁니다. 난 당신을 위해서만, 당신에 의해서만 살아가는 존재니까요."

여자의 얼굴에 평온한 표정이 번지더니 행복한 꿈에 젖어들 듯 편안히 잠이 들었다.

여자가 잠든 것을 확인한 라울은 브레작의 방에 슬그머니 들어가 지침이 될 만한 서류나 단서들을 찾아보았다. 하지만 아무런 성과도 얻지 못했다.

라울은 리볼리가에 위치한 마레스칼의 아파트도 샅샅이 뒤져보았다. 그리고 두 남자가 근무하고 있는 내무부 사무실까지 찾아가 꼼꼼히 조사를 진행했다. 두 사람이 앙숙지간이라는 사실은 공공연한 비밀이었다. 두 사람 다 고위층에 든든한 지원자가 있는 몸인지라 내무부에서건 경찰청에서건 세력 다툼을 펼치고 있는 윗선을 대신해 서로 물고 뜯으며 지냈다. 그러다 보니 부서 분위기도 어수선할 수밖에 없었다. 두 남자는 공개적으로 상대를 엄중히 비난했고 사임 문제까지 거론했다. 과연 둘 중 누가 자리에서 물러날 것인가?

어느 날, 벽걸이 천 뒤에 몸을 숨기고 있던 라울은 브레작이 오렐리의 침대 머리맡으로 다가가는 모습을 조용히 지켜보았다. 브레작은 누렇고 야윈 커다란 얼굴에 침울한 표정을 짓고 있었고 나름대로 꽤 품위 있어 보였다. 적어도 그 천박한 마레스칼보다는 우아하고 기품 있는 사내 같았다. 잠에서 깬 여자는 허리를 숙여 자신을 쳐다보고 있는 사내를 바라보고는 차갑게 말했다.

"절 내버려 두세요⋯. 가만히 내버려 두라고요⋯."

사내는 중얼거렸다.

"이토록 날 증오하다니, 얼마나 날 해치워버리고 싶을까!"

여자가 대꾸했다.

"절대 그렇게 하지 않을 거예요. 당신은 내 엄마와 결혼한 분이니까요."

사내는 괴로운 기색이 역력한 얼굴로 여자를 바라보았다.

"넌 정말 예쁘구나, 가엾은 것⋯ 그런데 왜 그토록 내 애정을 거부하는 게냐? 그래, 안다. 내 잘못이지. 오랫동안 난 네가 이유 없이 꽁꽁 감추고 있는 비밀 때문에 네게 이끌렸어. 하지만 네가 그토록 고집스럽게 입을 다물지만 않았더라도 내겐 형벌 같은 딴생각에 사로잡히는 일 따위는 없었을 거다⋯. 넌 날 사랑하지 않을 테니까⋯. 네가 날 사랑하는 건 불가능한 일이니까⋯."

여자는 더 이상 이야기를 듣고 싶지 않은지 고개를 홱 돌렸다. 하지만 사내는 계속해서 이야기했다.

"착란상태에 빠져 있는 동안 넌 내게 하고 싶었던 얘기를 중얼거리는 것 같더구나. 그 얘기였니? 아니면 기욤과 도망쳤던 어리석은 짓에 관한 얘기였니? 그 나쁜 놈이 너를 어디로 데려가던? 수녀원으로 피신하기 전에 대체 무슨 일이 있었던 거냐?"

여자는 지쳐서인지 경멸감 때문인지 아무런 대답도 하지 않았다.

사내는 입을 다물었다. 사내가 자리를 떠나자 라울도 울고 있는 여자를 뒤로한 채 방을 빠져나왔다.

라울은 지난 2주간의 조사 결과에 대해 전혀 실망하지 않았다. 재량껏 해석해야 할 몇 가지 희미한 단서를 제외하고는 전반적으로 보자면 중요한 문제는 여전히 풀리지 않았고 이렇다 할 해결책조차 보이지 않았지만 말이다.

'하지만 시간을 낭비한 건 아니야. 그게 중요한 거지. 행동에 나서지 않는 것 역시 중요한 행동 방식 중 하나라고. 이제 안개가 점점 걷히는 느낌이야. 사건과 인물들에 대한 내 시각이 점점 명확해지고 있으니 말이야. 확실하게 가닥을 잡으려면 여전히 뭔가 새로운 사실을 알아내야 하지만 그래도 난 지금 사건 한가운데에 있는 셈이야. 이제 곧 치열한 전투가 벌어질 테고 모든 적들이 죽을힘을 다해 싸울 테지. 이 전투에 나서기 위해 저마다 보다 효율적인 무기를 찾으려 할 테고, 그러다 보면 언젠간 충돌이 일어나 불꽃이 튀기 마련이라고.'

아니나 다를까, 중요한 일이 벌어지리라고 여기지 않았던 어두컴컴한 곳에서 예상보다 빨리 불꽃 하나가 튀어올랐다. 어느 날 아침, 라울은 유리창에 이마를 바짝 대고 브레작이 머무는 방 창문에 시선을 고정하고 있었다. 그때, 누더기를 걸친 조도의 모습이 또다시 시야에 들어왔다. 이번에는 아예 커다란 자루를 어깨에 걸치고 쓰레기통에서 주운 전리품들을 그 속에 던져 넣고 있었다. 그러더니 저택 벽에 자루를 기대놓고 보도에 철퍼덕 주저앉아 무언가를 먹기 시작했다. 그러면서도 가장 가까운 쓰레기통을 뒤적거리고 있었다. 얼핏 기계적인 동작처럼 보였지만 곧 라울은 사내가 구겨진 봉투와 찢어진 편지만 수거한다는 사실을 쉽게 알아챌 수 있었다. 사내는 종이를 대충 훑어보고는 자신만의 분류 작업을 지속해나갔다. 분명 브레작의 편지에 관심이 있는 것이리라.

15분쯤 지나자 사내는 다시 자루를 어깨에 들쳐 메고 어딘가로 향했다. 라울은 몽마르트르까지 그자를 따라갔다. 알고 보니 조도는 그곳에서 고물상을 운영하고 있었다.

사내는 사흘 연속 모습을 드러냈는데, 그때마다 그 모호한 행동을 똑같이 반복했다. 그런데 사흘째 되는 일요일, 라울은 브레작이 창가 뒤에서 바깥쪽을 염탐하고 있는 모습을 포착했다. 조도가 떠나자 이번에는 브레작이 극도로 조심스럽게 사내의 뒤를 밟기 시작했다. 라울도 멀찌감치 떨어져서 두 사람을 따라갔다. 이제 드디어 브레작과 조도가 어떤 관계로 얽혀 있는지 밝혀지는 것인가?

그렇게 세 사람은 꼬리에 꼬리를 물고 몽소 구역을 가로질러 성벽을 넘은 다음, 센 강변에 있는 비노 대로 끝까지 걸어갔다. 그곳에는 허름한 별장 몇 채가 공터를 사이에 두고 뜨문뜨문 자리하고 있었다. 조도는 한 별채 앞에 자루를 기대 세워놓고 또다시 주저앉아 뭔가를 먹기 시작했다.

조도는 그곳에서 네댓 시간 정도 머물렀는데, 그동안 브레작은 30미터 떨어진 자그마한 레스토랑의 정자에서 점심을 먹으며 그자를 감시했고, 라울은 강둑에 누워 담배를 피우며 두 사람을 지켜보았다.

조도가 자리를 뜨자 브레작은 갑자기 흥미를 잃은 듯 미련 없이 어딘가로 사라졌다. 라울은 레스토랑에 들어가 주인과 이야기를 나누었고, 덕분에 조도가 진을 치고 앉아 있던 그 별장이 몇 주 전만 해도 마르세유행 급행열차 안에서 삼인조 강도에게 살해당한 루보 형제의 건물이었음을 알게 되었다. 사건이 일어난 직후 사법 당국은 그 건물을 봉쇄 조치했고, 이웃 주민 한 명에게 감시를 맡겨 일요일마다 둘러보게 한다는 것이었다.

라울은 루보 형제의 이름을 듣고 소스라치게 놀랐다. 이제 조도의 수상한 행동이 슬슬 이해되기 시작했다.

라울은 좀 더 자세히 캐물었고, 두 형제가 사고 무렵에는 거의 그 별장에 머무르지 않았으며, 그 건물을 샴페인 사업을 위한 창고로 사용했다는 사실을 알아냈다. 그리고 동업자와 헤어진 후 홀쩍 여행길에 올랐다는 사실도 알 수 있었다.

"동업자라고 했습니까?"

라울이 얼른 물었다.

"네. 아직도 문 옆에 걸린 동판에 그 사람 이름이 새겨져 있는걸요. '루보 형제와 조도'라고요."

라울은 놀란 기색을 감추며 말했다.

"조도라고요?"

"네. 불그스름한 얼굴에 거대한 체격을 지닌, 꼭 차력사처럼 생긴 사내였죠. 그러고 보니 한 1년 전부터 이 근처에 한 번도 모습을 드러내지 않았어요."

라울은 속으로 중얼거렸다.

'이거 정말 중요한 정보로군. 그러니까 조도는 루보 형제의 동업자였는데, 모종의 이유로 그들을 죽여야 했다는 얘기잖아. 사법 당국이 조도를 눈여겨보고 있지 않는 것도 어찌 보면 당연해. 그자가 이 사건에 개입돼 있으리라고 의심조차 못 하고 있는 데다 마레스칼까지 제3의 공범이 나라고 확신하고 있으니까. 하지만 살인자 조도는 어째서 자신의 희생자가 머물렀던 장소에 다시 온 걸까? 그리고 브레작은 또 왜 그자의 행보를 감시하고 있는 거지?'

그 한 주는 별다른 일 없이 지나갔다. 조도는 더 이상 브레작의 저택 앞에 나타나지 않았다. 하지만 토요일 저녁이 되자 라울은 문득 내일 아침 그자가 루보 형제의 별장에 다시 나타날 것이란 확신이 들었다. 그래서 별장과 인접한 공터를 에워싸고 있는 담벼락을 훌쩍 넘어 2층 창문을 통해 안으로 들어갔다.

2층에는 여전히 가구가 그대로 놓여 있는 방 두 개가 있었다. 누군가 방 안을 뒤진 흔적이 역력히 남아 있었다. 누구의 짓일까? 검찰청 요원들? 브레작? 조도? 어째서?

라울은 더 이상 집착하지 않았다. 이곳에 누군가 무언가를 찾으러 왔다 해도 찾는 물건이 원래부터 그곳에 없었을 수도 있고 다른 곳으로 진작 빼돌려졌을 수도 있었다. 라울은 그곳에서 밤을 보내려 안락의자에 편안하게 자리를 잡았다. 테이블 위에 있는 책 한 권을 집어 들고 손전등 불빛을 비추며 읽어내려 갔지만 얼마 못 가 스르르 잠에 빠져들었다.

자고로 진실이란 어둠 속에서 자신을 끄집어내려는 자에게만 모습을 드러내는 법. 여전히 진실이 요원하게만 느껴질 때 문득 우연의 힘이 개입해 착실히 준비해놓은 자리에 정직하게 진실을 데려다주기 마련인 것이다. 결국 얼마나 준비를 잘하느냐가 관건인 셈. 잠에서 깬 라울은 대충 훑어본 책에 다시금 시선을 던졌다. 책 겉표지는 보통 사진사가 사진기를 덮을 때 사용하는 네모난 천에서 잘라낸 것 같은 검은 천으로 싸여 있었다.

라울은 느닷없이 무언가를 찾기 시작했다. 그리고 종이와 천 조각이 가득한 벽장을 뒤지던 중 마침내 문제의 천을 발견했다. 접시만 한 크기로 세 군데가 동그랗게 오려진 천이었다.

'역시 그런 거였어. 내가 제대로 짚었군. 급행열차의 강도들이 쓰고 있던 복면 세 개는 바로 이 천으로 만든 거였어. 이 천은 부인할 수 없는 명백한 증거라고. 이걸로 지금껏 벌어진 일들이 단번에 설명되는 셈이로군.'

이제 진실이 지극히 자연스럽게 다가왔다. 그 진실이란 여태껏 겉으로 표현하지는 않았지만 마음속에 품고 있던 자신의 직감과도 완벽히 부합하는 것이었다. 또한 그 단순함이 어찌나 재미있게 느껴지던지 라울은 별장 안을 점령한 깊은 침묵 속에서 한바탕 웃음을 터트리고 말았다.

'완벽하군, 완벽해. 운명이 필요한 요소들을 내게 착착 안겨다주는군. 이제 운명이 완벽히 내 편이니 이번 사건의 모든 세세한 부분들이 내 부름에 즉각 달려와 환한 빛 한가운데서 가지런히 정렬할 거야.'

아침 8시가 되자 별장 관리인이 나타나 일요일이면 으레 그렇듯 1층을 한 바퀴 빙 둘러보고 문단속을 한 뒤 돌아갔다. 9시가 되자 라울은 식당으로 내려가 닫힌 덧문은 그대로 둔 채 조도가 앉아 있던 자리 바로 위에 나 있는 창문을 살며시 열어보았다.

조도는 정확한 사람이었다. 사내는 지난번처럼 메고 온 자루를 벽에 기대놓은 뒤 자리를 잡고 앉아 무언가를 먹기 시작했다. 음식을 먹느라 입을 우물거리면서도 이따금 혼잣말을 했지만 원체 나지막한 목소리로 중얼거려서 라울은 전혀 알아들을 수 없었다. 햄과 치즈로 요기를 때운 뒤 파이프 담배까지 한 대 피웠는데, 담배 연기가 라울이 있는 곳까지 올라왔다.

　사내는 담배를 두 대에 이어, 세 대까지 피웠다. 그렇게 두 시간이 흘렀다. 라울은 사내가 왜 이렇게 오랫동안 죽치고 앉아 있는지 도통 알 수 없었다. 덧창 틈새로 내다보니 해진 천으로 둘둘 싸맨 두 다리와 낡은 군화가 보였다. 저만치에서는 강물이 흐르고 있었고, 산책을 하러 나온 사람들이 강변을 유유히 지나다니고 있었다. 브레작은 지금 분명 레스토랑의 정자에 앉아 조도를 감시하고 있을 터였다.

　거의 정오 무렵, 마침내 조도가 이렇게 중얼거리는 소리가 귀에 들어왔다.

　"그래서? 아무런 진전도 없어? 이거 정말이지 너무하는군!"

　혼잣말을 하는 것이 아니라 곁에 있는 누군가에게 말을 하는 것 같았다. 하지만 곁에는 아무도 없었고 다가오는 사람도 전혀 없었다.

　사내는 으르렁대듯 말했다.

　"제길, 거기에 있다고 말했잖아! 이 두 손으로 쥐고 두 눈으로 똑똑히 본 게 한두 번이 아니란 말이야. 내가 말한 대로 하긴 한 거야? 지하실 오른쪽을 샅샅이 살펴본 거냐고? 지난번에는 왼쪽을 봤잖아. 그래서… 그랬다면… 분명 찾았어야 하는 건데…."

사내는 한동안 잠자코 있다가 또다시 입을 떼었다.

"아마도 다른 쪽을 살펴봐야겠어. 건물 뒤 공터까지 샅샅이 뒤져보는 거야. 급행열차를 타기 전에 병을 그리로 던졌을지도 모르니까. 거기가 야외이긴 하지만 웬만한 장소보다 더 안전한 은닉처거든. 브레작이 지하실은 뒤져보았겠지만 밖을 살펴볼 생각은 미처 못 했을 거야. 그러니 얼른 가서 찾아봐. 기다리고 있을게."

라울은 더 이상 사내의 말에 귀를 기울이지 않았다. 이미 조도가 지하실에 관한 이야기를 했을 때부터 라울은 생각에 잠겨 서서히 상황을 파악해가고 있던 터였다. 그 지하실은 저택의 한쪽 끝에서 다른 쪽 끝까지 펼쳐져 있을 테고, 채광 환기창이 거리 쪽에 하나, 건물 뒤편에 하나 나 있을 것이다. 그러니 그 환기창을 통해 쉽게 대화를 할 수 있었던 것이리라.

라울은 부랴부랴 2층으로 뛰어 올라가 공터를 굽어보는 방안으로 들어갔다. 그러자 곧바로 자신의 추측이 정확하게 맞았음을 확인할 수 있었다. '팝니다'라는 글자가 적힌 팻말이 덩그러니 세워져 있는 공터 한가운데에 일고여덟 살쯤 돼 보이는 비쩍 마른 허약한 소년이 몸에 꼭 붙는 회색 반바지 차림을 하고선 고철 더미와 부서진 잔해, 깨진 유리병 사이를 다람쥐처럼 민첩하게 헤집고 다니고 있었던 것이다.

소년은 오로지 문제의 병만 찾는 듯했고 그러다 보니 수색 반경 역시 무척이나 좁았다. 조도가 틀리지 않았다면 작업은 금세 끝날 터였다. 과연 그러했다. 10분쯤 지나자, 낡은 궤짝 몇 개를 옆으로 치우던 소년은 벌떡 몸을 일으키고 지체 없이 별장 쪽으로 달려갔다. 소년의 손에는 입구 부분이 깨지고 먼지가 뽀얗게 뒤덮인 병 하나가 들려 있었다.

라울은 지하실로 내려가 소년의 전리품을 가로채려고 1층으로 부리나케 뛰어갔다. 하지만 현관 쪽에서 미리 보아두었던 지하실 문은 좀처럼 열리지 않았다. 하는 수 없이 라울은 방으로 돌아와 창가로 가서 아까처럼 밖을 내다보았다.

조도는 벌써 중얼거리고 있었다.

"됐어? 찾았어? 아! 잘했어…! 이제 난 '준비 완료'야! 브레작, 그 양반도 더 이상 날 괴롭히지 못하겠지. 자, 이제 넌 어서 '들어가'."

소년은 조도가 시키는 대로 '들어갔는데', 그 들어간다는 것은 몸을 납작하게 만들어 채광창 창살 사이로 빠져나와 족제비처럼 자루 깊숙이까지 기어가는 것을 의미했다. 어찌나 유연하게 들어가던지, 자루가 꿈틀거리지도 않았다.

그리고 조도 역시 몸을 일으키고는 자루를 어깨에 들쳐 메고 저 멀리 사라져갔다.

라울은 거침없이 봉인을 떼어내고 자물쇠를 부순 뒤 별장 밖으로 뛰쳐나갔다.

조도가 300미터 앞에서 걸어가고 있었다. 어깨에는 자신의 지시에 따라 브레작의 저택 지하를 뒤진 뒤 루보 형제의 별장까지 뒤진 문제의 공범을 짐짝처럼 걸치고 말이다.

한편, 조도의 100미터 뒤에서는 브레작이 나무들 사이를 요리조리 오가고 있었다.

또한 라울은 센 강에서 열심히 노를 젓는 한 낚시꾼의 모습도 포착했다. 마레스칼이었다.

따라서 브레작은 조도의 뒤를 밟고, 마레스칼은 브레작과 조도를 뒤쫓고, 라울은 이 세 사람 모두를 미행하고 있는 셈이었다.

그리고 이 게임의 목적은 단 하나, 문제의 병을 손에 넣는 것이다.

라울은 속으로 중얼거렸다.

'이거 가슴이 다 두근대는군. 지금은 조도가 병을 차지한 상태야…. 그렇긴 하지. 하지만 누군가 그 병을 눈독 들이고 있다는 사실은 까맣게 모르고 있잖아. 세 도둑 중 누가 가장 약삭빠른 놈일까? 뤼팽이 없다면 마레스칼에게 판돈을 걸겠지만 뤼팽이 여기 이렇게 버젓이 계신단 말씀이야.'

조도는 문득 걸음을 멈췄다. 브레작도 따라 멈춰 섰고, 마레스칼도 배를 멈춰 세웠다. 물론 라울도 걸음을 멈췄다.

조도는 소년이 편안히 있을 수 있도록 자루를 눕혀놓고 자신도 벤치에 철퍼덕 앉아 병을 이리저리 흔들고 햇빛에 비추어보며 면밀히 관찰했다.

지금이야말로 브레작이 행동에 나설 적기였다. 브레작 역시 그렇게 판단했는지 슬그머니 조도에게 다가갔다.

브레작은 양산을 펼쳐 방패처럼 얼굴을 가렸고, 배 안에 있는 마레스칼 역시 커다란 밀짚모자를 푹 눌러썼다.

브레작은 벤치에서 세 발자국 떨어진 곳까지 다가가서 양산을 접더니, 주위 사람들의 시선은 아랑곳하지 않고 조도에게 달려들어 병을 낚아채고는 성벽 쪽으로 뻗어 있는 길로 냅다 달아났다.

정말이지 경탄스러울 정도로 일이 민첩하게 깔끔히 마무리되었다. 조도는 넋이 나간 채 어쩔 줄 몰라 하다가 냅다 소리를 지르고는 자루를 들었다. 하지만 자루를 들고는 빨리 뛸 수 없다고 판단했는지 다시 내려놓았다…. 그러는 사이 조도는 경쟁에서 제외되었다.

하지만 이런 공습이 있으리라 예측하고 있던 마레스칼은 벌써 배에서 내려 쏜살같이 내달리고 있었다. 라울 역시 전속력으로 뛰어갔다. 이제 경쟁자는 셋으로 줄어들었다.

1위 자리를 고수하고 있는 브레작은 달리느라 여념이 없어 뒤 한 번 돌아보지 않았다. 마레스칼 역시 브레작에게 온통 집중한 상태여서 뒤돌아볼 생각조차 하지 않았다. 따라서 라울은 거침없이 그자들을 뒤쫓아갔다. 조심할 까닭이 대체 무엇이겠는가?

그렇게 정신없이 달린 지 10분 후, 세 사람 중 가장 앞서 가던 브레작이 테른 문에 도달했다. 브레작은 너무 더웠는지 외투를 벗어 들었다. 때마침 입시세관入市稅關 옆에는 전차 한 대가 멈춰 있었고, 전차를 타고 파리로 돌아가려는 수많은 인파가 몰려 있었다. 브레작은 군중 속에 섞여 들어갔고 마레스칼도 마찬가지였다.

안내원이 일일이 번호를 불러가며 표를 확인했지만 워낙 북새통인지라 마레스칼은 어렵지 않게 브레작의 주머니에서 병을 슬쩍 빼낼 수 있었다. 브레작은 전혀 눈치채지 못했다. 마레스칼은 즉시 입시세관을 통과해 전력 질주하기 시작했다.

라울은 빈정거리듯 말했다.

'이제 두 명만 남았군. 경쟁자들이 알아서 하나 둘 떨어져 나가주고 있어. 결국 나만 좋은 셈이지.'

라울 역시 세관을 통과했을 때, 그제야 브레작은 눈치를 채고 도둑을 쫓기 위해 사람들로 붐비는 전차에서 빠져나오려 안간힘을 쓰고 있었다.

문제의 도둑은 테른 가도 옆길, 그러나 테른 가도보다 더욱 비좁고 구불구불한 길을 선택했다. 그리고 그야말로 미친 듯이 달렸다. 마침내 바그람 가도에 멈춰 섰을 때는 숨이 턱까지 차오른 상태였다. 얼굴은 땀범벅이 되었고 눈에는 핏발이 섰으며, 혈관은 터질 듯 붉어져 나왔다. 사내는 잠시 땀을 닦았다. 더 이상 달릴 수 없을 지경이었다.

사내는 잠시 병을 쳐다본 뒤 신문을 사서 병을 감쌌다. 그리고 겨드랑이에 병을 끼고 휘청거리며 걸어갔다. 서 있는 것만도 기적 같아 보였다. 실제로 그 잘난 마레스칼은 온데간데없이 사라지고 없었다. 접착식 셔츠 칼라는 흠뻑 젖어 비비 꼬여 있었고, 양 갈래로 갈라진 수염에서는 땀이 뚝뚝 떨어지고 있었다.

겨우겨우 에투왈 광장에 거의 다다랐을 무렵 커다란 선글라스를 쓴 한 신사가 불붙은 담배를 입에 물고 반대 방향에서 걸어와 마레스칼의 앞을 가로막았다. 물론 이미 담배에 불이 붙어 있었으므로 불을 빌려달라고 말하지는 않았지만, 송곳니처럼 뾰족한 치아가 드러나도록 히죽 웃으며 다짜고짜 상대의 얼굴에 담배 연기를 훅 뿜어대는 것이었다.

두 눈이 휘둥그레진 수사과장은 더듬대며 물었다.

"누구시오? 대체 왜 이러는 거요?"

하지만 굳이 물어볼 필요가 있겠는가? 자신을 골탕 먹인 그자, 자신이 제3의 공범이라고 부르는 남자, 오렐리의 애인, 자신의 영원한 숙적임이 뻔하지 않은가?

그리고 흡사 악마 같은 이 남자는 병을 향해 손을 내밀며 다정하게 농담조로 말을 건넸다.

"자, 내놔…. 신사 앞에서는 예의 바르게 굴어야지. 얼른 주시지. 수사과장 나리께서 병이나 들고 거리를 헤매면 쓰나? 자, 로돌프… 어서…."

마레스칼은 단번에 무너져버렸다. 소리를 지를 수도, 도움을 요청할 수도, 살인자가 있다며 사람들을 선동할 수도 없었다. 그저 무엇에 홀린 사람처럼 우두커니 서 있기만 했다. 이 악령 같은 존재가 기력을 모두 빨아들인 듯했고, 단 한순간도 저항할 생각조차 떠오르지 않았다. 그저 훔친 물건이니 되돌려주는 것이 당연하다고 여기는 도둑처럼 이제는 들고 있기도 벅찬 병을 상대가 가져가도록 넋 놓고 내버려 두었다.

그때 브레작이 숨을 헐떡이며 나타났다. 하지만 그자 역시 기진맥진한 상태여서 세 번째 도둑에게 달려들기는커녕, 마레스칼에게 질문을 던지지도 못했다. 두 사람은 보도에 못 박힌 듯 서서 둥그런 선글라스를 쓴 사내가 택시를 잡아타고 모자로 작별 인사를 한 뒤 유유히 사라져가는 모습을 멍하니 바라보았다.

라울은 집으로 돌아오자마자 병을 감싸고 있는 신문지부터 벗겨냈다. 1리터짜리 생수병처럼 보였고, 마개도 없는 낡은 상태에 불투명한 검은색 유리로 만든 것이었다. 상표가 붙어 있는 부분 역시 먼지가 끼고 지저분한 상태였다. 그래도 다행히 비바람을 피해 보관되었는지 큼지막하게 적힌 다음과 같은 글자를 별 어려움 없이 읽어낼 수 있었다.

청춘의 물

그 아래에는 판독하기 어려운 글씨가 몇 줄 적혀 있었는데, 아마도 이 청춘의 물을 구성하는 성분 표시인 듯했다.

중탄산소다 1.397그램

가성칼륨 0.435그램

칼슘 1000그램

밀리퀴리 등

그런데 병 안이 아주 텅 빈 것 같지는 않았다. 그 안에서 아주 가벼운 무언가가 흔들리면서 종이 스치는 소리가 났던 것이다. 병을 거꾸로 들고 흔들어보았지만 아무것도 나오지 않았다. 그래서 끝 부분에 매듭을 지은 끈을 그 안에 집어넣고 쑤셔보았다. 한참 그렇게 애를 쓴 끝에 마침내 빨간 줄로 묶인 둘둘 말린 종이 하나가 빠져나왔다. 서둘러 펼쳐보니 잘렸다기보다는 아래쪽 반이 거칠게 찢겨나간 반쪽짜리 종이였다. 잉크로 쓰인

글자들 중 많은 부분이 누락됐지만 다음과 같은 문장 정도는
충분히 추정해볼 수 있었다.

> 고발 내용은 사실임. 본인은 정식으로 자백을 하는 바이며 이
> 번 범행의 책임은 오로지 본인에게 있음. 따라서 조도나 루보
> 형제에게 책임을 추궁하지 말 것.
>
> ― 브레작

라울은 첫눈에 브레작의 필체를 알아보았다. 하지만 빛바랜
잉크와 종이 상태로 미루어 보아 그 메모를 적어놓은 시기는
대략 15~30년 전인 듯했다. 하지만 그 범행이란 대체 무엇일
까? 누구를 대상으로 저지른 범행이란 말인가?

라울은 한참 동안 생각에 잠겼다. 그러고 나서 나지막한 목
소리로 이렇게 결론지었다.

'이번 사건이 이토록 짙은 어둠에 휩싸인 이유는 두 가지 비
극이 서로 복잡하게 얽힌 이중 사건이기 때문이야. 첫 번째 사
건이 두 번째 사건을 조종하고 있어. 급행열차 사건의 등장인
물이 기욤, 조도, 그리고 오렐리라면 예전에 벌어졌던 사건의
등장인물은 조도와 브레작이고, 그 둘은 현재 치열하게 부딪치
고 있지. 사건을 풀 암호를 모르는 사람에게야 상황이 점점 더
복잡하게 흐르는 것처럼 보이겠지만 난 서서히 가닥이 잡힌다,
이 말씀이야. 격전의 시기가 다가왔어. 목표물은 물론 오렐리
지. 아니면 그 아름다운 초록 눈동자 속에서 파닥이고 있는 비
밀이든가. 누가 힘이나 꾀, 또는 사랑으로 그 여자의 시선과 생

각을 차지하게 될까? 과연 누가 그토록 많은 희생을 몰고 온 비밀의 주인이 될까? 이 복수와 탐욕스런 증오의 소용돌이 속에서 마레스칼은 격정과 야심과 원한에 휩싸여 사법부라는 끔찍한 전쟁 도구를 들이밀고 있지. 그 앞에는 바로 내가 있고….'

라울은 적들 모두가 더욱 신중히 처신하고 있는 만큼 적극적이고 치밀하게 전투를 준비했다. 브레작은 아무런 물증도 발견하지 못했지만 마레스칼이 심어놓은 간병인과 라울이 매수한 하녀를 모두 해고해버렸다. 그리고 건물 앞쪽에 있는 덧문들을 모두 굳게 잠가버렸다. 한편 마레스칼이 풀어놓은 부하들도 서서히 거리에 모습을 드러내기 시작했다. 조도의 행방만이 묘연한 상태였다. 아마도 브레작의 자백서를 잃어버린 후 어느 안전한 피신처에 틀어박혀 있는 모양이었다.

이렇게 보름 정도 시간이 흘렀다. 그동안 라울은 마레스칼을 공공연히 비호하고 있는 장관 부인에게 가명으로 슬쩍 접근했다. 장관 부인은 질투심 많고 노련한 여인이었으며, 남편의 모든 비밀을 꿰뚫고 있었다. 라울은 결국 부인의 환심을 얻는 데 성공했다. 라울이 자신에게 관심을 보이자 부인은 기쁨으로 들뜬 듯했다. 자신이 무슨 일을 하고 있는지 마레스칼이 오렐리에게 어떤 감정을 품고 있는지 까마득히 모른 채, 부인은 짬짬이 수사과장이 오렐리를 어떻게 붙잡을 계획인지, 장관의 도움을 받아 브레작을 어떻게 퇴출시킬 작정인지 라울에게 술술 털어놓았다.

라울은 덜컥 겁이 났다. 적이 너무나 치밀하게 공격을 계획하고 있었기에 자신이 선수를 쳐 오렐리를 납치해서 적의 계획을 무산시켜야 하지 않을까 하는 생각이 들 정도였다.

'그다음에는? 여자를 데리고 도망치는 게 나한테 무슨 도움이 되지? 싸워야 하는 것은 여전히 마찬가지일 테고, 모든 것이 원점으로 되돌아갈 뿐인데.'

라울은 침착하게 유혹을 뿌리쳤다.

어느 날 늦은 오후, 집에 돌아와 보니 속달우편 하나가 도착해 있었다. 장관 부인이 보내 온 최근 소식들이었다. 그중에는 바로 내일, 다시 말해 7월 12일 오후 3시에 오렐리를 체포할 예정이라는 정보도 담겨 있었다.

'아, 가엾은 초록 눈동자의 아가씨. 내가 부탁한 대로 전적으로 날 믿을까? 그 딱한 여인이 언제까지 불안에 떨며 눈물을 흘려야 한단 말인가?'

라울은 전투를 하루 앞둔 배포 두둑한 장군처럼 편안하게 잠이 들었다. 그리고 다음 날 오전 8시가 되자 눈을 떴다. 마침내 결전의 날이 밝은 것이다.

그런데 정오 무렵, 라울의 옛 유모이자 개인 하녀인 빅투아르가 장바구니를 들고 뒷문으로 들어서자 층계에서 기다리고 있던 사내 여섯 명이 우르르 달려들어 부엌까지 강제로 밀고 들어왔다.

"당신 주인은 어디에 있지? 자, 얼른 말하시오. 거짓말해도 소용없소. 난 수사과장 마레스칼이오. 영장도 가지고 왔소."

얼굴이 창백해진 빅투아르는 몸을 후들후들 떨며 중얼거렸다.

"서재에 있을 겁니다."

"그리로 안내하시오."

마레스칼은 빅투아르가 소리치지 못하도록 손으로 입을 틀어막고 복도를 따라 걷게 했다. 노파는 복도 끝에 있는 방을 손가락으로 가리켰다.

상대는 방어 태세를 취할 틈조차 없었다. 순식간에 붙잡혀서 쓰러진 뒤 소포처럼 꽁꽁 묶여 질질 끌려 나올 뿐이었다. 마레스칼은 툭 내뱉듯 말했다.

"급행열차 강도 패거리의 두목, 이름은 라울 드 리메지."

그리고 부하들을 향해 소리쳤다.

"유치장으로 끌고 가게. 여기 영장이 있네. 그리고 입단속 잘하고, 알았나! 여기 이 '손님'의 정체에 대해선 단 한 마디도 발설해선 안 돼. 토니, 자네가 저자를 책임지도록! 라봉스, 자네도! 이제 저자를 데리고 가게. 그리고 이따 오후 3시에 브레작의 저택 앞에서 만나는 걸세. 이제 그 아가씨와 의붓아버지를 처리할 차례니까."

사내 네 명이 '손님'을 끌고 갔다. 마레스칼은 그 뒤를 따라가려는 다섯 번째 부하, 소비누를 붙들었다.

그리고 곧바로 서재로 들어가 서류들과 자질구레한 물건들을 쓸어 담았다. 하지만 마레스칼도 그리고 그의 부하인 소비누도 정작 찾고자 하는 물건, 다시 말해 보름 전에 길거리에서 **청춘의 물**이라는 상표까지 얼핏 읽었던 그 문제의 병을 발견하지 못했다.

두 사람은 인근 레스토랑에서 점심을 먹고 다시 돌아왔다.

마레스칼은 끈질기게 집 안을 뒤졌다.

마침내 오후 2시 15분, 소비누는 대리석 벽난로 아래에서 문제의 병을 끄집어냈다. 병은 마개로 입구가 막혀 있었고, 붉은 밀랍으로 봉인까지 된 상태였다.

마레스칼은 병을 흔들어보더니 전구 불빛 앞에 내려놓았다. 병 안에는 둘둘 말린 얇은 종이가 들어 있었다.

마레스칼은 잠시 망설였다. 이 종이를 꺼내 읽어야 하나?

"아니야…. 아직은 아니야…! 브레작 앞에서 읽어주지…! 브라보, 소비누, 정말 잘했어, 이 친구야."

마레스칼은 벅찬 기쁨에 휩싸인 채 저택을 나서며 중얼거렸다.

"이번에는 정말로 고지가 눈앞에 있군. 이제 브레작은 내 손아귀에 들어온 셈이니 꽉 움켜쥐기만 하면 돼. 그리고 그 앙큼한 여자, 이제 그 여자를 구해줄 사람은 아무도 없어! 그 여자의 애인은 어둠 속에 갇힐 테니까. 자, 이제 우리 둘뿐이라고, 귀여운 아가씨!"

9
안느, 나의 자매 안느야.
누가 오는 것이 보이지 않니?[1]

그날 오후 2시쯤, 그 '귀여운 아가씨'는 옷을 갈아입고 있었다. 그때 늙은 하인 발랑탱이 먹을 것을 들고 방 안으로 들어와 브레작이 찾는다는 말을 전했다. 간병인과 하녀가 해고된 터라 발랑탱 혼자서 이런저런 일을 도맡아 하고 있었다.

오렐리는 이제 막 몸을 추스른 상태였다. 창백한 얼굴에 쇠약해질 대로 쇠약해진 몸이었지만 증오하는 사내 앞에서는 허리를 꼿꼿이 세우고 고개를 도도히 들어야 할 것 같았다. 여자는 립스틱을 바르고 볼 화장까지 한 뒤 아래층으로 내려갔다.

브레작은 2층에 있는 서재에서 여자를 기다리고 있었다. 널찍한 서재에는 모든 덧문이 닫혀 있어서 전등 불빛만이 어둑한 공간을 밝히고 있었다.

"앉아라."

---

1) 샤를 페로의 동화인 〈푸른 수염〉에 나오는 대사로, 여주인공이 남편인 푸른 수염에게 죽음을 당할 위기에 처하자 형제들에게 도움을 요청한 뒤, 자매인 안느에게 그들이 아직 오지 않느냐고 초조하게 묻는 대목이다 – 옮긴이

"싫어요."

"앉아. 피곤할 테니."

"하실 말씀이나 어서 하세요. 그래야 제 방으로 올라가 쉬죠."

브레작은 잠시 방 안을 서성거렸다. 그의 얼굴에는 근심과 불안의 기색이 어려 있었다. 그러면서도 완고한 고집에 부딪친 여느 사내처럼 열정과 적대감이 묻어나는 눈빛으로 오렐리를 힐끗힐끗 쳐다봤다. 그 눈빛에는 연민의 빛도 서려 있었다.

사내는 여자에게 다가가 어깨에 손을 얹고 강제로 자리에 앉혔다.

"네 말이 맞다. 그리 오래 걸리지는 않을 거야. 몇 마디로 끝낼 수 있는 얘기니까. 그 후 결정은 네 몫이다."

두 사람은 가까이 앉아 있었지만 마음의 거리로는 적보다도 더 멀리 떨어져 있었다. 여하튼 브레작이 느끼기에는 그러했다. 그리고 이제 자신의 입에서 나올 모든 말들은 두 사람 사이의 골을 더욱 깊이 파이게 만들 것이 뻔했다. 브레작은 두 주먹을 불끈 쥐고 또박또박 힘주어 말했다.

"아직도 적들이 사방에서 우리를 에워싸고 있다는 사실을 모르겠니? 이런 상황도 오래 지속되지 못하리란 사실을 말이다!"

여자는 중얼대듯 말했다.

"어떤 적 말인가요?"

"아! 정말 몰라서 묻는 게냐? 마레스칼… 널 증오하며 복수의 칼날을 갈고 있는 마레스칼 말이다."

그리고 목소리를 착 깔고 진지한 어조로 차분히 설명하기 시작했다.

"오렐리, 잘 들어라. 얼마 전부터 우리는 감시를 당하고 있다. 내무부에 있는 내 책상 서랍을 누군가 뒤졌어. 이제 상사든 부하든 모두 똘똘 뭉쳐서 날 궁지에 몰아넣으려 하고 있다. 왜냐고? 그야 모두들 마레스칼에게 어느 정도씩은 빌붙고 있는데다 장관의 후광을 입은 그자가 실세라는 사실을 잘 알고 있기 때문이지. 그러니 너와 나는 한 배를 탄 처지란다. 단지 그자가 우리 둘을 모두 증오하기 때문만은 아니야. 네가 싫든 좋든 우리는 하나의 과거로 얽혀 있는 사이잖니. 난 널 키웠다. 내가 너의 보호자야. 그러니 내가 망하면 너도 망하는 거야. 심지어 적들이 노리는 건 너라는 생각도 든단다. 내가 모르는 모종의 이유로 말이다. 그래, 몇 가지 조짐으로 미루어 보건대, 적들은 부득이하게 날 가만히 내버려 두어야 할 상황에 처하더라도 너에게만은 직접적인 위해를 가할 것 같다는 생각이 드는구나."

여자는 풀 죽은 목소리로 물었다.

"어떤 조짐 말씀이세요?"

사내는 기다렸다는 듯 이야기를 이어갔다.

"사실 생각보다 더 심각한 얘기란다. 사실 얼마 전에 익명의 편지 한 통을 받았는데, 내무부 마크가 찍힌 종이에… 황당하고 일관성 없는 내용이 적혀 있더구나. 곧 너를 기소할 예정이라고 제보하는 내용이었어."

"기소라고요? 제정신이 아니군요! 지금 그까짓 익명의 편지를 믿는 거예요?"

"그래, 나도 안다. 어떤 말단 직원이 어디서 멍청한 소문이나 주워듣고 내게 제보한 거겠지…. 하지만 마레스칼은 무슨 짓이라도 할 수 있는 작자란다."

"그렇게 겁나면 도망치시든가요."

"내가 겁나는 건 순전히 너 때문이다, 오렐리."

"저는 하나도 겁나지 않아요."

"아니, 겁날 거다. 마레스칼은 너를 파멸시키겠다고 맹세까지 한 놈이야."

"그럼 제가 떠날 수 있도록 그냥 내버려 두세요."

"그럴 힘이나 있고?"

"당신이 날 가둔 이 감옥을 벗어나 영원토록 당신을 안 볼 수만 있다면 없던 힘이라도 솟아나겠죠."

그 말을 듣자 사내는 낙담한 기색을 드러냈다.

"그만해라…. 네가 떠난다면 난 더 이상 살 수 없을 게다…. 네가 없는 동안 이미 난 너무나 괴로웠어. 너와 헤어지지만 않는다면 그 어떤 일이라도 달갑게 감내할 수 있다. 내 인생은 온전히 너의 눈빛, 너의 인생에 달려 있으니…."

여자는 자리에서 벌떡 일어나 진저리를 치며 왈칵 성을 냈다.

"그런 말씀은 꺼내지도 마세요. 그런 고약한 말은 이제 절대 하지 않겠다고 분명히 약속하셨잖아요."

여자는 곧 기운이 빠져 털썩 주저앉고 말았다. 사내 역시 여자에게 떨어져서 안락의자에 몸을 주저앉힌 뒤 두 손으로 머리를 감싼 채 어깨가 들썩이도록 흐느꼈다. 마치 삶이라는 버거운 짐에 굴복당한 초라한 패배자의 모습 같았다.

한참 동안 침묵이 흐른 뒤 사내는 목멘 소리로 다시 말을 이었다.

"네가 여행을 떠나기 전보다 우린 더 원수지간이 된 듯하구나. 완전히 달라져서 돌아왔어. 무슨 일이 있었던 거니, 오렐리? 생트 마리 수녀원에서 지냈던 시간을 말하는 게 아니다. 내가 거기는 미처 생각지 못하고 미친 사람처럼 너를 찾아 헤맸던 처음 3주간을 말하는 거야. 넌 그 가증스런 기욤을 사랑하지 않아, 그건 내가 잘 안다… 하지만 너는 그자를 따라갔어. 왜지? 너희 두 사람 사이에 무슨 일이 있었던 거냐? 그자에게 무슨 일이 있었던 거지? 뭔가 대단히 심각한 일이 있었으리란 건 대충 감이 온다… 네가 아주 불안해 보였으니 말이다. 착란 증세에 빠져 있을 때 무언가에 끊임없이 쫓기는 사람처럼 말을 하더구나. 피와 시체가 보인다면서…."

여자는 몸서리를 쳤다.

"아니에요, 절대 아니에요. 그럴 리 없어요…. 잘못 들으신 거예요."

"잘못 듣지 않았다. 봐라, 지금도 그렇게 겁에 질린 눈을 하고 있잖니…. 누가 보면 아직도 악몽을 꾸고 있는 줄 알겠어…."

사내는 여자에게 다가가 천천히 말했다.

"가엾은 것, 넌 푹 휴식을 취해야 한단다. 바로 그 얘기를 하려고 널 부른 거야. 오늘 아침에 휴가를 신청했다. 함께 떠나자꾸나. 네 기분을 상하게 할 말은 절대로 입 밖에 꺼내지 않겠다고 약속하마. 그리고 그 비밀 얘기도 묻지 않으마. 사실 너만큼이나 나 역시 알 권리가 있는 것이니 진작 내게 털어놓았어야 할 얘기지만 말이다. 심지어 네 눈동자를 들여다보며 그 속에 감춰진 난해한 수수께끼를 풀려고 애쓰지도 않겠다. 과거에는 툭하면 강제로 그 답을 알아내려 했지만 지금은 많이 후회한단다. 네 눈동자를 가만히 내버려 두겠다. 더 이상 널 똑바로 쳐다보지도 않으마. 단단히 약속할 테니 이리로 와라, 내 아가. 넌 날 불쌍히 여기고 있어. 그래서 괴로울 테지. 뭔지는 모르겠지만 무언가를 기다리는 모양인데, 지금 네 부름에 달려올 수 있는 건 오직 불행뿐이란다. 그러니 그냥 내게로 오거라."

여자는 고집스레 침묵을 지켰다. 두 사람 사이에는 허물 수 없는 벽이 버티고 있었고 상대에게 상처와 모욕만 안겨줄 말을 누구 하나 입 밖으로 꺼내지 못하고 있었다. 숱한 과거사와 뿌리 깊은 이유들로 인해 두 사람은 언제나 충돌해왔지만 무엇보다 브레작의 추악한 애정이 둘 사이를 더욱더 멀어지게 했다.

"대답해라."

사내는 재촉했다.

여자는 냉정하게 대답했다.

"싫어요. 더 이상 당신 곁에 있을 자신이 없어요. 한 지붕 밑에 있는 것도 견디기 힘들 정도예요. 기회가 오면 그 즉시 당장 떠날 거예요."

사내는 빈정대며 말했다.

"물론 혼자서 떠나지는 않을 테지. 저번처럼… 기욤, 그 자식과 떠날 작정이냐?"

"기욤은 이미 쫓아버렸어요."

"그럼 다른 놈이겠군. 그래, 틀림없이 또 다른 놈을 기다리고 있어. 끊임없이 두리번거리고… 귀까지 쫑긋 세우고 있는 걸

보니… 그럼 지금쯤….”

그 순간 현관문이 열렸다가 닫히는 소리가 들렸다.

브레작은 심술궂은 미소를 지으며 소리쳤다.

“내가 무슨 말을 하고 있는 거지? 누가 보면 네가 기다리는 놈이 오기라도 한 줄 알겠어. 아니다, 오렐리. 아무도 오지 않을 거야. 기욤도, 또 다른 놈도 말이다. 저 소리는 내가 우편물을 가져오라고 내무부 청사로 보낸 발랑탱이 돌아오는 소리야. 오늘 오후에는 청사에 나갈 일이 없을 테니까.”

그 하인이 2층 계단을 올라와 복도를 걸어오는 소리가 들려왔다. 마침내 문이 열렸다.

“내가 시키는 대로 했겠지, 발랑탱?”

“물론입니다.”

“그래, 편지나 결제해야 할 서류가 있던가?”

“없었습니다.”

“이런, 이상하군. 그럼 우편물이 하나도 없었어…?”

“모두 마레스칼 씨에게 보내졌다 합니다.”

“아니, 마레스칼이 무슨 권리로 내 우편물에 손을 대…? 그자는 청사에 있던가?”

“아니요. 잠깐 들른 뒤 바로 나가셨답니다.”

“나갔다고…? 2시 반에! 일 때문에 나갔다고 하던가?”

“그렇습니다.”

“무슨 일인지 알아봤나?”

“네. 하지만 무슨 일인지는 아무도 모르던데요?”

“혼자서 나간 건가?”

"아니요. 라봉스와 토니, 그리고 소비누와 함께요."

브레작은 흥분한 목소리로 소리쳤다.

"라봉스와 토니라고! 그렇다면 체포를 하러 나섰단 말이잖아. 왜 내게 보고가 안 올라온 거지? 대체 무슨 일이 일어나고 있는 거야?"

발랑탱은 곧 자리에서 물러났다. 브레작은 다시 서성거리며 생각에 잠긴 채 중얼거렸다.

"토니라면 마레스칼의 지독한 똘마니이고… 라봉스 역시 그자가 아끼는 부하 중 한 명인데… 나 몰래 무슨 일이 벌어지고 있는 게 분명해…."

그렇게 5분가량이 흘렀다. 오렐리는 초조한 표정으로 브레작을 쳐다보았다. 브레작은 갑자기 창가 쪽으로 걸어가더니 덧문을 살짝 열어보았다. 순간 그의 입에서 비명이 새어 나왔다. 그리고 여자가 있는 쪽으로 돌아와 더듬대며 말했다.

"그자들이 지금 거리 끝에 와 있어…. 숨어서 이쪽을 엿보고 있다."

"누가요?"

"두 놈 다… 마레스칼의 부하들, 토니와 라봉스 말이다."

여자는 중얼거렸다.

"그래서요?"

"그래서라니. 마레스칼은 중요한 일이 있을 때면 항상 저 두 놈을 데리고 다닌다. 그러니 오늘 아침에도 저자들과 함께 이 동네에서 무슨 작전을 개시한 거라고."

"그자들이 여기 와 있다고요?"

"그렇다니까. 이 두 눈으로 똑똑히 봤다."

"그럼 마레스칼도 오는 건가요?"

"물론 오겠지. 너도 발랑탱이 하는 말을 들었잖니."

"그자가 오다니…. 그자가 오다니…."

여자가 당황하며 중얼거리자 브레작이 깜짝 놀라 물었다.

"왜 그러니?"

여자는 마음을 가다듬으며 대답했다.

"아무것도 아니에요. 저도 모르게 겁이 나서 그만… 딱히 이유는 없어요."

브레작은 잠시 생각에 잠겼다. 그러고는 그 역시 평정심을 찾으려 애쓰며 다시 입을 뗐다.

"그래, 딱히 걱정할 이유는 없지. 잔뜩 흥분했는데 알고 보면 별것 아닌 경우도 허다하잖니. 내가 내려가서 직접 물어보고 오마. 그럼 무슨 일인지 훤히 밝혀질 게다. 그래, 그럴 거야. 그러고 보니 우리가 아니라 우리 앞집을 감시하고 있는 것 같기도 하구나."

오렐리가 고개를 들었다.

"어떤 집요?"

"왜, 내가 말했잖니…. 오늘 정오쯤에 저들이 누군가를 체포했다고. 아! 네가 11시쯤 사무실을 떠나는 마레스칼의 모습을 봤어야 했는데! 그자와 마주쳤거든. 만족감과 강렬한 증오심이 뒤섞인 그 표정이라니… 그래서 내심 불안했었다. 그자가 그토록 증오심을 불태우는 대상이라면 그건 분명 나일 테니. 아니면 우리 둘 다일 수도 있고 말이야. 그래서 난 그자가 우리를 노리고 있다고 생각했었다."

그 말을 듣자 오렐리는 바짝 긴장한 모습이었다. 안 그래도 창백한 얼굴은 더욱더 하얗게 질려 있었다.

"뭐라고요? 그럼 앞집에 사는 사람이 체포된 건가요?"

"그래, 리메지라는 사람인데, 탐험가라고 하더구나. 리메지 남작. 그리고 오후 1시에 내무부에서 들은 소식에 따르면 그자는 곧바로 유치장에 수감됐다고 하더구나."

여자는 비록 라울의 이름을 모르고 있었지만 유치장에 갇혔다는 남자가 바로 자신이 알고 있는 그 사람임을 곧바로 확신할 수 있었다. 여자는 떨리는 목소리로 물었다.

"무슨 죄를 지었는데요? 그 리메지라는 자는 대체 어떤 사람인가요?"

"마레스칼의 말로는 급행열차에서 살인을 저지른 범인이라고 하더구나. 경찰이 그렇게 찾아 헤매던 제3의 공범 말이다."

오렐리는 쓰러지기 직전이었다. 현기증이 나는지 넋 나간 표정을 짓고선 짚을 곳을 찾아 허공을 더듬거렸다.

"오렐리, 무슨 일이냐? 이 사건과 무슨 관련이 있기에…?"

여자는 신음하듯 말했다.

"우린 이제 끝이에요."

"그게 대체 무슨 말이냐?"

"이해 못 하실 텐데…"

"그래도 설명해보거라. 그 남자를 아는 거니?"

"네…. 알아요…. 그 남자가 절 구해줬어요. 마레스칼과 기욤, 그리고 이곳을 드나들던 조도로부터… 오늘도 우리를 구해주러 와야 하는데….”

브레작은 황당하다는 표정으로 여자를 멍하니 쳐다보았다.

“그자가 바로 네가 기다리던 그 사람이냐?”

여자는 상대의 반응이야 어떻든 천진스럽게 대답했다.

“네. 언제나 절 지켜주겠다고 약속했거든요…. 그래서 안심하고 있었는데… 그 남자가 어려운 일을 거뜬히 해내는 걸 여러 차례 목격했어요…. 마레스칼도 골탕 먹이고….”

“그래서…?”

브레작이 묻자 여자는 여전히 천진스레 말을 이어갔다.

“아무래도 몸을 피하는 편이 좋겠어요…. 저도 그렇고 당신도요…. 당신한테도 불리하게 작용할 수 있는 사건들이 몇 개 있잖아요…. 예전에 있었던 일들 말이에요….”

“정신이 나간 게로군…! 그럴 만한 일은 전혀 없다…. 난 아무것도 두렵지 않아.”

그렇게 완강히 부인하면서도 사내는 여자를 서재에서 끌고 나와 서둘러 층계참으로 데리고 갔다. 하지만 마지막 순간에 주춤거린 쪽은 여자였다.

“잠깐만요. 아니에요. 굳이 이렇게 도망칠 필요 없잖아요? 그 사람이 곧 우리를 구해주러 올 텐데… 분명 나타날 거예요…. 어떻게든 빠져나올 거라고요…. 그러니 우리 그냥 여기서 기다려요.”

“유치장에서 빠져나올 수 있는 사람은 없어.”

“정말요? 아! 이런 끔찍한 일이!”

여자는 어쩔 줄 몰라했다. 이제 겨우 회복 중인 머릿속에서 섬뜩한 생각들이 소용돌이쳤다. 마레스칼에 대한 공포, 이제 곧 체포되리라는 불안감, 경찰들이 들이닥쳐 자신의 손목을 비틀 것만 같은 두려움….

공포에 질린 의붓아버지의 모습을 보고 마침내 결심을 굳힌 여자는 돌풍처럼 방으로 뛰어 들어가 여행 가방을 손에 든 채 다시 나타났다. 브레작도 얼른 떠날 채비를 했다. 그야말로 황급히 도망치는 것 외에 아무런 희망도 남아 있지 않은 궁지에 몰린 범죄자들의 모습이었다. 두 사람은 계단을 내려가 현관 앞으로 갔다.

그때, 느닷없이 초인종이 울렸다.

"너무 늦었군."

브레작이 한숨을 내쉬자 여자는 기대에 찬 목소리로 대꾸했다.

"아니에요. 아마도 그 남자일 거예요…."

여자는 수녀원에서 만났던 그 친구를 떠올렸다. 절대로 자신을 포기하지 않겠다고, 무슨 일이 있어도 자신을 구해주러 오겠다고 철석같이 약속하지 않았던가. 과연 무엇이 그의 앞길을 가로막을 수 있겠는가? 그 남자는 사건과 사람들을 마음대로 조종할 수 있는 인물이 아니던가?

또다시 초인종 소리가 울렸다.

늙은 하인이 식당에서 뛰쳐나왔다.

"문을 열게."

브레작이 나지막한 목소리로 지시했다.

문밖에서 수군거리는 소리와 발자국 소리가 들려왔다. 누군가 문을 두드렸다.

"열라니까."

브레작이 채근하자 하인은 얼른 문을 열었다.

문밖에는 마레스칼이 부하 세 명과 함께 버티고 서 있었다. 하나같이 특이하게 생긴 사내들이어서 오렐리는 금방 그자들을 알아 볼 수 있었다. 여자는 층계 난간에 몸을 기댄 뒤 브레작만 들릴 정도로 나지막이 탄식을 터트렸다.

"아! 세상에, 그 사람이 아니잖아."

자신의 부하 직원과 마주한 브레작은 몸을 꼿꼿이 세웠다.

"무슨 일인가? 분명 내 집에 다신 얼씬대지 말라고 단단히 일러두었을 텐데."

마레스칼은 미소를 지으며 응수했다.

"공무로 온 겁니다, 국장님. 장관님의 지시를 받고요."

"나와 관련된 지시인가?"

"국장님과도 관련이 있고, 저기 저 아가씨와도 관련이 있습니다."

"그럼 둘 중 누구 때문에 이 세 사람까지 대동하고 온 건가?"

마레스칼은 웃음을 터트렸다.

"이런, 세상에…! 그저 우연히 마주친 것뿐입니다. 이 친구들이 저기서 산책을 하고 있기에… 잠시 얘기를 나누다가… 국장님을 불편하게 만들 생각은 전혀 없었는데…"

마레스칼은 집 안으로 들어와 여행 가방 두 개를 쳐다보며 말했다.

"이런! 여행을 떠날 참이었나 보군…. 1분만 늦었어도… 임무를 수행하지 못할 뻔했어."

"이보게 마레스칼, 임무를 수행하든 할 말을 하든, 지금 당장 이 자리에서 해치워버리게."

수사과장은 허리를 숙이고 단호하게 말했다.

"공연히 일을 크게 만들지 맙시다, 브레작. 어리석게 굴지 마십시오. 아직은 아무도 모르고 있습니다. 여기 내 부하들조차도 말이죠. 그러니 서재로 가서 이야기를 나눕시다."

"아무도 모른다고…? 대체 뭘 말인가?"

"지금 일어나고 있는 다소 심각한 일에 대해서 말입니다. 당신 의붓딸이 아직 아무런 말도 안 한 모양인데, 아마 그녀도 조용한 분위기에서 이야기를 나누고 싶어 할 겁니다. 그렇죠, 아가씨?"

얼굴이 사색이 된 채 여전히 난간에 몸을 기대고 있는 오렐리는 금방이라도 쓰러질 것만 같았다.

브레작은 여자를 부축하며 결심을 굳힌 듯 내뱉었다.

"올라가자."

여자가 브레작의 부축을 순순히 받으며 위층으로 올라가는 동안 마레스칼은 부하들을 집 안으로 들어오게 했다.

"자네 셋 모두 여기서 꼼짝 말고 현관을 지키고 있게. 아무도 드나들지 못하게 해야 하네. 그리고 당신, 이 집 하인, 부엌에 들어가서 한 발짝도 밖으로 나오지 마시오. 위에서 문제가 생기면 호각을 불겠네. 그럼 소비누가 당장 뛰어오는 거야. 알겠나?"

"알겠습니다."

라봉스가 대답했다.

"실수할 리 없겠지?"

"절대 그럴 리 없습니다, 과장님. 우리가 그런 초짜가 아니란 걸 잘 아시지 않습니까. 과장님의 지시에 따라 일사불란하게 움직이겠습니다."

"브레작과 맞서야 한다 해도?"

"물론이죠!"

"아! 그 병… 이리 주게, 토니!"

마레스칼은 그 병을, 아니 좀 더 정확히 말하자면 그 병을 담은 상자를 손에 들고 계단을 성큼성큼 올라가 6개월 전 굴욕적으로 쫓겨났던 서재의 문턱을 위풍당당하게 넘었다. 이 얼마나 통쾌한 승리란 말인가! 마레스칼은 뿌듯한 기분에 휩싸인 채 구두 굽 소리가 울리도록 묵직한 발걸음을 내딛으며 벽에 걸린 오렐리의 초상화를 감상했다. 아기 때 모습, 어린아이였을 때 모습, 숙녀가 된 후의 모습….

참다못한 브레작은 저항하려고 했다. 하지만 마레스칼은 곧바로 그의 저항을 저지했다.

"소용없는 짓입니다, 브레작. 아시다시피, 당신에게는 약점이 있지요. 내가 이 아가씨에게, 그러니까 결과적으로 당신에게 겨눌 무기가 무언지 모르잖습니까. 그 무기가 무언지 알게 된다면 결국 당신도 자신이 굴복할 수밖에 없는 처지라는 걸 깨닫게 될 겁니다."

마주 선 두 적은 서로를 매섭게 노려보았다. 여러 사건을 거치면서 격화된 야심과 본능, 그리고 무엇보다 연정으로 빚어진 증오가 두 사내의 마음속에 용솟음치고 있었다. 그 곁에서 오렐리는 의자에 꼿꼿이 앉은 채 가만히 기다리고 있었다.

마레스칼은 기운을 차린 것 같은 여자의 모습을 보자 문득 의아한 생각이 들었다. 여전히 지치고 긴장한 모습이었지만 이 집에 들이닥쳤을 때 보았던 궁지에 몰린 무기력한 먹잇감 같은 모습은 사라지고 없었다. 여자는 생트 마리 수녀원의 벤치에 앉아 있었을 때처럼 뻣뻣한 태도를 취하고 있었다. 두 뺨 위로 흐르는 눈물 때문에 흠뻑 젖은 두 눈을 동그랗게 뜬 채 뚫어져라 한곳을 응시하고 있었다. 무슨 생각을 하고 있는 것일까? 하긴 때로는 바닥을 치고 다시 일어나기도 하는 법이니까. 혹시 이 마레스칼이 동정심 따위에 마음이 약해지리라 생각하는 것일까? 아니면 사법 당국의 처벌을 피할 수 있는 방어책이라도 갖고 있는 것일까?

마레스칼은 주먹으로 테이블을 내리쳤다.

"과연 어떻게 될지 두고 보자고!"

그러고는 여자를 제쳐두고 브레작에게 바짝 다가갔고 상대는 반사적으로 한 발짝 뒤로 물러났다. 마레스칼은 본격적으로 이야기를 꺼내기 시작했다.

"사실 간단한 얘기입니다. 오로지 사실들만 나열할 건데, 그중에는 이미 모두가 알고 있는, 그러니까 당신도 알고 있는 내용도 있을 겁니다. 하지만 그중 대부분은 나 외에 목격자가 없거나, 나만이 진위 여부를 확인할 수 있는 일들이지요. 그러니 부인할 생각은 하지 마십시오. 있는 그대로를 간단명료하게 이야기할 테니… 자, 여기 조서도 있습니다. 그러니까 지난 4월

26일…."

브레작은 소스라쳤다.

"4월 26일이라면 오스만 대로에서 우리가 마주쳤던 그날 아닌가."

"그렇습니다. 당신의 의붓딸이 가출한 날이기도 하지요."

그러고는 단호한 어조로 덧붙였다.

"마르세유행 급행열차 안에서 세 사람이 살해당한 날이기도 하고요."

"뭐라고? 갑자기 그 얘기는 왜 꺼내는 건가?"

브레작이 어안이 벙벙한 표정으로 물었다.

수사과장은 기다리라는 뜻으로 손짓을 했다. 모든 일들이 일어난 순서대로 하나 둘 밝혀지리라는 의미였다. 그러고는 이야기를 이어갔다.

"그러니까 4월 26일, 그 급행열차의 5번 차량에는 모두 네 명이 타고 있었습니다. 첫 번째 칸에는 영국인인 미스 베이크필드라는 도둑과 자칭 탐험가라는 리메지 남작이 타고 있었고, 마지막 칸에는 뇌일리 쉬르 센에 거주하는 두 사내, 즉 루보 형제가 타고 있었죠. 그다음 차량, 그러니까 4번 차량에는 이번 사건과 아무런 관련이 없고 무슨 일이 일어나는지도 전혀 모르는 승객들 외에 국제정보과 수사과장과 젊은 남녀 한 쌍이 타고 있었습니다. 잠을 청하는 여행객들이 대개 그렇듯 그곳에 탑승한 승객들은 대부분 불을 끄고 블라인드를 치고 있었기 때문에 승객들은 서로의 얼굴을 식별할 수 없었습니다. 물론 수사과장의 얼굴도요. 그 수사과장이라는 사람은 물론 나인데,

미스 베이크필드를 쫓던 중이었죠. 젊은 남자는 기욤 앙시벨이라는 자로, 장외 주식 중개인이자 도둑이며, 이 집에 자주 드나들다가 동료와 함께 몰래 도망쳐 기차에 오른 상태였죠."

브레작이 버럭 소리쳤다.

"거짓말! 거짓말이야! 오렐리는 그런 의심이나 받을 아이가 아니란 말이야."

"그 동료가 저 아가씨라고 말하지는 않았는데요."

마레스칼은 냉정한 어조로 이야기를 이어갔다.

"라로슈까지 가는 동안에는 아무 일도 일어나지 않았죠. 그후 30분이 더 흐르는 동안에도… 그저 조용했고요. 그러다 느닷없이 그 끔찍한 비극이 터지고 만 겁니다. 젊은 남녀가 어둠을 뚫고 나와서 4번 차량에서 5번 차량으로 건너간 갑니다. 둘다 기다란 회색 작업복 차림에 모자와 복면으로 변장을 한 채말이죠. 한편 5번 차량 끝에서는 리메지 남작이 기다리고 있었습니다. 그렇게 세 사람은 미스 베이크필드를 살해하고 소지품을 턴 거죠. 그 후 리메지 남작은 공범들로 하여금 자신을 결박하게 했고, 뒤이어 공범들은 앞쪽으로 달려가 두 형제를 죽이고 소지품을 털었고요. 그런데 돌아오는 길에 검표원을 만난 겁니다. 그래서 몸싸움이 벌어졌죠. 두 사람은 달아났고 검표원은 결박당한 채 주저앉아 있는 리메지 남작을 발견합니다. 리메지 남작은 자신도 소지품을 도난당했다고 주장했고요. 자, 여기까지가 이 사건의 제1막이라고 할 수 있습니다. 제2막은 흙더미와 나무 사이로의 도주라고 요약할 수 있겠군요. 그쯤 경보벨이 울렸고, 내게도 보고가 올라왔습니다. 그래서 즉각 필요한 조치를 취했죠. 그 결과 도주자 두 명을 포위했지만 그 중 한 명은 포위망을 빠져나갔습니다. 그래도 한 명은 붙잡아서 가둬놓았죠. 그 사실을 듣자마자 용의자에게 부리나케 달려갔는데, 어둠 속에서 웅크리고 있던 그자가 글쎄, 여자였지 뭡니까."

브레작은 마치 술 취한 사람처럼 휘청휘청 뒷걸음질을 쳤다. 결국 안락의자 등받이에 부딪친 그는 더듬대며 말했다.

"미쳤군…! 터무니없는 소리를 지껄이고 있어…! 자넨 미쳤어…!"

마레스칼은 아랑곳하지 않고 하던 이야기를 이어갔다.

"얘기를 마저 끝내죠. 그 후 내 불찰로 인해 자칭 남작이라는 그자가 포로를 탈출시켰고, 그렇게 그 포로는 기욤 앙시벨과 합류하게 됩니다. 그 후 난 몬테카를로에서 그들의 종적을 발견했습니다만 또다시 이곳저곳을 헤매며 아까운 시간을 낭비하고 말았죠…. 그러다 문득 이제 파리로 돌아가서 브레작, 당신이 벌인 조사는 과연 성과가 있는지, 다시 말해 당신이 의붓딸의 은신처를 발견했는지 확인해봐야겠다는 생각이 들더군요. 그렇게 해서 생트 마리 수녀원에 당신보다 몇 시간 먼저 도착해 어떤 남자와 밀어를 나누고 있는 저 아가씨를 발견할 수 있었던 겁니다. 단지 상대만 바뀌었더군요. 기욤 앙시벨 대신 리메지 남작, 즉 제3의 공범이 그곳에 있었던 겁니다."

브레작은 질겁한 표정을 지은 채 그 섬뜩한 고발 내용을 잠자코 듣고 있었다. 이 모든 이야기가 부인할 수 없는 진실처럼 여겨지는 모양이었다. 사실 마레스칼이 말한 모든 내용은 자신의 직감과도 논리적으로 부합하는 것이었고, 오렐리가 미지의 구원자를 언급하며 자신에게 반쯤 털어놓은 속내와도 정확히 일치하는 것이었다. 브레작은 아무런 반박도 하지 않은 채 이따금 여자를 쳐다보았다. 여자는 여전히 뻣뻣한 자세로 꼼짝도 않고 입을 굳게 다물고 있었다. 마치 마레스칼이 하는 이야기가 여자의 귀에 도달하지 못한 듯했다. 여자는 그보다 밖에서 들려오는 소리에 더 집중하고 있는 듯했다. 아직도 오지 않을 구원자를 기다리는 것일까?

"그래서?"

브레작이 묻자 수사과장이 곧장 대꾸했다.

"그래서 그자 덕분에 여자는 또다시 무사히 빠져나갈 수 있었죠. 그리고 솔직히 지금 난 그 모든 일을 기분 좋게 웃어넘길 수 있습니다. 왜냐하면…."

마레스칼은 목소리를 내리깔며 말했다.

"왜냐하면, 마침내 복수를 할 수 있게 됐으니까요…. 이 얼마나 통쾌한 복수란 말입니까, 브레작! 하, 기억나십니까…? 6개월 전 일을요…? 날 하인처럼 무지막지하게 내쫓았죠…. 발길질만 안 했을 뿐이지… 그리고… 그리고… 지금은 내 손아귀에 저 여자가 들어왔다, 이 말씀입니다…. 그러니 게임은 끝난 셈이죠."

마레스칼은 주먹을 돌리며 자물쇠를 채우는 시늉을 했다. 그 태도가 어찌나 야멸차던지 오렐리를 향한 그의 집념이 얼마나 끔찍한 것인지 충분히 짐작케 했다. 브레작은 버럭 소리쳤다.

"아니야, 아니야, 거짓말이지, 마레스칼…? 설마하니 이 아이를 경찰에 넘길 생각은 아니겠지…?"

마레스칼은 냉정하게 대구했다.

"이미 생트 마리에서 무사히 넘어갈 수 있는 방법을 알려줬는데, 거부하더군요…. 어쩌겠습니까! 이제 너무 늦었습니다."

브레작이 애원하듯 손을 내밀며 다가왔지만 마레스칼은 단호하게 잘라 말했다.

"이러셔도 소용없습니다! 당신이나 오렐리에게는 퍽 안된 일이지만 어쩔 수 없다니까요…! 저 여자가 날 원하지 않았어요…. 그러니 저 여자 또한 아무도 가질 수 없습니다. 그게 바로 정의라는 거죠. 자신이 저지른 범죄에 대한 죗값을 치르면서 날 가슴 아프게 했던 대가도 함께 치르는 겁니다. 여자는 벌을 받고, 그렇게 벌을 받게 함으로써 난 내 나름대로 복수를 하는 거지요. 어쩔 수 없는 일!"

사내는 발을 구르고 주먹으로 책상을 내리치면서 저주를 퍼붓더니 그래도 분이 안 풀리는지 천박한 성격을 여과 없이 드러내며 오렐리를 향해 욕설을 내뱉었다.

"저 여자를 한번 보십시오, 브레작! 저 모습이 어디 내게 용서를 구하는 사람의 태도입니까? 당신이 머리를 조아린다 한들, 저 여자가 눈 하나 깜짝 할 것 같습니까? 저 여자가 어떻게 저토록 입을 굳게 다물고 끈질기게 고집을 피울 수 있는지, 그 이유를 알고나 있습니까? 여전히 희망을 품고 있기 때문입니다, 브레작! 네, 틀림없이 저 여자는 기다리고 있습니다. 내 손아귀에서 세 번이나 자신을 구해준 그놈이 또다시 나타나 자신을 도와주리라 믿고 있다, 이 말입니다."

오렐리는 꼼짝도 하지 않았다.

마레스칼은 갑자기 수화기를 집어 들더니 교환원에게 경찰청과 연결시켜달라고 부탁했다.

"여보세요, 경찰청입니까? 필리프 씨에게 마레스칼이 지금 당장 통화하고 싶어 한다고 전해주십시오."

그러고는 여자 쪽으로 몸을 돌려 보조 수화기를 여자 귀에 바짝 갖다 댔다.

"필리프, 자넨가?"

"마레스칼?"

"그래, 나일세, 잘 듣게. 지금 내 옆에 누가 있는데 그 사람한 테 확인시켜줄 게 있어서 전화했네. 그러니 내 질문에 정확하게 대답해주게."

"말해보게."

"오늘 정오에 어디 있었나?"

"자네가 부탁한 대로 유치장에 있었지. 라봉스와 토니가 끌고 온 용의자를 넘겨받느라고 말일세."

"그자를 어디서 잡아들였지?"

"그자가 거주하던 쿠르셀가의 아파트, 다시 말해 브레작이 살고 있는 저택 맞은편 건물에서 잡아들였네."

"죄수 명부에 기입은 했겠지?"

"내가 보는 앞에서 기입했다네."

"그자의 이름이 뭐던가?"

"리메지 남작."

"죄목은?"

"급행열차 사건을 저지른 강도단의 두목."

"오늘 아침 이후로 그자를 본 적 있나?"

"당연하지. 방금 인체 측정실에서 봤다네. 아마도 아직 그곳에 있을걸."

"고맙네, 필리프. 그게 내가 묻고 싶었던 전부라네. 그럼 이만 끊겠네."

마레스칼은 수화기를 내려놓고 소리쳤다.

"자! 우리 귀여운 오렐리, 이게 현실이야. 당신의 구원자는 감옥에 갇혀 있는 신세라고!"

여자는 당당히 응수했다.

"알고 있어요."

마레스칼은 웃음을 터트렸다.

"알고 있다고! 그런데도 기다린단 말이야! 아! 정말 우습군! 경찰과 사법 당국이 그자를 철통같이 감시하고 있어! 누더기나 지푸라기, 비누 거품과 다를 바 없는 처지라고. 그런데도 기다리시겠다! 감방 벽이 무너질 건가 보지! 교도관들이 그자 앞에 자동차를 대령할 건가 봐! 그렇고말고! 이제 곧 굴뚝을 통해, 아니 아예 천장을 뚫고 들어올 거야!"

사내는 이제 자제력을 잃고 흥분해서 무표정하고 무덤덤한 여자의 어깨를 움켜잡고 거칠게 흔들어댔다.

"아무 일도 일어나지 않아, 오렐리! 더 이상 희망이 없다고! 네 구원자는 끝장났어. 그 남작이란 자는 감방에 갇혀 있단 말이야! 한 시간 후에는 바로 네 차례야, 우리 귀여운 아가씨! 머리카락이 싹둑 잘리겠지! 그리고 생 라자르로 이송될 거야! 그

후에는 중죄 재판소로! 아! 이 앙큼한 것! 그동안 그 초록 눈동자 때문에 난 충분히 울었어. 이제는 네 차례라고….”

마레스칼은 더 이상 말을 잇지 못했다. 뒤에 서 있던 브레작이 두 손으로 마레스칼의 목을 덥석 움켜잡았던 것이다. 충동적으로 감행한 행동이었다. 마레스칼이 여자의 어깨를 거칠게 붙잡았을 때부터 이미 브레작은 욱하는 심정으로 상대에게 슬며시 다가갔던 것이다. 마레스칼은 갑작스런 공격에 휘청댔고, 이내 두 남자 모두 바닥에 쓰러져 거칠게 나뒹굴기 시작했다.

치열한 몸싸움이 이어졌다. 두 남자는 증오 섞인 경쟁 관계로 가열된 분노를 가차 없이 서로에게 분출하고 있었다. 마레스칼이 더 맹렬한 기세에다 힘도 셌지만 브레작 역시 분기탱천한 상태여서 결과가 어떻게 날지는 미지수였다.

오렐리는 질겁한 표정으로 그 광경을 바라보았다. 하지만 조금도 나설 생각이 없어 보였다. 하긴 두 남자 모두 그녀에게는 끔찍한 적일 뿐이니.

마침내 마레스칼은 자신의 목을 조르고 있는 상대의 팔을 거칠게 흔들어 뿌리쳐낸 다음, 주머니에 있는 브라우닝 권총을 꺼내려 했다. 하지만 상대가 팔을 비틀어대는 바람에 시계 줄에 매달려 있는 호각만 간신히 움켜쥘 수 있었다. 날카로운 소리가 울려 퍼졌다. 브레작은 또다시 적의 목을 움켜쥐려고 안간힘을 썼다. 이윽고 누군가 방 안으로 부리나케 뛰어 들어와 두 사람에게 달려들었다. 마레스칼은 곧바로 풀려났고, 브레작은 코앞 10센티미터에서 자신을 겨누고 있는 총구를 맥없이 바라보아야 했다.

마레스칼이 소리쳤다.

"잘했네, 소비누! 대가는 섭섭지 않게 받을 걸세, 친구."

그러고는 화가 어찌나 치솟았는지 브레작의 얼굴에 비겁하게 침까지 내뱉었다.

"나쁜 자식! 도둑놈! 그렇게 쉽게 빠져나갈 수 있으리라 생각했나? 우선 널 쫓아낼 거야…. 장관님도 네 사직을 요청하셨어…. 이미 내 주머니에는 네놈의 사직서가 들어 있어. 그러니 넌 서명만 하면 돼."

그러고는 종이를 꺼내 보이며 말했다.

"네 사직서와 오렐리의 진술서다. 이미 내가 다 작성해놓았지…. 자, 이제 여기에다 서명해, 오렐리…. 자, 우선 읽어봐…. '본인은 지난 4월 26일 급행열차 살인 사건에 가담한 사실과 루보 형제를 총으로 살해한 사실을 자백함. 또한….' 뭐, 네가 저지른 일들을 요약해놓은 것이니… 읽어볼 필요도 없겠지…. 어서 서명해…! 시간 낭비하지 말고!"

마레스칼은 펜대를 잉크에 담근 뒤 억지로 여자의 손에 쥐여주었다.

여자는 천천히 수사과장의 손을 치우고 나서 펜대를 잡고는 종이에 적힌 내용을 읽지도 않은 채 마레스칼이 시키는 대로 서명을 하기 시작했다. 필체는 정갈했고, 손조차 떨지 않았다.

마레스칼은 기쁨의 숨을 내쉬었다.

"아! 이제 됐군! 이렇게 일이 술술 풀릴 줄은 몰랐는데 말이야. 잘했어, 오렐리. 이제 상황이 이해가 가는 모양이군. 그리고 브레작, 당신도!"

브레작은 고개를 저으며 거부했다.

"뭐야! 거부하겠다는 뜻인가? 이 양반이 아직도 자기 자리를 꿰차고 있을 생각인가봐? 왜, 승진이라도 하시지? 살인범의 의붓아버지인데 승진이라? 아! 정말 멋지군! 계속 이 마레스칼에게 명령을 내리시겠다? 하, 아주 웃기는 친구로군. 이 정도 추문으로는 자네를 내쫓을 수 없을 거라 생각하는 건가? 내일이면 당신 딸내미의 체포 소식이 신문을 통해 세간에 퍼질 테고, 그러면 자네는 어쩔 수 없이…."

브레작은 마레스칼이 내민 펜대를 천천히 쥐었다. 그리고 사직서를 읽더니 머뭇거렸다.

오렐리가 말했다.

"서명하세요."

브레작은 결국 서명을 했다.

마레스칼은 종이 두 장을 주머니에 챙겨 넣으며 말했다.

"됐어, 드디어 진술서와 사직서를 모두 받아냈군. 내 직속상관이 추락했으니 이제 공석이 생기겠지. 그럼 그 자리는 당연히 내 차지가 될 테고! 게다가 저 예쁜 아가씨까지 감옥에 갇히면 사랑으로 상처 난 내 마음도 서서히 치유될 거야."

마레스칼은 이렇게 중얼거리며 추잡한 자신의 속내를 적나라하게 드러냈다. 그리고 잔인한 웃음을 터트리며 덧붙였다.

"하지만 이게 다가 아니야, 브레작. 난 한 번 시작하면 끝장을 봐야 하는 성격이거든."

브레작이 쓴웃음을 지으며 말했다.

"여기서 더 멀리 가겠다고? 과연 그럴 필요가 있을까?"

"당연히 더 멀리 갈 생각이네, 브레작. 사실 당신 딸내미가 저지른 범죄 사실을 밝힌 것만도 완벽한 성과라 평할 수 있지. 하지만 여기서 멈출 수야 있나?"

그렇게 말하고 나서 마레스칼은 상대의 두 눈을 뚫어져라 쳐다보았다. 기가 눌린 브레작은 나지막이 중얼거렸다.

"대체 무슨 말을 하려는 건가?"

"당신도 잘 알고 있을 텐데. 만약 정말로 몰랐다거나 내가 알고 있는 내용이 사실이 아니라면 당신은 절대 사직서에 서명을 하지 않았을 거야. 내가 이렇게 이죽거리게 내버려 두지도 않았을 테고. 고로 자네의 사표는 자백을 의미해⋯. 내가 반말을 해도 가만히 있는 건 당신한테 뭔가 켕기는 게 있다는 뜻 아니겠나, 브레작?"

브레작은 발끈했다.

"난 아무것도 켕기는 게 없어. 저 가엾은 것이 잠시 광기에 휩싸여 저지른 죄의 대가를 대신 치르려는 것뿐이라고."

"당신이 저지른 죗값도, 브레작."

"아니, 난 아무런 죄도 저지르지 않았어."

마레스칼은 목소리를 내리깔며 말을 이었다.

"이번 사건이 아니더라도 과거의 일이 있지 않나. 최근 벌어진 일에 대해서는 더 이상 얘기하지 말자고. 하지만 예전 일은 어떤가, 브레작?"

"예전 일이라고? 내가 무슨 범죄라도 저질렀다는 건가? 대체 무슨 뜻인가⋯?"

마레스칼은 또다시 주먹으로 책상을 내리쳤다. 결정적인 말을 하거나 분노를 터트릴 때마다 그는 늘 이런 행동을 하곤 했다.

"설명을 해달라고? 그건 내가 해야 할 말 같은데? 일요일 아침마다 왜 센 강변을 돌아다닌 거지…? 방치된 별장을 숨어서 지켜본 이유는 대체 뭣 때문이고…? 자루를 든 사내는 왜 또 쫓아간 거지? 아! 그 별장은 당신 딸이 죽인 두 형제의 소유이며 자루를 든 사내는 지금 내가 백방으로 찾고 있는 조도라는 사실을 상기시켜줘야 하나? 조도, 두 형제의 동업자… 내가 이 집에서 만났던 남자… 아귀가 착착 맞아떨어지지…. 이 모든 음모가 긴밀히 연관돼 있다고…!"

브레작은 어깨를 으쓱해 보이고 중얼거렸다.

"터무니없는 소리…. 어리석은 추측일 뿐이야…."

"추측이라고? 그래, 맞는 말이야. 내가 예전에 이곳에 왔을 때부터 뭔가 직감적으로 느껴지는 게 있었어. 마치 훌륭한 사냥개가 냄새를 맡듯 당신의 언행에서 당혹감과 주저함, 막연한 공포 등을 감지했지…. 그런데 얼마 전부터 그 추측이 점점 구체화되더군…. 그리고 이제 우리가 그 추측을 확실한 사실로 바꾸자, 이 말일세. 그래, 당신과 내가 말이야…. 당신으로서는 더 이상 피할 방도가 없어…. 부인할 수 없는 증거, 자백, 그게 바로 당신이 자신도 모르게 뱉어낼 것들이지, 브레작…. 이 자리에서… 지금 당장…."

마레스칼은 가져온 상자를 벽난로 위에 올려놓고 끈을 풀었다. 그리고 밀짚에 싸인 병을 꺼내 브레작 앞에 내려놓았다.

"자, 친구, 이 병을 알아보겠지? 당신이 조도한테서 훔친 뒤

내가 되찾았고, 어떤 놈이 또다시 내게서 가로챘던 그 병이야. 그놈이 누구냐고? 그야 당연히 리메지 남작이지. 내가 좀 전에 놈의 집에서 이 병을 찾아냈어. 하! 내가 얼마나 기뻤을지 상상이 가나? 이 병은 보물이나 다름없다고. 자, 여길 봐, 브레작, 라벨이 붙어 있고 이런저런 성분이 표시되어 있지… 청춘의 물을 이루는 성분이야. 자, 이것 보라고, 브레작! 리메지가 마개로 막아놓고 붉은 밀랍으로 봉해놓았어. 자세히 들여다봐… 둘둘 말린 종이가 보이나. 틀림없이 당신이 조도에게서 되찾으려 했던 종이일 거야. 일종의 자백서겠지… 자네 필체가 적힌 명백한 증거물… 아! 이 불쌍한 양반…!"

승리감에 도취한 마레스칼은 밀랍을 뜯어내고 병마개를 열면서 감탄사와 함께 되는대로 이런저런 말을 내뱉기 시작했다.

"세상에서 가장 유명한 마레스칼…! 급행열차 살인 사건의 진범들을 체포했어…! 브레작의 과거도 파헤쳤고…! 이제 조사와 중죄 재판이 본격적으로 벌어지면 사람들을 깜짝 놀라게 할 일만 남은 셈이야…! 소비누, 저 귀여운 아가씨를 위한 수갑은 챙겨 왔겠지? 이제 라봉스와 토니를 부르게…. 아! 내가 이겼어…. 그것도 완승이야…."

그렇게 말하고 병을 뒤집자 종이가 빠져나왔다. 마레스칼은 얼른 종이를 펼쳐보았다. 달리기 선수가 속도를 못 이기고 결승선을 지나쳐 계속 달리듯 흥분해서 지껄이던 마레스칼은 아무 생각 없이 종이에 적힌 글자 그대로를 소리 내어 읽었다.

"마레스칼은 멍텅구리."

10
행동만큼 가치 있는 말

황당무계한 문장이 남긴 충격으로 방 안에는 멍한 침묵이 흘렀다. 마레스칼은 배를 정통으로 얻어맞아 쓰러지기 직전인 권투 선수처럼 얼이 빠진 모습이었다. 소비누의 총구 앞에 놓인 브레작 역시 어안이 벙벙한 표정이었다.

그런데 갑자기 웃음소리가 터져 나왔다. 신경질적이고 발작적인 웃음소리였지만, 어쨌든 무거운 공기를 뚫고 유쾌하게 울려 퍼지는 소리였다. 다름 아닌 오렐리가 넋 나간 마레스칼의 표정을 보고 정말이지 시의적절하지 않게 폭소를 터트리고 만 것이다. 무엇보다 조롱을 당하는 당사자가 당당하게 큰 소리로 그 익살스러운 문장을 읽었다는 사실이 눈물까지 날 정도로 우스운 모양이었다. '마레스칼은 멍텅구리!'라니….

마레스칼은 초조한 표정을 감추지 않은 채 여자를 처다보았다. 적의 발톱 아래에 놓인 것이나 다름없는 끔찍한 상황이건만 공포에 질려 헐떡대기는커녕 어떻게 자신 앞에서 저토록 발작적인 폭소를 터트릴 수 있단 말인가?

사내는 마치 이런 생각을 하고 있는 듯했다.

'상황이 변한 건가? 도대체 뭐가 어떻게 된 거지?'

사내는 이 느닷없는 웃음과 전투 초반부터 묘하게 침착했던 여자의 태도를 연결시켜가며 무언가를 추측해내려 했다. 무엇을 믿고 저러는 것일까? 여러 정황상 무릎을 꿇을 수밖에 없는 상황인데, 이런 상황 속에서도 뭔가 단단히 믿는 구석이 있단 말인가?

모든 상황이 불쾌하게 느껴졌고, 어딘가에 교묘하게 함정이 놓여 있는 듯했다. 이 집 안에 위험이 도사리고 있는 것이 분명했다. 하지만 과연 어디에서 위험이 다가오고 있단 말인가? 철저히 사전 조치를 취해놓았는데 무슨 수로 공격이 일어날 수 있단 말인가?

마레스칼은 소비누에게 명령을 내렸다.

"브레작이 움직이면 어쩔 수 없지⋯. 머리에 가차 없이 총알을 날리게."

그리고는 몇 발짝 걸어가 문을 열었다.

"아래층에는 별일 없나?"

"네? 수사과장님?"

마레스칼은 층계 난간에 기대 허리를 숙이며 소리쳤다.

"토니⋯? 라봉스⋯? 아무도 안 들어왔나?"

"아무도 안 들어왔습니다, 과장님. 그런데 위층에 무슨 일이 있는 겁니까?"

"아니⋯ 아닐세⋯."

점점 더 알 수 없는 불안감에 휩싸인 채 마레스칼은 서둘러 서재로 돌아왔다. 브레작과 오렐리, 소비누는 아까 그 자리에서 꼼짝도 하지 않고 있었다.

다만… 다만 믿을 수 없고, 상상조차 할 수 없는 놀라운 일이 벌어져, 마레스칼은 마치 다리가 굳어버린 듯 문지방에 서서 옴짝달싹할 수 없었다. 소비누가 입술에 담배를 물고 불을 빌리려는 사람처럼 자신을 쳐다보고 있는 것이 아닌가.

정말이지 현실과 너무나 동떨어진 악몽 같은 광경이어서 마레스칼은 처음에는 이 상황에 아무런 의미도 부여하지 않으려 했다. 소비누는 잠시 이성을 잃어 때와 장소를 가리지 못하고 담배를 피우려 한 것뿐이고, 그래서 불을 빌리려는 것뿐, 그 이상도 그 이하도 아니다. 뭣하러 더 깊이 생각한단 말인가? 하지만 아무리 부인하려 해도, 소비누의 얼굴에는 서서히 장난기와 기분 나쁜 친절함이 배인 야릇한 미소가 번지고 있었다. 소비누, 자신의 부하 직원인 소비누가 더 이상 경찰이 아닌 반대 진영에 속한 완전히 다른 인물로 조금씩 변해가는 느낌이었다. 소비누는 바로….

평소 같았으면 마레스칼은 이처럼 기괴한 현실의 공격에 더욱더 맹렬히 몸부림쳤을 것이다. 하지만 자신이 급행열차의 사나이라고 칭하는 그자와 관련된 일이라면 제아무리 황당무계한 사건이라도 자연스러운 일처럼 받아들여졌다. 정말이지 인정하고 싶지 않았지만, 너무나도 끔찍한 현실에 굴복하고 싶지도 않았지만, 이토록 명백한 사실을 무슨 수로 회피할 수 있겠는가? 내무부 장관이 일주일 전 자신에게 추천한 뛰어난 경찰 소비누가, 다름 아닌 오늘 아침에 자신이 체포한 악마 같은 그자, **현재 마땅히 유치장 내 인체 측정실에 있어야 할 그자**라는 사실을 어떻게 부인할 수 있겠는가 말이다!

마레스칼은 다시 문밖으로 나가 소리쳤다.

"토니! 토니! 라봉스! 당장 올라와, 이런 젠장!"

그는 유리창과 맞닥뜨린 한 마리 벌처럼 계단 난간에 부딪치고 날뛰면서 고래고래 소리를 질렀다.

부하들이 서둘러 달려오자 마레스칼은 더듬거리며 말했다.

"소비누… 자네들 소비누가 누군지 아나? 오늘 아침 붙잡힌 그놈이야… 놈이 탈출을 하고 분장을 한 채 내 앞에 나타났다고…."

토니와 라봉스는 얼빠진 표정이었다.

상관은 미친 듯 날뛰며 부하들을 방으로 밀어 넣고 권총을 꺼내 들었다.

"손들어, 이 강도 자식! 라봉스, 자네도 저놈을 당장 겨냥하게."

소비누는 아랑곳하지 않고 책상에 조그만 손거울을 올려놓은 뒤 정성스레 분장을 지우기 시작했다. 심지어 몇 분 전만 해도 브레작에게 겨누었던 브라우닝 권총까지 옆에 살포시 내려놓는 여유까지 부렸다.

마레스칼은 당장 달려가 권총을 집어 든 뒤 양팔을 내뻗으며 후다닥 뒷걸음질 쳤다.

"손들어, 안 그러면 쏜다! 알아들었나, 이 '불한당' 같은 놈?"

하지만 정작 불한당은 전혀 움츠러들지 않는 모습이었다. 겨우 3미터 떨어진 곳에서 자신을 겨누고 있는 브라우닝 권총을 앞에 두고 태연히 턱을 덥수룩하게 감싸고 있는 수염과 비정상적으로 두꺼운 눈썹을 천천히 떼어내고 있었다.

"쏜다! 정말로 쏜다니까! 내 말 들리나, 이 너절한 놈! 셋까지 세고 발포한다! 하나… 둘… 셋!"

소비누는 나지막한 목소리로 중얼거렸다.

"어리석은 짓이야, 로돌프."

로돌프는 기어코 어리석은 짓을 저질렀다. 이성을 잃어버린 그는 마치 헐떡거리며 죽어가는 상대에게 끊임없이 칼을 찔러대는 피 냄새에 취한 살인마처럼 벽난로와 책상을 향해 되는대로 양손에 쥔 총을 쏘아댔다. 브레작은 총알을 피해 몸을 숙였다. 하지만 오렐리는 꼼짝도 하지 않았다. 자신의 구원자가 자신을 보호하지 않고 적의 행동을 가만히 방치하는 것으로 보아 조금도 걱정할 상황은 아닌 듯했다. 그 신뢰가 어찌나 절대적이었던지 입가에는 희미한 미소까지 번지고 있었다. 소비누가 기름을 묻힌 손수건으로 화장을 지워내자 라울의 모습이 서서히 드러났다.

여섯 발의 총성이 울려 퍼졌다. 총구에서 연기가 피어올랐다. 깨진 유리창, 부서진 대리석, 구멍 뚫린 액자… 정말이지 방 안이 일순간에 쑥대밭이 되어버렸다. 문득 미친 듯 날뛴 자신의 행동이 부끄러워진 마레스칼은 애써 감정을 추스르고 두 부하에게 지시를 내렸다.

"내려가 있게. 부르는 즉시 달려오도록."

"저기요, 과장님. 소비누는 더 이상 소비누가 아니니 저자를 묶어두는 게 좋을 것 같습니다. 어쩐지 지난주에 과장님이 저자를 고용했을 때부터 전 쭉 마음에 안 들더라고요. 어떻습니까? 우리 세 사람이 한꺼번에 달려들어 저놈을 체포하죠?"

저 기괴한 사내를 상대하려면 세 사람도 부족하다는 사실을 직감한 마레스칼은 차갑게 내뱉었다.

"그냥 시키는 대로 하게."

변장을 모두 지운 소비누는 웃옷을 갖춰 입고, 넥타이를 매만지며 자리에서 일어났다. 정말이지 아까와는 완전히 다른 사람이었다. 허약하고 초라해 보이던 경찰관이 우아하게 차려입은 당당한 청년으로 변해 있었다. 다시 말해 마레스칼을 끈질기게 괴롭히던 그 사내가 돼 있었던 것이다.

마침내 라울이 입을 뗐다.

"안녕하십니까, 아가씨. 내 소개를 해도 될까요? 리메지 남작이고, 탐험가이며… 일주일 전부터는 경찰이기도 합니다. 바로 날 알아보신 거죠? 네, 나도 현관에 들어설 때부터 이미 그 사실을 눈치채고 있었습니다. 아무 말씀하지 마십시오, 그저 계속 웃어주십시오, 아가씨! 아까 웃으셨을 때 그 웃음소리가 어찌나 듣기 좋던지! 지난 수고로움이 단번에 보상되더군요!"

그러고는 브레작에게도 인사를 건넸다.

"도울 일이 있으면 언제라도 불러만 주십시오, 선생."

그리고 마침내 마레스칼을 향해 몸을 틀고는 유쾌하게 말을 건넸다.

"안녕하신가, 내 친구. 그런데 자네 말이야, 어떻게 된 게 자네는 날 전혀 못 알아보더군! 아직도 소비누 대신 어떻게 내가 이 자리에 있는지 이해가 안 간다는 표정인데. 하긴 소비누를 철석같이 믿었으니까! 오, 맙소사! 경찰계의 거물이라는 자가 소비누라는 존재를 믿다니! 이봐, 로돌프, 이 딱한 친구야. 소비누는 존재하지 않아. 소비누는 한낱 허깨비일 뿐이라고. 누군가가 장관에게 아주 훌륭한 경찰이라고 슬쩍 소개한 뒤 장관 부인까지 가세해 자네에게 협력자로 붙여준 허구의 인물이란 말일세. 그렇게 해서 열흘 전부터 난 자네를 도왔지. 다시 말해 자네를 옳은 길로 인도했다, 이 말씀이야. 리메지 남작의 거처를 알려주고, 오늘 아침에는 나를 체포하도록 부추긴 다음, 내가 직접 미리 숨겨둔 유리병을 내 거처에서 찾아냈지. '마레스칼은 멍텅구리'라는 절대적인 진실이 담긴 그 굉장한 병을 말일세."

수사과장은 당장이라도 달려들어 라울의 목을 움켜잡을 기세였다. 하지만 이내 분노를 억눌렀다. 라울은 오렐리에게는 위안이 되고 마레스칼에게는 채찍 같은 그 익살스러운 어조로 이야기를 이어갔다.

"이런, 심기가 언짢은 표정인데, 로돌프? 뭐 거슬리는 거라도 있나? 혹시 내가 감방이 아니라 여기 있는 게 마땅찮은 건가? 어떻게 내가 교도소에 수감된 동시에 소비누로서 자네 곁에 있을 수 있었던 건지 궁금한 거야? 이런, 순진하기는! 자질이 부족한 수사관이로구만! 이것 봐, 로돌프, 이 친구야, 이건 너무나도 간단한 문제야! 내 거처에 쳐들어가게 부추긴 사람이 바로 나란 말일세. 그러니 이 몸이 미리 리메지 남작이랑 최대한 비슷하게 생긴 사람을 매수해 바꿔치기를 해놓은 거지. 오늘 하루 동안 벌어질 수 있는 이런저런 불쾌한 일을 감내한다는 조건으로 후한 대가를 지불하고 말일세. 내 늙은 하녀의 안내에 따라 그 친구가 있는 곳에 도착하자마자 자네는 마치 황소처럼 달려들더군. 그리고 나, 소비누는 얼른 그 친구의 얼굴부터 머플러로 덮어씌웠고, 그리고 유치장으로 직행! 그 후의 이야기는 이렇다네. 그 가공할 적, 리메지를 제거했으니 자네는 마음을 푹 놓고 여기 이 아가씨를 체포하러 달려왔어. 내가 자유의 몸인 줄 알았다면 자네가 감히 시도하지 못했을 일이지. **하지만 반드시 일어나야 할 일이었네.** 내 말 알아듣겠나, 로돌프, 반드시 거쳐야 할 일이었다고. 우리 네 사람이 이렇게 오붓하게 이야기를 나눌 시간이 필요했다, 이 말일세. 더 이상 제자리에서 허둥대지 않기 위해서라도 모든 것을 한 번 정리해야 하지 않겠나. 그리고 실제로 마침내 정리됐고. 아, 이 얼마나 개운해! 지긋지긋한 악몽에서 벗어난 기분이구만! 자네에게도 무척 기분 좋은 일이야. 이 아가씨와 내가 10분 내로 자네 곁을 훨훨 떠나 줄 테니 말일세."

참기 힘든 조롱을 당하면서도 마레스칼은 점차 냉정을 되찾아갔다. 그는 상대만큼 침착해 보이려고 무심한 몸짓으로 천천히 수화기를 집어 들었다.

"여보세요…. 경찰청 부탁합니다…. 여보세요…. 경찰청입니까…? 필리프 씨 좀 바꿔주십시오…. 여보세요…. 자넨가, 필리프…? 어, 그래…? 아, 벌써! 실수가 있었다는 사실을 알아챘단 말이지? 그래, 나도 알고 있네. 자네가 상상하는 것 이상으로 자세히 알고 있지… 잘 듣게…. 자전거 경찰대원 두 명을 데리고 오게…. 젠장, 브레작의 집으로 달려오란 말이야…. 도착하면 초인종을 누르고… 알아들었나? 단 1초도 지체해선 안 돼."

마레스칼은 수화기를 내려놓고 라울을 쳐다보았다. 그리고 이번에는 자신이 빈정거릴 차례라는 듯 우쭐대는 태도로 이죽 거리기 시작했다.

"애송이, 자네는 너무 일찍 정체가 발각됐어. 공격은 실패로 돌아갔고… 이제 반격이 기다리고 있네. 층계참에는 라봉스와 토니가 있어. 여기에는 이 마레스칼과 브레작이 있고, 사실 브 레작, 이 양반도 자네와 한편이 돼봤자 전혀 이로울 게 없는 상 황이거든. 오렐리를 구하겠다는 망상을 아직도 품고 있다면 이상이 자네가 일차적으로 넘어야 할 장애물인 셈이지. 그리 고 20분 내로 경찰청에서 보낸 전문 인력 세 명이 도착할 테고, 자, 이만하면 충분한가?"

라울은 진지한 표정으로 정신을 집중한 채 책상에 파인 가느 다란 홈에 성냥개비를 세우고 있었다. 우선 성냥개비 일곱 개 를 나란히 세워놓은 뒤, 하나는 따로 떨어뜨려놓았다.

"이런, 7 대 1이라… 좀 초라한데. 그 인원으로 뭘 어쩌려 고?"

라울은 짐짓 조심스러운 태도로 수화기를 향해 팔을 내뻗었다.

"전화 좀 써도 되겠나?"

마레스칼은 경계심을 풀지 않은 채 상대가 전화기를 쓰도록 내버려 두었다. 이번에는 라울이 수화기를 집어 들었다.

"여보세요…. 엘리제궁… 2223번 좀 부탁드립니다, 아가 씨…. 아, 여보세요…, 대통령 각하십니까? 각하, 여기 마레스칼 씨에게 보병 한 대대를 급파해주십시오…."

화가 머리끝까지 치민 마레스칼은 수화기를 잽싸게 빼앗

왔다.

"바보 같은 짓거리 좀 그만둘 수 없나? 이런 시시한 장난이나 치려고 여기 온 건 아닐 텐데. 자네의 속셈이 뭔가? 대체 원하는 게 뭐야?"

라울은 못내 아쉽다는 몸짓을 하며 말했다.

"농담을 전혀 이해 못 하시는군. 지금 아니면 언제 또 우리가 이렇게 웃고 장난 칠 수 있겠나."

수사과장이 재촉했다.

"어서 할 말이나 해봐."

오렐리도 애원하듯 말했다.

"제발요…."

라울은 미소를 지으며 말했다.

"아가씨, '경찰청 녀석'들이 온다니 두려우신 모양이군요. 그자들을 바람맞히자는 얘기 같은데, 네, 지당하신 말씀입니다. 그럼 얼른 이야기를 시작하죠."

라울은 한결 진지해진 어조로 이야기를 꺼냈다.

"그래, 이야기를 시작하지. 자네가 그렇게 집착을 보이니까, 마레스칼. 게다가 말을 한다는 건 행동을 하는 것과 진배없다네. 적절한 말을 통해 구체적인 현실을 표현하는 것만큼 가치 있는 일은 없거든. 내가 지금 상황을 통제하고 있는 건 사실이지만 왜 그런지는 여전히 베일에 싸여 있지. 하지만 내 승리에 쐐기를 박으려면 이쯤에서 그 비밀을 밝혀야겠어. 그리고… 자네를 설득하기 위해서라도 말이야."

"무엇을 설득한다는 말인가?"

라울은 명료하게 대답했다.

"이 아가씨의 무죄 말일세."

마레스칼은 비웃음을 날렸다.

"하! 아! 그러니까 이 여자가 살인범이 아니라고?"

"그렇다네."

"자네도 범인이 아니고?"

"물론이지."

"그럼 누가 범인인가?"

"우리 말고 다른 사람"

"거짓말!"

"사실이네. 마레스칼, 자네는 처음부터 끝까지 완전히 잘못 짚고 있었던 거야. 몬테카를로에서 자네에게 했던 얘기를 이 자리에서 또다시 해주지. 나는 이 아가씨에 대해 아는 바가 거의 없네. 보쿠르 역에서 저 아가씨를 구하기 전만 해도 그날 오후 오스만 대로에서 딱 한 번 마주쳤을 뿐이야. 비로소 처음으로 얼굴을 마주하고 얘기를 나눴던 건 생트 마리에서였지. 하지만 그때도 저 아가씨는 급행열차 살인 사건에 관한 얘기는 회피했기에 나도 그와 관련된 질문은 절대 하지 않았어. 결국 진실은 그녀의 입이 아니라 내 끈질긴 노력, 추론적 사고만큼이나 틀림없는 내 직감적 확신을 통해 서서히 드러나기 시작했지. 저런 순수한 얼굴을 가진 여자는 살인범일 수 없다는 확신 말일세."

마레스칼은 어깨를 으쓱해 보일 뿐 아무런 대꾸도 하지 않았다. 하지만 어쨌든 이 괴상한 인간이 이 사건을 어떻게 해석했는지 자못 궁금한 표정이었다.

그는 시계를 쳐다보고 빙그레 미소를 지었다. 필리프와 '경찰청 녀석'들이 거의 도착할 시간이었다.

한편 영문도 모른 채 멀뚱히 이야기를 듣고 있던 브레작은 라울을 물끄러미 쳐다보았다.

불현듯 불안감에 휩싸인 오렐리는 그에게서 눈을 떼지 않았다.

라울은 무의식적으로 마레스칼이 사용했던 단어를 그대로 써가며 이야기를 풀기 시작했다.

"그러니까 지난 4월 26일, 마르세유행 급행열차의 5번 차량 안에는 단 네 사람만 타고 있었지. 영국 여자인 미스 베이크필드와….."

여기까지 말하고 문득 말을 멈추더니 잠시 생각에 잠긴 후 단호한 어조로 다시 말했다.

"아니지, 이런 식으로 얘기할 게 아니지. 더 과거로 거슬러 올라가 이 사건의 시초부터 차근차근 이야기를 풀어가야겠어. 말하자면 이 사건이 벌어진 각기 다른 두 시대부터 말이야. 나도 세세한 이야기까지 전부 아는 건 아닐세. 그래도 내가 알고 있고 또 확신하는 사실만으로도 모든 것을 명확히 밝히고 사건의 아귀를 맞추는 데는 전혀 문제가 없다네."

그러고 나서 천천히 이야기를 이어나갔다.

"지금으로부터 18년 전(마레스칼, 반복하겠네, 무려 18년 전이네. 다시 말해 이 사건의 제1막이 펼쳐진 시대인 셈이지) 셰르부르에 있는 한 카페에서 해양부 서기관인 브레작과 자크 앙시벨, 루보, 그리고 조도라는 네 청년이 정기적으로 모임을 가졌어.

이들의 관계는 피상적이었으며 오래 지속되지도 못했지. 뒤에 언급된 세 사람은 사법 당국과 대립하는 처지인 데 반해, 첫 번째로 언급된 인물, 다시 말해 브레작은 공무원 신분이었기에 네 사람은 자주 만나기가 껄끄러웠던 거지. 게다가 브레작은 결혼을 해서 파리로 이사를 갔거든. 브레작은 어느 과부와 결혼했는데 그 여자에게는 오렐리 다스퇴라는 어린 딸이 있었네. 그리고 그 여자의 아버지는 에티엔 다스퇴라는 시골 출신 발명가였는데 항상 새로운 무언가를 찾아 헤맸으며 수차례 막대한 부를 거머쥐거나 그런 부에 다가갈 수 있는 엄청난 비밀을 밝힐 뻔한 인물이었지. 그런데 딸이 브레작과 재혼하기 얼마 전에 마침내 신비로운 비밀 하나를 밝혀낸 모양이야. 적어도 그 양반이 자기 딸에게 보낸 편지 안에는 그런 주장이 담겨 있었네. 물론 브레작과는 상관없는 일이었지. 아버지가 딸에게, 비밀을 밝힌 것을 증명할 테니 손녀와 함께 자신을 만나러 오라고 편지를 보낸 거였으니까. 그래서 모녀는 은밀히 여행을 떠났지. 하지만 불행히도 브레작은 여기 우리 아가씨가 생각하는 것처럼 나중이 아니라 이미 그때 그 모든 사실을 눈치채고 있었네. 그래서 자기 부인에게 물어봤지. 부인은 자기 아버지에게 약속한 대로 핵심적인 사항이나 방문했던 장소는 밝히지 않았어. 그래도 브레작은 부인이 대화 도중 흘린 몇 가지 단서를 통해 장인이 어딘가에 보물을 숨겨놓았다는 사실을 간파했지. 그곳이 어디일까? 왜 지금 당장 그 보물이 안겨줄 윤택함을 누리지 않는 것일까? 그때부터 부부 관계는 악화 일로로 치달았네. 브레작의 히스테리가 나날이 심해졌거든. 장인을 귀찮게 졸랐고 의붓딸에게 끊임없이 질문 공세를 펼쳤으며 부인을 괴롭히고 협박했지. 한마디로 위태위태한 나날의 연속이었어. 그러던 중 두 가지 사건이 연이어 일어나면서 브레작의 분노는 극에 달하게 되지. 아내가 늑막염으로 사망한 데 이어 장인 역시 중병에 걸린 시한부 환자란 사실을 알게 된 거야. 브레작에게는 섬뜩한 상황이 아닐 수 없었지. 에티엔 다스퇴가 끝까지 입을 다물면 그 비밀은 과연 어떻게 되는 것일까? 그 양반이 손녀인 오렐리에게 '성년의 날 선물'로(편지에 그런 표현이 적혀 있었거든) 그 보물을 넘겨준다면? 그럼, 뭐야, 결국 자신은 아무것도 얻는 게 없는 거잖아? 엄청난 액수일 게 뻔한 그 모든 재산이 자신과 상관없는 그림의 떡인 거잖아? 그러니 브레작은 어떤 대가를 치르더라도, 무슨 수단을 동원해서라도 그 비밀을 알아내야만 했지. 그런데 어두운 운명의 힘이 그 수단을 가져다주었네. 도난 사건의 용의자를 추적하던 중 브레작은 세르부르에서 만났던 자신의 옛 동료, 다시 말해 조도, 루보, 앙시벨을 붙잡은 거야. 브레작에게는 정말이지 강렬한 유혹인 셈이었지. 결국 그는 유혹에 넘어가 은밀한 거래를 제안했어. 거래는 일사천리로 진행됐지. 세 건달은 곧바로 풀려나는 대신 시골 마을로 내려가 죽어가는 노인에게 회유나 협박을 통해 필요한 정보를 캐 오기로 약속한 거야. 하지만 이들의 계획은 실패로 돌아가고 말았네. 오밤중에 삼인조 강도의 습격을 받은 노인은 거친 협박을 받던 도중 한마디 말도 없이 그대로 죽고 말았거든. 세 살인범은 곧바로 줄행랑을 쳤지. 결국 브레작은 아무것도 건지지 못한 채 살인 사건에 가담했다는 마음의 짐만 얻었다네."

라울 드 리메지는 잠시 이야기를 멈추고 브레작의 표정을 살폈다. 브레작은 굳게 입을 다물고 있었다. 너무나 터무니없는 고발이라 항의할 필요도 없다는 뜻일까? 아니면 자백을 의미하는 것일까? 정말이지 이 모든 이야기에 철저히 무관심한 표정이었으며 비록 끔찍한 과거일지라도 그 지나간 일이 현재 자신의 심리 상태에 조금도 영향을 끼치지 못한다는 분위기였다.

오렐리 역시 아무런 감정도 드러내지 않고 두 손으로 얼굴을 감싼 채 가만히 이야기를 듣고 있었다. 하지만 마레스칼은 점점 냉정을 되찾는 기색인 동시에 리메지가 자신 앞에서 그토록 중요한 사실을 폭로하고 더불어 오랜 앙숙인 브레작을 꽁꽁 묶어 자신에게 넘긴 데 대해 적잖이 놀란 눈치였다. 마레스칼은 또다시 시계를 쳐다보았다.

라울은 이야기를 이어갔다.

"그러니까 쓸데없이 범죄만 저지른 셈이지. 비록 사법 당국에게 발각되지는 않았지만 그 사건의 여파는 꽤 심각하게 나타났어. 우선 공범 중 한 명인 자크 앙시벨이 겁을 먹고 미국으로 도피했지. 그런데 떠나기 전, 그자는 부인에게 이 모든 사실을 털어놓았어. 그 여자는 브레작의 집으로 찾아가 당장 고발해버리겠다고 협박하면서 에티엔 다스퇴에게 가해진 모든 범죄 행각의 책임은 오로지 브레작에게 있으며 세 남자는 결백하다는 내용의 진술서에 서명하라고 강요했지. 브레작은 두려운 나머지 어리석게도 서명을 하고 말았어. 그 진술서는 조도에게 전해졌고, 조도와 루보는 에티엔 다스퇴의 베개 아래에서 발견한 유리병에 종이를 넣어 밀봉한 뒤 만일의 경우를 대비해 안전하게 보관했지. 그때부터 그들은 브레작을 손아귀에 거머쥐고 원하는 대로 조종할 수 있었다네. 그래, 그자들은 브레작을 손아귀에 거머쥐었지. 하지만 꽤 머리가 돌아가는 놈들인지라 자잘한 협박으로 아옹다옹하기보다는 브레작이 고위 공무원으로 진급하도록 가만히 내버려 두기로 했어. 그 이유는 단 하나, 브레작의 입방정을 통해 알게 된 보물, 그 보물을 발견하려는 속셈이었던 거야. 하지만 브레작은 여전히 아무것도 아는 게 없었다네. 사실 그 보물에 대해 뭔가를 알고 있는 사람은 단 한 명도 없었어…. 그 주변 풍경을 목격한 이 어린 소녀만 제외하고 말이야. 하지만 소녀는 신비로운 영혼 속에 비밀을 묻어둔 채 고집스레 침묵을 지켰지. 따라서 브레작은 그저 기다리며 지켜볼 수밖에 없었어. 자신이 감금해놓다시피 한 수녀원에서 여자가 나오면 그 즉시 행동에 나설 흑심을 품은 채…. 그런데 지금으로부터 2년 전, 여자가 집으로 돌아온 바로 그다음 날, 브레작은 조도와 루보로부터 편지 한 통을 받았다네. 자신들은 보물을 찾으러 나설 만반의 준비가 돼 있으니 딸내미에게서 정보를 캐낸 다음, 그 정보를 자신들에게 넘기라는 내용이었지. 그러지 않으면…. 브레작에게는 그야말로 청천벽력 같은 일이었네. 12년이나 지났으니 이제 그 과거는 어둠 속에 영원히 파묻히길 간절히 바라고 있었던 거야. 그리고 솔직히 이제 그 보물 같은 건 더 이상 관심도 없었다네. 그 보물에 대해 생각하다 보면 끔찍한 범죄와 어두웠던 시절에 대한 기억이 공포와 불안을 동반하며 생생히 되살아났으니까. 그런데 갑자기 그 모든 치욕스러운 과거가 어둠을 뚫고 불쑥 모습을 드러낸 거야! 옛 공범들이 느닷없이 등장한, 그야말로 대경실색할 상황이었지! 조도가 여태껏 자신을 뒤쫓고 있었고, 또다시 괴롭히려 한다. 허, 이 일을 어쩐담? 사실 고민할 차원의 문제도 아니었지. 무조건 그자의 명령에 따라 의붓딸에게 입을 열라고 강요할 수밖에 없는 처지였으니까. 브레작은 결심을 굳혔다네. 게다가 자기 마음속에서도 호기심과 탐욕이 또다시 슬그머니 일기 시작했거든. 그때부터 추궁과 말다툼, 협박이 매일매일 반복됐지. 가엾은 저 아가씨는 생각과 추억을 되짚어내라고 끊임없이 재촉을 받았다네. 희미한 이미지와 느낌을 마음의 방 한구석에 가둬놓았는데 자꾸만 누군가 그 방문을 열라고 거칠게 두들겨대는 꼴이었지. 여자는 그저 평범하게 살고 싶었지만 주위에서 가만히 내버려 두지 않았다네. 인생을 즐기고 싶었고, 실제로 때로는 친구들과 함께 연기도 하고 노래도 불렀지만… 집으로 돌아오면 매 순간 순간이 고통뿐이었지. 그 고통도 모자라 거기에 정말이지 입에 담기에도 거북스러운 추악한 무언가가 더해졌는데, 그건 바로 브레작의 연정이었다네. 그 얘기는 건너뛰세. 마레스칼, 자네도 나만큼이나 잘 알고 있을 테니. 자네가 오렐리 다스퇴르를 처음 본 순간부터, 브레작과 자네 사이에는 연적끼리만 오갈 수 있는 증오의 불꽃같은 게 튀었을 거야. 상황이 그러하니 여자에게는 점점 더 도주만이 유일한 해결책처럼 느껴졌겠지. 게다가 브레작이 어쩔 수 없이 후원하고 있던 자크 앙시벨의 아들, 기욤이 옆에서 그녀를 부추기기까지 했어. 과부가 된 앙시벨 부인이 뒤에서 아들을 조종하고 있었거든. 기욤은 그때까지 음지에서 아주 교묘히 아무런 의심도 사지 않은 채 자기 역할을 수행해왔어. 엄마의 지시를 받은 청년은 오렐리 다스퇴가 사랑에 빠지면 그 약혼자에게만은 모든 비밀을 털어놓으리라는 사실을 알고 여자의 마음을 얻기를 꿈꿨던 거지. 기욤은 여자에게 도움의 손길을 내민 뒤 남프랑스로 데리고 가겠다고 했어. 그자가 말한 대로, 해야 할 일이 그곳에서 기다리고 있었으니까. 그리고 4월 26일, 마침내 문제의 그날이 밝았네. 잘 듣게, 마레스칼, 이제부터 이 비극의 등장인물들이 그날 어떤 상황에 처해 있었는지, 상황이 어떤 식으로 흘러갔는지 차근차근 이야기해줄 테니까. 우선 이 아가씨는 감옥 같은 집에서 탈출할 참이었어. 그런데 자유가 눈앞에 있다는 생각에 들뜬 나머지, 그만 마지막 순간에 의붓아버지와 오스만 대로에 있는 제과점에서 차 한잔을 마시기로 약속한 거야. 그런데 그곳에서 우연히 자네를 마주친 거지. 거참, 기가 찰 노릇 아니겠나. 브레작은 다시 여자를 집으로 끌고 왔다네. 하지만 여자는 용케 집에서 빠져나와 역으로 가서 기욤 앙시벨과 합류했지. 기욤은 이 기회를 이용해 두 마리 토끼를 잡으려고 했어. 우선 오렐리를 유혹하려고 했고, 더불어 자신이 속해 있는 범죄 집단의 두목인 저 유명한 미스 베이크필드의 지휘 아래 니스에서 절도 행각을 벌일 계획이었지. 그렇게 해서 그 딱한 영국 여자는 자기와 아무 상관 없는 비극에 휘말리게 된 거라네. 마지막으로 이제 조도와 루보 형제에 대해 얘기해보지. 세 사람은 아주 교묘하게 행동했어. 기욤 모자가 이들이 다시 나타나 자신들과 경쟁을 펼치고 있는지도 모를 정도로 말이야. 하지만 삼인조 강도는 기욤의 일거수일투족을 꿰뚫고 있었지. 현재 어떤 일이 벌어지고 있는지, 그리고 그 문제의 저택에서 어떤 음모가 이루어질지, 전부 다… 그래서 4월 26일에 그 저택에 나타났던 거지. 그들은 이미 계획까지 세워놓은 상태였네. 우선 오렐리를 납치한 뒤, **무슨 수를 동원해서라도 입을 열게 할 작정**이었던 거야. 자, 이만하면 확실히 정리가 됐겠지? 이제 좌석 배치를 살펴보자고. 5번 차량의 뒤쪽에는 미스 베이크필드와 리메지 남작이 있었지. 그리고 앞쪽에는 오렐리와 기욤 앙시벨이 타고 있었고… 내 말 알아들었지, 마레스칼? 그러니까 우리가 지금껏 짐작했던 것과는 달리, 그날 **차량 앞쪽에는** 루보 형제가 아니라 오렐리와 기욤이 타고 있었단 말일세. 두 형제와 조도는 다른 곳에 있었어. 자네가 타고 있던 바로 그 4번 차량 안에 램프를 천으로 가린 채 꽁꽁 숨어 있었던 걸세, 마레스칼, 이제 알겠나?"

마레스칼은 나지막한 목소리로 대답했다.

"그래."

"다행이로군! 어쨌든 열차는 출발했네. 그렇게 두 시간을 달린 뒤 라로슈 역에서 잠시 정차했다가 다시 출발했지. 바로 그 순간 4번 차량에 타고 있던 세 명의 남자, 다시 말해 조도와 루보 형제가 어둑한 객실을 슬며시 빠져나왔어. 그리고 복면을 쓰고 회색 작업복을 입은 뒤, 챙모자까지 뒤집어쓰고 5번 차량으로 침입한 거야. 곧 왼쪽에서 자고 있는 두 사람의 형체가 눈에 들어왔어. 한 명은 남자였고, 또 다른 한 명은 금발이 얼핏 보이는 여자였어. 조도와 형이 곧장 그들에게 달려들었고, 동생은 망을 보았지. 남작은 제압당한 채 그대로 결박당했고, 영국 여자는 격렬하게 저항했다네. 그런데 조도가 여자의 목을 움켜잡은 그 순간 자신들이 실수를 저질렀다는 사실을 깨달은 거야. 그 여자는 오렐리가 아니라 오렐리처럼 금발을 지닌 다른 여자였던 거지. 그 순간 동생이 돌아와 두 공범을 진짜 기욤과 오렐리가 있는 복도 끝 쪽으로 데리고 갔네. 하지만 그곳에서 상황은 돌변했어. 수상한 낌새를 눈치챈 기욤이 경계 태세를 취하고 있었거든. 기욤은 권총을 가지고 있었으니 싸움은 곧 종결됐지. 총성 두 발과 함께 루보 형제는 쓰러졌고 조도는 줄행랑쳤네. 내 설명에 동의하겠지, 마레스칼? 자네와 나, 사법관들, 더 나아가 우리 모두가 저지른 실수는 그저 겉만 보고 상황을 판단했다는 걸세. 일면 상당히 논리적으로 보이는 다음과 같은 법칙에만 매달렸던 거야. 살인 사건이 발생하면 죽은 사람은 무조건 희생자이고 도망친 사람은 범죄자라는 법칙 말일세. 그 반대의 경우, 즉 가해자가 살해당하고 피해자는 무사히 도망치는 경우도 있다는 사실을 미처 생각하지 못했던 거야. 기욤이 어떻게 그 순간 도망칠 생각을 안 할 수 있었겠나? 가만히 있으면 끝장날 게 뻔한데. 강도인 기욤은 사법 당국이 자신의 일에 끼어드는 걸 결코 원치 않았어. 조금만 조사를 벌여도 자신의 어두운 과거가 만천하에 드러날 테니까. 그냥 포기하고 말까? 아니, 그건 너무 어리석은 생각이야. 손아귀에 열쇠가 들어온 셈인데. 그래서 기욤은 주저하지 않고 여자를 몰아세우며 이 끔찍한 모험이 그녀와 브레작에게 얼마나 큰 파장을 몰고 올 수 있을지 적나라하게 알려줬지. 사내의 얘기와, 또 자신의 눈앞에 놓인 시체로 공포와 혼란에 빠진 여자는 무기력해질 대로 무기력해져서 사내가 시키는 대로 고분고분 따랐지. 기욤은 우선 루보 형제 중 동생에게서 작업복과 마스크를 벗겨내 강제로 여자를 변장시킨 뒤 자신도 그렇게 변장을 하고 아무런 흔적도 남기지 않은 채 여자를 끌고 짐을 챙겨 달아났네. 두 사람은 복도를 따라 내달렸고 그러다 검표원과 맞닥뜨린 거야. 그래서 열차에서 뛰어내렸고 말이야. 한 시간 동안 숲 속에서 살벌한 추격전이 펼쳐졌고, 결국 오렐리는 붙잡혀 감금당한 뒤무자비한 적인 마레스칼 앞에 내동댕이쳐졌지. 그런데 그 순간 극적인 반전이 일어난 거야. 내가 짠 하고 등장했거든….”

그 심각했던 상황을 전하면서도, 더군다나 그날 밤 참혹했던 기억이 떠올라 여자가 고통스러운 표정으로 흐느끼고 있는데도, 라울은 무대에 등장하는 신사처럼 그럴싸한 몸짓까지 해보였다. 자리에서 벌떡 일어나 문까지 걸어갔다가 마치 자신의 등장이 폭발적인 효과를 가져오리라 확신하는 배우처럼 잔뜩 무게를 잡으며 걸어와 다시 자리에 앉았던 것이다. 그러고는 흡족한 미소를 지으며 재차 강조했다.

“그렇게 내가 등장한 걸세. 그래야 할 순간이었으니까. 사기꾼과 바보들 무리 가운데서 정직한 사내가 짠 하고 나타나 주었으니 틀림없이 자네도 무척 기뻤을 테지. 게다가 그 사내는 아무것도 모르는 상황에서, 단지 이 아가씨가 아름다운 초록 눈동자를 지녔다는 이유만으로 박해받는 무고한 이의 수호자 역할을 자처한 것이었으니 말일세. 불굴의 의지, 명석한 시선, 따뜻한 손길, 너그러운 마음씨! 그게 바로 리메지 남작이라네.

그가 나타나자 모든 문제가 일거에 해결됐지. 사건은 말 잘 듣는 아이처럼 술술 풀렸고, 비극으로 시작된 연극은 웃음과 유쾌함 속에서 막을 내렸다네."

라울은 다시 자리에서 일어나 서성대더니 여자에게 다가가 몸을 숙여 말을 건넸다.

"왜 우는 겁니까, 오렐리? 그 모든 추잡한 사건도 이제 막이 내렸고, 마레스칼도 당신의 결백을 인정하게 됐는데 말입니다. 눈물을 거두세요, 오렐리. 난 항상 결정적인 순간에 나타날 겁니다. 그게 내 방식이죠. 나란 사람은 등장할 순간을 절대로 놓치지 않아요. 그날 밤도 확인하셨지 않습니까. 마레스칼이 당신을 감금했지만 내가 나타나 당신을 구했죠. 몬테카를로에서도, 생트 마리에서도 마레스칼로부터 당신을 구했습니다. 그리고 방금 전에도 내가 당신을 구하러 오지 않았습니까? 그러니 두려울 게 대체 뭐랍니까? 모든 일이 끝났습니다. 이제 경찰 두 녀석이 도착하고 보병들이 집을 포위하기 전에 이 집에서 조용히 떠나기만 하면 됩니다. 안 그렇나, 로돌프? 이제 이 아가씨가 자유롭게 떠나도록 가만히 내버려 두겠지…? 자네의 정의감과 호기심을 충족시켜준 이 같은 결말이 자네도 꽤 흡족할 테지? 자, 이리로 오세요, 오렐리."

여자는 싸움이 완전히 끝나지 않은 것 같은 찜찜한 기분에 휩싸인 채 라울에게 조심스레 다가갔다. 아니나 다를까, 마레스칼은 냉정한 표정으로 일어나 문을 가로막았다. 브레작도 그 옆으로 가 버티고 섰다. 두 사내는 승리를 코앞에 둔 연적에 대항해 그런 식으로 일종의 연맹을 맺은 것이다….

11

피…

라울은 천천히 다가가 브레작은 거들떠보지도 않은 채 수사과장에게 침착한 어조로 말을 건넸다.

"인생이 무척이나 복잡하게 느껴지는 건 말일세, 우리가 예기치 않은 섬광 속에서 조각난 단편만을 바라보기 때문이라네. 이 급행열차 사건도 마찬가지지. 마치 신문 연재소설처럼 뒤죽박죽 얽혀 있는 것처럼 보여. 꽃잎이 순서를 정해놓고 피어나지 않듯이 이런저런 일들이 어이없을 정도로 대중없이 일어난 것 같아. 하지만 명석한 두뇌를 가진 사람이라면 모든 일들을 제자리에 배치할 수 있고 그렇게 되면 모든 것이 마치 역사책의 한 페이지처럼 지극히 논리적이고 단순하며 조화롭고 자연스럽게 느껴진다네. 그리고 내가 지금 막 자네에게 그 역사책의 한 페이지를 읽어주었네, 마레스칼. 이제 이 사건의 전모를 알게 되었고, 오렐리 다스퇴는 무죄라는 사실 또한 알게 됐으니 이 여자가 떠날 수 있도록 그냥 내버려 두게."

마레스칼은 어깨를 으쓱해 보였다.

"안 돼."

"고집 부리지 말게, 마레스칼. 보게, 난 이제 진지하지 않나. 장난치는 게 아니라고. 단지 자네의 실수를 인정해달라고 요청하는 것뿐이라네."

"내 실수?"

"물론이지. 이 여자는 살인을 저지르지 않았고, 살인자의 공범도 아니며, 그저 희생자일 뿐이니까."

수사과장은 비웃음을 날렸다.

"살인을 저지르지 않았다면 왜 도망친 거지? 기욤이 도망친 건 이해가 돼. 하지만 이 여자는 왜? 도망쳐서 뭐 이득을 본다고? 그리고 그 후에도 왜 입을 다물었던 거지? 처음 군경한테 잡혀 왔을 때 몇 번 칭얼거린 것 빼고는 아무 말도 하지 않았단 말이야. '예심판사와 얘기하고 싶어요. 예심판사에게 모든 걸 털어놓겠어요….' 그 말만 하고는 줄곧 묵묵부답이었다고."

"예리한 지적일세, 마레스칼. 생각해볼 문제야. 나 역시 이 아가씨의 침묵이 쉽게 이해가 가지 않아. 자신을 도와주는 나한테까지 왜 고집스레 침묵하는지, 사실대로 말해준다면 일이 훨씬 수월하게 풀릴 텐데 말이야. 하지만 아가씨는 입을 굳게 다물고만 있었지. 그런데 바로 이 집에서 간신히 사건의 실마리를 찾을 수 있었어. 아가씨가 몸져누워 있을 때 서랍을 좀 뒤졌거든. 아가씨가 날 용서해주리라 믿네. 그래야만 했으니까. 마레스칼, 죽어가던 여자의 엄마가 남긴 유서 가운데 이 부분을 한번 읽어보게나. 아마도 브레작이 어떤 인간인지 잘 알았던 모양이야."

오렐리, 무슨 일이 일어나든, 네 의붓아버지가 어떤 행동을 하든, 절대 그를 고발하지 말거라. 그 사람 때문에 괴롭더라도, 설혹 그 사람이 범죄를 저지르더라도, 그를 변호해줘. 어쨌거나 이 엄마의 남편이잖니.

마레스칼은 즉각 반론을 제기했다.

"하지만 저 여자는 브레작이 범행을 저지른 사실을 전혀 모르고 있었어! 만약 알았더라도 그 범죄와 급행열차 사건 사이에 모종의 관련이 있다는 사실까지는 몰랐을 거야. 그러니 저 여자가 브레작 때문에 침묵했다고 주장할 수는 없다고!"

"그럴 수 있네."

"어떻게?"

"조도가 있지 않나…."

"무슨 증거로…"

"기욤의 모친이 내게 고백했거든. 파리에 사는 앙시벨 부인을 찾아가 두둑하게 금전적 보상을 해준 뒤 그 여자가 아는 모든 과거와 현재의 일들을 서면으로 작성하게 했지. 그런데 그 여자의 아들인 기욤의 말에 따르면 문제의 객실 안에서 두 형제를 죽이고 나머지 한 명의 복면을 벗기니 그자가 바로 조도였는데, 그놈이 글쎄 주먹까지 내밀며 저 아가씨에게 이렇게 말했다는 거야. '만약 이 사건에 대해 발설하거나 나를 봤다고 얘기해서 내가 체포되기라도 한다면 나도 과거에 있었던 범죄에 대해 전부 까발릴 거야. 네 외할아버지인 다스퇴를 죽인 범인이 바로 브레작이거든.' 니스에서 또다시 이런 협박을 계속해서 받았기 때문에 겁먹은 오렐리 다스퇴는 입을 굳게 다물 수밖에 없었던 거야. 내 말이 맞나요, 아가씨?"

오렐리는 나지막이 중얼거렸다.

"네, 정확히 맞아요."

"그러니, 마레스칼, 자네의 반론은 기각된 셈이네. 피해자의 침묵, 다시 말해 자네가 수상쩍다고 의심한 그 침묵은 오히려 결백을 입증하는 증거니 말일세. 다시 한번 부탁하겠네. 여자를 가만히 내버려 두게."

마레스칼은 발까지 굴렀다.

"안 돼."

"어째서?"

왈칵 성이 난 마레스칼은 버럭 소리쳤다.

"내가 복수하고 싶으니까! 추문이 터지길 원하네. 저 여자가 기욤과 도망치다 붙잡혔고, 의붓아버지인 브레작 역시 추악한 범죄자란 사실을 전부 다 까발리고 싶다고! 저 여자에게 모욕과 수치를 안겨주고 싶네. 저 여자는 날 거부했어. 그러니 그 대가를 치러야 해! 브레작도 마찬가지야! 어리석게도 자넨 내가 모르고 있던 세세한 부분까지 전부 다 채워주었군. 덕분에 생각했던 것보다 더 확실하게 브레작과 저 여자를 내 손 안에 넣을 수 있게 되었어…. 그리고 조도! 앙시벨 모자까지! 그 패거리들 전부 다! 단 한 놈도 내 손아귀에서 빠져나가지 못할 거다. 특히 오렐리, 저 여자는 더더구나!"

분노로 이성을 잃은 마레스칼은 그 큰 키로 문 앞을 막아섰다. 층계참에서는 라봉스와 토니가 부산스레 움직이는 소리가 들려왔다.

라울은 병 속에서 끄집어낸, '마레스칼은 멍텅구리'라고 적힌 종이를 책상 위에서 주워 들었다. 그리고 무심한 표정으로 종이를 펼치더니 수사과장에게 건넸다.

"친구, 이거나 받게. 액자에 넣어 침대 발치에 두게나."

"그래, 좋아, 마음껏 놀려라. 그래 봤자 너 역시 내 손아귀에 놓인 처지야. 그래! 네놈은 처음부터 늘 이런 식이었지. 뭐? 담배를 물고 나타나서, 불 좀 빌립시다? 좋아, 까짓것 그 불, 빌려주지. 감방에서 평생토록 담배나 피라고! 네놈이 방금 빠져나왔고, 곧 또다시 들어갈 그 감방 말이다. 다시 말해줄까? 감방, 감방! 내가 네놈이랑 싸우느라 그 분장 속에 감춰진 진짜 모습을 미처 파악하지 못했으리라 생각했겠지! 네놈이 누구인지, 그 가면을 벗기기 위한 증거들을 미처 수집하지 못했으리라 생각했을 거야? 자, 저자를 봐, 오렐리, 네 애인을 보란 말이야. 저자가 누군지 알고 싶나? 그렇다면 사기꾼의 왕이자, 도둑들 가운데서 가장 신사다운 도둑이며, 대가 중의 대가인 인물을 한번 떠올려 봐. 요컨대 가짜 귀족이자, 엉터리 탐험가인 리메지 남작은 바로…."

그러고는 문득 말을 멈췄다. 아래층에서 초인종 소리가 울렸던 것이다. 필리프와 경찰 두 명이 도착한 것이리라. 그들밖에는 올 사람이 없었다.

마레스칼은 두 손을 비비며 긴 한숨을 내쉬었다.

"이제 끝장난 것 같군, 뤼팽…. 그래, 기분이 어떠신가?"

라울은 재빨리 오렐리의 표정을 살폈다. 뤼팽이라는 이름을 들어도 전혀 놀라지 않는 듯했다. 그저 초조한 표정으로 밖에서 들려오는 소리에 잔뜩 귀를 기울이고 있을 뿐이었다.

"가엾은 초록 눈동자의 아가씨. 아직도 나에 대한 신뢰가 부족한가 보군요. 대체 그 망할 필리프란 작자가 무슨 수로 당신을 괴롭힐 수 있답니까?"

그렇게 말하고 나서 라울은 창문을 살짝 열고 보도에 서 있는 사람들 중 한 명을 향해 소리쳤다.

"경찰청에서 나온 필리프란 양반이오? 저기, 친구… 그 세 녀석들은 떼어놓고 우리끼리 잠깐 얘기 좀 나눕시다(젠장, 세 명이나 데려왔잖아!). 날 못 알아보겠소? 리메지 남작이라오. 어서 이리로! 여기 마레스칼이 기다리고 있소이다."

라울은 창문을 다시 닫았다.

"마레스칼, 셈을 정확하게 하셨군. 저 밖에 네 명이 있고… 이 일에 별 관심 없어 보이는 브레작을 빼면 이 집 안에 세 명이 있으니, 장정이 도합 일곱이긴 한데, 사실 나한테는 한주먹감도 안 되겠어. 아이고, 이거 오싹해서 미치겠군! 보아하니 저기 저 초록 눈동자의 아가씨도 마찬가지인 것 같은데."

오렐리는 억지로 미소를 지어 보이려 했다. 하지만 알아들을 수 없는 몇 음절만 간신히 웅얼거릴 수 있을 뿐이었다.

마레스칼은 층계참으로 나가 동료들을 기다렸다. 마침내 현관문이 열렸다. 계단을 서둘러 올라오는 발자국 소리가 들렸다. 이제 마레스칼은 줄만 풀어주면 미친 듯 사냥감에게 달려들 사냥개 같은 부하 여섯을 손아귀에 틀어쥔 셈이었다. 마레스칼은 그들에게 나지막한 목소리로 지시를 내린 뒤 활짝 편

얼굴로 되돌아왔다.

"공연히 몸싸움을 벌이지는 않겠지, 남작?"

"물론이네, 후작. 푸른 수염(샤를 페로의 동화책 속 인물 - 옮긴이)처럼 당신네 일곱을 모두 죽인다면 양심상 난 도저히 견딜 수 없을 걸세."

"그럼 날 따를 텐가?"

"세상 끝까지라도."

"아무런 조건 없이?"

"한 가지 조건이 있네. 먹을 것은 좀 줘야지."

마레스칼은 농담을 던졌다.

"알았네. 딱딱한 빵, 개 사료, 그리고 물도 주겠네."

"그건 아니지."

"그럼 원하는 메뉴가 뭔가?"

"자네가 먹는 그대로… 생크림 머랭에다 럼주에 적신 카스테라, 알리칸테(스페인의 도시 - 옮긴이)산 포도주를 주게나."

마레스칼은 놀라움과 불안함이 묻어나는 말투로 물었다.

"대체 지금 뭔 소리를 지껄이는 거야?"

"거참, 아주 간단한 얘긴데. 차 한잔하자고 초대했으니 가벼운 마음으로 그 초대에 응하겠다는 걸세. 자네, 잠시 후 5시에 약속이 있지 않나?"

마레스칼은 점점 더 불편한 기색을 띠며 말했다.

"약속이라니…?"

"물론이지… 그새 잊은 건가? 자네 집에서… 아니, 좀 더 정확히 말하자면 자네의 독신자 아파트에서… 뒤플랑가에 있는 그 조그만 거처에서… 매일 오후 알리칸테산 포도주에 적신 머랭을 배터지게 먹지 않나. 자네의 여자와…."

"조용히 해!"

마레스칼은 얼굴까지 하얗게 질려 다급하게 속삭였다.

좀 전의 침착했던 모습은 온데간데없이 사라졌다. 더 이상 농담이나 던질 기분이 아닌 듯했다.

라울은 순진한 표정으로 물었다.

"왜 조용히 하라고 하지? 뭐야, 초대를 취소하겠다는 건가? 내가 그 자리에 가는 게 싫은 건가…?"

"그 입 닥치라고, 젠장!"

마레스칼은 다시금 라울의 입단속을 시키고 부하들에게 다가가 필리프를 따로 불러서 지시를 내렸다.

"잠깐, 필리프, 일을 마무리 짓기 전에 몇 가지 자질구레한 문제들을 해결해야겠네. 그러니 자네 부하들을 멀찌감치 데리고 가게. 아무 소리도 듣지 못하도록."

그리고 문을 다시 닫은 다음, 브레작과 오렐리를 경계하면서도 라울에게 다가가 눈동자를 똑바로 쳐다보며 나지막한 목소리로 말했다.

"대체 이러는 이유가 뭔가? 무슨 말을 하고 싶은 거냐고?"

"아무것도."

"그럼 왜 그런 얘기를 흘린 거지? 대체 어떻게 안 거야?"

"자네 아파트 주소와 애인 이름? 그야 브레작과 조도, 그리고 그 패거리들에게 한 것처럼 자네의 은밀한 생활을 슬쩍 조사해보는 것만으로도 충분했지. 그러다 보니 자네가 아름다운 부인들을 맞이하며 포근하게 꾸민 그 1층 아파트가 나오더군. 어둑한 분위기, 향수, 꽃, 달콤한 포도주, 무덤처럼 깊고 푹신한 안락의자… 정말이지 마레스칼식 뮤직홀이 따로 없더군!"

상대는 더듬거리며 말했다.

"그래서? 그 정도도 내 맘대로 못 하나? 그것과 자네를 체포하는 일이 도대체 무슨 상관인데?"

"그래, 자네가 그 자그마한 에로스의 신전에다 부인들의 편지를 숨기는 멍청한 짓만 안 했어도 아무런 상관이 없을 뻔했지(뭐, 멍텅구리니까 멍청한 짓을 한 거겠지만)."

"거짓말이야! 거짓말!"

"내 말이 거짓이라면 자네 얼굴이 그렇게 시퍼렇게 질려 있진 않겠지."

"더 자세히 말해봐!"

"벽장 안에 비밀 상자가 하나 있었는데 말이야, 그 상자 속에는 또 다른 함 하나가 있었고, 그 함 속에는 여인네들의 고운 필체가 적힌 편지들이 색색의 리본으로 묶인 채 들어 있었지. 스무 명도 넘는 여배우들과 사교계 여성들이 우리 잘생긴 마레스칼에 대한 뜨거운 열정을 노골적으로 표현한, 정말이지 위험한 편지들이더군. 그 주인공들이 누군지 한번 읊어줄까? B 검사의 부인, 코미디 프랑세즈 소속 여배우 X 양, 그리고 누구보다 주목할 만한 인물로 말할 것 같으면, 조금 나이가 들긴 했지만 여전히 봐줄 만한 고결하신…"

"입 닥쳐, 비열한 놈!"

"진짜 비열한 놈은 자신의 번지르르한 외모를 이용해 후원을 받고 승진을 한 그런 놈이라네."

마레스칼은 고개를 숙이고 묘한 태도로 방 안을 두세 바퀴 서성거리더니 다시 라울에게 다가와 말했다.

"얼마면 되겠나?"

"얼마라니, 뭐가?"

"그 편지를 돌려주는 대가로 얼마를 주면 되겠냐고?"

"유다가 받은 만큼, 30데나리온."

"헛소리 집어치우게. 얼마면 되겠냐고!"

"3000만 프랑."

마레스칼은 더 이상 분노를 참지 못하고 온몸을 부르르 떨었다. 라울은 웃으며 말했다.

"너무 걱정 말게, 로돌프. 난 착한 사람이고, 또 자네가 꽤 맘에 들어. 그러니 그 로맨틱 코미디 작품을 돌려주는 대가로 단한 푼도 요구하지 않겠네. 사실 그동안 실컷 읽었거든. 몇 달 동안 키득거릴 정도로 말이야. 하지만 내가 원하는 건…."

"그게 뭔가?"

"무기를 내려놓게, 마레스칼. 오렐리와 브레작, 그리고 조도와 앙시벨 가족까지 털끝 하나 건드리지 말란 말일세. 내가 알아서 처리할 테니까. 경찰 측에서 이번 사건을 자네에게 전적으로 맡겼고 실질적 증거나 진지한 증거도 없으니, 이쯤에서 그만 물러나게. 이 사건이 이렇게 마무리될 수 있도록."

"그럼 그 편지를 돌려줄 건가?"

"아니…. 그건 만일의 경우를 대비해 내가 갖고 있겠네. 여차하면 그중 몇 개를 적나라하게 있는 그대로 공개할 거야. 그럼 자네와 자네 애인들이 참 곤란해지겠지."

이마에 땀방울이 맺힌 수사과장이 입을 열었다.

"내가 배신당한 거로군."

"아마도…."

"그래, 맞아. 그 여자가 날 배신한 거야. 얼마 전부터 그 여자가 날 감시하는 것 같긴 했어. 그래서 넌 네 마음대로 사건을 좌지우지할 수 있었던 거야. 그리고 그 여자의 남편까지 이용해 나한테 접근할 수 있었던 거고."

라울은 유쾌한 어조로 대답했다.

"어쩌겠어? 지금은 치열한 전시 상황인걸. 자네가 깨끗하지 않은 방법을 사용한다면 오렐리를 자네의 그 혐오스런 증오로부터 구해야 하는 나라고 뭐, 별수 있겠나! 게다가 자네는 너무 순진했어, 로돌프. 나 같은 인물이 한 달 동안 잠이나 자면서 자네 좋을 대로 사건이 흘러가게 내버려 둘 줄 알았나? 보쿠르와 몬테카를로, 생트 마리에서 내 활약상을 목격한 데다 내가 병과 서류를 어떻게 가로챘는지도 다 보았으면서 왜 더 조심하지 않았나?"

그러고는 상대의 어깨를 붙잡고 흔들며 말했다.

"자자, 마레스칼, 그렇다고 그렇게 기죽을 필요는 없어. 자네가 게임에서 진 건 사실이지만 그래도 자네 호주머니 속에는 여전히 브레작의 사직서가 들어 있지 않나. 윗사람들에게 총애를 받는 몸이니 그 자리는 곧 자네 차지가 될걸세. 출셋길이 열린 셈이지. 이제 곧 좋은 날이 올 거야. 내 말을 믿게, 마레스칼. 하지만 한 가지 사실만은 반드시 명심하게. 여자를 조심하게

나. 출세를 하려고 여자를 이용하지도 말고, 자네의 지위를 이용해서 여자를 옆에 두려고 하지도 마. 사랑을 하고 싶으면 사랑을 하고 경찰 일이 맘에 들면 경찰 일을 하게. 하지만 경찰 노릇을 하는 애인이나 연애질하는 경찰은 되지 말란 말일세. 마지막으로 현명한 충고 하나 해주지. 만약 거리에서 아르센 뤼팽을 만나거든 재빨리 도망치게. 경찰이라면 그 정도는 숙지하고 있어야지. 자, 내 할 말은 끝났네. 어서 명령을 내리게. 그럼 난 이만 가보겠네."

마레스칼은 애써 분을 가라앉혔다. 그리고 등을 돌린 채 한 손으로 수염 끝을 비비 꼬았다. 과연 마레스칼은 이대로 굴복할 것인가? 아니면 적에게 달려들며 경찰 녀석들을 부를 것인가?

라울은 속으로 중얼거렸다.

'머릿속에 한바탕 태풍이 불고 있나 보군. 딱한 로돌프, 그렇게 고민해봤자 무슨 소용이 있겠나?'

마레스칼은 그리 오래 고민하지 않았다. 원체 약삭빠른 인물인지라 이 상황에서 어떤 저항을 해봤자 사태만 악화시킬 뿐이라는 사실을 금세 눈치챘던 것이다. 따라서 굴복할 수밖에 없는 상황임을 인정하는 태도로 순순히 물러섰다. 마레스칼이 필리프를 따로 불러서 그와 잠시 얘기를 나누자 필리프는 라봉스와 토니를 비롯한 자신의 모든 부하들을 데리고 밖으로 나갔다. 곧 현관문이 열렸다가 닫히는 소리가 들렸다. 이로써 마레스칼은 전투에서 완패한 것이다.

라울은 오렐리에게 다가가 말했다.

"이제 모든 문제가 해결됐습니다, 아가씨. 떠나기만 하면 되는 겁니다. 짐은 아래층에 있겠죠?"

여자는 악몽에서 깨어난 사람처럼 중얼거렸다.

"정말인가요…! 이제 감옥에 가지 않아도 되는 거예요…? 대체 어떻게 하셨기에…."

라울은 유쾌한 어조로 대답했다.

"아! 마레스칼은 부드럽게 조곤조곤 얘기만 하면 무슨 부탁이든 다 들어줍니다. 알고 보면 참 괜찮은 아이거든요. 악수라도 한번 해주시죠, 아가씨."

오렐리는 악수는커녕 횡하니 그자 앞을 지나쳐갔다. 게다가 마레스칼 역시 등을 돌린 채 벽난로 위에 팔꿈치를 괴고 두 손으로 머리를 감싸 쥔 상태였다.

여자는 브레작에게 다가가며 살짝 망설이는 기색을 띠었다. 하지만 브레작은 무심한 표정이었고, 라울이 차후에 떠올린 바로는 상당히 묘한 분위기를 풍기고 있었다.

라울은 문턱에서 문득 멈춰 서더니 말했다.

"한마디만 더 하겠습니다. 마레스칼과 당신 의붓아버지 앞에서 약속하죠. 당신을 조용한 은신처로 데리고 간 뒤 한 달 동안 당신 앞에 나타나지 않겠습니다. 그리고 한 달 후, 향후 계획을 묻기 위해 당신을 만나러 가겠습니다. 그래도 괜찮겠습니까?"

"네."

"그럼 어서 떠나죠."

두 사람은 밖으로 나갔다. 층계에서 라울은 비틀거리는 여자를 부축해야 했다.

"내 자동차가 이 근처에 있습니다. 그런데 밤새도록 여행하실 수 있겠습니까?"

"네, 자유의 몸인 것만으로도 날아갈 듯 기쁜 걸요…!"

그리고 나지막한 목소리로 덧붙였다.

"그리고 왠지 불안하기도 하고요…."

두 사람이 집을 나선 순간 라울은 소스라쳤다. 위층에서 총성이 들렸던 것이다. 오렐리는 그 소리를 듣지 못한 듯했다. 라울은 얼른 이렇게 말했다.

"자동차는 오른쪽에 있습니다…. 저기요, 여기서도 보이죠…. 차 안에 저번에 말한 부인이 타고 있을 겁니다. 내 어릴 적 유모죠. 그 부인에게 가 계시겠습니까? 난 다시 올라가 봐야 할 것 같아서요. 몇 마디만 하고 곧 그리로 달려가겠습니다."

오렐리가 멀어져 가는 동안 라울은 위층으로 뛰어 올라갔다.

방 안에 들어서자 손에 권총을 쥔 브레작이 소파에 꼬꾸라진 채 죽어가는 모습이 눈에 들어왔다. 하인과 수사과장이 그를 돌보고 있었다. 브레작의 입에서 피가 왈칵 쏟아져 나왔다. 마지막 경련이 일더니 결국 더 이상 움직이지 않았다.

라울은 투덜대듯 말했다.

"이럴 줄 예상했어야 했는데. 직장에서 쫓겨나고, 오렐리도 떠나고… 딱한 양반! 결국 이렇게 죗값을 치르는군."

그러고는 마레스칼에게 말했다.

"하인과 함께 뒷수습을 잘하게. 의사를 보내달라고 전화도 하고 말일세. 그냥 과다 출혈이라고 말해야겠지? 무엇보다 절대 자살이라고 밝혀선 안 돼. 당분간 오렐리는 이 사실을 몰라야 하네. 사람들이 그녀에 대해 물으면 그저 요양차 시골 친구네 집에 내려갔다고만 말하게."

마레스칼이 라울의 손목을 덥석 잡았다.

"대답해. 대체 넌 누구야? 뤼팽이지?"

"잘됐군. 마침내 직업적 호기심이 다시 발동하신 모양이야."

라울은 수사과장에게 바짝 다가가 얼굴의 옆면과 정면을 보여준 뒤 조소를 띠며 말했다.

"그래, 자네 말이 맞네."

그러고는 쏜살같이 아래층으로 내려가 오렐리에게 달려갔다. 오렐리는 늙은 부인의 안내에 따라 리무진 안쪽에 편안하게 앉아 있었다. 하지만 라울은 평소 몸에 밴 습관대로 날카로운 눈초리로 거리를 훑어보고는 노파에게 물었다.

"자동차 근처를 어슬렁거리는 사람은 없었나요?"

"아무도 없었어요."

"확실한가요? 약간 통통한 남자와 팔에 붕대를 감은 남자 못 봤어요?"

"아! 맞아, 그러고 보니 봤어요! 아까 저 아래 보도 위를 왔다 갔다 하던데요."

라울은 부리나케 그리로 달려가 생 필리프 뒤 룰 성당을 에두르는 좁은 골목길에서 문제의 두 사내를 따라잡았다. 역시나 한 명은 팔에 붕대를 감고 있었다.

라울은 두 사람의 어깨를 툭툭 치며 경쾌한 말투로 말을 건넸다.

"아, 이런, 이런, 두 사람이 잘 아는 사이였나 보군? 잘 있었나, 조도? 자네도, 기욤 앙시벨?"

두 사람은 뒤를 돌아보았다. 떡 벌어진 상체에 말끔한 옷차림새를 한 조도는 성난 불도그 같은 표정만 짓고 있을 뿐, 조금도 놀란 기색은 아니었다.

"아! 니스에서 본 그놈이로군! 안 그래도 계집을 데리고 간 녀석이 네놈일 거라 짐작하고 있었지."

라울은 기욤을 바라보며 말했다.

"그리고 툴루즈에서도 본 적 있지, 우리?"

그러고는 곧장 말을 이었다.

"그런데 친구들, 대체 거기서 무얼 하고 있었나? 브레작의 집을 감시하고 있었던 거야?"

조도는 거만한 말투로 대꾸했다.

"두 시간 전부터 감시하고 있었지. 마레스칼이 도착하고, 경찰들이 몰려오고, 오렐리가 떠나는 모습까지 모두 지켜봤네."

"그래서?"

"그래서 당신도 이 사건의 전모를 알고 있을 것이며 혼란한 틈을 타 오렐리를 데리고 도망쳤을 거라 짐작하고 있었네. 브레작이 마레스칼과 다툼을 벌이는 사이에 말이야. 그자는 이제 자리에서 쫓겨나거나… 체포될 테고…."

"브레작은 방금 스스로 목숨을 끊었네."

조도는 소스라치게 놀랐다.

"뭐! 브레작이… 브레작이 죽었다고!"

라울은 두 사람을 성당 건물 외벽으로 데리고 갔다.

"두 사람 모두 내 말 잘 듣게. 자네 둘 다 이제부터 이 사건에서 빠지게. 조도, 자네는 다스퇴 영감을 죽이고, 미스 베이크필드를 살해했으며, 자네의 친구이자 동업자인 루보 형제를 죽음으로 내몰았어. 내가 자네를 기어코 마레스칼에게 넘겨야겠나…? 그리고 기욤, 자네 어머니가 거액을 받고 내게 비밀을 넘긴 사실은 알고 있나. 물론 자네를 위험에 빠뜨리지 않는다는 조건을 걸고 말일세. 그래서 과거 일은 묻어두기로 했지. 하지만 만약 자네가 또다시 나쁜 짓을 시작한다면 그 약속도 더는 아무런 의미가 없는 셈이야. 내가 자네의 그 나머지 팔마저 부러뜨리고 마레스칼에게 넘겨야겠나?"

당황한 기욤은 은근슬쩍 꽁무니를 빼려고 했다. 하지만 조도는 꼬리를 내리지 않았다.

"그러니까 당신이 보물을 차지하겠다, 그 얘기인가?"

라울은 어깨를 으쓱하며 말했다.

"그럼 보물의 존재를 믿는 건가, 친구?"

"당신과 마찬가지로 나도 믿고 있지. 내가 그 일에 매달려온 세월이 어언 20년이야. 그리고 그 보물을 가로채려는 당신의 그 갖은 수작에 아주 신물이 난 상태고 말이야."

"내가 그 보물을 가로채려 한다고! 그 보물이 무언지, 어디에 있는지 알기나 하고 하는 소린가."

"몰라…. 그건 자네나, 브레작도 마찬가지잖아. 하지만 그 계집은 알고 있지. 그러니…."

"힘을 합치자고?"

라울은 빙그레 웃으며 말했다.

"그럴 필요도 없어. 혼자 힘으로도 얼마든지 내 몫을 챙길 수 있거든. 그것도 아주 두둑한 몫을 말이지. 날 방해한다면 누구라도 가만두지 않을 거야. 당신이 생각하는 것보다 난 훨씬 더 좋은 패를 쥐고 있어. 분명히 경고해두었으니 그럼 난 이만."

라울은 멀어져 가는 두 사내를 바라보았다. 왠지 찝찝한 기분이 들었다. 저 야수 같은 놈은 대체 뭔 속셈으로 이곳에 나타난 것일까?

"쳇! 400킬로미터나 떨어진 곳까지 차를 타고 갈 텐데, 따라올 테면 따라오라지. 내가 작은 기차라도 하나 대령해줄까…!"

다음 날 정오, 오렐리는 볕이 잘 드는 방 안에서 눈을 떴다. 창밖을 내다보니 정원과 과수원 너머로 웅장하고 거무스름한 클레르몽페랑 성당이 눈에 들어왔다. 언덕 위에 위치한 이 요양소는 기숙사를 개조한 건물로, 더할 나위 없이 안전한 데다, 건강을 회복하기에도 안성맞춤인 피난처였다.

여자는 그곳에서 몇 주 동안 평온한 시간을 보냈다. 라울의 늙은 유모와만 이야기를 나누었고, 공원을 산책하지 않을 때면 저만치 떨어져 있는 도시 풍경이나 루아야 언덕 지대로부터 시작되는 퓌드돔 산맥에 시선을 고정한 채 꼬박 몇 시간 동안 공상에 빠져 지냈다.

라울은 단 한 번도 그녀를 만나러 오지 않았다. 유모는 오렐리의 방에 꽃과 과일이나 책과 잡지를 놓고 가곤 했다. 한편, 라울은 포도밭 사이로 구불구불 나 있는 오솔길에 몸을 숨긴 채 여자를 애틋하게 바라보며 나날이 커져가는 자신의 열정을 혼 잣말에 담아 흘려보내곤 했다.

여자의 몸짓이나 가벼운 걸음걸이를 보아하니 마치 말라가던 샘에 신선한 물이 차오르듯 그녀 안에서 다시금 생기가 솟아나고 있는 듯했다. 끔찍했던 시간과 험상궂은 얼굴, 시체와 살인 사건 위에 드리웠던 어둠을 망각의 기운이 뒤덮자 고요하고 그윽하며 자연스러운 행복이 꽃피우고 있었다. 여자는 과거는 물론 미래로부터도 자유로워 보였다.

'초록 눈동자의 아가씨, 이제 당신은 정말로 행복한가 보군. 행복할 때야 비로소 지금 이 순간을 살아갈 수 있는 법이거든. 고통은 나쁜 기억과 헛된 희망을 통해 불어나는 데 반해 행복은 일상 속 자잘한 사건들과 뒤섞여 그 모든 것들을 기쁨과 평안의 요소로 바꾸어주지. 그런데 지금 당신은 행복해 보여, 오렐리. 당신이 꽃을 꺾거나 긴 의자에 누워 있을 때 얼굴에 흡족한 표정이 번지는 것, 그게 바로 행복이지.'

20일째 되는 날, 여자는 라울로부터 편지 한 통을 받았다. 다음 주 하루 날 잡아 아침 일찍 드라이브를 가자는 내용이었다. 긴히 할 이야기가 있다는 것이었다.

여자는 망설이지 않고 곧바로 그 제안을 받아들였다.

약속한 날 아침이 되자 여자는 좁다란 자갈길을 지나 라울이 기다리고 있는 큰길가로 나갔다. 라울을 보자 여자는 문득 걸음을 멈추더니 자신이 어디로 가고 있으며 상황이 자신을 어디로 이끌고 있는지 진지하게 고민하는 사람처럼 불안하고 혼란스러운 기색을 드러냈다. 하지만 라울은 여자에게 다가가 아무 말도 하지 말라는 몸짓을 했다. 지금은 바로 자신이 중요한 말을 해야 할 순간이라는 뜻이었다.

"나오실 줄 알았습니다. 아시다시피 비극적인 사건이 아직 끝나지도 않았고 몇 가지 문제에 대한 해결책도 여전히 찾지 못했으니 우린 어차피 또다시 만날 수밖에 없는 상황이었으니까요. 그래서 해결책을 찾았냐고요? 어차피 아가씨가 신경 쓸 문제가 아닙니다. 그렇지 않습니까? 아가씨는 내게 행동하고 사건을 지휘하고 문제를 해결할, 요컨대 이 사건과 관련한 모든 권한을 부여했습니다. 그러니 그저 내 말에 따르기만 하면 됩니다. 내가 내민 손을 잡고 무슨 일이 일어나든 절대로 겁먹지 마십시오. 이제 당신의 마음을 헤집고 끔찍한 생각만 불러일으키는 두려움 따위는 뿌리치는 겁니다. 아시겠습니까? 그저 모든 일이 잘 해결되리라 편안하게 마음먹고 미리 웃기만 하면 됩니다."

라울은 여자에게 손을 내밀었다. 여자는 라울이 자기 손을 잡도록 놓아두었다. 여자는 무언가를 말하고 싶은 눈치였다. 고맙다고, 신뢰한다고… 하지만 굳이 그런 말을 할 필요조차 없다는 사실을 깨달았는지 결국 아무런 말도 하지 않았다. 두 사람은 곧장 길을 떠났고 온천 지역을 지나 루아야라는 오래된 마을로 들어섰다.

성당 시계는 8시 반을 가리키고 있었고 때는 8월 15일 토요일이었다. 화창한 하늘 아래 산봉우리들이 우뚝 솟아 있었다.

두 사람은 단 한 마디도 주고받지 않았다. 하지만 라울은 끊임없이 마음속으로 여자에게 부드럽게 말을 건네고 있었다.

'자, 이제 내가 싫지 않은 거죠, 초록 눈동자의 아가씨? 내가 초면에 저질렀던 무례는 잊은 거죠? 당신을 무척이나 존중하기 때문에 나 역시 당신을 곁에 두고 그때의 기억을 떠올리는 짓은 하고 싶지 않군요. 자, 살짝 웃으세요. 이제 나를 당신의

수호천사처럼 여기고 있을 테니, 수호천사에게는 미소를 지어 줘야죠.'

오렐리는 웃지 않았다. 하지만 왠지 예전보다 훨씬 더 친숙하고 가까워진 느낌이었다.

채 한 시간도 달리지 않았지만 자동차는 이미 퓌드돔 산자락을 돌아 남쪽으로 뻗어 있는 좁은 길로 접어들어 푸른 골짜기와 어두운 숲 사이로 나 있는 오르막과 내리막길을 굽이굽이 지나가고 있었다.

그리고 다시 길이 좁아지더니 황량하고 메마른 대지가 나왔고, 그곳을 지나자 다시 가파른 비탈길이 시작됐다. 그 길에는 큼지막한 용암 판석이 여기저기 울퉁불퉁하게 깔려 있었다.

"고대 로마식 포장도로지요. 프랑스의 옛 구역에서는 이런 유적을 쉽게 찾아볼 수 있어요. 카이사르의 길이라고나 할까요."

여자는 아무런 대답도 하지 않았다. 그리고 갑자기 멍하니 생각에 잠기는 듯했다.

그 오래된 로마식 도로는 매우 좁고 험한 길이었다. 힘겹게 그 비탈길을 오르니 자그마한 고원이 나왔고, 그 고원에는 폐허가 되다시피 한 마을 하나가 자리 잡고 있었다. '쥐뱅'이라는 글씨가 적힌 푯말이 오렐리의 시선을 사로잡았다. 그런 다음 숲이 이어졌고, 그 숲을 지나자 갑자기 아름다운 초원이 펼쳐졌다. 그리고 또다시 빽빽한 덤불숲 사이로 로마식 포장이 깔린 일직선 오르막길이 나타났다. 두 사람은 그 어귀에서 멈춰섰다. 오렐리는 점점 더 깊은 생각에 빠져들었고, 라울은 그런 여자를 호기심 가득한 눈빛으로 끊임없이 쳐다보았다.

층층이 쌓인 포석을 밟고 올라가자 둥그런 형태의 넓은 공간이 나타났는데 그곳은 싱그러운 식물과 잔디가 깔려 있고 세월의 풍파에도 외벽이 손상되지 않은 높다란 돌담이 좌우로 길게 둘러쳐진 정말이지 매혹적인 장소였다. 돌담에는 커다란 문 하나가 나 있었는데, 라울은 그 문의 열쇠를 가지고 있었다. 마침내 문이 열렸다. 오르막길은 그 문 너머에까지 이어지고 있었다. 그 꼭대기에 이르자 암벽을 병풍처럼 두르고 있는 골짜기 한가운데로 거울처럼 잔잔한 호수 하나가 펼쳐져 있었다.

오렐리는 처음으로 라울에게 질문을 던졌다. 그동안 무슨 생각을 그렇게 골똘히 했는지 충분히 짐작케 하는 질문이었다.

"한 가지 물어보고 싶은 게 있는데 절 이곳으로 데려온 데는 무슨 특별한 이유가 있는 건가요, 아니면 그저 우연히 이리로 오게 된 건가요…?"

라울은 바로 대답을 피하며 그저 이렇게 말했다.

"약간 적막한 풍경이군요. 하지만 거칠면서도 야생 특유의 우울한 분위기가 느껴지는 것이, 꽤 독특한 매력이 있네요. 들은 바로는 관광객들의 발길이 절대 닿지 않는 곳이라는데, 그래도 보시다시피 배도 탈 수 있게 되어 있군요."

라울은 여자를 데리고 말뚝에 쇠사슬로 묶여 있는 낡은 배 쪽으로 향했다. 여자는 아무 말 없이 배에 올라탔다. 라울은 노를 집어 들었다. 천천히 배가 움직이기 시작했다.

청회색을 띤 물빛은 푸른 하늘보다는 그 속에 숨어 있는 어두운 구름빛을 닮은 듯했다. 노 끝에서는 마치 수은처럼 무겁게 느껴지는 물방울들이 반짝거렸다. 그런 금속 같은 물결을 배가 가를 수 있다는 것이 새삼 신기하게 느껴질 정도였다. 오렐리는 물속에 손을 담갔다가 재빨리 빼냈다. 물이 너무나 차가워 불쾌한 기분이 들었던 것이다.

여자는 한숨을 내쉬었다.

"아!"

"왜 그러십니까? 무슨 일이죠?"

"아무것도… 그저, 저도 잘 모르겠어요…."

"불안해 보이는군요…. 흥분한 것도 같고…."

"흥분이라, 그래요. 마음속에서 뭔가가 느껴지는데, 그게 놀랍기도 하고… 당혹스럽기도 한 것이… 마치…."

"마치, 뭡니까?"

"어떻게 설명해야 할지… 마치 제가 다른 사람이 된 것도 같고… 제 앞에 있는 당신도 여기에 없는 것 같아요. 제 말, 무슨 뜻인지 이해하시겠어요?"

라울은 미소를 지으며 대답했다.

"네, 이해합니다."

여자는 중얼거렸다.

"굳이 설명하려 들지 마세요. 괴로운 감정이긴 한데, 내가 느끼는 이 감정을 절대로 방해받고 싶지는 않아요."

병풍처럼 둘러 있는 절벽 꼭대기에는 반경이 500~600미터는 됨직한 거대한 벽이 군데군데 모습을 드러내고 있었고, 절벽 깊숙한 곳에는 높다란 암벽으로 인해 항상 그늘이 드리워져 있는 수로의 입구가 있었다. 두 사람은 수로가 시작되는 곳으로 향했다. 그곳에 있는 바위는 더욱 검고 음산해 보였다. 오렐리는 웅크린 사자나 육중한 굴뚝, 거인 동상이나 거대한 이무기돌 등을 닮은 기암괴석들을 넋 나간 표정으로 올려다보았다.

그리고 그 몽환적인 분위기의 수로를 중간쯤 지났을 때, 약한 시간 전쯤 떠나왔던 장소로부터 희미하고 어렴풋한 소리가 들려왔다.

성당에서 울리는 종소리였다. 가벼운 종소리, 경쾌하고 기분 좋은 청동의 노래, 성당의 큰 종이 떨리며 내는 신성한 음악의 진동….

여자는 휘청거렸다. 이번에는 그녀 역시 자신이 이토록 흥분하는 이유를 잘 알고 있었다. 잊지 않으려고 안간힘을 썼던 그 신비로운 과거, 그 과거의 소리가 그녀 안에서, 그녀 주위에서 은은하게 울려 퍼지고 있었던 것이다. 그 소리는 옛 화산의 용암과 뒤엉킨 화강암 암벽 여기저기에 부딪히고 있었다. 그렇게 이 바위에서 저 바위로, 조각상 모양의 돌에서 이무기 모양의 돌로 튕기듯 옮겨갔고, 잔잔한 수면으로 미끄러지듯 들어가다 광활한 창공으로 치솟는가 싶더니, 다시 물거품처럼 심연 저 아래로 곤두박질쳤다가, 결국 화사한 햇빛이 반짝이는 협로의 다른 출구 쪽으로 메아리를 울리며 사라져갔다.

느닷없이 밀려드는 추억에 심장이 요동치고 정신이 혼미해진 오렐리는 북받치는 감정에 굴복하지 않으려고 온몸에 힘을 준 채 안간힘을 써댔다. 하지만 더 이상 버틸 힘이 없었다. 추억에 압도당한 여자는 나뭇가지가 휘어지듯 무너지며 흐느꼈다.

"맙소사! 세상에, 당신은 대체 누구신가요?"

여자는 상상을 초월하는 이 신비로운 인물로 인해 아연실색해졌다. 어머니의 당부대로 사랑하는 사람에게만 털어놓을 그 보물 같은 비밀을 어렸을 때부터 지금껏 철저히 지켜왔는데, 자신의 속마음을 모두 읽고 있는 이 사내 앞에서는 완전히 무장해제가 된 느낌이었다.

라울은 무너지는 여인의 모습에 한없는 매력을 느끼며 넌지시 물었다.

"내 짐작이 틀리지 않았군요? 바로 이곳이에요, 그렇죠?"

"네, 바로 이곳이에요. 이곳으로 오는 내내 왠지 주변 풍경이 낯설지가 않았어요…. 길… 나무… 덤불숲 사이로 나 있는 포석이 깔린 비탈길… 그리고 호수와 바위, 이 물빛과 차가운 느낌… 무엇보다 저 종소리… 아! 옛날 그 소리와 똑같아요…. 외할아버지와 엄마, 그리고 어린 소녀였던 저를 반겨줬던 저 소리가 지금도 같은 장소에서 우리를 반겨주고 있어요. 오늘처럼 그날도 우리는 어둠 속을 나와 반대편 호수로 들어갔죠. 따사로운 햇볕을 받으며…."

여자는 고개를 들고 주위를 둘러보았다. 과연 좀 더 작지만 더욱 장엄해 보이는 또 다른 호수가 눈앞에 펼쳐졌다. 주위 절벽이 더욱 가팔라서인지 거칠고 야생적인 분위기가 물씬 풍겨지는 적막한 곳이었다.

기억이 하나둘씩 떠오른 여자는 마치 친구에게 비밀을 고백하듯 라울에게 모든 사실을 털어놓았다. 여자는 지금 자신이 물기 어린 눈으로 바라보고 있는 이 갖가지 형태와 색깔들이 빚어낸 풍경들을 아무 걱정 없이 해맑게 감상하던 행복한 어린 소녀로 되돌아간 듯했다.

라울이 말했다.

"마치 당신을 따라 당신의 인생 속으로 여행을 떠나는 기분이군요. 가슴이 벅차오릅니다. 오늘 이렇게 당신과 함께 그 장소를 바라볼 수 있어서 얼마나 행복한지 모르겠습니다."

여자는 계속해서 말했다.

"어머니는 지금 당신 자리에 앉아 있었어요. 외할아버지는 당신 맞은편에 앉아 계셨고요. 난 엄마 손을 꼭 붙잡고 있었죠. 저기, 저 틈 사이에 홀로 서 있는 나무, 그때도 저 자리에 있었어요…. 그리고 저기 저 바위 위에 햇빛이 그려놓은 얼룩덜룩한 무늬도요…. 이제 다시 통로가 좁아질 거예요. 그리고 저기가 통로 끝이자 호수 끝자락이고요. 그러니까 이 호수는 초승달처럼 길쭉하게 휘어진 모양인 거죠…. 자, 저길 봐요…. 왼쪽에 절벽을 타고 흐르는 폭포가 있죠…. 오른쪽에 또 다른 폭포가 있고요…. 모래도 보일 거예요. 모래가 마치 운모처럼 반짝거리죠…. 그리고 곧 동굴이 나타날 테고… 네, 확실해요…. 그 동굴 입구에서…."

"그 동굴 입구에서, 뭐죠?"

"저기서 어떤 남자가 우릴 기다리고 있었어요…. 밤색 모직 작업복 차림에 회색 수염을 길게 기른, 뭔가 묘한 분위기의 남자였어요…. 여기서도 보였는데, 덩치가 큰 남자가 서 있더라고요. 설마 또다시 그 남자와 마주치는 건 아니겠죠?"

라울은 단호한 어조로 말했다.

"사실 또다시 마주칠 것 같습니다. 그런데 이상하군요. 거의 정오가 다 돼가는데… 그 남자와 정오에 만나기로 했거든요."

12
차오르는 물

두 사람은 햇빛을 받아 모래알이 운모처럼 반짝이는 자그마한 모래사장에 배를 댔다. 좌우로 뻗은 절벽이 한군데로 모이면서 뾰족하고 깊은 형태의 공간을 형성하고 있었는데, 다소 울퉁불퉁한 땅바닥 위에는 청석돌 지붕이 널찍하게 드리워져 있었다.

이 지붕 아래에는 식탁보가 깔린 작은 테이블이 놓여 있고, 그 위에는 접시와 치즈, 과일 등이 차려져 있었다.

접시 위에는 다음과 같은 글자가 적힌 명함 한 장이 놓여 있었다.

다스퇴의 친구인 탈랑세 후작이 오렐리, 당신에게 인사를 전합니다. 그는 곧 약속 장소에 나타날 것이며, 낮 동안밖에 당신을 접대하지 못하는 데 대해 양해를 구할 예정입니다.

오렐리가 물었다.
"그러니까 이분이 절 기다렸단 말인가요?"

"그렇습니다. 사실 나흘 전에 이 사람과 난 아주 오랫동안 이야기를 나눴죠. 그래서 오늘 정오까지 당신을 여기로 데려온 거고요."

여자는 주위를 둘러보았다. 동굴 벽에는 이젤이 기대 세워져 있었고, 그 위에는 널찍한 선반이 놓여 있었다. 선반 위에는 도화지와 주형, 물감 통이 널려 있었고, 낡은 옷가지들도 걸려 있었다. 동굴 한쪽 구석에는 그물 침대도 설치돼 있었다. 맨 안쪽에는 커다란 돌 두 개가 놓여 있었는데, 그 부근 벽이 검게 그을려 있는 데다 암석 틈새에 파이프 하나가 굴뚝처럼 세워져 있는 것으로 보아 불을 피우는 자리인 듯했다.

오렐리가 물었다.

"그분이 여기에서 지내시나요?"

"종종 그런다는군요. 요즘 같은 계절에는 더욱 자주 머무르고요. 평소에는 쥐뱅 마을에서 생활하는데, 바로 그곳에서 그 사람을 찾아냈죠. 하지만 그곳에서 지낼 때조차 매일같이 이곳을 찾는다는군요. 고인이 된 당신 외할아버지처럼 그 양반도 매우 특이한 사람입니다. 학식도 풍부하고, 비록 그림 실력은 형편없지만 예술가적 성향도 다분한 인물이죠. 거의 은둔자처럼 혼자 지내며 사냥도 하고 나무를 베기도 하고, 자신의 가축들을 돌보는 목동을 감시하기도 합니다. 또 사방으로 약 8킬로미터에 달하는 자기 영지 내에 거주하는 모든 가난한 자들을 보살피기도 하고요. 그 사람은 그렇게 15년간 당신을 기다려왔습니다, 오렐리."

"내가 성인이 되기를 기다린 거겠죠."

"그렇습니다. 친구인 다스퇴와 약속을 했기 때문이랍니다. 좀 더 자세히 물어보았지만 당신한테만 털어놓겠다는군요. 어쩔 수 없이 그 사람에게 당신의 지난 인생 여정과 최근 몇 달간의 일들을 모두 이야기해준 다음, 당신을 여기로 데려오겠다고 약속을 하고서야 이 사유지의 열쇠를 넘겨받을 수 있었죠. 당신을 다시 만난다는 생각에 뛸 듯이 기뻐하더군요."

"그런데 왜 아직 안 오시는 거죠?"

사실 탈랑세 후작이 나타나지 않는다고 해서 속을 끓일 이유는 하나도 없었다. 하지만 라울 역시 점점 더 의아한 마음이 들기는 했다. 어쨌든 여자를 조금도 불안하게 만들고 싶지 않았기에 그는 이 특별한 장소와 묘한 상황 속에서 처음으로 둘이 함께하게 된 식사 시간 동안 갖은 재치와 기지를 발휘해야 했다.

지나친 애정 표현으로 분위기를 어색하게 만들지 않으려고 각별히 주위를 기울이면서도 라울은 여자가 자신의 곁에서 마음을 푹 놓고 있음을 여실히 느낄 수 있었다. 처음처럼 도망쳐야 할 적이 아니라 그저 도움을 주고 싶어 하는 좋은 친구라는 사실을 깨달은 모양이었다. 하긴 라울 덕분에 저 아가씨가 곤경에서 벗어난 적이 어디 한두 번인가! 이 낯선 사내에게 모든 기대를 걸고 인생을 온전히 내맡기고, 그의 의지에 따라 자신의 행복이 꽃피는 경험을 하면서 그동안 오렐리 자신도 얼마나 놀라워했던가!

여자는 중얼거렸다.

"고마움을 표하고 싶은데 어떻게 해야 할지 잘 모르겠어요.

당신에게 진 빚은 아무리 애를 써도 평생 갚지 못할 거예요."

라울이 나지막이 말했다.

"웃어요, 초록 눈동자의 아가씨, 그리고 날 봐요."

여자는 미소 띤 얼굴로 라울을 쳐다보았다.

"이제 다 갚은 겁니다."

2시 45분이 되자 종소리가 다시 들려왔다. 대성당의 종소리가 암벽 여기저기에 부딪히며 메아리쳤다.

라울이 차분히 설명하기 시작했다.

"지극히 논리적인 현상입니다. 이 지역 주민이라면 다 아는 사실이죠. 북동쪽, 다시 말해 클레르몽페랑에서 바람이 불어오면 지형적 특성상 모든 소리가 거대한 기류를 타고 암벽 사이로 난 구불구불한 길을 따라 이 호수 표면에 도달하는 겁니다. 필연적이고 과학적인 현상이지요. 클레르몽페랑에 있는 모든 성당의 자그마한 종과 대성당의 큰 종이 내는 소리들이 바로 여기로 와서 합창을 할 수밖에 없는 겁니다. 바로 지금처럼…."

여자는 고개를 가로저었다.

"아니요. 그게 다가 아닐 거예요. 당신의 설명은 뭔가 부족해요."

"그럼 다른 뭔가가 있다는 말씀인가요?"

"진실이요."

"무슨 진실을 말씀하시는 겁니까?"

"제게 어린 시절의 느낌을 그대로 떠올리게 하려고 당신이 일부러 종소리를 여기까지 닿도록 한 걸 거예요."

"내가 그런 일까지 할 수 있을 거라 여기십니까?"

여자는 확신에 찬 어조로 대답했다.

"당신이라면 뭐든 할 수 있죠."

라울은 농담을 던졌다.

"그리고 이 몸은 모든 것을 볼 수 있답니다. 15년 전 바로 이 시간, 당신은 여기서 잠을 자고 있었지요."

"무슨 뜻이죠?"

"당신의 눈꺼풀이 무거워지고 있어요. 15년 전 일이 지금 그대로 되풀이되고 있기 때문이랍니다."

여자는 굳이 졸음을 물리치려 하지 않고 그물 침대로 가서 몸을 뉘였다.

라울은 동굴 입구로 나가 잠시 주위를 살폈다. 하지만 곧 시계를 쳐다보고는 짜증스런 기색을 내비쳤다. 시계는 이미 3시 15분을 가리키고 있었지만 탈랑세 후작은 여전히 나타나지 않았다.

라울은 짜증이 솟구쳐 마음속으로 투덜거렸다.

'그래서 뭐! 뭐, 어떻다는 거지! 전혀 중요한 문제가 아니잖아.'

사실 꽤 중요한 문제였다. 라울 역시 그 사실을 알고 있었다. 사소한 일 하나까지 모두 중요한 경우도 있는 법이니.

라울은 다시 동굴로 들어가 자신의 보호 아래 새근새근 자고 있는 여자를 가만히 내려다보았다. 다시 말을 건네고 싶었고 자신을 믿어줘서 고맙다는 말을 전하고 싶었다. 하지만 그럴 수 없었다. 알 수 없는 불안감이 점점 엄습해왔던 것이다.

라울은 자그마한 모래사장을 가로질러 가서 뱃머리가 모래사장에 닿도록 정박시켜놓은 배의 상태를 확인해보았다. 배는 이제 기슭에서 2~3미터 정도 떠내려가 출렁대고 있었다. 장대를 이용해 배를 끌어당겨 안을 자세히 들여다보니 호수를 건너오는 동안에는 불과 몇 센티미터밖에 안 고여 있던 물이 이제는 30~40센티미터까지 차올라 있었다.

라울은 기슭에다 배를 뒤집어놓았다.

'젠장, 무사히 건너온 것만도 기적이군!'

그저 구멍이 나서 금세 고치면 되는 상황이 아니었다. 판자 하나가 완전히 썩어 있었다. 게다가 **그 판자는 최근에 누군가가 못 네 개로 아슬아슬하게 고정해놓은 것이 틀림없었다.**

누가 이런 짓을 꾸민 것일까? 우선 탈랑세 후작이 머릿속에 떠올랐다. 하지만 그 노인이 과연 무슨 이유로 이 같은 짓을 저질렀단 말인가? 다스퇴의 친구인 그자가 오렐리와의 만남을 앞두고 대체 무슨 동기로 이 같은 끔찍한 일을 계획했을 것이란 말인가?

그와 동시에 문득 한 가지 궁금증이 일었다. 배가 없을 텐데 탈랑세 후작은 과연 무슨 수로 이곳에 오겠다는 건지? 어디로 나타날 계획인 건지? 그렇다면 절벽이 양측으로 돌출된 이 좁은 모래사장으로 통하는 육로가 존재한다는 뜻인가?

라울은 주위를 둘러보았다. 왼쪽에는 물이 솟아오르는 샘이 두 군데나 있는 데다 화강암이 장벽처럼 버티고 있어서 출구 같은 것은 도저히 존재할 수 없었다. 하지만 오른쪽에는 절벽과 호수가 만나는 지점쯤에 스무 개의 돌계단이 깎여 있었다. 그곳에서부터 암벽 측면을 따라 거의 자연적으로 생겨난 듯한 울퉁불퉁한 오솔길이 뻗어 있었다. 일종의 벼랑길인 그 길은 너무나 비좁았기 때문에 때로는 튀어나온 돌에 매달려야 간신히 지나갈 수 있을 정도였다.

라울은 진격을 하듯 그 길을 따라 올라갔다. 추락을 방지하기 위해 암벽 군데군데에는 꺾쇠가 박혀 있었다. 어렵사리 위쪽 평지에 도착해 아래를 내려다보니 오솔길은 호수를 빙 돌아 협곡 쪽으로 뻗어 있었다. 주변에는 군데군데 바위가 솟아 있는 초록 경관이 펼쳐져 있었다. 목동 두 명이 가축을 몰며 방대한 영지를 에워싼 높다란 벽 쪽으로 멀어져 가고 있었다. 키 큰 탈랑세 후작의 모습은 그 어디에도 보이지 않았다.

라울은 한 시간 동안 주변을 둘러본 뒤 원래 있던 곳으로 되돌아갔다. 그런데 절벽 아래로 거의 다 내려왔을 때쯤 자신이 자리를 비운 사이 호수의 물이 첫 번째 층계까지 차오른 사실을 깨닫고 섬뜩한 기분이 들었다. 그는 할 수 없이 껑충 뛰어야 했다.

라울은 걱정 어린 표정으로 중얼거렸다.

"거참 이상한 일이로군."

오렐리가 그 소리를 들은 모양이었다. 오렐리는 곧장 라울에게 달려오다 당황한 얼굴로 문득 걸음을 멈추었다.

라울이 물었다.

"무슨 일입니까?"

여자는 더듬대며 말했다.

"물이… 물이 차오르고 있어요! 아까는 물이 저 아래에 있었잖아요…? 분명해요…."

"네, 그렇군요."

"왜 물이 차오른 거죠?"

"종소리가 울린 것처럼 지극히 자연스러운 현상일 뿐입니다."

라울은 애써 장난기 어린 말투로 말을 이었다.

"보시다시피, 이 호수도 일종의 조수 간만의 법칙을 따르는 거죠. 밀물과 썰물이 번갈아 일어나면서요."

"그럼 물이 차오르는 건 언제쯤 멈출까요?"

"한두 시간쯤 후에요."

"그러니까 동굴이 반쯤은 물에 잠길 거란 말씀이시죠?"

"그렇습니다. 때로는 물이 동굴 안까지 침범하나 봅니다. 저기 화강암의 검은 자국은 틀림없이 이 호수의 최고 수위를 표시해놓은 것일 테니까요."

라울의 목소리가 문득 잦아들었다. 그 첫 번째 표시 말고도 동굴 천장 가까이에 또 다른 자국 하나가 있었던 것이다. 저 표시는 과연 무엇을 의미하는 것일까? 정녕 어느 시기에는 호수 물이 저 천장까지 차오른다고 여겨야 하는 것일까? 하지만 대체 무슨 예외적인 현상으로, 어떤 천재지변으로 그러한 일이 가능하단 말인가?

라울은 마음을 바짝 다잡으며 생각했다.

'아니야, 그럴 리 없어. 모두 다 터무니없는 가정일 뿐이라고. 천재지변이라니? 수천 년에 한 번 일어날까 말까 한 일인데? 조수 간만의 차라니? 그런 망상을 믿을 순 없지. 그저 우연히 일어난 일일 뿐이야. 일시적인 현상이라고….'

그래, 일시적인 현상이라고 치자. 하지만 어째서 이런 현상이 일어나고 있단 말인가?

　자신의 의지와는 상관없이 라울의 머릿속에서는 생각이 꼬리에 꼬리를 물었다. 우선 탈랑세 후작이 희한하게도 끝내 모습을 드러내지 않은 사실이 떠올랐다. 그리고 그가 이 자리에 불참한 사실과 아직 정체를 알 수 없는 이 은밀한 위험 사이에 어떠한 관계가 있을지 생각해보았다. 그러자 부서진 배도 자연스레 머릿속에 떠올랐다.

　"무슨 생각을 그리 골똘히 하는 건가요? 정신이 다른 데 가 있는 것 같아요."

　"그래요! 여기서 공연히 시간만 낭비하고 있다는 생각이 들기 시작했어요. 아무리 기다려도 당신 외할아버지의 친구분은 나타나지 않으니, 우리가 직접 만나러 갑시다. 쥐뱅 마을에 있는 그분의 집에서도 얼마든지 이야기를 나눌 수 있을 테니까요."

　"하지만 어떻게 가죠? 배도 망가진 것 같은데."

　"오른쪽에 길이 하나 있습니다. 여자가 가기에는 무척 험한 길이지만 그래도 시도해볼 만은 할 겁니다. 그저 내 도움을 받아들이고 나한테 안기십시오."

　"그냥 저도 걸어가면 안 될까요?"

　"군이 왜 물에 들어가시려고요? 나 혼자만 젖으면 되는데."

　아무 생각 없이 이 말을 내뱉어 놓고 보니 여자의 얼굴이 새빨갛게 달아올라 있었다. 보쿠르에서 도망칠 때처럼 사내의 품에 안긴다고 생각하니 견딜 수 없이 민망한 모양이었다.

두 사람은 어색한 나머지 아무 말도 하지 않았다.

호숫가에 서 있던 여자는 물에 손을 담그더니 중얼거렸다.

"안 되겠어요…. 도저히… 너무 차가워서 견딜 수 없을 것 같아요. 전 못 하겠어요."

여자는 뒤쫓아오는 라울과 함께 동굴 안으로 다시 들어갔다. 그렇게 15분이 흘렀다. 라울은 그 시간이 한없이 길게만 느껴졌다.

"제발 부탁입니다. 여기를 떠납시다. 상황이 점점 심각해지고 있어요."

여자는 라울의 청에 따라 동굴 밖으로 나왔다. 그런데 여자가 라울의 목에 팔을 감으려는 순간, 느닷없이 휙 소리가 들리더니 돌멩이 파편이 튀어 올랐다. 멀리서 총성이 들렸다.

라울은 곧바로 오렐리를 바닥에 엎어뜨렸다. 곧이어 두 번째 총알이 날아와 바위 귀퉁이를 부서뜨렸다. 라울은 단번에 여자를 들어 올려 안쪽에 밀어놓고, 맹렬한 기세로 뛰쳐나가려 했다.

"라울! 라울! 그러지 말아요…. 죽을지도 몰라요…."

라울은 다시금 여자를 붙잡고 안전한 구석에 밀어놓았다. 하지만 이번에는 여자도 라울을 쉽게 놓아주지 않았다. 라울에게 악착같이 매달려 못 가게 말렸던 것이다.

"제발 가지 마세요…."

"안 됩니다. 이러면 안 돼요. 적극적으로 대응해야 합니다."

"싫어요… 그러지 마세요…."

여자는 떨리는 손으로 라울을 붙잡았다. 불과 몇 분 전만 해도 사내에게 안기는 것을 그토록 저어하던 여자가 이제는 있는 힘껏 라울을 꽉 끌어안았다.

라울은 부드럽게 말했다.

"전혀 두려워할 필요 없어요."

여자는 나지막이 중얼거렸다.

"하나도 두렵지 않아요. 하지만 우린 함께 있어야 해요…. 우리 둘은 지금 똑같은 위험에 처해 있잖아요. 그러니 떨어져서는 안 된다고요."

"당신을 떠나지 않을 겁니다. 그래요, 당신 말이 맞아요."

라울은 고개만 내밀어 수평선 쪽을 내다보았다.

세 번째 총알이 날아와 천장에 있는 청석돌 하나를 깨뜨렸다.

두 사람은 포위당한 채 옴짝달싹할 수 없는 신세가 돼버렸다. 장거리 총을 소지한 두 명의 사격수가 출구를 단단히 감시하고 있었다. 라울은 멀리서 소용돌이치는 두 개의 작은 연기 구름을 보고 재빨리 사격수들의 위치를 파악해냈다. 두 사격수 사이의 거리는 매우 가까웠고, 둘은 모두 기슭 오른쪽에 있는 협로의 위쪽 부근, 다시 말해 동굴로부터 약 250미터 떨어진 곳에 자리하고 있었다. 그곳에서라면 정면에 있는 호수 전체를 내려다볼 수 있고, 모래사장 구석까지 통제할 수 있으며, 동굴 안 구석까지 총알을 날릴 수 있었다. 사실 동굴은 완전히 노출된 장소나 다름없었다. 우측 움푹 파인 곳에 몸을 웅크리거나 지붕 끝자락에 가려진 후미진 곳, 두 개의 아궁이 돌 위에 숨어야만 겨우 총알을 피할 수 있을 정도였다.

라울은 억지로 호탕하게 웃으며 말했다.

"정말 재미있군요."

라울이 워낙 자연스럽게 폭소를 터트린 덕분에 오렐리는 다소 긴장이 풀렸다. 라울은 말을 이었다.

"이거 꼼짝없이 갇힌 신세인걸요. 조금만 움직여도 총알이 날아올 겁니다. 동굴 안이 거의 다 사정권 안이니 쥐구멍에 숨어 있듯 잔뜩 웅크리고 있을 수밖에. 정말 빈틈없이 덫을 놓지 않았습니까."

"대체 누가요?"

"처음에는 후작을 의심해보았는데, 아닙니다. 그 사람이 아니에요. 그가 이런 짓을 꾸몄을 리 없습니다."

"그럼 그분은 지금 어떻게 됐을까요?"

"분명 어딘가에 갇혀 있을 겁니다. 우리를 이렇게 가둬놓은 자들이 쳐놓은 어떤 함정에 걸려들었겠죠."

"그렇다면?"

"일말의 동정심도 기대할 수 없는 가공할 두 적의 짓입니다. 조도와 기욤 앙시벨 말입니다."

라울은 일부러 단도직입적으로 솔직하게 말했다. 그렇게 함으로써 오렐리가 지금 그들이 직면한 진짜 심각한 위험에 대한 생각을 떨쳐내길 바랐던 것이다. 사실 조도와 기욤의 이름, 총알 따위는 저들이 강력한 지원군으로 삼고 있는 이 소리 없이 차오르는 물에 비하면 아무것도 아니었다.

여자가 물었다.

"어째서 이런 음모를 꾸민 걸까요?"

라울은 오렐리를 염두에 두기보다는 자기 자신에게 최대한 그럴듯한 설명을 해준다는 심정으로 이야기를 시작했다.

"보물 때문입니다. 이미 마레스칼의 코를 납작하게 만들어놓았지만 언젠가는 조도와 기욤 역시 손봐줘야겠다고 벼르고 있었습니다. 그런데 저들이 선수를 친 셈이죠. 어떤 술수를 부렸는지는 모르겠지만 저놈들이 내 계획을 알아내 당신 외할아버지의 친구를 공격하고 감금한 다음, 당신에게 보여주려고 했던 서류를 가로챈 겁니다. 그리고 오늘 아침부터 만반의 준비 태세를 갖추고 있었던 거죠. 아까 우리가 협로를 지나올 때 저들이 총을 쏘지 않은 이유는 주위 평야에 목동이 돌아다니고 있었기 때문입니다. 게다가 서두를 필요가 뭐가 있었겠습니까? 저 두 놈 중 하나가 명함 위에 휘갈겨놓은 짧은 글만 믿고 우리가 하염없이 탈랑세 후작을 기다릴 거라고 모두 예상했을 테니까요. 그래서 놈들은 바로 여기에다 덫을 친 겁니다. 우리가 협로를 막 지나자마자 육중한 수문이 닫혔을 테고, 두 개의 폭포로 인해 호수의 수위가 점차 높아졌겠죠. 네다섯 시 이전에는 아무런 눈치도 챌 수 없을 만큼 아주 조금씩 말이지요. 그 시각이면 목동들도 집으로 돌아갈 테니 호수 주위에는 아무도 없을 테고, 그러면 이곳은 사격을 하기에 안성맞춤인 장소가 될 테니까요. 이미 배는 가라앉아 버렸고 총 때문에 동굴 밖으로 나가지도 못하는 처지니, 이제 도망치기란 불가능합니다. 자, 이렇게 라울 드 리메지 남작이 그 천박한 마레스칼처럼 된통 당하고 만 겁니다."

라울은 마치 적의 만만치 않은 공격을 그 누구보다 즐기는 사람처럼 이 모든 이야기를 무덤덤하면서도 익살스러운 어조로 풀어냈다. 오렐리는 하마터면 웃음을 터트릴 뻔했다.

라울은 담배에 불을 붙인 뒤, 손가락 끝에 들린 불타는 성냥개비를 앞으로 쭉 내밀었다.

곧바로 고원 평지 쪽에서 두 발의 총성이 들려왔다. 곧이어 세 번째, 네 번째 총성이 울려 퍼졌다. 하지만 목표물을 명중시키지는 못했다.

그러는 사이 물은 계속해서 빠른 속도로 차올랐다. 대야 형태의 모래사장은 가장자리가 이미 물로 잠식된 상태였고, 잔물결이 위쪽까지 밀려와 동굴 입구까지 물이 들어오고 있었다.

"저 아궁이 돌 위가 더 안전할 것 같군요."

두 사람은 얼른 그 위로 뛰어올랐다. 라울은 우선 그물 침대에 오렐리를 눕혀놓은 뒤, 식탁으로 달려가 점심때 먹다 남은 음식을 냅킨으로 쓸어 담아와 화판 위에 올려놓았다. 또다시 총알이 연달아 날아왔다.

"이런, 너무 늦었어. 자, 이제 더 이상 걱정할 필요 없습니다. 조금만 기다리면 이곳에서 빠져나갈 수 있을 겁니다. 내 계획이 뭐냐고요? 먹고 쉬면서 기운을 회복하는 거죠. 그러다 보면 어느새 밤이 올 테고, 그럼 난 당신을 들쳐 업고 절벽 사이로 난 좁은 길까지 달려갈 겁니다. 적들이 지금 우위를 점할 수 있는 건 바로 이 밝은 빛 때문입니다. 밝은 빛 때문에 우리를 꼼짝 못하게 가둬놓을 수 있는 거죠. 그러니 어둠은 우리에게 구원을 의미합니다."

"네. 하지만 그동안에도 물은 계속 차오를 텐데요. 충분히 어두워지려면 아직 한 시간은 더 기다려야 하고요."

"그래서요? 발만 적시는 대신 허리까지 물에 담그면 그뿐이죠."

　말로는 무척 간단한 일인 듯했다. 하지만 라울은 자기 계획의 허점을 명확히 알고 있었다. 우선 이제 막 해가 산등성이 너머로 모습을 감추었으니 아직도 한 시간 반에서 두 시간 정도는 주위가 환할 터였다. 게다가 적들이 서서히 접근해 와 오솔길에 자리를 잡고 서 있을 텐데, 그 상황에서 어떻게 여자를 들쳐 업고 탈출로를 뚫을 수 있겠는가?

　오렐리는 과연 라울을 믿어야 할지 망설이는 기색이었다. 여자는 자기도 모르게 수위의 변화를 가늠할 수 있는 표지에 시선을 고정한 채 이따금 몸서리를 쳐댔다. 하지만 라울은 놀라울 정도로 침착한 모습이었다.

　"당신이라면 분명 나를 데리고 무사히 이곳을 빠져나갈 거예요."

　라울은 여전히 경쾌한 어조로 말했다.

　"아주 좋아요. 날 믿으시는군요."

　"네. 믿어요. 언젠가 제게 말했던 거… 기억하세요…? 제 손금을 읽으면서 물을 조심하라고 하셨잖아요. 그 예언이 맞아떨어졌네요. 하지만 전 하나도 두렵지 않아요. 당신은 뭐든 할 수 있으니까요… 기적까지도…."

　어떻게든 천연덕스럽게 굴며 여자를 안심시키고 싶었던 라울은 이렇게 대답했다.

　"기적이라고요? 아닙니다. 기적은 아니죠. 단지 이성적으로 판단하고, 상황에 따라 행동할 뿐입니다. 당신에게 어린 시절에 대해 한마디도 물어보지도 않고 낯익은 장소, 바로 여기까지 데려와서 날 무슨 마법사처럼 여기나 본데, 그건 아닙니다. 이 모든 건 그저 추론과 사색의 결과일 뿐이죠. 게다가 다른 사람보다 더 자세한 정보를 가지고 있었던 것도 아니고요. 조도와 그 공범들도 병에 대해 알고 있었고, 청춘의 물이라는 상표 아래 명시된 성분 표시 역시 읽었을 테니까요. 그자들이 그 표시를 읽고 무슨 단서를 얻어냈나요? 아무것도 얻지 못했죠. 하지만 이 몸은 곧바로 조사에 착수했고, 그 결과 병에 적힌 성분이 단 한 줄만 빼놓고 오베르뉴의 주요 온천장 중 한 곳인 루아야의 온천 성분과 일치한다는 사실을 알아냈답니다. 그래서 오베르뉴 지도를 살펴보았고, 마침내 쥐뱅이라는 이름의 마을과 호수를 찾아낸 겁니다(분명 쥐뱅Juvains은 라틴어로 청춘을 의미하는 **유벤티아**Juventia에서 따온 이름일 테니까요). 난 직접 정보를 수집하러 나섰죠. 한 시간가량 산책을 하며 마을 사람들과 수다를 떨다 보니, 이 지역에서 카라바 후작(샤를 페로의《장화 신은 고양이》에 등장하는 인물로 정체가 모호한 사람을 비유함 – 옮긴이)으로 통하는 탈랑세 후작이 이 사건의 중심에 있다는 사실을 알게 됐어요. 그래서 곧바로 그 양반에게 접근해 당신이 보내서 왔다고 말했죠. 그런데 후작의 말을 듣자니, 당신이 성모승천대축일, 다시 말해 8월 14일 일요일에서 15일 월요일 사이에 이곳을 방문한 적이 있다고 하더군요. 그때부터 같은 날에 맞춰 당신을 이곳으로 데려오려 준비를 해왔던 겁니다. 그날이 돼야 예전과 마찬가지로 북풍이 불 것이고, 그래야 바람을 타고 종소리가 여기까지 도달할 테니까요. 이게 바로 기적의 실체랍니다, 초록 눈동자의 아가씨."

하지만 이런 이야기를 주절거려보아도 여자의 긴장을 누그러트리기에는 역부족이었다. 잠시 후 오렐리는 속삭였다.

"물이 차오르고 있어요…. 물이 차오르고 있다고요…. 아궁이 돌 두 개가 모두 물속에 잠겼어요. 당신 신발도 젖어버렸고요."

라울은 돌 하나를 들어 다른 돌 위에 포개놓았다. 그리고 그 위에 올라서서 팔꿈치를 그물 침대 줄에 기대고 태평한 얼굴로 다시 주절거리기 시작했다. 정적이 흐르면 여자가 불안해할까 봐 걱정됐기 때문이다. 라울은 입으로는 연신 안전하다고 말하고 있었지만 마음속으로는 위험이 점점 다가오는 이 참혹한 현실에 적잖은 두려움을 느끼며 이런저런 생각과 추론에 몰두하고 있었다.

대체 무슨 일이 벌어진 걸까? 이 상황을 어떻게 이해해야 할까? 조도와 기욤이 어떤 술책을 부린 탓에 호수의 수위가 점점 높아지고 있다. 그렇다, 그 사실은 의심의 여지가 없다. 하지만 두 강도는 아주 오래전에 만들어진 기존의 장치를 이용했을 뿐이다. 그렇다면 알 수 없는 모종의 이유로(동굴 안에 사람을 가두고 익사시킬 목적은 아니었으리라) 호수의 수위를 높이는 장치를 고안한 사람들이 수위를 낮추는 장치 역시 어딘가에 만들어놓지 않았을까? 수문을 닫을 수 있다면, 필시 상황에 따라 어떤 보이지 않는 시스템에 의해 물을 흘려보내 호수를 비울 수 있는 배수관 또한 존재할 터였다. 하지만 이 배수관을 대체 어디서 찾아야 할까? 수문의 개폐 상태에 따라 작동될 그 시스템을 과연 어디서 찾는단 말인가?

라울은 손 놓고 앉아서 죽음을 기다릴 사람은 아니었다. 그는 우선 여러 장애물을 무릅쓰고 적들에게 달려들거나 수문까지 헤엄쳐 갈까 생각해보았다. 하지만 그러다 총알을 맞거나 얼음장 같은 물 때문에 모든 노력이 물거품 된다면 남아 있는 오렐리는 과연 어떻게 될 것인가?

라울은 자신이 이런 생각을 하는 것을 여자가 알아채지 못하도록 주의에 주의를 기울였지만 오렐리는 상대의 미묘한 억양과 자기 자신 또한 느끼고 있는 불안이 서린 침묵을 모두 감지하고 있었다. 그러다 갑자기 자신을 괴롭히는 불안을 떨쳐내려는 듯 소리쳤다.

"부탁이에요. 말씀해주세요. 저 역시 진실을 알아야겠어요. 더 이상 희망이 없는 거죠?"

"무슨 말씀입니까! 날도 저물고 있는데…."

"천천히 저물고 있죠. 밤이 되면 우린 여기서 빠져나갈 수 없을 거예요."

"어째서죠?"

"모르겠어요. 그냥 모든 게 끝났다는 느낌이 들어요. 당신도 그 사실을 알고 있는 것 같고요."

라울은 단호한 어조로 말했다.

"아닙니다…. 아니에요…. 우리가 지금 심각한 위기에 처해 있는 건 맞지만 그래도 아직은 여유가 있어요. 계속 평정심을 잃지 않는다면 분명 우리는 여기서 빠져나갈 수 있을 거예요. 그게 바로 핵심입니다. 생각하고 이해하는 거죠. 그렇게 생각을 정리하고 나면 그때 행동해도 늦지 않습니다. 다만…."

"다만… 뭐죠?"

"당신이 날 도와줘야 해요. 완벽하게 이해하기 위해서는 당신의 기억, 모든 기억이 필요합니다."

라울의 목소리에는 절박함이 묻어났다. 라울은 흥분을 가라앉히고 이야기를 이어갔다.

"그래요, 나도 압니다. 당신이 사랑하는 사람에게만 비밀을 털어놓겠노라고 당신 어머니께 약속했다는 사실을요. 하지만 죽음은 사랑보다 더욱 강력한 동기가 되는 법입니다. 그리고 당신이 날 사랑하지 않는다 해도 내가 당신을 사랑합니다. 아마도 당신 어머니께서 생전에 바라셨을 만큼… 당신께 맹세까지 해놓고 또다시 이런 말을 하고 있는 날 부디 용서해주십시오. 하지만 도저히 입을 다물고 있을 수 없는 경우도 있는 법 아닙니까. 사랑합니다…. 당신을 진심으로 사랑하고, 또 구하고 싶습니다…. 사랑합니다…. 이 상황에서 침묵하는 건 당신 스스로에게 범죄를 저지르는 거나 다름없기에 난 그 침묵을 도저히 용인할 수 없어요. 대답해주십시오. 몇 마디만 해준다면 그것만으로도 진실을 파악하기에 충분할 겁니다."

여자는 중얼거렸다.

"물어보세요."

라울이 얼른 질문했다.

"어머니와 함께 이곳에 도착한 뒤 무슨 일이 있었습니까? 주위 풍경은 어땠죠? 외할아버지와 그분의 친구가 당신을 어디로 데려가던가요?"

여자는 확신에 찬 어조로 대답했다.

"아무 데도 데려가지 않았어요. 여기서 잠을 잔 것 같아요. 네, 분명해요. 오늘처럼 이 그물 침대에서… 제 주변에서 어른들이 이야기를 나누고 계셨어요. 사실 잊고 있었는데 이제 떠오른 거예요. 그때 그 담배 냄새와 병 따는 소리가 기억나요…. 그리고… 그리고… 전 잠에서 깼고… 누군가 먹을 것을 갖다줬고… 밖에는 해가 떠 있었죠…."

"해가 떠 있었다고요?"

"네. 그 다음 날이었나 봐요."

"다음 날이요? 확실합니까? 바로 거기에 모든 문제의 답이 들어있습니다."

"네. 확실해요. 다음 날 여기서 잠에서 깼고, 밖에는 햇빛이 비추고 있었어요. 그런데… 지금은 모든 게 변해 있어요…. 똑같은 장소지만 마치 다른 곳 같아요. 그때도 바위는 있었지만 지금 이 자리에 있지는 않았어요."

"뭐라고요…? 바위가 이 자리에 없었다니요?"

"네. 지금처럼 바위가 물에 잠기지 않았거든요."

"바위가 물에 잠기지 않았는데 동굴에서 나간 겁니까?"

"네, 동굴에서 나갔어요. 외할아버지께서 앞장서 걸어가셨고, 엄마는 제 손을 잡고 있었죠. 바닥이 무척 미끄러웠거든요. 주변에는 이런저런 집이 있었어요… 거의 폐허나 다름없는 집들이… 그리고 다시 종소리가 울렸죠…. 항상 귓가에 맴도는 듯한 그 종소리가…."

라울이 중얼거렸다.

"그래… 바로 그거야. 내 짐작과 정확히 일치해. 더 이상 의심의 여지가 없군."

두 사람 사이에 무거운 침묵이 내려앉았다. 철썩이는 물소리가 음산하게 울려 퍼졌다. 주변에는 테이블과 이젤, 책과 의자들이 둥둥 떠다니고 있었다.

라울은 그물 침대 끝에 걸터앉아 화강암 천장 아래로 몸을 구부리고 있어야 했다.

밖을 보니 희미한 빛 속에 어둠이 서서히 스며들고 있었다. 하지만 어둠이 짙어진들 무슨 소용이겠는가? 대체 무슨 수로 행동에 나설 수 있단 말인가?

라울은 절박한 심정으로 머리를 쥐어짰다. 오렐리는 반쯤 몸을 일으키고는 애정이 담긴 부드러운 시선으로 라울을 바라보았다. 그리고 라울의 손을 잡더니 고개를 숙여 그 손에 입을 맞췄다.

라울은 넋 나간 얼굴로 더듬댔다.

"세상에! 맙소사! 방금 뭘 한 겁니까?"

여자가 나지막이 속삭였다.

"당신을 사랑해요."

초록 눈동자가 어슴푸레한 어둠 속에서 반짝거렸다. 여자의 심장 뛰는 소리가 들리는 듯했다. 라울은 가슴 벅찬 황홀경에 빠져들었다.

여자는 두 팔로 라울의 목을 감싸며 부드러운 목소리로 말을 이었다.

"사랑해요. 아시겠어요, 라울? 그 사실이야말로 내가 간직해 온 단 하나의 중요한 비밀이에요. 다른 건 아무래도 상관없어요. 하지만 당신을 향한 사랑, 그건 제 인생 자체나 다름없어요. 제 영혼이라고요! 당신을 몰랐을 때부터, 당신을 보기 전부터, 줄곧 당신을 사랑해왔던 것 같아요…. 어둠 속에서부터 당신을 사랑했고, 그래서 당신이 미웠던 거예요…. 그래요, 수치심 때문이었어요…. 보쿠르에서 당신이 내 입술을 훔쳤으니까요. 그 생소한 감정이 전 너무나 두려웠어요. 그 끔찍한 일을 겪은 밤에 낯선 남자의 품에 안겨 그토록 강렬한 기쁨과 행복을 느끼다니! 마음속 깊은 곳에서는 당신의 여자가 되었다는 사실에 감미로운 기쁨을 느끼면서도, 그 감정을 거부하고 싶었어요…. 당신은 얼마든지 절 노예처럼 만들어버릴 수 있으니까요. 당신에게서 도망치려 했던 건 순전히 그 이유 때문이에요, 라울. 증오해서가 아니라 너무나 사랑했기 때문에 당신이 두려웠던 거라고요. 이렇게 동요하는 제 자신이 너무나 혼란스러웠어요…. 그래서 무슨 일이 있더라도 당신을 절대 만나지 않기로 결심했죠. 하지만 그리움이 마음속에서 한시도 떠나지 않았어요…. 그 무시무시한 밤과 그 후 이어진 갖가지 끔찍한 고문을 견딜 수 있었던 건 모두 당신 덕분이에요. 내가 차갑게 외면해도 위험에 빠질 때마다 끊임없이 나타나준 당신 덕분이라고요. 때로는 당신이 한없이 원망스러웠어요. 당신에게 점점 더 빠져드는 내 자신을 느낄 때마다… 라울, 라울, 절 안아줘요. 라울, 당신을 사랑해요."

라울은 가슴 벅찬 열정을 담아 여자를 꼭 끌어안았다. 사실 라울은 뜨거웠던 첫 입맞춤이 각성시킨 이 사랑을 단 한 번도 의심해본 적이 없었다. 그리고 자신과 만날 때마다 여자가 질겁하는 이유 역시 꿰뚫고 있던 터였다. 하지만 지금 이 순간 밀려드는 행복감이 그는 적잖이 두려웠다. 감미로운 고백과 싱그러운 숨결의 어루만짐이 라울의 정신을 마비시켰던 것이다. 불타오르던 전투력이 서서히 사그라지는 기분이었다.

여자는 라울이 나른함에 젖어드는 사실을 직감적으로 깨닫고 그를 더욱 바싹 끌어안았다.

"그냥 포기해요, 라울. 피할 수 없는 상황을 순순히 받아들여요. 당신과 함께라면 죽음도 두렵지 않아요. 하지만 당신 품 안에서 죽음을 맞고 싶어요…. 당신의 입술에 내 입술을 포갠 채로, 라울. 삶도 우리에게 그 이상의 행복을 안겨주지는 못할 거예요."

여자는 자신을 떼어낼 수 없게끔 두 팔을 목걸이처럼 라울의 목에 감았다. 서서히 여자의 고개가 다가왔다.

하지만 라울은 거부하려 했다. 이 다가드는 입술을 받아들이면 실패를 인정하는 꼴인 동시에 여자가 말한 대로 피할 수 없는 상황에 굴복하는 셈이었다. 라울은 그러고 싶지 않았다. 천성적으로 그는 그런 나약함과는 거리가 먼 사람이었다. 하지만 오렐리는 마음 약하게 만드는 달콤한 말들을 연신 속삭이고 있었다.

"사랑해요…. 운명을 피하려 하지 말아요…. 사랑해요…. 사랑해요…."

마침내 두 사람의 입술이 맞닿았다. 라울은 삶의 열기와 죽음의 섬뜩한 쾌락이 어우러진 입맞춤에 흠뻑 취해버렸다. 그렇게 감미로운 포옹을 나누며 나른함 속에 빠져 있는 사이 어둠이 두 사람을 빠른 속도로 에워쌌다. 물이 점점 차오르고 있었다.

하지만 라울은 일시적인 무기력 상태에서 불현듯 빠져나왔다. 자신이 수차례 구해준 이 매력적인 존재가 물에 빠져 숨을 헐떡이며 끔찍한 최후를 맞이할 것이라 생각하니 모골이 송연해졌던 것이다.

라울은 소리쳤다.

"안 돼…. 이래선 안 돼…. 당신이 죽는다고…? 천만에, 절대 있을 수 없는 일이지…. 그딴 더러운 일은 어떻게든 막아낼 거야."

여자는 라울을 붙잡으려 했다. 하지만 라울이 손목을 붙잡자 여자는 애처로운 목소리로 애원했다.

"제발, 제발요…. 뭘 어떻게 하려고요?"

"당신을 구할 거야…. 내 목숨도 구하고."

"너무 늦었어요!"

"너무 늦었다니? 이제 막 밤이 됐는데! 이제 당신의 아름다운 눈동자도 보이지 않아…. 당신의 입술도… 그런데 가만히 있으라니!"

"무슨 뾰족한 방법이라도 있는 건가요?"

"난들 알겠소? 중요한 건 행동에 나서는 거지. 그래도 어쨌든 몇 가지 확실하게 짚이는 구석이 있어…. 수문이 닫혀 불어나는 수량을 어느 순간 통제할 수 있도록 무슨 장치가 마련돼 있을 거야. 물을 빠른 속도로 흘려보낼 수 있는 배수관이 있을 거라고. 그걸 찾아내야 해…."

오렐리는 라울의 말을 귀담아듣지 않고 탄식을 내뱉었다.

"제발… 이 오싹한 어둠 속에 날 혼자 내버려 두겠다고요? 난 두려워요, 라울."

"아니, 죽는 게 두렵지 않으니 사는 것 역시 두렵지 않을 거요…. 두 시간만 버텨주시오. 그 이상 기다리게 하지 않겠소. 두 시간 동안은 안전할 거요. 그전에 내가 돌아올 테고… 약속하오, 오렐리. 무슨 일이 있어도 당신 곁으로 돌아오리다… 당신을 구했다는 희소식을 전하러… 아니, 적어도 당신 곁에서 죽음을 맞기 위해서라도."

냉정을 되찾은 라울은 절박하게 자신을 붙잡고 있는 여자의 손을 조금씩 풀었다.

"날 믿어요, 내 사랑. 내 사전에 실패란 없다는 거, 당신도 잘 알잖아. 성공하자마자 신호를 보낼게… 휘파람을 두 번 불거나… 총을 두 번 쏘거나… 하지만 차가운 물이 당신 몸에 닿더라도 끝까지 날 믿고 있어야 돼."

여자는 힘없이 주저앉았다.

"가세요. 당신이 원하니까요."

"무서워하지 않을 거죠?"

"네. 당신이 원치 않으니까요."

라울은 양복저고리와 조끼, 신발을 벗은 다음, 야광 시계를 슬쩍 쳐다보고는 목에 걸고 뛰쳐나갔다.

밖은 칠흑같이 어두웠다.

때는 저녁 8시였다….

13

암흑 속에서

밖으로 나온 라울은 우선 섬뜩한 기분에 사로잡혔다. 별 하나 떠 있지 않고 짙은 안개만 자욱이 깔린 스산한 밤, 얼어붙은 듯한 밤이 눈에 보이지 않는 호수와 윤곽조차 알아볼 수 없는 절벽을 무겁게 짓누르고 있었다. 장님이 된 것처럼 아무것도 보이지 않았다. 귀를 기울여봐도 들리는 건 오로지 적막뿐이었다. 폭포 소리조차 울려 퍼지지 않았다. 이미 호수가 삼켜버린 것이리라. 이제부터는 깊이를 헤아릴 수 없는 심연 속에서 보고 듣고 방향을 잡아 목표에 도달해야 한다.

배수관이라고? 사실 라울은 단 한순간도 진지하게 배수관을 찾아 나설 생각을 해본 적이 없었다. 배수관을 찾는 것은 목숨을 건 도박이나 다름없는 미친 짓이다. 그렇다, 그는 두 강도를 만날 작정이었던 것이다. 그런데 놈들은 지금 숨어 있다. 라울 같은 강적의 기습이 두려워 어둠 속에서 총을 들고 바짝 긴장한 채 몸을 사리고 있을 터였다. 어디서 그들을 찾아야 할까?

모래사장 위쪽까지 올라가 보았지만 얼음장같이 차가운 물이 가슴까지 차올라 너무 고통스러웠기에, 헤엄을 쳐 수문까지 갈 엄두가 나지 않았다. 게다가 개폐 장치가 어디 있는지도 모르는 판국에 그 수문을 어떻게 작동시킬 수 있단 말인가?

라울은 절벽을 더듬거리며 물에 잠긴 계단에 이르렀고, 벼랑길까지 당도했다.

그 길을 오르는 일은 정말이지 말할 수 없는 고역이었다. 라울은 불현듯 걸음을 멈췄다. 저 멀리 안개 사이로 희미한 불빛이 반짝였던 것이다.

저기가 어디쯤이지? 위치를 정확히 파악하기란 불가능했다. 호수 위인가? 아니면 절벽 위? 어쨌든 불빛은 정면에서 비추고 있었다. 다시 말해 협로 부근, 강도들이 자리를 잡고 총을 쏘아 댄 장소 근처에서 불빛이 반짝이고 있는 것이 틀림없었다. 그 불빛은 동굴에서는 보이지 않았다. 놈들이 얼마나 신중하게 몸을 숨기고 있는지 보여주는 증거였다.

라울은 망설였다. 계속 육로를 고집해야 할 것인가? 산등성이와 구불구불한 길을 돌고 돌아 암벽을 오르고 계곡을 내려가야 하는데, 그러다 저 소중한 불빛을 놓치기라도 한다면? 라울은 음산한 화강암 무덤 속에 갇혀 있는 오렐리를 생각하고 이내 결심을 굳혔다. 미끄러지듯 벼랑길을 뛰어내려 와 단번에 물속으로 뛰어들었다.

질식해서 죽을 것 같았다. 살을 에는 듯한 추위를 견딜 자신이 없었다. 불과 200~250미터만 헤엄쳐 가면 되지만, 도저히 사람이 할 수 있는 일이 아닌 것 같았다. 라울은 거의 포기하기 직전이었다. 하지만 오렐리에 대한 생각이 머릿속을 떠나지 않았다. 삭막한 둥근 천장 아래 웅크리고 있는 여자의 모습이 눈앞에 아른거리는 듯했다. 물은 무자비하게 불어나고 있고 그 무엇으로도 이 상황을 멈추거나 늦출 수 없다. 오렐리는 악마의 속삭임을 들으며 자신의 차가운 숨결을 느끼고 있을 터였다. 이 얼마나 끔찍한 일이란 말인가!

라울은 안간힘을 다했다. 불빛은 행운의 별처럼 갈 길을 인도했다. 라울은 어둠의 세력이 느닷없이 무자비한 공격을 가해 불빛을 꺼뜨릴까 봐 불안한 사람처럼, 이글거리는 눈빛으로 그 불빛을 쳐다보았다. 하지만 저 불빛은 또한 기욤과 조도가 어딘가에 매복한 채 호수를 내려다보며 적이 어디서 쳐들어올지 눈으로 샅샅이 훑고 있다는 증거가 아니겠는가?

근육을 움직여서인지 목적지에 다가갈수록 몸이 가뿐해지는 듯했다. 라울은 양팔로 물을 휘저으며 조용히 앞으로 나아갔다. 별빛은 거울 같은 호수에 비쳐 유난히 더 커 보였다.

라울은 빛이 비추는 곳을 피해 옆으로 돌아갔다. 눈대중으로 짐작컨대 강도들은 협로 어귀에 불쑥 삐져나온 곳처럼 생긴 곳에 있는 듯했다. 라울은 암초에 부딪친 뒤 자그마한 자갈이 깔린 기슭에 도착했다.

머리 위 왼쪽에서 속삭이는 소리가 들려왔다.

조도와 기욤은 자신이 있는 곳으로부터 얼마만큼 떨어져 있는 것일까? 앞으로 어떤 장애물을 넘어야 하는 것일까? 가파른 장벽이 나타날까, 그럭저럭 기어오를 만한 비탈이 기다리고 있을까? 아무런 단서도 없었다. 일단 무작정 올라갈 수밖에…

라울은 마른 자갈을 한 움큼 손에 쥐고 상체와 다리를 벅벅 문지르기 시작했다. 그리고 젖은 옷을 벗어 물기를 짜내 다시 입고는 만반의 준비를 마친 기분으로 다시 모험 길에 올랐다.

앞을 가로막고 있는 건 가파른 장벽도, 기어오를 만한 비탈도 아니었다. 그곳에는 마치 거대한 건축물의 토대처럼 암석이 겹겹이 쌓여 있었다. 기어오를 수야 있었지만, 얼마나 큰 담력을 갖고 안간힘을 써대며 아슬아슬한 곡예를 펼치듯 올라가야 했던지! 짐승의 발톱처럼 악착같이 움켜쥔 자갈이 암벽 틈에서 스르르 흘러내렸고 식물도 뿌리째 뽑혔으며, 위쪽에서는 사람 목소리가 점점 더 명료하게 들려왔다.

대낮이었다면 라울은 결코 이런 무모한 시도를 감행하지 않았을 것이다. 하지만 끊임없이 똑딱거리는 시계 소리가 완강하게 그를 다그치고 있었다. 초침 소리가 귓전을 때릴 때마다 그만큼 오렐리의 목숨이 사라지는 것이나 다름없었다. 라울은 기필코 성공해야만 했다. 그리고 마침내 성공했다. 갑자기 장애물이 사라진 것이다. 마지막 층에는 잔디가 깔려 있었다. 희미한 불빛이 어둠 속에서 흰 구름처럼 떠다니고 있었다.

눈앞에는 대야 모양으로 움푹 들어간 지형이 펼쳐져 있었고, 그 가운데에는 반쯤 허물어진 오두막 한 채가 자리하고 있었다. 나무 기둥에는 연기가 피어나는 등불이 매달려 있었다.

맞은편 가장자리에는 등을 돌린 두 사내가 손에 닿을 거리에 장총과 권총을 놓아둔 채 호수를 향해 엎드려 있었다. 그들 주변에는 전기 램프에서 뿜어져 나오는 두 번째 불빛이 있었는데, 라울을 그곳까지 인도해준 바로 그 불빛이었다.

라울은 시계를 쳐다보고 소스라쳤다. 여기까지 오느라 예상보다 훨씬 긴 시간인 50분이나 흘려보냈던 것이다.

'이제 겨우 30분밖에 남지 않았어. 30분 내로 조도에게서 개폐 장치의 비밀을 알아내지 못한다면 약속대로 오렐리 곁으로 돌아가 죽음을 맞이할 수밖에.'

라울은 키 큰 잡초 뒤에 숨어서 오두막 쪽으로 기어 올라갔다. 10여 미터 떨어진 곳에서 기욤과 조도가 마음을 푹 놓고 이야기를 나누고 있었다. 그들의 목소리임은 확실히 알아챌 수 있었지만 무슨 이야기를 나누는지는 전혀 파악할 수 없었다. 이제 어떻게 해야 할까?

사실 무슨 구체적인 계획이 있어서 이곳까지 온 것은 아니었다. 그저 상황에 따라 행동할 요량이었던 것이다. 아무런 무기도 없었기에 섣불리 싸움을 걸어봤자 자신에게 불리할 것이 뻔했다. 게다가 만약 싸움에서 이긴다고 해도, 조도 같은 자가 강요하고 협박한다고 입을 열지, 다시 말해 본인의 패배를 시인하고 그토록 어렵게 획득한 비밀을 털어놓을지는 의문이었다.

라울은 단서가 될 만한 말을 조금이라도 엿듣고자 신중에 신중을 기울이며 계속 기어갔다. 그 스스로도 몸이 땅을 스치는 소리를 듣지 못할 만큼 은밀히 2미터, 그리고 3미터를 올라갔고, 드디어 목소리가 한결 명료히 들리는 지점까지 당도했다.

조도의 목소리가 들려왔다.

"아! 그러니까 걱정하지 말라고, 젠장! 우리가 수문에 내려갔을 때 이미 수위가 다섯 단계까지 올라가 있었어. 그 정도면 물이 동굴 천장까지 찼을 거라고. 도저히 빠져나올 방법이 없을 테니 이미 상황은 종료된 거나 다름없어. 2 더하기 2가 4인 것처럼 아주 당연한 사실이란 말이야."

기욤이 말했다.

"하지만 동굴 쪽으로 더 가까이 가서 감시해야 했어요."

"그럼 네놈이 직접 나서지 그랬나?"

"제가요? 아직 팔이 성치 않잖아요! 총을 쏘는 것만도 용한 일입니다."

"그게 아니라 그놈이 두려운 거겠지…."

"그건 당신도 마찬가지잖아요, 조도."

"아니라고는 말하지 않겠어. 난 장총을 쏘는 편이 더 좋아…. 게다가 탈랑세 영감의 노트를 손에 넣은 덕분에 물까지 이용할 수 있었으니까."

"아! 조도, 그 영감 이름은 꺼내지도 마십시오…."

기욤의 목소리가 기어들어갔다. 조도는 비웃음을 터트렸다.

"이런 겁쟁이!"

"기억해보십시오, 조도. 제가 병원에서 돌아왔을 때, 우리 집에 온 당신에게 제 어머니가 이렇게 말하지 않았습니까. '그래요, 당신이 그 빌어먹을 리메지란 작자가 어디에다 오렐리를 감춰놨는지 안다면, 그리고 그놈을 감시해서 보물을 찾아낼 거라 장담한다면, 좋아요. 아들을 시켜 당신을 돕게 하죠. 그런데 범죄를 저지르진 않겠죠? 피를 보는 일은 없어야 해요….'"

조도는 빈정대는 어조로 말했다.

"피는 한 방울도 보지 않았잖아."

"네, 그렇긴 하죠. 하지만 내 말이 무슨 뜻인지 아실 텐데요. 그 불쌍한 노인에게 일어난 일 말입니다. 사람이 죽었으니, 그건 범죄라고요…. 리메지와 오렐리에게 일어난 일도 마찬가지고요. 그걸 범죄가 아니라고 말하진 않겠죠?"

"그래서 뭐, 모든 걸 포기했어야 했다고? 리메지 같은 작자가 순순히 물러났을 것 같아? 쳇, 네놈의 눈동자에 반해서? 그놈이 어떤 인물인지 잘 알잖아. 아주 독한 놈이라고. 그 팔을 부러뜨려놓은 것만 봐도… 언젠가는 네놈의 머리통까지 박살내버릴 작자야. 그자를 없애지 않으면 우리가 끝장이야. 선택의 여지가 없는 문제라고."

"하지만 오렐리는요?"

"그 둘은 한패야. 한쪽을 건드리면 어차피 다른 쪽도 다칠 수밖에 없어."

"가엾은 여자…."

"그래서 뭐? 도대체 보물을 갖겠다는 거야, 말겠다는 거야? 한가롭게 담배나 피우면서 그런 엄청난 물건을 손에 넣을 순 없는 법이잖아."

"그래도…."

"후작의 유서를 읽어보기나 한 거야? 오렐리, 그 여자가 쥐뱅 영지 전체를 상속받게 돼 있었다고… 그럼 네놈이 뭘 어떻게 할 수 있겠나? 결혼을 하시겠다고? 순진한 녀석, 결혼이란 둘이 마음이 맞아야 하는 거야. 그런데 내 생각에 기욤 선생께서는 영…."

"그래서 이제 어쩔 건데요?"

"이봐, 애송이, 그래서 앞으로 일은 이렇게 진행될 거야. 내일이면 호수의 수위는 원래대로 돌아올 거야. 더 높지도 않고 더 낮지도 않은 예전 그 상태로 말이지. 그리고 적어도 모레는 돼야 목동들이 돌아올 테고. 후작이 그전에는 이 근처에 접근하지 말라고 단단히 일러두었으니까. 그리고 협곡에서 떨어져 죽은 후작의 시신이 발견되겠지. 물론 누군가 돕는 척하며 살짝 밀어 균형을 잃게 만든 사실은 눈치 못 챌 테고. 그럼 유산상속 과정이 이루어지겠지. 하지만 유언장은 찾을 수 없을 거야. 내가 가지고 있으니까. 상속자도 없어. 후작에게는 가족이 한 명도 없으니까. 따라서 이 영지는 법적으로 국가 소유가 될 테고, 6개월 내로 공개 매각에 부쳐질 거야. 그럼 그때 우리가 사들이는 거지."

"무슨 돈으로요?"

조도는 음흉한 목소리로 대답했다.

"6개월이면 충분히 돈을 구할 수 있어. 게다가 아무것도 모르는 사람들한테 이 영지가 뭐 그리 대단히 값어치가 있어 보이겠어?"

"추적당하면요?"

"누구를 추적한단 말이야?"

"그야 우리죠."

"어째서?"

"리메지와 오렐리 때문에요."

"리메지? 오렐리? 물에 빠져 실종된 채 시신도 찾을 수 없을 텐데."

"찾을 수 없을 거라뇨! 동굴 안에서 발견될 거라고요."

"아니, 그런 일은 없을 거야. 우리가 내일 아침 동굴로 가서 큼지막한 돌을 다리에 묶어 호수 바닥으로 던져버릴 테니까.

쥐도 새도 모르게 사라지는 거지…."

"리메지의 차는요?"

"오후에 우리가 그 차로 달아날 거야. 그들이 여기 왔다는 사실조차 감쪽같이 묻히도록. 자, 이게 내 계획이야. 어떤가?"

"아주 훌륭하군, 비열한 놈. 그런데 한 가지 허점이 있어."

두 사내는 불현듯 들려오는 목소리에 기겁해 얼른 뒤를 돌아보았다. 한 남자가 웅크린 채 앉아 있었다. 그 남자는 재차 이렇게 말했다.

"그것도 아주 커다란 허점이지. 자네의 그 멋들어진 계획은 모든 일이 순조롭게 마무리됐다는 가정하에 가능한 일이잖나. 하지만 동굴 안에 있던 그 남녀가 도망을 쳤다면 그다음은 어떻게 되는 거지?"

두 사내는 손으로 더듬어 장총과 브라우닝 권총을 찾았다. 하지만 웬일인지 아무것도 손에 잡히지 않았다.

남자는 빈정대며 말했다.

"무기를 찾는 건가…? 뭐하러? 나한테 무기라도 있을까 봐? 홀딱 젖은 바지와 셔츠, 그게 전부라네. 무기라니… 우리처럼 선량한 사람이 그런 걸 갖고 있을 리가!"

조도와 기욤은 어리둥절한 표정으로 멍하니 서 있었다. 눈앞에 있는 남자는 조도에게는 니스에서, 기욤에게는 툴루즈에서 불쾌한 추억을 안겨준 바로 그자였다. 그리고 무엇보다 자신들이 처치했다고 믿었던 가공할 적이었다. 지금쯤 시체가 돼 있어야 할….

"그래, 물론이야, 아무렴, 난 살아 있네. 다섯 단계는 동굴 천장 높이에 해당하는 수위가 아니거든. 게다가 그따위 시시한 장난으로 날 없앨 수 있을 거라 생각했다니! 난 이렇게 멀쩡히 살아 있어, 조도! 그건 오렐리도 마찬가지고. 그녀는 몸에 물 한 방울 안 묻힌 채 동굴에서 아주 멀리 떨어진 곳에 안전하게 대피해 있지. 그러니 이제 얘기 좀 나누세. 그리 오래 걸리지는 않을 거야. 딱 5분이면 돼. 1초도 더 안 걸려. 어때, 괜찮겠나?"

아연실색한 조도는 너무 놀라 아무 말도 하지 못했다. 라울은 시계를 쳐다보고는 말할 수 없이 초조해서 심장이 터질 지경이었지만 아무렇지도 않은 듯 침착하게 이야기를 이어갔다.

"자, 이제 자네 계획은 쓸모없어졌어. 오렐리가 살아 있으니 그녀가 이 영지를 상속받을 테고, 공개 매각은 일어나지도 않을 거야. 설사 자네가 그 여자를 죽여서 공개 매각이 이루어진다고 해도 내가 이렇게 버젓이 살아 있으니 내가 이 영지를 구입하겠지. 그러니 나 역시 죽여야 할 거야. 그런데 그건 불가능해. 난 불사신이니까. 따라서 자네는 진퇴양난에 처한 셈이야. 그래도 해결책이 있긴 있지."

라울은 잠시 뜸을 들였다. 조도는 몸을 기울였다. 정말 해결책이 있단 말인가?

라울이 말했다.

"그래, 단 하나의 해결책이 있네. 나와 타협을 하는 거야. 자, 어떤가?"

조도는 아무런 대답도 하지 않았다. 그저 라울에게서 두 발자국 떨어진 곳에 웅크리고서 이글거리는 눈빛으로 상대를 쳐다볼 뿐이었다.

"대답하지 않는군. 하지만 자네 눈동자가 번득이고 있어. 야수의 눈동자처럼 말이지. 자네의 도움이 필요해서 내가 이런 제안을 하는 줄 아나? 천만에. 난 그 누구의 도움도 필요치 않아. 다만 자네가 지난 15년 내지 18년 동안 한 가지 목표를 좇아왔고, 이제 고지를 눈앞에 두고 있으니, 자네에게 어느 정도 권리가 있다고 판단한 걸세. 살인도 마다 않고 온갖 수단을 동원해 지키고자 했던 그 권리 말일세. 그 권리를 내가 사지. 난 조용히 살고 싶거든. 그건 오렐리도 마찬가지고. 그런데 만약 내가 모든 걸 가로챈다면 언젠간 자네가 우리를 해코지하려 들 것 아니겠나. 그런 일은 만들고 싶지 않아. 자, 얼마면 되겠나?"

그제야 긴장이 풀린 듯 조도는 퉁명스런 어조로 툭 내뱉었다.

"먼저 액수를 던져봐."

"자, 이렇게 하지. 자네도 알다시피 이 보물은 나눠 가질 수 있는 성질의 것이 아니야. 하지만 계획을 세우고 발견만 하면 그 이익은…."

"어마어마하지."

조도가 말했다.

"그 이익을 나눠 주겠네. 일정액을 정해서 말일세. 한 달에 5000프랑씩."

조도는 그 엄청난 액수에 깜짝 놀라 소스라쳤다.

"우리 둘 다에게?"

"자네에게는 5000프랑… 기욤에게는 2000프랑."

기욤이 얼른 대답했다.

"받아들이겠소."

"자네는, 조도?"

"아마도… 하지만 계약금 조로 선금을 어느 정도 줘야겠어."

"석 달 치면 되겠지? 내일 오후 3시, 클레르몽페랑의 조드 광장에서 만나기로 하지. 수표를 건네주겠네."

조도는 경계심을 풀지 않은 채 응수했다.

"그래, 좋아. 하지만 리메지 남작이 경찰에 날 넘기지 않으리라 어떻게 보장하지."

"그럴 리가. 그럼 나 역시 체포될 텐데."

"자네가?"

"물론이지! 자네가 상상하는 것 이상으로 경찰은 날 간절히 붙잡고 싶어 하거든."

"당신이 누군데?"

"아르센 뤼팽."

그 이름은 조도에게 마법 같은 효과를 발휘했다. 그제야 자신의 계획이 왜 번번이 실패로 돌아갔는지, 저 사내가 어떻게 자신을 줄곧 제압할 수 있었는지 단번에 이해가 갔던 것이다.

라울은 반복해서 말했다.

"아르센 뤼팽, 이 세상 모든 경찰들이 찾고 있는 인물이시지. 500건이 넘는 절도를 저지른 데다 유죄판결만 100번 이상 받은 도둑 말일세. 자, 이만하면 타협할 만하지 않겠나. 난 자네를 손아귀에 넣었고, 자네도 내 약점을 잡았어. 그러니 계약은 성사된 거나 다름없다고. 사실 좀 전에 난 자네 머리통을 박살낼 수도 있었네. 하지만 그렇게 하지 않았지. 그보다는 거래를 택했던 거야. 그리고 필요할 경우 자네를 고용할 생각이거든. 조금 서툰 부분이 있긴 하지만 어쨌든 자네는 뛰어난 자질을 갖추고 있어. 클레르몽페랑까지 날 미행한 것만 봐도 정말 놀라운 솜씨였네. 아직도 어떻게 그럴 수 있었는지 이해가 안 갈 정도야. 자, 그러니 자네는 이제 내 다짐, 뤼팽의 다짐을 받은 걸세…. 황금 같은 다짐을 말일세. 알겠나?"

조도는 나지막한 목소리로 기욤과 상의를 하더니 이렇게 대답했다.

"그래, 좋소. 무엇을 원하시오?"

라울은 여전히 태평한 얼굴로 말했다.

"나? 난 아무것도 원하는 게 없네. 난 그저 평화를 추구하고, 그걸 얻기 위해서라면 합당한 대가를 지불하는 신사일 뿐이지. 우린 동업자가 된 거라네…. 그래, 그게 정확한 표현이겠군. 자네가 정 오늘부터 우리 사업에 일조하고 싶다면 그렇게 하게. 서류를 가지고 있나?"

"대단히 중요한 서류들이지. 후작이 남긴 호수와 관련된 지시 사항이거든."

"물론 그렇겠지. 자네가 수문을 닫은 걸 보면 말이야. 그 안에 상세한 설명이 담겨 있겠지?"

"그렇소. 노트 다섯 권이 작은 글씨로 빽빽할 정도로."

"지금 가지고 있나?"

"물론이오. 유언장도…. 오렐리에게 유리한 내용이 있지."

"이리 주게."

조도가 단호하게 대꾸했다.

"내일 수표를 받으면 그때 주겠소."

"알았네. 내일 수표와 맞바꾸지. 자, 악수나 하세. 우리 협정이 체결된 기념으로 말일세. 그리고 이만 헤어지자고."

두 사람은 악수를 나누었다.

라울이 말했다.

"잘 가게."

그것으로 회담은 끝이 났다. 하지만 이제부터 몇 마디 말로 승패가 좌우될 진짜 전투가 벌어질 참이었다. 지금까지 했던 모든 말들, 그 허황된 약속, 허튼소리들은 조도의 정신을 흐트러뜨리기 위한 작전이었다. 정말로 중요한 것은 배수관의 위치를 알아내는 일이었다. 과연 조도가 입을 열까? 자신이 처한 상황과 여기까지 온 진짜 이유를 눈치채진 않을까?

이렇게까지 초조한 적은 처음이었다. 하지만 아무렇지 않은 듯 태연하게 말했다.

"참, 떠나기 전에 '그 물건'을 좀 봤으면 하네. 지금 바로 배수관을 열어줄 수 있겠나?

조도는 내키지 않아 했다.

"후작의 노트에 따르면 물이 다 빠질 때까지 일고여덟 시간은 걸릴 텐데."

"그러니까 당장 배수관을 열어야지. 내일 아침 자네는 여기서, 오렐리와 나는 저 아래서 '그 물건', 즉 보물을 보는 걸세. 배수관은 아주 가까운 곳에 있겠지? 우리 아래쯤에 있나? 수문 옆에?"

"그렇소."

"그곳으로 바로 통하는 길이 있나?"

"그렇소."

"작동하는 법은 알고 있겠지?"

"그거야 어려울 게 없지. 노트에 적혀 있는데."

"자, 그럼 내려가세. 내가 옆에서 도와주겠네."

조도는 자리에서 일어나 전기 램프를 들었다. 수상쩍은 낌새를 조금도 눈치채지 못한 분위기였다. 기욤 역시 그의 뒤를 따랐다. 조금 걷다 보니 좀 전에 라울이 슬그머니 자기 쪽으로 끌어다가 멀찌감치 치워놓은 장총이 눈에 띄었다. 조도는 장총 하나를 어깨에 비스듬히 둘러멨다. 기욤도 얼른 그를 따라 했다.

라울은 등불을 들고 두 강도를 따라갔다.

라울은 무덤덤한 표정을 유지한 채 속으로 쾌재를 불렀다.

'드디어 걸려들었어. 아직 작은 난관을 몇 번 더 넘어야겠지만 큰 전투는 이긴 셈이야.'

세 사람은 내리막길을 걸어갔다. 호숫가에 이르자 조도는 절벽 발치를 따라 펼쳐진 모래와 자갈로 된 제방 쪽으로 향하다가 배를 대놓은 울퉁불퉁하고 후미진 기슭을 가리고 있는 커다란 바위를 빙 돌아갔다. 그곳에서 무릎을 꿇고 커다란 자갈을 몇 개 걷어내자 쇠 손잡이 네 개가 줄지어 나타났다. 그 손잡이에는 각각 쇠사슬이 달려 있어 도기관 내부와 연결돼 있었다.

"바로 여기요. 수문 크랭크 바로 옆이지. 이제 쇠사슬로 저 바닥에 있는 주철 판을 움직이면 되는 거요."

조도는 손잡이 하나를 잡아당겼다. 라울도 서둘러 그를 따라 했다. 그러자 쇠사슬이 팽팽히 당겨져 주철 판이 스르르 움직이는 느낌이 손끝에 전해졌다. 나머지 두 번의 작업도 무사히 마쳤다. 저만치 떨어진 호수에서 작은 소용돌이가 일어났다.

시계를 쳐다보니 9시 25분이었다. 드디어 오렐리의 목숨을 구해낸 것이다.

라울이 차분히 말했다.

"총을 좀 빌려주게. 아냐, 그럴 필요 없어. 그냥 자네가 직접 쏘게. 두 발만…."

"어째서?"

"신호일세."

"신호라니?"

"그래. 오렐리를 동굴에 놔두고 왔거든. 물이 가득히 차오르고 있었으니 그녀가 얼마나 두려워했을지 상상이 가겠지. 그래서 이곳으로 떠나오면서 모든 위험이 사라지는 즉시 어떤 식으로든 신호를 보내겠다고 약속했다네."

조도는 아연실색했다. 라울의 저 대담한 대답, 오렐리가 여전히 위험에 처해 있다는 고백에 엄청난 당혹감이 밀려왔던 것이다. 더불어 자신의 옛 적이 한층 더 대단해 보이기까지 했다. 조도는 단 한순간도 이 상황을 이용해 라울을 제압할 생각을 하지 않았다. 두 발의 총성이 바위와 절벽 사이로 울려 퍼졌다. 곧이어 조도가 이렇게 덧붙였다.

"자, 이제 당신이 대장이오. 더 이상 주저하지 않고 당신의 말에 따르리다. 여기 후작의 노트와 유언장이 있습니다."

라울은 서류를 주머니에 넣으며 호탕하게 소리쳤다.

"잘됐군. 내가 자네를 괜찮은 인물로 만들어주지. 정직한 사내는 결코 될 수 없겠지만 쓸 만한 건달 정도로는 성장할 수 있을 거야. 이제 저 배는 필요 없겠지?"

"물론입니다."

"오렐리한테 가려면 저 배가 좀 필요할 것 같아서 말이야. 아! 한 가지 충고를 더 해주지. 절대 이 주변에 나타나지 말게. 내가 자네라면 오늘 밤 당장 클레르몽페랑까지 달아날 거야. 그럼 내일 보세, 친구."

라울은 배에 올라탄 뒤에도 두 강도에게 몇 가지 충고를 더 해주었다. 조도가 닻줄을 풀자 배가 움직이기 시작했다.

라울은 힘차게 노를 저으며 생각했다.

'이런 선량한 사람들을 보았나! 순박하고 너그러운 마음에다 대고 진심으로 호소를 하니 곧바로 내 말을 넙죽 받아들이잖아. 그래, 친구들, 자네들은 수표 두 장을 받게 될 거야. 물론 이리메지 남작의 계좌에 돈이 남아 있다고 장담한 바는 없네만, 어쨌든 번듯하게 서명이 적힌 수표를 받긴 받을 거야. 이 몸이 엄숙히 약속을 했으니까.'

라울은 풍성한 수확을 올린 터라 250여 미터의 거리를 쉬지 않고 노를 저어 가면서도 힘든 줄도 몰랐다. 불과 몇 분 만에 동굴 근처에 도착한 라울은 기슭에 뱃머리를 대어놓고, 뱃머리 위에 램프를 올려놓은 다음, 부랴부랴 동굴 안으로 들어갔다.

"이겼어요! 내가 보낸 신호를 들었나요, 오렐리? 우리가 이겼단 말입니다!"

두 사람이 죽음을 맞을 뻔했던 협소한 장소가 이제는 환희의 빛으로 밝게 빛나고 있었다. 오렐리는 벽 한편에 걸려 있는 그

물 침대 위에서 평화롭게 잠을 자고 있었다. 여자는 라울이 약속을 지키리란 사실을 믿었고, 또 그 친구에게 불가능한 일이란 없다고 확신했기에 위험에 대한 불안과 죽음을 갈망케 했던 고통에서 벗어난 채, 피곤에 지쳐 쓰러진 듯 잠이 들었던 것이다. 잠결에 어렴풋이 총성을 들었는지도 모른다. 어쨌든 그 어떤 소리도 여자를 단잠에서 깨우지는 못했으리라….

다음 날 눈을 떴을 때, 여자는 햇빛과 등불이 뒤섞인 동굴 내부를 휘둘러보고 화들짝 놀랐다. 물은 모두 빠져나간 상태였다. 동굴 내벽에는 배가 기대져 있었는데, 그 안에는 라울이 늙은 후작의 물건들 중에서 찾아낸 것이 분명한 목동용 외투와 작업복 바지를 입은 채 조금 전 자신처럼 곤히 잠들어 있었다.

여자는 애정 어린 시선으로 한참 동안 사내를 물끄러미 바라보았다. 그 눈빛에는 억눌린 호기심 역시 담겨 있었다. 운명의 힘에 결연한 의지로 맞서고, 언제나 기적 같은 일을 해내고야 마는 이 비범한 존재는 과연 누구란 말인가? 예전에 마레스칼이 저 사내를 아르센 뤼팽이라고 불렀을 때, 사실 여자는 조금도 동요하지 않았다(하긴 당시 그녀에게 그 사실이 뭐가 그리 중요했겠는가?). 하지만 라울이 다름 아닌 아르센 뤼팽이라는 그 말을 정녕 믿어야만 하는 것일까?

오렐리는 속으로 중얼거렸다.

'제가 제 목숨보다 더 사랑하는 당신은 대체 누군가요? 절 구하는 일이 마치 당신의 유일한 임무인 것처럼 끊임없이 절 도와주는 당신은 대체 누구죠? 도대체 당신, 누구신가요?'

"파랑새라오."

라울은 슬며시 눈을 뜨며 속삭였다. 오렐리가 소리 없이 되뇐 질문을 훤히 꿰뚫어본 라울은 망설임 없이 대답했다.

"착하고 순수한 소녀에게 행복을 안겨주고, 그 소녀를 괴물과 사악한 악령들로부터 지켜내 그녀의 왕국으로 인도하는 파랑새 말입니다."

"그럼 어딘가에 제 왕국이 있다는 건가요, 내 사랑 라울?"

"그럼요. 여섯 살 때 이미 당신은 그곳을 거닐었죠. 그리고 후작의 유언대로 이제 그 왕국은 당신 소유가 되었답니다."

"아! 라울, 당장 그리로 가요. 빨리 보고 싶어요…. 아니, 다시 보고 싶다고 해야겠죠."

"우선 뭘 좀 먹읍시다. 배가 고파 죽을 지경이에요. 게다가 그곳을 구경하는 데는 그리 오래 걸리지 않을 겁니다. 또 그래서도 안 되고요. 당신이 주인이 되었을 때에만 수세기 동안 감춰져왔던 왕국이 만천하에 그 모습을 드러내야 하니까요."

늘 그렇듯 여자는 라울에게 아무것도 캐묻지 않았다. 조도와 기욤은 어떻게 됐을까? 탈랑세 후작의 소식은 들었을까? 여자는 굳이 알려 하지 않았고, 그저 라울에게 모든 것을 맡기고자 했다.

잠시 후, 두 사람은 나란히 동굴 밖으로 나왔다. 다시금 벅찬 감동에 휩싸인 여자는 라울의 어깨에 살포시 고개를 기대고 중얼거렸다.

"아! 라울, 바로 이거예요…. 예전에 보았던 풍경이 바로 이거예요…. 둘째 날 엄마와 함께 보았던…."

14
청춘의 샘

정말이지 기묘한 장관이었다! 저 아래, 암석들이 화관처럼 에워싼, 물이 빠져나가 움푹 파인 원형 공간에 기념비와 신전 들이 장엄하게 버티고 서 있었던 것이다. 하지만 기둥은 잘려 나갔고, 계단도 부서져 있었으며, 주랑들이 여기저기 흩어져 있었고, 지붕도, 박공도, 코니스도 사라지고 없었다. 그리고 번 개를 맞은 듯한 황폐한 숲 하나가 펼쳐져 있었는데, 숲 속에 있 는 고목들은 여전히 고결한 기품과 불꽃같은 생명의 아름다움 을 내뿜고 있었다. 바로 그곳으로부터 로마식 도로, 개선로가 뻗어 나갔고, 대칭형 신전에 둘러싸인 채 양옆에 부서진 동상 을 거느린 그 길은 무너진 아치형 기둥을 지나 호수 기슭을 향 해 오르막을 형성하고는 그 옛날 제의가 이루어졌을 동굴의 입 구까지 이어져 있었다.

전체적으로 물기를 머금어 번들거리는 가운데 진흙이 군데 군데 깔려 있었고, 석회와 종유석이 여기저기 달려 있었으며, 대리석과 금 조각이 햇빛을 받아 반짝이고 있었다. 그 좌우에 는 원래 상태로 되돌아온 두 개의 폭포가 은빛 리본 같은 물줄기를 시원하게 떨어뜨리고 있었다.

안색까지 살짝 창백해진 라울은 흥분이 묻어나는 목소리로 중얼거렸다.

"고대 로마 광장이군···. 고대 로마 광장···. 규모나 구조가 거의 똑같아. 사실 내가 간밤에 후작의 서류를 살펴봤는데, 거기에 이곳의 도면과 함께 이런저런 설명이 담겨 있었습니다. 진짜 쥐뱅 마을은 이 거대한 호수 밑에 있었던 셈이죠. 저 아래에 건강과 활력의 신에게 바쳐진 신전들과 공중목욕탕이 저기 보이는 원형 열주를 지닌 청춘의 신전을 중심으로 늘어서 있는 겁니다."

라울은 허리를 감싸 안듯 여자를 부축했다. 두 사람은 신성한 길을 내려갔다. 바닥은 큼지막한 포석이 깔려 있어 꽤 미끄러웠다. 자잘한 조약돌 사이로 이끼와 수초가 깔려 있었고, 이따금 동전들도 눈에 띄었다. 라울은 그중 두 개를 집어 들었다. 동전에는 콘스탄티누스 대제의 초상화가 새겨져 있었다.

두 사람은 청춘의 신에게 바쳐진 자그마한 건축물 앞에 도착했다. 남아 있는 부분만으로도 무척이나 매혹적이어서 그 옛날 몇 개의 계단 위에 위풍당당하게 서 있었을 조화로운 원형 건물의 모습이 충분히 상상이 갔다. 작달막하고 볼이 통통한 소년 동상 네 개가 수반을 떠받들고 있었을 테고, 청춘의 신 동상이 그 소년들을 굽어보고 있었을 것이다. 이제는 비록 동상이 두 개밖에 남아 있지 않지만, 두 소년은 우아하고 사랑스러운 자태를 뽐내며 과거 넷이 함께 물줄기를 뿜어냈을 분수대 안에 살짝 발을 담그고 있었다.

예전에는 분명 말끔히 감춰져 있었을 거대한 납 파이프도 보였는데, 그 파이프는 절벽 어딘가에 숨어 있을 옹달샘에서부터 분수대 안까지 연결돼 있는 듯했다. 그중 한 파이프의 끝 부분에 용접 작업을 한 지 얼마 안 된 수도꼭지 하나가 달려 있었다. 라울은 수도꼭지를 틀어보았다. 그러자 약간의 수증기와 함께 미지근한 물이 쏟아져 나왔다.

라울이 말했다.

"청춘의 물입니다. 이게 바로 당신 외할아버지의 침대 머리맡에서 라벨이 붙은 채로 발견된 그 병 속에 담겨 있던 물입니다."

두 사람은 신화 속에서나 나올 법한 그 도시를 두어 시간 동안 거닐었다. 그러는 사이 오렐리는 이미 사그라진 듯했던 과거의 감각이 영혼 깊은 곳에서 불현듯 솟구치는 것을 느꼈다. 예전에 보았던 유골 단지들과 사지가 훼손된 여신상, 울퉁불퉁하게 포석이 깔린 길, 뒤엉킨 풀들이 산들대는 아치형 통로로, 그 밖의 숱한 것들이 여자로 하여금 우수 어린 기쁨에 휩싸여 파르르 몸을 떨게 했다.

"내 사랑, 내 사랑, 내가 이렇게 또다시 행복을 누릴 수 있는 건 모두 당신 덕분이에요. 당신이 없었다면 난 슬픔에 빠져 살았을 거예요. 하지만 당신 곁에서라면 모든 것이 아름답고 감미롭게 느껴져요. 사랑해요."

오전 10시가 되자 클레르몽페랑의 성당들에서 미사를 알리는 종소리가 들려왔다. 오렐리와 라울은 협로 어귀에 다다랐다. 개선로의 좌우에서 힘차게 떨어지는 폭포수는 활짝 열린

네 개의 배수관 속으로 여지없이 빨려 들어가고 있었다.

그것으로 황홀한 구경은 끝이 났다. 라울이 강조했듯이 수세기 동안 감춰졌던 이 장소는 아직 만천하에 그 모습을 드러내서는 안 되었다. 이 젊은 여인이 진정한 주인으로 인정받기 전까지는 그 누구도 이곳을 감상해서는 안 되기 때문이었다.

따라서 라울은 배수관을 닫은 뒤 크랭크를 천천히 돌렸다. 수문이 조금씩 열리자 그 한정된 장소에 곧장 물이 들어차기 시작했다. 거대한 호수에 널찍한 수면이 형성됐고, 요란스레 쏟아지는 두 줄기 폭포수는 주변 암석을 금세 물로 뒤덮어버렸다. 두 사람은 라울이 전날 밤 두 강도와 함께 내려갔던 오솔길로 발길을 옮겼다. 중간쯤 가다가 발길을 멈추고 호수를 내려다보니 물결이 신전 아래에서 휘몰아치며 마법의 샘을 향해 쇄도하고 있었다.

"그래요, 마법입니다. 그 늙은 후작도 마법이라는 표현을 썼죠. 후작의 말에 따르면 이곳의 물은 루아야 지역의 물속에 일반적으로 담겨 있는 여러 성분 외에도 청춘의 샘이라는 그 이름에 걸맞게 원기와 활력을 북돋아주는 아주 특별한 성분이 들어 있다고 합니다. 그 성분은 밀리퀴리라는 단위로 측정되는 방사능이라는 신기한 물질에서 나오는 것인데, 그 효과가 정말이지 매우 놀랍습니다. 3~4세기에는 로마의 부자들이 목욕을 하기 위해 이 샘을 찾아왔죠. 뿐만 아니라 테오도시우스 황제가 죽고 로마제국이 멸망하자 골 지방의 마지막 총독은 야만족들로부터 이 쥐뺑의 보물을 숨기고 지키려 안간힘을 썼답니다. 여러 가지 증거가 있지만 그중에서도 이 수수께끼 같은 비문이 그 사실을 분명히 뒷받침해주고 있죠.

스키티아인과 보리스인들의 약탈에 대비하고자 하는 파비우스 아랄라 총독의 의지에 따라, 호수의 물이 내가 사랑하는 신들과 내가 경배를 올리는 신전을 뒤덮었도다.

그로부터 무려 15세기가 흐른 겁니다! 그 15세기 동안 돌과 대리석으로 만든 그 걸작품들이 서서히 부서져나간 거고요⋯. 만약 당신 외할아버지가 친구인 탈랑세 후작과 함께 이 방치된 영지를 산책하다 우연히 수문의 개폐 장치를 발견하지 않았더라면 그 찬란한 유산은 아마도 수세기 동안 더 그렇게 사장된 채 망가져갔을 겁니다. 하지만 다행히 두 친구분은 곧바로 이 곳저곳을 살펴보고, 관찰하고, 온갖 애를 썼습니다. 그리고 마침내 그 장치를 고친 거지요. 그렇게 해서 과거 작은 호수의 수위를 조절했던 낡고 육중한 나무 문을 다시 작동시켜 건축물의 꼭대기까지 물에 잠기게 만든 겁니다. 이야기는 그렇게 된 겁니다, 오렐리. 이상이 여섯 살 때 당신이 방문한 곳에 얽힌 모든 내막입니다. 당신 외할아버지가 돌아가신 후, 후작은 쥐뱅 영지에 줄곧 머무르며 이 보이지 않는 도시를 재건하는 데 심신을 아끼지 않았습니다. 두 목동의 도움을 받아 이 역사의 혼이 배어 있는 곳을 파고, 뒤지고, 정리하고, 보수하고, 복원하며 당신에게 줄 선물을 준비해왔던 겁니다. 루아야와 비시 전역을 통틀어 수질이 가장 뛰어난 온천을 개발해 막대한 부를 거두어들일 수 있을 뿐만 아니라, 그 어느 곳에서도 찾아볼 수 없는 위대한 건축물과 기념물까지 한꺼번에 손에 넣을 수 있는 그야말로 환상적인 선물을 말입니다."

라울은 흥분에 휩싸여 있었다. 그렇게 이 물에 잠긴 도시를 둘러싼 매력적인 과거사에 심취해 열변을 토하다 보니 어느덧 한 시간 이상이 훌쩍 지나 있었다. 두 사람은 서로 손을 붙잡은 채 물이 차올라 기둥과 동상이 서서히 물에 잠겨가는 광경을 물끄러미 바라보았다.

하지만 웬일인지 오렐리는 아까부터 아무런 말도 하지 않고 있었다. 여자가 딴생각을 하고 있는 것을 눈치챈 라울은 의아한 마음에 그 이유를 넌지시 물어보았다. 여자는 처음에는 아무런 대답도 하지 않다가 잠시 후 나지막이 중얼거렸다.

"탈랑세 후작은 어떻게 됐는지 아직 모르시나요?"

라울은 여자의 마음을 무겁게 하고 싶지 않아 이렇게 대답했다.

"모릅니다. 하지만 아마도 마을에 있는 자신의 집으로 되돌아갔을 겁니다. 아마 몸이 안 좋았던 모양이지요. 약속을 깜빡 잊었거나…."

어설픈 변명이었다. 오렐리도 그 대답이 그다지 만족스럽지 못한 눈치였다. 벅찬 감동이 가라앉고 불안감에서 해방되자, 비로소 어둠 속에 남아 있는 일들, 아직 알지 못해 꺼림칙한 부분에까지 생각이 미치는 모양이었다.

오렐리가 말했다.

"이제 여기서 나가죠."

두 사람은 전날 밤 두 강도가 근거지로 삼았던 허물어진 오두막까지 올라갔다. 라울은 높다란 성벽까지 다가가 목동들이 드나드는 출입구 쪽으로 빠져나갈 생각이었다.

하지만 근처 바위를 막 돌아가려는 순간, 여자가 라울을 붙들어 세웠다. 여자가 가리킨 곳을 보니 절벽가에 두툼한 무명 자루 하나가 놓여 있었다.

"움직이는 것 같아요."

여자의 말에 라울은 자루를 슬쩍 쳐다보고는 잠시 기다리라고 말한 뒤 서둘러 그쪽으로 달려갔다. 순간 어떤 생각이 뇌리를 스쳤던 것이다.

절벽가에 도착하자 라울은 자루를 움켜쥐고 그 속에 손을 집어넣었다. 잠시 후, 그의 손에 이끌려 아이의 고개 하나가 나오더니 이어서 몸까지 끌려 나왔다. 조도의 어린 공범이었다. 조도가 족제비처럼 자루에 넣어 갖고 다니면서 쇠창살과 방책을 넘어 지하를 뒤지라고 내보내는 녀석 말이다.

아이는 반쯤 잠들어 있었다. 라울은 그토록 궁금했던 수수께끼가 이토록 허무하게 풀리자 왈칵 성이 나 아이를 거칠게 흔들었다.

"이런 맹랑한 놈! 쿠르셀가에서부터 우리를 줄곧 미행해왔던 놈이 바로 네 녀석이었구나? 응! 네 녀석이지? 조도가 내 차 트렁크에 용케 네놈을 몰래 태웠고, 네놈은 그 상태로 클레르몽페랑까지 따라와 조도에게 엽서를 보냈겠지. 사실대로 말해…. 안 그러면 따귀를 때려줄 테니까."

아이는 느닷없이 닥친 상황에 어리둥절한 눈치였다. 악동의 하얀 얼굴에 두려운 기색이 번져나갔다. 아이는 더듬거리며 말했다.

"네. 삼촌이 시켜서…."

"삼촌이라고?"

"네. 조도 삼촌이요."

"삼촌은 지금 어디 있지?"

"지난밤 우리 셋은 함께 떠났다가 곧장 되돌아왔어요."

"그러고 나서?"

"그러고 나서 오늘 아침에 물이 빠지자 둘은 저 아래로 내려 갔어요. 여기저기 파헤치고 무언가를 줍던데요."

"나보다 먼저?"

"네. 아저씨하고 저 누나가 내려가기 전에요. 아저씨와 누나 가 동굴에서 나오자 두 사람은 물이 다 빠져나간 밑바닥, 그러 니까 저기 저 아래에 있는 벽 뒤에 숨었어요. 하지만 삼촌이 기 다리라고 한 이곳에서도 두 사람의 모습이 다 보이던걸요."

"그런데 지금 그 둘은 어디에 있지?"

"모르겠어요. 너무 더워서 깜빡 졸았거든요. 그런데 잠깐 잠 에서 깼을 때 보니까 두 사람이 싸우고 있더라고요."

"싸우고 있었다고…?"

"네. 저기서 찾아낸 물건 때문이었는데, 금처럼 반짝였어요. 둘이 바닥을 뒹굴더니… 삼촌이 칼을 휘두르고… 그리고… 그 다음은 기억이 잘 안 나요…. 아마도 다시 잠들었나 봐요…. 벽 이 무너지며 두 사람을 덮친 것 같기도 한데."

라울은 기겁한 얼굴로 더듬대며 말했다.

"뭐? 뭐라고? 지금 뭐라고 말했니? 얼른 대답해…. 그게 어디였어? 언제?"

"종이 울렸을 때… 저 끝에서… 저 맨 끝… 저기요."

아이는 아래를 내려다보더니 아연실색했다.

"어! 물이 다시 들어찼잖아…!"

아이는 잠시 생각에 잠기더니 갑자기 울음을 터트리며 흐느끼듯 소리쳤다.

"그러면… 그러면… 저렇게 물이 들어차면… 달아나지 못하고 저 아래에 있을 텐데… 그럼 삼촌은….'

라울은 얼른 아이의 입을 틀어막았다.

"쉿….'

오렐리는 어느새 경직된 얼굴로 그들 앞에 서 있었다. 이미 모든 것을 다 들은 후였다. 조도와 기욤은 상처입고 기진맥진한 상태에서 움직이지도, 도움을 요청하지도 못한 채 밀려드는 물에 잠겨 헐떡이며 죽어갔을 것이다. 벽이 무너지며 돌멩이가 그들 위로 덮쳐서 시체조차 떠오르지 않았던 것이다.

여자는 더듬거리며 말했다.

"너무 끔찍해. 그런 참혹한 형벌을 받다니!"

그러자 아이는 더욱더 서럽게 흐느끼기 시작했다. 라울은 아이에게 돈과 함께 명함 한 장을 건넸다.

"자, 100프랑이다. 이 길로 곧장 파리행 열차에 올라타 여기 적힌 주소를 찾아가거라. 그럼 그곳에 있는 사람들이 널 돌봐줄 거야."

다시금 침묵이 흘렀다. 여자를 들여보내야 하는 휴양소 근처에 다다르자 이별의 분위기가 무겁게 감돌았다. 운명이 두 연인의 앞날을 방해하고 있었다.

"며칠 동안만 떨어져 있어요. 편지할게요."

라울은 발끈했다.

"떨어져 있자고요? 사랑하는 사람들끼리는 떨어져 있을 수 없는 법입니다."

"사랑하는 사람들은 헤어짐을 두려워할 필요도 없죠. 언젠간 운명이 두 사람을 다시 만나게 해줄 테니까요."

라울은 가슴이 아팠지만 어쩔 수 없이 고집을 꺾었다. 여자가 너무나 혼란스러워 보였기 때문이다. 아니나 다를까 일주일 후 라울은 다음과 같은 짤막한 편지 한 통을 받았다.

내 친구에게

난 지금 너무나 혼란스러워요. 내 의붓아버지인 브레작이 죽었다는 소식을 우연히 듣게 됐어요. 아마도 스스로 목숨을 끊었겠죠? 골짜기 아래에서 탈랑세 후작의 시신이 발견됐다는 소식도 들었어요. 사고사라고 하지만, 타살이겠죠? 누가 고의로 그분을 살해한 거죠…? 그리고 조도와 기욤의 처참한 죽음… 그 밖에도 그 숱한 희생자들… 미스 베이크필드… 두 형제… 그리고 오래전 우리 다스퇴 할아버지까지….

그래서 난 떠날 생각이에요. 내가 어디에 있는지 알려고 하지 마세요. 나도 아직 모르니까요. 생각을 정리하고, 내 인생을 돌아보고, 결정을 내릴 시간이 필요해요.

사랑해요, 라울. 기다려주세요. 그리고 이런 나를 부디 용서하세요.

라울은 기다리지 않았다. 혼란스러움이 고스란히 묻어나는 편지를 읽자 오렐리가 얼마나 큰 슬픔과 고통에 시달리고 있을지 여실히 짐작이 갔고, 그러자 그 역시 고통과 불안에 휩싸여 도저히 여자를 찾아 나서지 않고서는 견딜 수 없었던 것이다.

하지만 여자의 행방을 찾기란 쉽지 않았다. 우선 머릿속에 가장 먼저 떠오른 생트 마리 수녀원부터 찾아가 보았다. 하지만 오렐리는 그곳에 없었다. 백방으로 수소문하고 다니고 친구들까지 모조리 동원해보았지만 번번이 허탕만 칠 뿐이었다. 라울은 혹시 또 다른 적이 나타나 여자를 괴롭히고 있지나 않을까 애를 태우며 낙담한 채 괴로운 나날을 보내야 했다. 그렇게 두 달쯤 지났을 때, 오렐리로부터 전보 한 통이 날아왔다. 다음 날 브뤼셀로 와달라는 내용이었다. 약속 장소는 캉브르 숲이었다.

저만치 걸어오는 여자의 모습을 보자 라울은 날아갈 듯 기뻤다. 오렐리는 나쁜 기억을 모두 떨쳐버린 듯 환한 미소를 지으며 한없이 다정한 표정으로 당당하게 걸어오고 있었다.

여자는 손을 내밀었다.

"날 용서해주는 거죠, 라울?"

두 사람은 한시도 떨어져본 적이 없는 연인들처럼 꼭 붙어서 주위를 거닐었다. 잠시 후 여자가 넌지시 이야기를 꺼냈다.

"라울, 예전에 내게 이렇게 말한 적이 있었죠. 내 안에 상반되는 두 개의 운명이 있는데 그 두 운명이 서로 부딪치면서 날 힘들게 한다고요. 하나는 내 본성과 부합하는 행복과 기쁨의 운명이지만 또 다른 하나는 폭력과 죽음, 슬픔과 재앙의 운명이라고 했어요. 그 모든 적대적인 기운들이 어릴 적부터 날 괴롭혀왔고, 날 구렁텅이로 몰고 가고 있다고 했죠. 하지만 심연의 구렁텅이에 빠지려 할 때면 여지없이 당신이 나타나 날 구해줬어요. 그런데 쥐뱅에서 이틀을 보낸 후, 우리의 사랑을 확인했음에도 불구하고 라울, 난 너무 지쳐서 사는 게 두려워졌어요. 당신이 신비롭고 환상적이라고 여겼던 그 모든 이야기들이 내게는 음산하고 섬뜩하게만 느껴졌어요. 그럴 수밖에 없지 않나요, 라울? 생각해봐요, 내가 무슨 일들을 겪었는지! 그리고 내가 무엇을 보았는지! 당신이 말했죠. '자, 이게 바로 당신의 왕국입니다.' 하지만 난 그런 거 원하지 않아요, 라울. 과거와 나 사이를 잇는 그 어떤 연결 고리도 원하지 않는다고요. 지난 몇 주간 홀로 지냈던 이유는 내가 최후의 생존자가 되어버린 그 모험의 그늘에서 온전히 벗어나야 한다고 막연히 느꼈기 때문이에요. 수년, 수세기를 거치면서 그 왕국이 나한테까지 넘어왔고, 그래서 내가 어둠 속에 묻혀 있던 그 왕국을 만천하에 공개하고, 그 안에 있는 놀랍고 멋진 것들을 개발하는 임무까지 맡게 됐죠. 하지만 난 거부하겠어요. 물론 그 왕국의 주인이 되면 부와 명성을 물려받을 수 있겠죠. 하지만 더불어 범죄와 살인까지 물려받는 셈이라고요. 난 도저히 그 무게를 견딜 자신이 없어요."

라울은 주머니에서 종이 한 장을 꺼내 여자에게 건네며 물었다.

"그럼 후작의 유언은…?"

오렐리는 그 종이를 받아 갈기갈기 찢어서 바람에 날려 보냈다.

"다시 말하지만, 라울, 이제 다 끝났어요. 내가 모험을 이어가는 일 따위는 없을 거예요. 그로 인해 또 다른 범죄와 살인이 벌어질까 봐 너무나 두려워요. 난 이제 이 모험의 주인공이 아니에요."

"그럼 당신은 누구죠?"

"사랑에 빠진 여인이요, 라울… 인생을 새로이 시작한 사랑에 빠진 여인… 사랑에 의해, 오로지 사랑을 위해 인생을 다시 시작한 여인."

"아! 초록 눈동자의 아가씨, 그런 결정은 신중히 내려야 하는 겁니다!"

"신중한 결정이에요, 하지만 당신은 그러지 않아도 돼요. 난 내 인생 전부를 당신에게 바치지만 당신은 줄 수 있는 만큼만 내게 주시면 되요. 원하는 대로 베일에 싸인 채 그렇게 계세요. 조금도 경계할 필요 없어요. 있는 모습 그대로 당신을 받아들일게요. 당신은 내가 만났던 그 누구보다 고귀하고 매력적인 남자예요. 당신에게 바라는 건 단 하나, 가능한 한 오랫동안 날 사랑해주세요."

"영원히 사랑할 겁니다, 오렐리."

"아니요, 라울. 안타깝게도 당신은 평생은 고사하고 오랫동안 한 여자를 사랑할 수 있는 남자도 아니에요. 하지만 그 짧은 기간 동안 난 더할 수 없이 커다란 행복을 누릴 테죠. 그러니 내게는 불만을 품을 권리조차 없을 거예요. 오늘 저녁 루아얄 극장으로 오세요. 1층 칸막이 관람석을 예약해놓을게요."

두 사람은 그쯤에서 헤어졌다.

저녁이 되자 라울은 루아얄 극장으로 갔다. 공연작은 신인 여가수 뤼시 고티에가 주연을 맡은 〈라보엠〉이었다.

뤼시 고티에는 다름 아닌 오렐리였다.

라울은 충분히 이해할 수 있었다. 예술가로서 독립적인 삶을 살려면 때로는 관습을 벗어나야 할 때도 있는 법이니까. 오렐리는 온전히 자유로웠다.

공연이 끝나자마자(우레와 같은 박수갈채가 쏟아지는 가운데!) 라울은 성공적으로 공연을 마친 여배우의 대기실로 발길을 옮겼다. 여자의 아름다운 금발이 라울에게 기대왔다. 두 연인은 입을 맞췄다.

그렇게 해서 지난 15년간 그토록 수많은 희생자와 절망을 불러온 기묘하고도 끔찍한 쥐뱅 사건은 막을 내렸다. 이후 라울은 조도의 어린 공범을 개선시키려 애써보았다. 우선 앙시벨 부인에게 아이를 맡겼는데, 기욤의 어머니인 그 여자는 아들이 죽었다는 비보를 접하자 술을 퍼마시기 시작했다. 아이는 너무나 어린 나이에 타락의 길로 들어섰기에 쉽게 달라지지 않았다. 어쩔 수 없이 요양소에 가둬놓았지만 아이는 그곳을 탈출해 앙시벨 부인을 찾아갔고 그길로 둘은 함께 미국으로 떠나버렸다.

한편 마레스칼은 조금 정신을 차리기는 했지만 여성 편력은 여전했다. 승진을 한 그는 어느 날 저 유명한 치안국장, 르노르망에게 면담을 요청했다. 면담이 끝나자 르노르망 국장은 자신의 부하에게 슬그머니 다가가 입에 담배를 물고 이렇게 말했다. "불 좀 빌립시다." 그 말투를 듣자 마레스칼은 소스라쳤다. 상대가 뤼팽임을 단번에 알아챘던 것이다.

그 후에도 마레스칼은 매번 다른 모습으로 변장한 그를 여러 차례 알아보았는데, 언제나 상대가 빈정대는 웃음을 지으며 눈을 깜빡였기 때문이다. 그리고 헤어지기 직전에는 끔찍하고 신랄하며 잔인하고 뜬금없으며, 자신을 우스꽝스럽게 만들어버리는 이 짤막한 문장을 매번 들어야만 했다.

"불 좀 빌립시다."

라울은 쥐뱅의 영지를 사들였다. 하지만 초록 눈동자의 아가씨를 존중하는 뜻에서 그 놀라운 비밀을 세상에 공개하지는 않기로 했다. 그리하여 쥐뱅의 호수와 청춘의 샘은 차후 프랑스가 아르센 뤼팽으로부터 물려받을 그 숱한 경이로운 보물과 신비로운 유산 중 하나로 남게 되었다….

암염소 가죽을 두른 사나이

암염소 가죽을 두른 사나이

마을 전체가 공포에 빠졌다.

때는 일요일이었다. 생 니콜라와 인근 지역 주민들이 성당에서 나와 광장을 지나 뿔뿔이 흩어지고 있을 때쯤, 저만치 앞서가다 대로로 접어든 여인네들이 느닷없이 공포에 질려 비명을 내지르며 우르르 뒤로 물러났다.

곧 괴물처럼 거대하고 무시무시한 자동차 한 대가 아찔한 속도로 달려드는 모습이 시야에 들어왔다. 사람들이 아우성치며 정신없이 달아나는 가운데 자동차는 성당을 향해 돌진하더니 건물 계단에 부딪치기 바로 직전에 급커브를 틀어 사제관 벽을 살짝 박고 다시 국도로 접어들어 멀어져 갔다. (정말이지 기적처럼!) 그렇게 미친 듯이 급커브를 틀었는데도 광장에 몰려 있던 사람들 중 단 한 명도 스치지 않고 휑하니 사라져버렸다.

하지만 사람들은 똑똑히 보았다! 몸에는 암염소 가죽을 두르고, 머리에는 모피를 뒤집어쓴 데다 얼굴은 커다란 안경으로 가린 사내가 운전을 하고 있었고, 그 사내의 곁에는 한 여자가 앞으로 꼬꾸라져 몸을 완전히 구부린 채 피투성이가 된 머리를 보닛 위로 축 늘어뜨리고 있었던 것이다.

게다가 사람들은 분명히 들었다! 그 여인의 공포에 질린 비명, 고통의 절규를….

그 잔혹하고 섬뜩한 광경을 목격한 사람들은 몇 초간 얼어붙은 듯 멍하니 서 있을 수밖에 없었다.

"피다!"

누군가 소리쳤다.

광장의 자갈 위와 올가을 첫서리로 딱딱하게 굳은 땅 위에는 혈흔이 낭자했다. 자동차를 추적하기 위해 총알처럼 뛰어간 개구쟁이 아이들과 사내들은 그저 그 섬뜩한 표시만 따라가면 될 정도였다.

혈흔은 대로에도 묻어 있었다. 그런데 어떻게 저런 식으로 피가 떨어져 있을 수 있는지 참으로 희한했다! 바퀴 자국 바로 옆에 떨어져 있는 피는 이쪽 끝에서 저쪽 끝으로 크게 지그재그를 그리고 있었는데, 보고 있자니 소름이 돋을 지경이었다. 대체 무슨 수로 자동차는 저 나무에 부딪치지 않을 수 있었을까? 저 언덕 아래로 곤두박질치기 전에 어떻게 차체를 제어할 수 있었을까? 대체 어떤 초보자가, 미치광이가, 술주정꾼이, 아니 겁먹은 범죄자가 이토록 차를 흉포하게 몰았단 말인가?

어떤 농부가 소리쳤다.

"절대 숲 쪽으로 급커브를 틀지는 못했을 거야."

그러자 누군가 거들었다.

"그렇고말고! 그랬다면 차가 박살났겠지."

생 니콜라에서 500미터 떨어진 곳에서부터 모르그 숲이 펼쳐졌는데, 마을 어귀의 살짝 꺾어진 곳만 제외하면 그곳까지 도로는 직선으로 쭉 뻗어 있었다. 그리고 숲 바로 입구에서 길이 급격히 굽어지면서 바위와 나무 사이로 난 오르막길이 시작되었다. 그러니 제아무리 능숙한 운전자라도 그 커브 길에서는 미리 속도를 늦출 수밖에 없었다. 근처에는 위험지역임을 알리는 표지판도 세워져 있었다.

농부들은 숨을 헐떡이며 너도밤나무가 5점형(5점형의 배열 형식으로 그 중 넷은 사각형의 변두리에, 그리고 하나는 중심부에 위치하는 배열을 말한다 – 옮긴이)으로 심어진 숲 가장자리까지 달려갔다.

곧장 누군가 소리쳤다.

"그럼 그렇지!"

"뭐가?"

"차가 박살났어."

과연 자동차는(리무진이었다) 형체를 분간할 수 없을 정도로 뒤틀리고 찌그러진 채 뒤집어져 있었다. 그 곁에는 여인의 시신이 널브러져 있었다. 그런데 더욱 끔찍하고 역겹고 기함을 칠 만한 광경이 있었으니, 여인의 얼굴이 거대한 돌덩이에 깔려 납작하게 뭉개져 있었던 것이다. 어떤 괴력으로 그 커다란 돌덩이를 들어다가 내쳤는지 도통 모를 일이었다.

한편 암염소 가죽을 두른 사나이는 온데간데없이 사라지고 없었다. 사고 현장은 물론이고 그 주변에서도 아무런 흔적도 찾아볼 수 없었다. 게다가 모르그의 언덕길을 내려오는 인부들도 개미 새끼 한 마리 마주치지 않았다는 것이었다.

그렇다면 필시 그자는 숲 속으로 달아났으리라. 모르그 숲은 아름답고 오래된 나무들이 많아서 숲이라고 불리고는 있지만, 사실 그 규모로 보자면 상당히 아담한 편이었다. 곧 신고를 받고 출동한 군경대가 주민들과 함께 인근 주변을 샅샅이 수색했다. 하지만 아무것도 발견하지 못했다. 그 후 며칠 동안 예심 판사들이 심도 깊은 조사를 벌였지만, 역시 이 해괴한 사건에 한줄기 빛을 비춰줄 아무런 단서도 찾지 못했다. 단서는커녕 수사를 하면 할수록 또 다른 수수께끼와 의문들만 쌓이고 쌓여갔다.

예를 들어 그 거대한 돌덩이는 사건 현장에서 최소한 40미터는 떨어진 곳에 있는 붕괴된 암석에서 나온 것으로 확인됐다. 그렇다면 살인자는 불과 몇 분 만에 돌덩이를 이리로 가져와 여자의 머리에 내던졌다는 이야기가 된다.

그뿐만이 아니었다. 숲 속으로 숨어들지 않은 것이 분명한 이 살인자는(그랬다면 분명 붙잡혔으리라) 사건이 발생한 지 일주일 후, 대범하게도 자신이 둘렀던 암염소 가죽을 사건 현장에 놓고 사라졌다. 왜 그랬을까? 무슨 목적으로? 곧장 털가죽을 뒤져보았지만 병따개와 수건 한 장밖에 나오지 않았다. 그렇다면? 경찰은 서둘러 자동차 판매상을 찾아갔고, 판매상은 그 리무진을 곧바로 알아보았다. 3년 전에 어떤 러시아인에게 판매했는데, 그 러시아인이 그 차를 누군가에게 곧바로 되팔았다는 것이다. 그렇다면 과연 누가 그 리무진을 구입했단 말인가? 자동차에는 등록 번호조차 적혀 있지 않았다.

게다가 시신의 신원 파악도 불가능했다. 여자가 입고 있던 겉옷과 속옷은 아무런 단서도 제공해주지 못했다.

얼굴로 말할 것 같으면 알아볼 수 없을 정도로 뭉개진 상태였다.

어쨌든 치안국에서 파견 나온 형사들은 이 수수께끼 같은 비극의 주인공들이 거쳐왔을 국도를 거슬러 올라가 보았다. 하지만 사건 전날 자동차가 그 국도를 지나쳐 왔다고 과연 누가 장담할 수 있겠는가?

조사와 심문이 이어졌고, 마침내 사건 전날 저녁에 사건 현장에서 300킬로미터 떨어진 곳, 국도와 연결된 대로를 따라 자리한 작은 마을에서 리무진 한 대가 식료품점 앞에 정차한 사실이 파악되었다.

점원의 진술에 따르면 운전자는 우선 차에 기름부터 넣고는 윤활유와 예비용 기름 몇 통을 더 챙긴 뒤, 햄과 과일, 과자, 포도주, 트루아제투왈 코냑 반 병 등 먹을거리를 구입했다고 한다. 그리고 자동차 안에는 부인 한 명이 타고 있었는데, 단 한 번도 차 밖으로 나오지 않았으며, 뒤쪽 창문에는 커튼이 쳐져 있었는데, 그 커튼 중 하나가 몇 차례 펄럭인 것으로 봐서는 분명 그 안에 누군가 타고 있었을 것이라고 했다.

만약 점원의 진술이 사실이라면 문제는 더욱더 복잡해진 셈이다. 지금까지 제3의 인물이 존재한다는 사실을 짐작케 할 만한 그 어떤 단서도 발견되지 않았기 때문이다.

어쨌든 이 여행객들이 음식을 구입한 사실을 알게 된 이상 이제 그 음식의 흔적을 찾아보는 것이 순리였다.

형사들은 왔던 길을 되짚어갔다. 그렇게 한참을 가다가 국도와 대로의 갈림길, 다시 말해 생 니콜라에서 18킬로미터 떨어진 지점에서 우연히 한 목동과 마주쳤는데, 질문을 받은 목동은 곧장 관목 숲에 가려진 인근 목초지를 가리키며 그곳에서 빈병과 잡다한 물건들을 봤다고 증언했다. 조사를 벌인 지 얼마 지나지 않아 형사들은 확신을 얻었다. 자동차는 그곳에 정차했었고, 그 미지의 여행객들은 요기를 때우며 하룻밤을 그곳에서 보낸 뒤 날이 밝자 여행을 재개했을 것이다. 그렇게 추측할 만한 확실한 증거까지 발견됐으니, 다름 아닌 식료품점에서 팔았다던 그 코냑병이었다.

병은 주둥이 부분이 깔끔하게 잘려 있었다.

곧 병을 깨는 데 사용했을 돌멩이와 마개가 그대로 꽂혀 있는 병의 주둥이 부분이 발견됐다. 금속으로 된 마개를 살펴보니 정상적으로 병을 따려고 애쓴 흔적이 고스란히 남아 있었다. 형사들은 계속해서 수사를 진행했다. 그렇게 도로와 수직으로 맞닿아 있는 목초지의 가장자리 도랑을 따라가다 가시덤불에 가려진 작은 샘에 이르렀다. 그런데 그 샘에서 악취가 나는 듯했다.

가시덤불을 걷어내자 곧바로 시신이 눈에 들어왔다. 머리가 곤죽처럼 으깨져 벌레들이 우글거리고 있는 웬 남자의 시신이었다. 죽은 남자는 밤색 가죽 상의와 바지를 입고 있었고, 호주머니는 텅 빈 상태였다. 신분증도, 지갑도, 시계도 없었다.

이틀 뒤, 소환을 받고 급히 달려온 식료품 주인과 점원은 시신의 옷과 체격을 보더니 사건 전날 자신의 가게에서 음식과

휘발유를 구입해 간 그 남자가 분명하다고 증언해주었다.

그렇게 해서 사건은 완전히 원점으로 되돌아갔다. 이제 이 사건은 두 사람(한 여자와 한 남자) 중 누가 누구를 죽인 사건이 아니라, 세 사람 중 두 명의 희생자가 초래된 사건이었다. 그리고 지금껏 여자를 죽인 범인으로 지목해왔던 남자 역시 두 희생자 중 한 명이었던 것이다!

범인이 누군지는 의심의 여지가 없었다. 용의주도하게 차 안 커튼 뒤에 숨어 이동하던 바로 그 제3의 인물이었다. 그자는 우선 운전자를 죽인 뒤 소지품을 털었을 터였다. 그리고 여자에게 상처를 입힌 뒤 말 그대로 죽음의 질주를 감행했던 것이다.

새로운 국면, 뜻하지 않은 발견, 예기치 못한 증언들… 머지않아 수수께끼가 풀릴 것 같았다. 아니, 적어도 진실에 몇 발짝 더 다가갈 수는 있으리라 기대했다. 하지만 사건 해결에 아무런 진전이 없었다. 첫 번째 시체 옆에 또 다른 시체가 놓였다. 기존의 문제에 또 다른 문제가 추가됐다. 용의자가 한 인물에서 다른 인물로 바뀌었다.

그것이 전부였다. 이 구체적이고 분명한 사실 외에는 모든 것이 암흑 속에 가려져 있었다.

여자와 남자의 이름, 살인범의 이름, 모두 다 수수께끼로 남아 있었다.

게다가 사건 발생 후 살인범의 행적은 또 어떻단 말인가? 갑자기 사라져버렸을 때만 해도 신기하긴 했지만 있을 수 있는 일이라고 여겼다. 하지만 완전히 사라지지 않고 주변을 맴돌다니, 그건 거의 불가사의한 일이었다! 그자가 보란 듯이 다시 나타났다! 재앙의 현장으로 되돌아온 것이다! 암염소 가죽 외에도 모피 모자가 현장에서 추가로 발견됐다. 그리고 정말 기함할 노릇은, 그 문제의 커브 길 바위 뒤에 숨어 밤새도록 보초를 섰음에도 불구하고, 바로 그다음 날 깨지고 녹슬어 더 이상 사용할 수 없는 지저분한 운전자용 안경까지 발견됐다는 사실이다. 살인범은 어떻게 형사들의 눈을 피해 그곳에다 안경을 갖다놓을 수 있었을까? 무엇보다 이 같은 행동을 하는 이유가 무엇일까?

놀라운 일은 그뿐만이 아니었다. 그다음 날 밤, 숲을 지나가야 했던 한 농부가 만약의 경우를 대비해 총을 소지하고 사냥개 두 마리를 대동한 채 숲 속을 걷다가 어둠 속에서 무언가 스쳐 지나가는 것을 목격하고는 문득 걸음을 멈추었다. 반은 야생의 습성을 지닌 늑대 같은 개 두 마리가 곧장 덤불숲으로 뛰어들었고, 그렇게 추격전이 벌어지는 듯했다.

하지만 추격전은 금세 끝나버리고 말았다. 곧 농부의 귀에 개들의 섬뜩한 울부짖음이 들려왔고, 이어서 단말마의 신음 소리가 들리더니 침묵, 완전한 침묵이 흘렀던 것이다.

기겁을 한 농부는 총까지 내팽개치고 줄행랑을 쳤다.

그런데 다음 날 주변을 아무리 살펴보아도 개 두 마리는 보이지 않았다. 총의 개머리판도 사라지고 없었다. 그저 총신만 땅에 수직으로 박힌 채 총구에는 그곳에서부터 50보 정도 떨어진 곳에서 꺾어 온 콜키쿰 꽃 한 송이가 꽂혀 있었다!

이건 대체 무엇을 의미하는 것일까? 느닷없이 웬 꽃이란 말인가? 범인은 어째서 이토록 사건을 복잡하게 만들고 있는 것일까? 왜 이런 쓸데없는 짓을 감행하는 것일까? 너무나 비정상적인 일이다 보니 이성적으로 상황을 이해하기가 어려웠다. 이 모호한 모험에 뛰어든 사람들은 일종의 공포심에 사로잡혔다. 숨 막히도록 무거운 분위기가 감돌았다. 숨 쉬기조차 힘들었고 눈앞에 베일이 드리워져 있는 듯했으며, 제아무리 명철한 사람도 커다란 당혹감에 빠질 수밖에 없었다.

결국 예심판사는 몸져누웠다. 후임 판사 역시 사건을 맡은 지 단 나흘 만에 이번 사건은 해결의 기미가 좀처럼 보이지 않는다는 고백을 하고 말았다. 두 부랑자를 붙잡기는 했지만 곧 풀어주었다. 또 다른 부랑자 한 명도 추적해보았지만, 붙잡지도 못했을뿐더러, 사실 딱히 이렇다 할 증거가 있는 것도 아니었다. 한마디로 이 사건은 혼란과 암흑, 모순, 그 자체였다.

그런데 우연의 힘이 사건을 해결할 수 있도록 길을 터주었다. 아니, 조금 더 정확하게 말하자면 사건을 해결할 수 있게끔 일련의 정황을 만들어주었다. 정말 단순하기 그지없는 우연이었다. 그 일의 발단은 현장에 파견된 파리의 한 주요 일간지 기자가 작성한 다음과 같은 기사 말미 부분 때문이었다.

그런고로 다시 한 번 강조하건대, 지금으로서는 운명의 도움을 기다릴 수밖에 없다. 그 외 모든 노력은 시간 낭비일 뿐이다. 지금까지 모인 진실의 조각들로는 그럴듯한 가설조차 세울 수 없다. 요컨대 한 치 앞도 내다볼 수 없는 암흑과 불안의 밤인 셈이다. 할 수 있는 일은 아무것도 없다. 세상의 모든 셜록 홈즈들이 달려든다고 해도 아무런 단서도 발견할 수 없을 것이며, 제아무리 뤼팽이라고 해도, 이런 표현을 써서 좀 그렇긴 하지만, 헛짓만 하다가 두 손을 들 것이다.

그런데 이 기사가 나간 바로 다음 날, 같은 신문에 다음과 같은 전보 내용이 실렸다.

물론 헛짓만 하다가 두 손을 든 적도 있습니다만 그런 바보 같은 사건 때문은 아니었지요. 생 니콜라의 비극은 그저 어린아이 수준의 수수께끼입니다.

— 아르센 뤼팽

물론 이 전보는 커다란 반향을 불러일으켰다. 아마 모두가 기억하고 있을 것이다. 저 유명한 모험가가 나서리리라는 소문이 돌자 곧바로 얼마나 뜨거운 논쟁이 불붙었는지 말이다.

정말로 뤼팽이 행동에 나설 것인가? 대중은 의심쩍어했다. 언론사 역시 신중하고 회의적인 태도를 보였다.

우리 신문사는 참고 자료로 본 전보의 내용을 게재했을 뿐이며 이 전보에 적힌 내용은 누군가가 장난삼아 쓴 거짓일 가능성이 크다. 아르센 뤼팽이 비록 술책의 귀재로 통하기는 하지만 이렇게 유치하게 허풍이나 떨 인물은 아니기 때문이다.

아무 일 없이 며칠이 흘러갔다. 아침마다 신문을 펼쳐 든 사람들은 실망을 했고, 그럴수록 대중의 호기심은 커져만 갔다.

과연 수수께끼가 풀릴 것인가? 그러던 어느 날, 마침내 명확하고 구체적인 실마리가 담긴 아르센 뤼팽의 편지 한 통이 신문에 게재되었다. 편지의 전문은 다음과 같다.

편집장님께

내 자존심을 건드리며 날 슬슬 부추기는군요. 좋습니다, 도발을 해왔으니 그 도발에 응할까 합니다.

우선 다시 한 번 강조하건대, 생 니콜라의 비극은 어린아이 수준의 수수께끼입니다. 정말이지 더할 나위 없이 간단한 사건인지라 내 설명도 당연히 그리 길지 않을 겁니다.

내 논증은 다음과 같은 짤막한 글로 요약될 수 있습니다.

범행이 정상적인 범주를 넘어서고 비논리적이며 황당무계할 경우, 그 동기도 비정상적이고, 비논리적이며, 비인간적일 가능성이 큽니다. 내가 가능성이 크다고 말한 이유는, 지극히 논리적이고 평범해 보이는 사건에서조차 부조리한 면은 어느 정도 숨어 있기 마련이라는 점을 염두에 둬야 하기 때문입니다. 더군다나 이번 사건의 경우, 겉으로 드러난 정황만 해도 그 정도인데, 어떻게 부조리하고 비논리적인 면을 고려하지 않을 수 있겠습니까?

처음부터 이 사건의 비정상적인 특징이 내 관심을 끌더군요. 우선 마치 초보자의 소행인 듯 지그재그로 서툴게 운전한 것 말입니다. 술주정뱅이나 미치광이의 짓일 거라고 하더군요. 그럴듯한 가정입니다. 하지만 광기나 취기만으로는 그 거대한 돌덩이를 들어다가 가엾은 여인의 머리에다 내리쳐 짓이겨버릴 정도로 엄청난 괴력을 발휘하지는 못했을 겁니다. 그것도 그 짧은 시간에 말이지요. 그러기 위해서는 아주 강력한 근력이 필요하지요. 그것도 이 사건 전반을 지배하는 비정상적인 특징의 두 번째 징후라고 판단될 만큼 아주 비범한 근력이 말입니다.

게다가 작은 돌멩이 하나로도 얼마든지 희생자를 죽일 수 있었을 텐데 굳이 왜 거대한 돌덩이를 옮겨 온 걸까요? 또 그토록 처참하게 차가 박살이 났는데도 어떻게 살인자는 죽거나 심지어 잠시 쓰러져 있지조차 않았던 걸까요? 어떻게 그렇게 감쪽같이 사라질 수 있었던 거죠? 그리고 사라졌으면서 뭣 때문에 사고 현장에 다시 나타난 걸까요? 왜 어느 날에는 털가죽을, 어떤 날에는 모자를, 또 며칠 후에는 안경을 놓고 간 걸까요?

모두 다 비정상적이고 쓸데없고 황당한 행동이지 않습니까.

그뿐만이 아닙니다. 왜 상처 입은 채 죽어가는 여자를 사람들이 다 볼 수 있는 앞좌석에 태워서 데리고 다닌 걸까요? 뒷좌석에 가두거나, 아니면 가시덤불 아래서 발견된 남자처럼 죽여서 어느 구석진 곳에 내던져 버릴 수도 있었을 텐데?

정말이지 이상하고 황당한 일입니다.

사실 이 사건 자체가 모순 덩어리이죠. 어린아이, 아니 그보다는 포악한 야만인이나 미치광이, 짐승이 저지른 서툴고 미숙하며 해괴하고 어리석은 짓처럼 보입니다.

코냑병은 또 어떻습니까. 분명 범인은 병따개를 갖고 있었습니다(털가죽 속에서 발견되지 않았습니까). 그런데 살인범이 그 병따개를 사용했던가요? 네, 병따개를 사용한 흔적이 병마개에 남아 있긴 합니다. 하지만 그자에게는 병따개를 사용하는 법조차 너무 복잡했나 봅니다. 그래서 돌로 병의 주둥이를 깨뜨린 겁니다.

범인은 줄곧 돌을 사용했습니다. 이 사소한 점을 주의 깊게 살펴보십시오. 돌은 그자가 유일하게 사용한 무기이자 도구였지요. 그에게는 일상적인 무기이자 친숙한 도구였던 겁니다. 범인은 돌로 남자를 죽이고 여자도 죽였습니다. 그리고 병도 열었죠.

다시 한 번 강조하건대, 갑자기 이성을 잃어버린 짐승이나 포악한 야만인, 정신병자나 이런 짓을 저지를 수 있습니다. 그렇다면 무엇 때문에 이성을 잃었을까요? 네! 그 놈의 빌어먹을 술 때문이었습니다. 운전자가 여자와 풀밭에 앉아 점심을 먹는 동안 놈이 술을 들이켜 마신 겁니다. 그때까지 암염소 가죽을 두르고 모피 모자를 쓴 채 리무진 뒷좌석에 얌전히 앉아 있던 놈은 차에서 슬그머니 나와 병을 집어 들고 주둥이를 깨트리고는 그 안에 있던 술을 벌컥벌컥 마신 겁니다. 자, 이번 사건의 전모는 다음과 같습니다. 범인은 술을 마시고 미친 듯이 사나워져 아무 이유 없이 닥치는 대로 폭력을 휘둘렀을 겁니다. 그러다가 이내 본능적인 두려움에 휩싸였을 테고, 벌을 받을까 봐 두려운 나머지 남자의 시신을 구석진 곳에 숨겨놓았을 테죠. 그런 다음 어리석게도 상처 입은 여자를 납치해 도망친 겁니다. 운전하는 법은 몰랐지만 자동차만 타면 아무도 자신을 쫓아올 수 없을 거라 믿었기에 자동차는 그에게 곧 구원을 의미했던 거죠.

아마도 이쯤에서 이런 질문을 던지고 싶겠죠? '하지만 돈은? 지갑도 훔쳐갔잖아?'

'이런! 그자가 지갑을 훔쳐갔다고 누가 그러던가요? 시체 냄새를 맡고 현장에 먼저 도착한 부랑자나 농부가 한 짓이 아니라고 그 누가 장담한답니까? 그래요, 좋습니다. 여전히 내 의견에 반론을 제기하고 싶겠죠. 어쨌거나 이미 그놈은 붙잡힌 거나 다름없습니다. 놈은 여전히 바로 그 커브 길 근처에 숨어 있고, 무엇보다 먹고 마시려면 어쩔 수 없이…'.

'뭐라고요?'

'아직도 짐작 가는 바가 없으십니까?'

'그렇소! 여하튼 당신은 그자가 여전히 현장 근처에 숨어 있을 거라 확신한단 말이오?'

'물론이죠. 증거도 있습니다. 농부가 놈의 그림자를 봤다는 게 그 증거입니다. 또 놈이 늑대 같은 몰로스 개 두 마리를 마치 집에서 기르는 푸들처럼 간단히 해치워버린 사실 역시 그 증거고…'.

그리고 황당하게도 꽃 한 송이가 덩그러니 꽂힌 채 땅에 박혀 있던 총신 말입니다. 정말 아둔하고 멍청하며 그로테스크한 짓 같지 않습니까? 자, 이제 아시겠습니까? 뭔가 감이 잡히는 게 있겠죠? 아니라고요? 그렇다면 선생의 의문을 해소하고 사건을 마무리 지을 수 있는 가장 간단한 방법은 바로 정면 돌파를 하는 거겠죠. 설명은 충분히 한 것 같으니… 이제 행동에 나설 차례입니다. 이제 경찰과 군경 나리들께서 직접 행동에 나서 주셨으면 합니다. 총을 들고 숲으로 들어가 더도 말고 반경 200~300미터만 뒤지십시오. 하지만 고개를 숙이고 땅을 쳐다보는 대신 허공을 바라봐야 합니다. 네. 허공 말입니다. 하늘 높이 치솟은 떡갈나무나 도저히 오를 수 없을 것 같은 너도밤나무의 나뭇가지와 잎사귀 사이를 살펴보라, 이 말입니다. 내 말을 믿으십시오. 그럼 놈이 보일 겁니다. 놈은 바로 거기에 있습니다. 당황해서 어쩔 줄 모르는 처량한 모습으로 자기가 죽인 남녀를 기다리고 찾으며, 뭔 일이 벌어졌는지 까마득히 모른 채 감히 떠나지도 못하고 있을 겁니다….

나로 말할 것 같으면 현재 아주 복잡한 사건을 처리하느라 눈코 뜰 새 없이 바빠서 파리를 도저히 벗어날 수 없는 처지랍니다. 이 흥미로운 사건을 끝까지 지켜보고 싶은데, 한없이 안타까운 마음 금할 수 없습니다.

상황이 이러하니 사법부의 내 친구들에게 양해를 구하는 바이며, 아울러 편집장 나리에게는 깊은 존경심을 표하는 바입니다.

　　　　　　　　　　　　　　　　　　　— 아르센 뤼팽

모두들 이 사건의 결말을 자세히 기억하고 있으리라. 사법부와 군경대는 어깨만 으쓱했을 뿐 뤼팽이 애써 작성한 이 편지를 철저히 무시해버렸다. 대신 그 지역 귀족 네 명이 엽총을 들고 사냥에 나섰다. 까마귀 몇 마리를 사냥하려는 사람들처럼 시선을 허공에 둔 채 30분 정도 숲 속을 뒤진 결과, 마침내 그들은 살인범을 발견했다. 총알이 두 발 발사됐고, 살인범은 나

못가지에서 맥없이 굴러 떨어졌다.

놈은 상처만 입은 채 생포됐다.

그날 저녁, 범인 생포 소식을 미처 접하지 못한 파리의 한 일간지는 다음과 같은 짤막한 기사를 게재했다.

지금으로부터 6주전, 마르세유에서 하선한 뒤 자동차를 빌려타고 사라진 브라고프 부부의 행방이 아직도 묘연하다.

오랜 세월 호주에서 거주하다 이번에 처음으로 유럽을 방문한 이 부부는 평소 서신을 주고받던 파리 불로뉴 숲 동물원 원장에게 인간이라고 불러야 할지 원숭이라고 불러야 할지 애매한, 세상에 전혀 알려지지 않은 기이한 존재 하나를 프랑스로 데려갈 예정이라고 알렸다고 한다.

저명한 고고학자인 브라고프 씨의 편지에 따르면, 지금까지 그 존재가 입증된 바 없는 새로운 유인원, 아니 그보다는 인간 원숭이가 세상에 공개될 예정이라는 것이다. 그 종의 골격은 1891년 뒤부아 박사가 자바 섬에서 발견한 피테칸트로푸스 에렉투스(직립원인이라는 뜻으로 약 50만 년 전에 존재했다고 추정되는 화석인류 – 옮긴이)와 매우 흡사하며, 일부 특징을 보자면, 부에노스아이레스 항구의 굴착 공사 당시 발견된 두개 골 조각들로 원시인류를 재구성해낸 바 있는 아르헨티나의 박물학자 아메기노 씨의 이론과 부합한다고 한다.

지능이 높고, 관찰력이 뛰어난 이 특이한 동물은 호주에 있는 브라고프 부부의 자택에서 하인으로 일하면서 이따금 자동차를 청소하곤 했는데, 심지어 몇 차례 운전까지 시도하려 했다고 한다.

브라고프 부부는 도대체 어디로 사라진 것일까? 그들과 동행했다는 이 희한한 영장류는 과연 어떻게 된 것일까…?

이제 이 질문에 답하기란 그다지 어렵지 않다. 아르센 뤼팽이 제공한 단서 덕분에 이 비극의 모든 퍼즐이 맞춰졌고, 놈은 사법 당국에 넘겨졌기 때문이다.

현재 불로뉴 숲 동물원에 가면 트루아제투왈이라고 불리는 그를 만날 수 있다. 사실 그는 원숭이다. 하지만 인간이기도 하다. 반려동물들이 대개 그렇듯 놈도 온순하고 똑똑하며 주인을 잃어 침울한 기분을 느끼고 있다. 하지만 인간과 비슷한 특징들도 숱하게 가지고 있다. 즉 교활하고, 잔인하며, 탐욕스럽고, 게으르며, 화를 잘 내고, 무엇보다 술에 과도한 집착을 보이고 있다.

그 점만 제외하면, 놈은 분명 원숭이다.

하지만 그렇다고 해도….

놈이 체포된 지 며칠 후, 동물원을 찾은 나는 우리 앞에 꼼짝 않고 서 있는 아르센 뤼팽을 발견했다. 그 역시 이 흥미로운 문제에 골몰하고 있는 눈치였다. 원체 내 관심을 끄는 사건이었기에 나는 곧장 뤼팽에게 다가가 이렇게 말을 건넸다.

"뤼팽, 사실 말일세… 난 자네가 이번 사건과 관련해 논증을 펼친 그 편지를 읽고도 그다지 놀라지 않았네."

뤼팽은 차분한 어조로 물었다.

"아! 그런가, 어째서?"

"그야 비슷한 사건이 이미 70~80년 전에 일어났기 때문이지. 에드거 포의 한 걸작 단편소설에서도 그 사건이 주요 소재로 다뤄지지 않았나. 그러니 수수께끼의 해답을 찾기란 그다지 어렵지 않았지."

아르센 뤼팽은 내 팔을 잡아당기며 물었다.

"그럼 자넨 그 사실을 언제 알아차렸나?"

나는 솔직히 고백했다.

"자네 편지를 읽다가 알아차렸네."

"어느 부분에서?"

"편지 말미에 가니 알겠더군."

"역시 말미였어, 그렇지? 그럼 내가 구구절절 설명을 다 풀어놓은 후로군. 그때와 정황이야 판이하게 다르지만 우연히도 두 범죄 사건의 주인공은 서로 무척이나 닮아 있지. 하지만 자네를 포함한 여타의 사람들이 그 사실을 깨우치려면 어떤 결정적인 계기가 필요했어. 바로 내 편지의 도움 말일세. 그 편지를 쓰면서 난 있는 사실을 그대로 열거해야 하기도 했지만 이따금 그 미국의 대문호가 사용한 표현까지 슬쩍슬쩍 써가며 신나게 논증을 펼쳤었지. 보다시피 내 편지가 전혀 쓸모없지는 않았어. 게다가 기껏 배운 것들을 사람들이 얼마나 허망하게 잊어버리는지, 이번 기회를 통해 다시금 확인할 수 있지 않았나."

뤼팽은 다시 돌아서더니 철학자처럼 심오한 표정으로 생각에 잠겨 있는 그 늙은 원숭이의 면전에다 대고 시원하게 폭소를 터트렸다….